LA KORRANDINE
DE TEVELUNE

LA KORRANDINE DE TEVELUNE

Les mystères de l'Argentor

Sébastien Lepetit

ISBN : 978-2-37011-225-5
Éditions Hélène Jacob – 13 Impasse Victor Gesta – 31200 Toulouse
Imprimé par Create Space – États-Unis
20,45 €
Dépôt Légal Septembre 2014

Design couverture : Jérémy Calli

Les mystères de l'Argentor

L'Argentor coule doucement quelque part entre la Charente, le Limousin et le Poitou. L'Or prend sa source au creux d'une fontaine résurgente nichée au fond d'un pré. L'Argent naît un peu plus loin, sur le flanc d'une colline. Les deux ruisseaux serpentent quelque temps entre les prés et les bois avant de s'épouser pour donner naissance à l'Argentor. La vallée se marque alors un peu plus. La petite rivière se faufile dans les forêts odorantes, glisse entre les prairies et les champs de blé, de betteraves ou de maïs, coule sous le viaduc d'une voie de chemin de fer oubliée, serpente au milieu des villages qui l'ont jadis ornée de ponts et de lavoirs puis là-bas, quitte la vallée pour aller se jeter dans la Charente.

Là, loin des autoroutes et des trains à grande vitesse, loin des villes et des aéroports, on pourrait presque dire loin du monde, dans cette vallée un peu à l'écart, des femmes et des hommes vivent. Ici, les pierres et les arbres content des histoires. Châteaux et fermes fortifiées rappellent que maints pouvoirs féodaux se disputèrent cette région. Églises indestructibles et abbayes ruinées portent en elles les terribles guerres qui se menèrent au nom de Dieu ou des hommes. Cimetières et monuments aux morts gardent les traces de ceux qui tombèrent au siècle dernier, tout près ou très loin, au nom de la liberté ou d'idéaux moins présentables. Même les chemins creux les plus isolés se souviennent des bruits de bottes, des embuscades, des traversées silencieuses la nuit tout au long d'une ligne imaginaire qui coupait la vallée en deux zones, l'une libre et l'autre non.

Et l'Argentor conte aussi l'autre histoire, la petite, l'histoire quotidienne des gens ordinaires. Là, une enseigne presque effacée peinte jadis au-dessus d'une grange, aujourd'hui fermée, rappelle que les bourgs regorgeaient encore d'artisans, il n'y a pas si longtemps, lorsque l'agriculture et l'élevage nourrissaient toute une population. Ici, la petite usine installée à la sortie du village montre que si la vie n'est plus la même, si beaucoup de jeunes ont choisi de partir chercher du travail en ville, certains sont encore là et construisent chaque jour à leur mesure la nouvelle réalité rurale. La supérette a remplacé les épiceries d'antan. Les écoles se sont regroupées pour survivre. Les ruraux d'aujourd'hui regardent à la télévision les banlieues s'enflammer et ne comprennent pas pourquoi là-haut on s'obstine à vouloir fermer les écoles dans les villages. Sans doute pour nourrir le mirage urbain, pour pousser un peu plus les gens à quitter la campagne et à aller s'entasser en banlieue, dans de grandes cages de béton, où ils vivoteront entre les murs tagués, le magasin hard discount et l'antenne locale de Pôle Emploi, recréant au bord de l'autoroute les jardins ouvriers, ersatz de campagne qui leur rappelleront les jardins de leurs ancêtres. Pendant ce temps, dans la vallée de l'Argentor, les gens vivent leurs petites histoires de tous les jours, loin des projecteurs et des caméras. Ils aiment, ils souffrent, ils vivent, ils meurent, ils vont travailler ou chercher un travail.

Ce sont ces petites histoires, ces tragédies de hameaux, ces comédies de villages et ces destins immenses de héros de canton que nous retrouvons dans *Les Mystères de l'Argentor*.

« L'auteur devrait mourir après avoir écrit.
Pour ne pas gêner le cheminement du texte. »

Umberto Eco
Apostille au Nom de la rose

« Un poète mort n'écrit plus.
D'où l'importance de rester vivant. »

Michel Houellebecq
Rester vivant

- 1 -

« La poésie crée le monde, car le monde ne devient visible qu'après avoir été nommé. C'est par l'intermédiaire de la langue qu'il se met à bouger, qu'il devient un processus auquel nous prenons part. La véritable poésie donne de nouvelles dimensions au monde. Elle est une invitation au voyage, tout comme elle nous invite à contempler calmement le continent mystérieux de ce qui est en nous, elle est avant tout – j'ai lu ça quelque part – une œuvre d'amour. »

Göran Tunström
Le buveur de lune

D écidément, je ne comprends rien au latin. Les quatre mots gravés au fronton de la petite église me laissent perplexe. En revanche, les sculptures sont superbes. Notre sentier commence un peu plus loin, derrière le cimetière.

Je ferme la voiture et j'embrasse la joue d'Aurélie. L'air frais lui fait rosir les pommettes. Nous n'en sommes qu'au début. Douze kilomètres et un dénivelé de six cents mètres. Déjà, je commence à peiner. Mais il y a son sourire, et pour le bonheur de la voir à côté de moi, je gravirais des montagnes.

— Nous nous élevons au milieu d'une forêt de chênes et de hêtres, affirme Aurélie en levant les yeux du guide qu'elle glisse dans sa poche. Puis elle éclate de rire.

En plein hiver, difficile de faire la différence entre les espèces. Et puis je n'ai jamais été très doué en botanique. Autrefois, lorsque j'allais me promener derrière chez mes parents, je savais reconnaître à l'odeur les sous-bois où poussent les champignons. Maintenant, je crains d'être capable d'écraser un cèpe sans m'en apercevoir. Nous voilà arrivés sur la première crête. Ici, il ne faut pas nous tromper. Peu après le début de la descente, après deux lacets, nous devons laisser le chemin principal pour nous engager sur un petit sentier en direction du sud-est. Le paysage est vraiment beau. Au loin, vers La Malière, un curieux bâtiment émerge au milieu des arbres. Je me place derrière Aurélie et l'enlace en lui montrant les fines flèches gothiques dont les lignes parfaites tranchent singulièrement avec la roche brute qui surplombe la vallée. C'est un bâtiment privé, nous dit le guide, et il abrite la sépulture d'un religieux. Nous n'en saurons donc pas plus. Le sentier poursuit au milieu d'un bois de mimosas, puis d'une châtaigneraie, puis se faufile au milieu d'un maquis avant de s'accrocher en balcon à flanc de montagne.

Il est temps de souffler. La vue est magnifique. Aurélie s'assied à côté de moi sur un rocher entouré de figuiers de Barbarie et pose sa tête sur mon épaule. Je lui prends la main. Doucement, je pose mes lèvres sur les siennes et presse son cœur contre le mien. Le soleil fait briller ses rayons sur les hauts du plateau de Lambert. Tout à l'heure, nous allons y monter. Ce sera le clou de cette randonnée. Peut-être apercevrons-nous alors Notre-Dame-des-Anges ? Je voudrais rester des heures ainsi, à goûter la peau d'Aurélie, ma dame des anges.

L'ascension est ardue. Je souffle, je force, mais je résiste difficilement. Les muscles de mes jambes se tendent et se durcissent tandis que mes reins peinent à supporter le sac à dos. Aurélie a l'air d'être plus à l'aise. Elle grimpe comme une gazelle. À chaque lacet, je la vois disparaître derrière un arbre, et de longues secondes s'écoulent avant qu'à mon tour, je passe l'obstacle qui la voile à mes regards. Comment pourrais-je vivre sans la sentir là, devant moi, près de moi ? À chaque virage, elle a encore accru son avance.

— Attends-moi !

Elle se retourne et sourit, avant de reprendre l'ascension.

— Essaie de suivre !

Je pousse un peu plus sur mes jambes. Mes poumons me brûlent.

Bon sang, je devrais moins fumer ! Et Aurélie continue à grimper, imperturbable.

— Attends-moi, je n'en peux plus !

Le cri a jailli de ma bouche, presque suppliant, si fort qu'elle s'est arrêtée. Elle a les larmes aux yeux.

— Je ne peux pas, Vincent ! Tu comprends ? Je voudrais tant, mais je ne peux pas.

Sa voix s'étrangle dans un sanglot et elle reprend son ascension. Je presse le pas, je cours presque, je glisse. Mes mains et mes genoux sont en sang à force de tomber, de me griffer contre les arbustes. Plus question de regarder dans le guide pour savoir de quelle espèce il s'agit. Je veux rejoindre Aurélie qui continue à monter devant moi, loin devant moi, de plus en plus vite. Elle semble s'envoler pour disparaître de plus en plus longtemps à chaque lacet.

— Oh Aurélie ! Je t'en supplie, attends-moi !

Elle n'a pas entendu ou n'a pas voulu répondre. Elle s'est échappée là-bas, là-haut. J'ai beau aller du plus vite que je peux, je n'arrive plus à l'apercevoir. Je hurle, je l'appelle, mais je n'entends plus rien que l'écho. Aurélie, mon amour, mon bonheur, mes rêves. Aurélie ! Je suis en train de la perdre !

Je rampe sur ce sentier qui paraît ne jamais devoir finir. Les cailloux roulent sous mes pieds et la terre semble se dérober. Je ne prends pas la peine de déposer ma pierre sur le cairn qui marque la dernière bifurcation avant le sommet. Je ne sens plus mes muscles, et le sang cogne contre mes tempes. Le sac mord toujours plus profondément dans mon dos. Mes forces m'abandonnent. Chaque pas me demande un effort plus grand encore que le précédent. Le sommet semble si loin, si inaccessible. Pourtant il me faut poursuivre, puiser au fond de moi pour trouver la force de faire un pas de plus, puis encore un. Ce sentier n'en finit plus de grimper. Mais je dois arriver à temps, je dois rejoindre Aurélie. Je me redresse encore une fois, puisant dans mes dernières réserves pour atteindre le sommet.

Je suis près de m'effondrer.

Oh mon Dieu ! C'est elle ! Je la vois enfin. Elle est là, adossée à un menhir. Comme elle est belle, comme elle resplendit dans le soleil, le soleil dans ses yeux. Que j'aime son sourire, comme il me parle, me rappelle tant de choses. Elle sourit, mais des larmes coulent encore le long de ses joues. Je n'entends pas ses mots, mais je sais qu'ils me parlent d'amour, de toujours, de solitude, de manque. Je m'avance vers elle. Mais il est là lui aussi. Il est derrière le menhir. Il sort. Il est à côté d'elle. Il a les mains sur elle. Il rit. Il me regarde méprisant, il me hurle qu'il a gagné, que je dois partir. Il rit, d'un rire si puissant qu'il résonne dans ma tête. Comme elle est belle ! Elle est nue, elle resplendit, elle a l'odeur, la couleur de l'amour que je lui ai donné, qu'elle m'a donné. Je tends les mains, je la caresse, je veux l'aimer du bout des doigts. Elle me sourit. Mais il est là. Ses mains, ses mains à lui qui me repoussent, écartent mes caresses, m'empêchent de toucher sa peau. Il a tellement de mains que je ne peux même plus approcher. Et il rit, il rit. Comme son rire me fait mal, un rire comme un couteau qui me transperce le cœur.

J'ai froid. Je respire vite, trop vite. Il fait noir. J'ai froid, je suis trempé. Et ces draps si chauds, si froids qui me collent à la peau. Quelle heure est-il ? Les chiffres rouges se détachent nettement de l'obscurité. 1:37. J'ouvre la bouche, je respire fort, profondément. Je jette la tête en arrière, je ferme les yeux, je respire fort, le plus calmement possible. De grosses larmes coulent en abondance sur mes joues, sur mes épaules. Doucement, j'étends la main, puis le bras, de plus en plus loin, à côté de moi. Les draps sont froids. Il n'y a rien, personne, pas une peau à caresser, pas un visage à embrasser. J'ai beau fouiller, chercher, il n'y a rien qu'un drap trop froid. Du fond de moi monte une boule de larmes. Je n'ai même pas envie de la retenir. Je me laisse aller. Je roule sur le côté. Je plonge ma tête dans son oreiller que je serre fort, très fort contre mon visage. Je n'ai pas envie de ne pas pleurer. Je me laisse aller…

- 2 -

« J'eus peur en lisant que chez l'amant sincère, auquel se dérobe la vue de l'objet aimé, ne peut que survivre un état de consomption allant souvent jusqu'à lui faire prendre le lit, et parfois le mal accable le cerveau, on perd l'esprit et on délire. »

Umberto Eco
Le nom de la rose

Le radio-réveil vient enfin de se mettre en marche. Cela fait bien une heure que je suis réveillé. Il y aurait presque de quoi rire. Mes matins difficiles sont légendaires. Combien de fois mes collègues se sont-ils moqués de mes pannes de réveil : « Ah ! Vincent a encore eu des ratés au démarrage. Ce doit être la courroie du réveil qui patine… » ; « Désolé Vincent, on a dû fixer la réunion à neuf heures. Tu vas être obligé de te réveiller aux aurores… » Cela m'a d'ailleurs valu pas mal d'ennuis. Avec Aurélie, nous avions justement trouvé une solution. Elle avait le même problème, mais cela n'était pas étonnant tellement nous restions tard à discuter la nuit sur l'ordinateur. Alors au matin, le premier qui se réveillait appelait l'autre. C'était un peu une façon d'être ensemble. Nous allions nous coucher ensemble, après avoir déconnecté la liaison Internet et nous nous réveillions ensemble, au téléphone. Combien de fois ai-je eu ce sentiment étrange qu'elle était là à côté de moi, en entendant sa voix ? Il me suffisait de fermer les yeux pour la voir, presque la toucher. Ce matin, le téléphone n'a pas sonné. Je n'en ai pas eu besoin pour sortir du sommeil. J'ai l'impression d'avoir faim et je sais que tous les petits-déjeuners du monde ne viendraient pas à bout de cette faim-là. Je serais même incapable d'avaler quoi que ce soit.

Je m'assieds sur le rebord du lit. Chaque chose ici, chaque objet me la rappelle. De toute ma vie, je n'ai jamais été aussi heureux que pendant ces quelques mois. Je ressasse sans cesse ses derniers mots :

— Vincent, ne t'en veux pas, tu as été parfait. Tu es quelqu'un de bien, tu ne mérites pas de subir tout ça, tu mérites tellement mieux. Tu mérites d'être heureux. Tu rencontreras quelqu'un de bien, j'en suis sûre. Je m'en veux terriblement de te faire souffrir comme ça, mais je ne peux pas faire autrement. Si tu savais comme c'est atroce à vivre. Nous devons être courageux, le temps nous y aidera.

Je sens cette boule au fond de moi qui grossit encore. Je vais prendre une douche, ça me fera du bien !

L'eau est chaude, elle m'endort presque. Je ressens à présent toute la fatigue accumulée. Je n'ai presque plus de force, ni de volonté. Je ne me sens pas bien. J'ai trop bu hier soir. C'est tellement idiot de boire quand on ne va pas bien. Rien ne s'arrange ensuite, pas même lorsque la grisaille de l'alcool embrume l'esprit. On a juste encore plus mal et le mal à l'âme devient physique. Quand on ne va pas bien, on a envie de ressentir cette douleur pour la rendre réelle, palpable, on veut avoir encore plus mal, descendre plus bas encore, le plus bas possible. On voudrait disparaître au creux de soi. Ce doit être ça, la déprime, avoir mal dans tout son être et n'avoir aucune envie de se sentir mieux, vouloir au contraire plonger davantage, pour bien se montrer qu'on a de bonnes raisons d'être si mal dans sa peau. Hier soir, c'était ça. Et plus je buvais, plus j'avais envie de plonger, plus j'avais mal sans trop savoir où. La douleur en grandissant devenait incohérente. Je ne suis même plus sûr d'avoir conscience du moment où je suis allé au lit. J'ai un peu honte de moi. Tout ce que j'ai gagné, c'est un joli mal de crâne et un estomac qui ne tient pas en place. Beau bilan ! Si Aurélie me voyait. J'ai une tête à faire peur. Pas de quoi être fier.

La douche m'a fait du bien. Mais je n'ai guère envie d'aller m'enfermer dans un bureau, à faire semblant. De toute façon, je serais incapable de travailler. J'ai besoin d'une cure de vie. Mieux, je dois me réadapter à la vie sans elle. Je pourrais aller quelques jours à Sourcarol, pour reprendre pied, respirer l'air de ma jeunesse. Cela me paraît si loin désormais, Sourcarol. Je n'y vais plus que deux ou trois fois par an, le temps d'un week-end. Souvent au téléphone, mon père et ma mère me parlent de la dernière visite de mon frère ou de ma sœur, histoire de me rappeler discrètement qu'ils viennent encore régulièrement, eux. Oh, ce ne sont pas de vrais reproches, mais plutôt de la déception. Peut-être pourrais-je aller les voir quelques jours.

Mais il y a le bureau. Je ne peux pas partir comme ça. Oh ! Après tout, je vais bien voir. Il me suffit d'appeler Jeanne. Jeanne, c'est mon assistante, Jeanne Vayrlène. C'est un petit bout de bonne femme d'une cinquantaine d'années qui vous déplacerait des montagnes. Elle a de l'énergie à revendre. Une collaboratrice plus que précieuse. Elle est arrivée il y a à peu près deux ans, très peu de temps après que j'ai été promu conseiller en clientèle. Elle est irremplaçable et nous faisons un duo d'enfer. Je n'ai pas eu à lui montrer des dizaines de fois ce que j'attendais d'elle. Maintenant, elle gère tous mes rendez-vous, me prépare les dossiers, me ressort l'historique du client. Quand j'ai rendez-vous avec M. Durand que je n'ai pas vu depuis des lustres, il me suffit d'étudier cinq minutes ce que Jeanne m'a préparé pour tout connaître de lui, y compris l'évolution de ses comptes bancaires depuis sa dernière visite. Alors quand M. et Mme Durand passent ma porte, je peux leur parler de la santé du plus jeune de leur petit-fils qui prépare un BEP de cuisinier sans qu'ils se doutent un instant que cinq minutes plus tôt, je ne me souvenais même plus de leurs visages. C'est aussi grâce à elle que je suis devenu l'un des meilleurs conseillers en clientèle de la Caisse Générale de Banque de la région et que l'on me confie régulièrement le soin de remplacer mon directeur d'agence lorsqu'il est en vacances. Lors du comité des carrières de l'année dernière, mon directeur régional a même parlé de moi comme d'une valeur montante et il était alors question que j'intègre le vivier des futurs directeurs d'agence cette année. Je n'en suis pas peu fier. Lorsque je suis rentré à la Caisse Générale de Banque il y a un peu plus de dix ans, j'étais simple guichetier remplaçant dans une petite agence de banlieue. Aujourd'hui, me voilà Conseiller en clientèle dans l'une des principales agences parisiennes et chargé du portefeuille des plus gros patrimoines.

Une assistante comme Jeanne, c'est une perle rare, il faut en prendre soin. Par moments, elle est presque une maman pour moi. Je pourrais presque être son fils après tout. Elle me regarde avec un petit sourire, fronce les sourcils, et m'énonce comme si de rien n'était une vérité, un conseil, une remarque.

— Monsieur Beaufils, vous devriez remercier un peu plus les guichetiers lorsqu'ils ont fait un apport d'affaires, j'ai l'impression qu'ils se sentent abandonnés, qu'ils trouvent que vous les prenez un peu de haut. Juste quelques mots qui leur montrent que vous avez bien vu qu'ils se sont investis et que vous leur en êtes reconnaissant.

Et à chaque fois, elle met dans le mille. J'ouvre un peu les yeux et je m'aperçois qu'elle avait tout compris dès le premier petit signe de flottement chez mes collègues. À d'autres moments, elle se préoccupe même de moi, toujours avec ce sourire amical et rassurant. À la cantine par exemple :

— Avec votre rythme de vie, je ne suis pas sûre que vous ayez raison de manger aussi souvent des œufs mayonnaise ou des frites avec de la viande rouge. Vous devriez préférer les légumes, la viande blanche ou les crudités. Et puis si vous voulez maigrir...

Merveilleuse Jeanne, elle ne savait pas qu'au départ d'Aurélie, je perdrais mes quinze kilos superflus, et que je retrouverais rapidement ma taille de jeune homme. Lorsque Aurélie m'a quitté, je n'ai pas pu lui cacher mon désarroi. Jeanne m'a dit, avec son air sérieux et maternel :

— Vous ne devriez pas vous investir autant, vous voulez tellement rencontrer la bonne personne que vous foncez tête baissée. Et après vous êtes effondré, à faire pitié. Vous me faites de la peine, mais il faut vous ressaisir. Vous devez vous occuper de votre futur poste puisque vos projets ne tiennent plus. Cela vous fera un projet auquel vous raccrocher.

Et elle avait raison, mais comment l'entendre lorsque la terre entière s'est écroulée autour de vous ? J'étais tellement sonné qu'il me fallait d'abord reprendre mes esprits. Mais cela peut prendre un peu de temps.

Non, je n'ai pas à m'inquiéter ! Si je pars quelques jours, Jeanne saura à merveille tout gérer, comme à son habitude. Je n'ai qu'à donner un coup de fil et tout ira bien.

— Jeanne Vayrlène, bonjour.

— Bonjour, Jeanne, ici, Vincent Beaufils. Vous allez bien ?

— Très bien, Monsieur Beaufils, et vous, comment allez-vous aujourd'hui ?

— Ça va, on fait aller. Mais je crois que j'ai besoin de me mettre un peu au vert, d'aller m'aérer l'esprit.

— Je crois aussi, cela vous ferait du bien.

— Dites-moi, Jeanne, combien de jours de congé me reste-t-il à prendre ?

— Ne quittez pas, je vais voir sur AGATAS.

— Je vous en prie…

AGATAS, prononcez Agatha, est le doux nom que nos informaticiens ont donné au logiciel qui gère la feuille de présence des agents dans chaque bureau. Cela signifie Application de Gestion des Agents et du TAbleau de Service. Nos informaticiens sont de vrais poètes. Nous devrions en envoyer quelques-uns au Pentagone pour les aider à donner des noms beaucoup plus jolis à leurs opérations militaires. Une opération VENUS pour Venons EN aide aux USa, cela a quand même plus d'allure que Vengeance sans limite ou Liberté immuable. Imaginez la terreur des Irakiens si l'ONU avait lancé une opération Buter d'Urgence Saddam Hussein (BUSH) au lieu d'une banale Tempête du désert. Comme si une simple tempête dans le désert pouvait faire peur à des pays qui ont l'habitude de voir les vents les plus terribles se lever sur les immenses terrains de jeu des pilotes de rallye. Enfin, moi, pour ce que j'en dis…

— Monsieur Beaufils ?

— Oui Jeanne, je vous écoute.

— Eh bien si l'on décompte la semaine que vous avez déjà posée pour aller au ski, il vous reste dix jours.

— Tant que ça ? Comment ça se fait ? Je pensais qu'il me restait cinq ou six jours.

— J'ai décompté quatre jours de RTT dans vos derniers congés. Donc il vous reste bien dix jours. À cinq jours par semaine, vous pouvez poser deux semaines.

— Vous êtes merveilleuse Jeanne. Dites-moi, qu'est-ce que j'ai comme rendez-vous importants dans les quinze jours qui viennent ?

— Ne vous inquiétez pas. Il y a surtout des rendez-vous dans le cadre de la campagne Boost'Assurance, mais je vais les décaler et s'il y a des rendez-vous urgents, je les enverrai vers un de vos collègues.

— Vous êtes irremplaçable. Vous remplissez la feuille pour moi et vous la faites signer au patron, comme d'habitude. Je serai chez mes parents, à Sourcarol. Vous avez le numéro ? Mon portable ne passe pas là-bas.

— Oui, je l'ai. Mais je ne vous dérangerai pas, sauf si on a vraiment un coup dur.

— Merci beaucoup. Je vous appellerai pour voir si tout va bien.

— Reposez-vous et changez-vous les idées. Je veux vous revoir en pleine forme.

— À bientôt, Jeanne, merci encore.

Voilà une bonne chose de faite. Je devrais peut-être appeler le directeur, mais il est capable de trouver une bonne raison pour refuser mes congés. Je m'habille, j'appelle Sourcarol, et je pars. C'est idiot, mais je suis presque heureux de partir. Ça me fait ça des fois. Ce n'est pas l'idée d'aller à Sourcarol qui me donne ce sentiment de légèreté, ce petit bout de bonheur, mais plutôt le plaisir d'avoir pris une décision sur un coup de tête. J'adore les coups de tête.

J'avais rêvé de faire une surprise à Aurélie au printemps. Je lui aurais suggéré de prendre son vendredi après-midi sous un prétexte quelconque et d'arriver de bonne heure. À peine arrivée, je l'aurais fait monter dans la voiture, et j'aurais pris la direction d'Orly ou de Roissy. Je ne lui aurais dit qu'au moment de l'embarquement que nous partions pour un week-end à Venise, tous les deux, en amoureux. Encore un des rêves qui se sont envolés si brusquement. C'est un peu comme le ski. Nous avions prévu d'y aller une semaine tous les deux, pendant ses congés, la semaine de la Saint-Valentin. Je n'ai pas eu le courage de tout annuler, comme si je croyais encore que tout pouvait redevenir comme avant, que nous pourrions tout de même partir.

Mais je rêvasse et je ne bouge pas. Je dois m'habiller, faire mon sac, boire un café… J'aurai bien le temps d'appeler Sourcarol dans la voiture.

- 3 -

« Ils quittent un à un le pays
Pour s'en aller gagner leur vie
Loin de la terre où ils sont nés
Depuis longtemps ils en rêvaient
De la ville et de ses secrets
Du formica et du ciné (…)
Leur vie ils seront flics ou fonctionnaires
De quoi attendre sans s'en faire
Que l'heure de la retraite sonne
Il faut savoir ce que l'on aime
Et rentrer dans son H.L.M.
Manger du poulet aux hormones »

Jean Ferrat
La montagne

Quel temps de chien ! La météo s'est mise aux couleurs de mon âme. Malgré tous ses efforts, l'essuie-glace est bien incapable de dissiper une once de l'épais brouillard. On se croirait dans une de ces bandes dessinées où une voiture traverse la nuit en projetant devant elle deux disques de lumière jaune. Là probablement, quelque part, une créature va surgir et faire basculer l'histoire, me plonger dans des aventures extraordinaires. À la recherche d'un raccourci que je ne trouverai jamais, je pourrais tomber nez à nez avec des créatures d'un autre monde. « Vincent Beaufils les a vus… » Aurélie serait là, en grand danger, et n'écoutant que mon courage, je volerais au secours de la malheureuse qui n'aurait alors plus d'yeux que pour moi. D'habitude, l'enfant qui vit en moi s'amuse beaucoup de ces moments où je laisse mon imagination vagabonder, où je vis en songe des aventures fantastiques, où je suis le héros merveilleux qui sauve une ravissante jeune femme d'un destin dramatique et recueille le bonheur d'un regard empreint de reconnaissance et d'admiration. Que celui qui n'a jamais rêvé d'être un héros ou une star me jette la première pierre !

Pourtant aujourd'hui, ces rêves éveillés ont un goût amer. Je n'ai même pas envie de les pousser plus avant, de les prolonger pour en goûter la saveur, pour croire un instant qu'ils sont presque réels. Non, je conduis ma voiture, et je tente de me frayer un passage au milieu de cette brume bien terrestre, bien réelle. J'ai beau tendre le cou, je n'y vois pas plus devant moi que je ne perçois d'avenir dans ma vie. Étrange similitude des instants qui mettent la nature au diapason de mes états d'âme. On dirait un clin d'œil, une réplique du message que j'ai envoyé à Aurélie l'autre soir.

« Ma très chère Aurélie,

Le temps est gris ici. Depuis la semaine dernière, les nuages gris semblent avoir jeté l'ancre au-dessus de nos têtes. Même la tour de la ville qui s'était mise en habits de lumière pendant les fêtes s'est éteinte. Depuis quelques jours, le brouillard s'est mis de la partie. Sortir, prendre sa voiture devient une véritable aventure. Les distances se sont allongées, les arbres se sont figés, nus, les oiseaux eux-mêmes se sont tus. Toute la nature a mis ses habits de deuil. Parfois le soir, j'éteins la lumière de mon appartement trop grand, et je me glisse sur le balcon. Le froid humide pénètre mes vêtements, enveloppe mon corps, et provoque des frissons qui se propagent le long de chacun de mes membres. Que c'est triste l'hiver, me dis-je, à la façon dont Aznavour chanterait "Que c'est triste Venise". J'observe autour de moi cette cité sans vie, où les cœurs se sont enfermés bien au chaud dans leurs cages de béton. Quelques halos de lumière orange jaillissent paisiblement d'un réverbère pour éclairer le banc humide et désert qui dort juste au-dessous. On dirait bien qu'il y a une éternité qu'aucun baiser n'a été échangé sur ce vieux banc triste. Une large flaque d'eau aux reflets orangés baigne fraîchement ses pieds. Orange... Qui a dit "La terre est bleue comme une orange", déjà ? Ma mémoire me lâche elle aussi. Je lève les yeux et plisse les paupières. On dirait bien que le brouillard a décidé de me voiler la vue. J'ai beau forcer, chercher, scruter chaque coin du ciel gris-noir, aucune lueur d'étoile ne semble avoir assez de force pour venir jusqu'à moi. Où sont donc passées toutes celles qui chantaient dans le ciel de notre retour de Sourcarol ? Il ne pousse plus rien dans notre champ d'étoiles.

Encore une soirée sans coucher de soleil. La lumière orange était artificielle. Finis les reflets infinis sur les eaux de l'océan, cette lumière qui scintillait tellement ce soir-là devant moi, que je regarde la mer ou que je me tourne vers tes yeux. Décidément, il fait si gris qu'il semble que le soleil n'existe plus, qu'il fait jour ou nuit, selon l'heure, sans que jamais l'astre divin ne daigne se lever ou se coucher. Peut-être le temps s'est-il arrêté. Cela explique peut-être alors que chaque moment dure des heures, comme si cet hiver maussade avait presque gelé le sable, collant chacun de ses grains les uns aux autres, les agglutinant de telle sorte qu'il éprouve une peine infinie à glisser dans le goulot d'étranglement du sablier. Oui, c'est exactement cela, le temps peine à s'écouler ces derniers jours.

La faible lumière qui le jour se diffuse à travers les nuages gris sans pourtant réussir à faire percer le moindre rayon de soleil laisse ce sentiment étrange que la vie a fui. J'ai beau scruter partout, autour de moi, à la ville ou dans les champs, lorsque la pluie cesse un moment, que l'air chargé d'humidité froide se dispose à accueillir le moindre rayon de soleil pour le réfléchir, le propager, le décomposer tel un gigantesque prisme, je ne vois pas la moindre trace d'arc-en-ciel d'où je pourrais voir descendre qui que ce soit pour venir apporter un peu de joie dans ce triste hiver. Ce n'est plus la saison des coups de soleil.

J'ai entendu dire que le climat était pour beaucoup dans l'humeur et l'état d'esprit. C'est peut-être à cause de cet hiver fade et triste que je ressens au plus profond de moi cette mélancolie, ce vague à l'âme, cette sensation que tout est vain, triste et morne, et que j'avance sans but, le regard vide, le cœur serré vers des lendemains dont je ne vois pas comment ils pourraient chanter. Oui, ce doit être ça, ce doit être la météo qui me rend comme ça depuis une semaine. Je ne vois pas ce que cela pourrait être d'autre.

Je t'embrasse affectueusement.

Ton Vincent. »

Je n'ai reçu qu'une simple réponse, laconique.

« J'ai bien reçu ton message, Vincent. Il est très émouvant. Mais il faut laisser le temps faire son œuvre. Je t'en prie, nous devons tourner la page. Ne me rends pas les choses plus difficiles.
Je te souhaite d'être heureux, tu y arriveras, j'en suis sûre.
Aurélie »

Je dois penser à autre chose, je le dois. Je ne dois plus penser à elle, à ses yeux si pétillants de bonheur, à son sourire qui tant de fois m'a fait fondre, à ses petites fossettes qui se dessinaient finement lorsque, plongeant ses yeux dans les miens, elle me murmurait ces mots d'amour qui résonnaient en moi, vibraient dans tout mon être, me faisaient frémir de bonheur et de plaisir. Non, je ne dois plus penser à ces instants magiques où je frissonnais tellement que j'avais l'impression d'être sur le point de me mettre à ronronner. Je dois penser à autre chose, forcer mon esprit à regarder ailleurs, devant moi. La route, celle que je suis désormais, sans elle. Le brouillard va bien finir par se lever, il doit se lever, je le veux.

J'ai téléphoné à Sourcarol. Maman semblait heureuse que je vienne. Elle est inquiète pour moi ces derniers temps. Me savoir si loin, seul, n'était pas pour la rassurer. Finalement, je ne suis pas mécontent d'aller passer quelques jours sur les terres de mon enfance. Peut-être que les vieux souvenirs qui rejailliront forcément m'aideront à oublier un peu, m'occuperont l'esprit. Cela fait longtemps que je n'ai pas passé plusieurs jours à Sourcarol. Lorsque j'y vais, c'est en coup de vent, un week-end, et je ne prends pas le temps de humer cet air qui m'a nourri pendant tant d'années. Beaucoup de choses ont changé. La vieille école où j'ai usé mes fonds de culotte ne ressemble plus guère à ce que j'ai connu. Les campagnes se désertifient. La population vieillit. Les jeunes sont allés plus loin pour gagner leur vie, et ils ont fondé leurs familles en ville. Il y a de moins en moins d'enfants pour peupler les classes qui ferment les unes après les autres. Certaines communes ont réagi, et se sont unies pour sauver ce qui peut l'être. C'est ce qu'a fait Sourcarol. On appelle cela un SIVOS, un Syndicat Intercommunal à VOcation Scolaire. Les petites communes unissent leurs efforts pour gérer leurs écoles et rassemblent les enfants. L'une d'entre elles accueille les plus petits en créant une classe maternelle qui n'existait pas, et l'autre accueille les plus grands. Il suffit de mettre un bus entre les deux petites communes pour déplacer les élèves d'une école à l'autre, d'un bourg à l'autre. Le couperet fatidique annonciateur de la mort d'un village a été évité, repoussé de quelques années. Pour combien de temps ?

La place du champ de foire a été aménagée. On y a installé un terrain de pétanque et quelques réverbères puissants pour éclairer les joueurs du soir. Les vieux marronniers trônent toujours autour d'une place où il n'y a plus de foire depuis bien longtemps. Lorsque j'étais enfant, nous venions là à l'automne pour ramasser les marrons, dans de grands sacs. Lorsque notre tâche était accomplie, monsieur Gramont, notre instituteur, un géant de la vieille école, les vendait à une pharmacie, je crois, pour faire gagner quelques sous à la coopérative scolaire. Cela nous permettait d'organiser de temps à autre un voyage dans le nord de la France pour rendre visite à nos correspondants. Nous revenions alors les yeux pleins de souvenirs, d'images de terrils, de mines de charbon, de tranchées de la guerre de 14 et de brasseries de bière. Et tout ça grâce aux marrons de la place du champ de foire. Alors l'année suivante, nous redoublions d'énergie, ramassant après la classe ou même le mercredi pour notre futur voyage. Puis nous traversions le bourg en entier, jusqu'à l'école, en veillant à bien dire bonjour à chaque personne que nous rencontrions. Monsieur Gramont ne plaisantait pas avec la politesse. Toute ma vie je me souviendrai du sermon qu'il nous a fait un jour à cause de Raphaël, l'un de mes petits camarades.

Comme la plupart des élèves, Raphaël venait à l'école à pied en passant devant la maison de madame Perron, en face de l'entrée de la ferme du Grand Vinet. Ce matin-là, il avait dû y avoir un tracteur qui bouchait le passage comme cela arrive parfois lorsque le Grand Vinet s'aperçoit au moment de partir pour les champs qu'il a oublié quelque chose chez lui. Raphaël a traversé la route et s'est retrouvé sur le trottoir d'en face. Madame Perron était dans son jardin, à sarcler un parterre de fleurs. Elle a levé la tête et a vu passer Raphaël. Il a bien vu la vieille dame, forcément, mais il devait avoir la tête ailleurs. Il a continué son chemin sans rien dire. Une demi-heure plus tard, nous étions en classe, occupés à résoudre quelque problème d'arithmétique, lorsque quelqu'un a frappé à la porte. Madame Perron était là, face à monsieur Gramont, et a désigné le jeune vaurien qui ne lui avait pas dit bonjour. Il y avait un silence de mort dans la grande salle de classe. Monsieur Gramont était pâle de colère. Il est revenu à côté de son bureau et nous a fait mettre debout, chacun à côté de notre pupitre. Pendant près d'une demi-heure, il a fait un véritable sermon. Nous devions le respect à nos aînés et les saluer était la moindre des choses. En ne disant pas bonjour à madame Perron, Raphaël avait jeté la honte sur notre école. Monsieur Gramont parlait calmement, mais d'une voix si grave et si solennelle qu'on aurait cru que nous venions de provoquer une catastrophe communale. Raphaël baissait la tête et nous n'étions pas fiers. Alors la sanction est tombée, sans une protestation. Raphaël devait faire une rédaction de quatre pages sur l'importance de la politesse dans la vie quotidienne et sur le respect que chaque enfant doit aux adultes. Mais le pire n'était pas là. Raphaël devait également se rendre, avec monsieur Gramont et deux autres camarades chez la terrible madame Perron pour lui présenter ses excuses et celles de l'école. La visite a eu lieu le jour même, pendant la récréation du matin. Il n'y a guère eu de jeu dans la cour en les attendant. Puis ils sont revenus, la mine déconfite tandis que monsieur Gramont conservait cet air grave qui nous impressionnait tant. Raphaël a dû faire un compte rendu précis de la visite et il le fit d'une voix blanche, presque inaudible tandis que monsieur Gramont lui demandait de répéter plus fort : madame Perron, intransigeante, lui avait dit qu'elle acceptait les excuses, mais refusait son pardon.

À compter de ce jour, aucun enfant de Sourcarol ne se serait risqué à croiser un adulte sans lui dire bonjour. Les Sourcarolais qui n'avaient pas entendu parler de cette histoire étaient fort surpris de s'entendre saluer plusieurs fois par jour par un enfant qui le gratifiait d'un bonjour sonore, pour être sûr d'être bien entendu. C'est cette année-là que je suis allé pour la première fois à Angoulême avec ma mère. Il y avait tant de monde dans la rue piétonne que je ne cessais de dire bonjour à gauche et à droite, tandis que ma mère, hilare, essayait de me faire comprendre que les us de la ville ne sont pas ceux de la campagne.

Madame Perron n'est plus depuis bien longtemps maintenant, mais je suis bien sûr qu'aucun des élèves ne l'a oubliée. Cette année-là, aucun des enfants du village n'osa aller frapper à sa porte le jour du Mardi gras. Elle aura au moins fait ainsi des économies en bonbons et en beignets.

Il y a longtemps que je ne me suis pas replongé dans ces vieux souvenirs. Tout cela est loin désormais. C'était il y a au moins vingt ans. Qu'est devenu Raphaël ? C'est étrange, je n'en sais absolument rien. Il faudra que je demande à mes parents. Le brouillard est un peu moins épais maintenant. Je peux rouler à une allure normale. Oh, je ne suis pas un fou de vitesse. Depuis mon accident l'an dernier, je suis beaucoup plus prudent. Ce n'est pas un calcul ou un choix, j'ai simplement constaté que je roule beaucoup moins vite, et que j'ai un peu peur lorsque je sens la voiture moins stable. Un accident bête. Je roulais vite, trop vite. Il était minuit passé et je rentrais. La route était mouillée. Ma cigarette m'échappe des mains, un moment d'inattention et j'ai mordu le bord de la route. Un coup de volant dans un sens, trop fort, puis dans l'autre pour tenter de redresser. À cette vitesse-là, quand la route est mouillée, on ne redresse rien. J'ai zigzagué tant que j'ai pu, puis j'ai totalement perdu le contrôle. Je me suis retrouvé dans un champ, le dessous de la voiture totalement arraché. Je n'avais rien, à l'exception d'un doigt tordu sous le choc, pour me donner un air encore plus ridicule. Une voiture à l'état d'épave, et je n'avais qu'un petit bobo au doigt.

J'ai eu plus de peur que de mal, mais depuis, instinctivement, je roule moins vite.

Dans trois heures, je serai à Sourcarol. J'arriverai pour l'heure du déjeuner, ou du dîner, comme dirait Aurélie. Papa m'aura probablement préparé un petit plat dont il a le secret. C'est le problème à Sourcarol. Mon père cuisine à merveille et j'adore manger sa cuisine. Alors je mange comme quatre et ma ligne en prend un coup. Pourtant, je ne sais pas si j'aurai le cœur à manger aujourd'hui. J'ai beau passer en revue les plats que j'aime tant, je n'en vois aucun qui me fasse envie. J'ai à peine pu avaler mon café avant de partir. Un expresso, comme nous aimons à en boire Aurélie et moi. Nous aimons tant cela que j'ai acheté une machine duo, expresso et filtre, en cadeau de Noël. Elle adore le café français. Nous avons beaucoup ri ensemble en écoutant une chanson de Lynda Lemay, *Les maudits Français*, je crois, dans laquelle elle dit en parlant de nous « Ils boivent du vrai café d'adulte ». En entendant cela, Aurélie a éclaté de rire « Les Québécois pensent comme les Belges ». J'ai alors repensé au jus de chaussette que j'ai bu il y a quelques années dans un café de Québec et à celui qu'on nous avait servi dans un restaurant à Nivelles, le jour où nous avions goûté la spécialité locale, la tarte al jote, après avoir sillonné la région à la recherche d'une maison à louer. Notre cafetière est toujours chez elle. Peut-être même boit-il de notre café. Cette simple idée est une torture. Je sens la boule grossir dans mon ventre et venir de nouveau comprimer ma poitrine. J'ai un peu de mal à respirer. Bon sang, je tremble. Il faut que je ralentisse. Je ne dois pas penser à lui. Chaque fois qu'il vient parader dans mon esprit, me narguer de son sourire haineux, ma douleur devient plus forte. Mon pouls s'accélère, mon estomac se tord, je tremble comme une feuille et les larmes montent sans que je puisse les retenir. Il ne mérite pas cet honneur. Je ne veux même pas le haïr, je dois l'ignorer. Je veux penser à autre chose. Me forcer à penser à autre chose. Sourcarol. Tout à l'heure, je serai à Sourcarol. Je dois penser à Sourcarol.

D'un geste nerveux, presque furieux, je passe ma main sur mes yeux, pour sécher les larmes qui commencent à couler. Sourcarol. C'est rigolo comme nom. Monsieur Gramont nous en a expliqué l'origine un jour. À Sourcarol, tout le monde connaît cette histoire. La légende veut qu'un jour, Charlemagne soit passé à Sourcarol. Il y aurait reçu un accueil tellement chaleureux qu'à son départ, il aurait dit qu'en ce lieu, il avait été *bien aaisié*, bien à l'aise en quelque sorte, heureux de sa halte. Pour récompenser les habitants de leur accueil, il aurait affranchi le village de toute obligation vis-à-vis de l'impôt. Puis, en partant, son cheval aurait frappé le sol de son sabot, et une fontaine aurait jailli. Cette fontaine existe toujours, non loin de la place du champ de foire, dans le pré d'un agriculteur du bourg. On l'appelle la Fontaine de Charlemagne. D'où le nom du village, Sourcarol la franche. J'ignore si la légende a quelque fondement, mais il existe deux faits troublants. Dans quelques jardins du village, des habitants ont trouvé des sarcophages carolingiens, preuve qu'il y a bien eu une présence de l'armée de Charlemagne dans le village. Mais il y a plus troublant encore. Pendant les guerres de Religion, les archives d'une abbaye qui gardait l'ordonnance affranchissant Sourcarol ont brûlé. Les habitants du village, qui voulaient faire entendre leurs droits, sont montés jusqu'à François Ier pour obtenir le renouvellement de ce statut de village franc et ont eu gain de cause. Il y a forcément du vrai dans tout cela puisque sur le mur de l'église de Sourcarol, une plaque de pierre, gravée en vieux français, atteste de la décision de François Ier. Il faudrait que je me renseigne auprès d'historiens locaux. Quelqu'un a bien dû faire des recherches plus poussées pour séparer la vraie histoire de la légende populaire dans tout cela. Mais il me plaît aussi de croire un peu en cette belle légende. Faut-il forcément percer le mystère et tuer la magie ?

- 4 -

« Le Poète est semblable au prince des nuées
Qui hante la tempête et se rit de l'archer ;
Exilé sur le sol au milieu des huées,
Ses ailes de géant l'empêchent de marcher »

Charles Baudelaire
L'Albatros

Je vais arriver au péage. À ce niveau-là, je suis à la moitié du trajet. Depuis le temps que je fais la route jusqu'à Sourcarol, j'ai plein de points de repère. Dans quelques kilomètres, je vais faire une pause-café sur une aire de repos que j'aime bien. Elle est agréable et son nom chante comme une promesse, un parfum de romantisme. L'aire des Champs d'Amour. Je me suis souvent laissé aller à imaginer cet endroit lorsqu'il n'y avait pas encore l'autoroute. Les Champs d'Amour devaient être un lieu de rencontre entre les jeunes gens qui trouvaient ici un lieu tranquille pour cacher leurs émois, leurs ébats. J'imaginais des arbres, des fleurs des champs, de hautes herbes à coucher tendrement pour être à l'abri des regards indiscrets et confectionner un matelas de circonstance. Là, les amours débutantes pouvaient se laisser aller sans crainte à la découverte des plaisirs des sens. Que de cœurs ont dû battre ici ! La peur des premiers baisers, des premières étreintes. Les caresses échangées, les mains qui s'effleurent, se joignent, se serrent, les corps qui se fondent. Les baisers timides, puis plus sûrs, jusqu'à devenir ardents. Je pensais à tout cela le week-end où je suis venu à Sourcarol sans Aurélie.

Tout le long du voyage, je lui ai envoyé des messages sur son téléphone portable. Elle était à un banquet de son village, là-bas. À chaque ville traversée, chaque pensée pour elle, je lui envoyais un mot. *« Les eaux de la Loire sont toujours aussi belles et mystérieuses. En les traversant, c'est étrange, j'ai pensé à toi »*. *« Le pain d'épices de Salbris a le goût de tes lèvres. Ici aussi, je t'aime et je pense à toi »*. *« L'aire des Champs d'Amour. Ici, je voudrais te prendre par la main, courir comme deux enfants, rouler dans l'herbe folle et t'aimer intensément »*. Toute la soirée, son téléphone n'a pas cessé de sonner pour signaler l'arrivée d'un nouveau message, à tel point que ses amies la regardaient amusées, le sourire au coin des lèvres. Aurélie était très gênée, mais je suis convaincu qu'au fond d'eux-mêmes, ils l'enviaient bien plus qu'ils ne la désapprouvaient. Qui n'a jamais rêvé de vivre une passion comme celle que nous vivions alors ?

Voilà que je recommence à penser à elle. Pourquoi toutes mes pensées reviennent-elles systématiquement vers elle ? Je ne vais pas m'arrêter sur l'aire des Champs d'Amour aujourd'hui. Je veux poursuivre ma route puisqu'elle n'est pas avec moi et que je ne peux même plus rêver qu'elle court avec moi, main dans la main, au beau milieu des Champs d'Amour.

Il est inutile de chercher à la chasser de mon esprit. Son fantôme est plus fort que ma volonté. Je dois m'efforcer de ne penser qu'aux moments merveilleux, qu'aux instants délicieux. Peut-être ainsi réussirai-je à mieux accepter, à comprendre, à continuer à vivre sans elle. Oui, c'est ça, ne penser qu'aux bons moments. Notre rencontre. Ça, c'était un bon moment. Les plus belles histoires sont celles qui vous tombent dessus quand on ne s'y attend pas. J'étais seul. C'était une période assez étrange. Pour la première fois de ma vie peut-être, je me sentais bien dans ma vie solitaire. Je dévorais des livres passionnants, je mettais un peu à jour ma culture défaillante. Il y avait si longtemps que je n'avais plus lu. J'adorais lire lorsque j'étais enfant. Puis la vie et les habitudes m'avaient changé peu à peu. En me consacrant au travail et à ma petite vie, j'avais cessé de lire et je n'en éprouvais pas l'envie. Puis ce fut la séparation. J'ai réappris à vivre seul. J'y trouvais une forme de sérénité, un bien-être dans cette vie quotidienne, dans mon chez-moi, entre mes livres. J'avais même presque cessé d'aller sur Internet. Au début de mon célibat tout neuf, je discutais régulièrement avec des demoiselles en quête de l'âme sœur, espérant trouver au hasard d'une rencontre celle qui allait bouleverser ma vie.

Je m'étais inscrit sur un site et outre les renseignements d'usage, j'avais mis quelques mots qui parlaient un peu de moi.

« Finalement, dans la vie, la seule chose qui compte est l'amour. Il y a deux citations qui me résument imparfaitement :

Il n'y a rien d'inaccessible, mur de pierres ou mur du son, si tu as le soleil pour cible, et l'amour comme horizon – Herbert Pagani.

Celui qui vient au monde pour ne rien troubler ne mérite ni égard, ni patience – René Char.

Et je pourrais en ajouter une troisième : Vous voulez les misérables secourus, moi je veux la misère supprimée – Victor Hugo. »

Ce n'était pas très original, j'en conviens, mais cela permettait une entrée en matière pour des discussions qui, je l'espérais, me permettraient de me faire connaître mieux des demoiselles qui auraient attiré mon attention. J'ai d'abord eu plusieurs contacts intéressants, mais rien d'extraordinaire, pas le moindre coup de foudre à l'horizon. Je me suis peu à peu lassé du jeu et je me plongeais alors avec délice dans la lecture, remettant à plus tard la belle rencontre que j'espérais. Puis il a eu le 29 septembre. Dans mon esprit, il y a un avant 29 septembre, et un après 29 septembre, comme il y a le jour et la nuit, le froid et le chaud, le néant et la multitude, le yin et le yang, la vie et la mort.

Pourtant à ce moment, comme dans tous les grands moments, je n'ai pas senti que ma vie venait d'être bouleversée. Un simple message m'attendait :

Sujet : Très touchée.
Message : J'ai beaucoup aimé ton annonce et si ce que je perçois de ta philosophie de la vie est juste, j'aimerais beaucoup discuter avec toi.
Sans arrière-pensée.
Signature : Or

Ma première réaction a été la surprise. Il est très rare sur le Net qu'une fille réponde à l'annonce d'un garçon. Quel que soit le site sur lequel on a jeté son dévolu au hasard de ses errances, il y a au moins dix garçons pour une fille. À peine ont-elles déposé une annonce qu'elles sont submergées de messages plus ou moins subtils, souvent moins que plus d'ailleurs. Elles passent alors tant de temps à trier parmi ces messages puis à répondre à ceux qu'elles ont sélectionnés qu'elles prennent rarement le temps d'aller voir les annonces des garçons. C'est la loi du marché, de l'offre et de la demande. Les filles sont plus rares donc plus chères. Il faut d'énormes efforts à un garçon pour se faire remarquer, faire preuve d'humour, de finesse, ou d'autres qualités selon l'image que l'on veut donner de soi. C'est une véritable démarche marketing. Le produit est bon, c'est une évidence, mais il faut donner envie de le connaître, surtout ne pas trop en dire. Il faut faire naître la curiosité, l'intérêt d'une fille dont on ne sait rien et qui neuf fois sur dix ne prendra même pas la peine de vous répondre. Pendant ce temps-là, les filles n'ont qu'à attendre tranquillement que la moisson de messages arrive et faire leur marché : celui-là est trop vulgaire, poubelle. Celui-ci n'a guère d'imagination, message supprimé. Tiens, en voilà un qui a beaucoup réfléchi pour écrire le message parfait et qui est si content de lui qu'il envoie le même texte à toutes les filles. Ah, celui-là a ressorti son dictionnaire des citations. Quelle horreur, un apprenti philosophe…

Ne pas passer inaperçu, toucher une corde sensible, susciter l'intérêt : répondre à une annonce sur l'Internet est un art délicat où l'on n'est absolument pas assuré que celle qui, par un concours de circonstances, aura eu envie de vous répondre saura à son tour vous plaire un peu. Et je ne parle même pas de la névrosée qui, au bout de deux messages agréables échangés, vous fera une crise de jalousie, vous annoncera être au bord du suicide parce qu'elle a cru percevoir entre vos lignes que vous entreteniez aussi une correspondance avec une autre internaute que vous ne connaissez pas plus qu'elle, et qu'elle est sûre pourtant, qu'elle et vous, vous êtes faits l'un pour l'autre.

J'étais donc surpris de recevoir ainsi une réponse spontanée pour la première fois. Mais je me sentais plutôt bien comme ça, dans ma nouvelle vie de célibataire nouvellement endurci. C'était un leurre, bien évidemment, mais comment pouvais-je le deviner ? Comme tous les célibataires qui ont du mal à supporter cet état, je m'étais mis en tête que c'était presque un choix. Finalement, en prenant un air faussement détaché qui n'aurait trompé personne, même pas moi, je me suis laissé tenter et je suis allé voir sa fiche. En réalité, j'étais plus que tenté, j'étais même avide de découvrir ce petit bout de cette femme qui avait pris le temps de me lire et de m'écrire. Elle était plaisante cette description. D'abord, le pseudonyme qu'elle avait choisi, « Or », me plaisait beaucoup. C'était original. Je n'en avais jamais vu de si court. Habituellement, les internautes se choisissent un pseudonyme qui reflète leur personnalité, ou leur humour. Les « Fée dit vert », « Mephistos », « Étoile filante », « Rêves de bleu », « Lune rousse » sont légion. J'ai même croisé un jour un délicieux et imaginatif « Lapin en slip » et beaucoup d'autres pseudonymes érotiques, voire vulgaires. D'autres, moins inventifs, se contentent de leur prénom ou d'un diminutif. D'autres enfin empruntent leur pseudonyme à la littérature, à la bande dessinée ou au cinéma. J'avais fait ce dernier choix, et j'apparaissais sous le nom de « Jonathan Livingston » en hommage au fameux goéland de Richard Bach. J'aime beaucoup cette volonté farouche de Jonathan Livingston de vouloir quoi qu'il en coûte voler toujours plus haut et plus vite pour être libre. Le prix de cette liberté pour le héros auquel j'empruntais le nom était l'exil, la solitude, et moi aussi, je me sentais un peu en exil dans ma vie, solitaire.

« Or » était malheureuse, semblait-elle dire dans sa fiche.

« J'aurais voulu être moins sensible pour moins souffrir de ce que la vie nous apporte trop souvent : blessures de l'âme, hypocrisie, trahisons, mensonges, échecs... Mais je reste optimiste, derrière les nuages, le soleil brille encore. Peut-être quelqu'un m'entendra-t-il... »

Elle avait trente et un ans, divorcée et maman de deux enfants. En haut de sa fiche, le sésame qui allait me faire tomber dans un piège délicieux. *« Région : Vorinde (Belgique) »*. Une telle distance ne m'engageait à rien, et puisqu'elle affirmait rechercher avant tout une amitié, je pouvais lui répondre sans crainte et sans arrière-pensée. Et puis j'étais un peu ému de cette fragilité avouée dans ces quelques mots. J'envoyai un message pour lui dire simplement que je prendrais grand plaisir à discuter avec elle et je laissai faire le destin.

Le destin est parfois un merveilleux ami. Il frappa à ma porte deux jours plus tard, alors que je regardais mes messages. Une fenêtre s'ouvrit sur mon écran pour me dire que « Or » était connectée et me proposait un dialogue en direct. Par réflexe, sans prendre le temps de réfléchir, je glissai la souris jusqu'au OK, et je cliquai.

— Bonsoir, Monsieur Livingston, me dit-elle en cachant à peine un petit sourire ironique.

— Bonsoir, Mademoiselle Or, répondis-je, incapable de trouver sur le coup une réplique plus percutante, plus pertinente.

— Je suis désolée, j'avais prévu de venir discuter avec toi dès hier soir, mais je suis allée chez mes parents et je suis finalement restée souper. Je suis rentrée trop tard.

— Ce n'est rien. Je ne t'attendais pas particulièrement.

— Jonathan Livingston, c'est bien ce goéland qui se croyait supérieur à tous les autres et ne supportait pas la vie simple de ses congénères ?

Il est toujours étonnant de constater combien chacun a sa propre lecture d'un livre. Jamais je n'avais eu cette image-là de mon palmipède préféré. Il me revenait à l'esprit l'*Apostille au Nom de la rose* dans laquelle Umberto Eco affirme que dès qu'un livre est entre les mains d'un lecteur, il n'appartient plus à l'auteur. Tel Pinocchio, l'objet inerte prend vie, il a son propre destin sous les yeux du lecteur. Chacun le reçoit avec sa propre culture, ses autres lectures, ses expériences de vie. Les paysages se déforment sous leurs yeux, les personnages sont tellement vivants que le même héros peut être sympathique aux yeux des uns, romantique ou naïf aux yeux des autres, calculateur ou même mesquin pour les plus acerbes. Le décalage est immense, mais après tout, ne portons-nous pas chaque jour un regard différent des autres sur les personnes qui croisent notre vie ? Je me souviens qu'un jour, juste après avoir achevé la lecture des *Liaisons dangereuses*, j'avais eu une discussion sur ce sujet avec une amie. Je trouvais que la petite Cécile de Volanges était adorable, naïve et romantique du haut de ses quinze ans, et que le destin avait été fort cruel en la plaçant sur le chemin de l'ignoble vicomte de Valmont et de la perverse marquise de Merteuil. Je portais sur ce petit ange broyé un regard protecteur et attendri. Mon amie m'avait alors beaucoup surpris en assénant ce verdict définitif :

— Cécile de Volanges est une gourde. Être candide à ce point est impardonnable. Je suis désolée, mais elle a eu un destin normal pour une fille aussi crétine.

Mon amie m'apparut alors sous un autre jour et je la classai d'emblée dans la catégorie des femmes sans cœur, insensibles et cruelles. De nouveau ce soir-là, « Or » me montrait que mon personnage référent pouvait être perçu avec un autre œil que le mien. Je pris aussitôt sa défense et par la même occasion la mienne, et ce fut sur ces mots que notre dialogue s'engagea.

Peu à peu, notre conversation prit corps et nous échangeâmes rapidement des confidences sur nos vies, nos espoirs, nos échecs, nos regrets. Internet est un médium étrange. Tout y est infiniment plus rapide. Les distances sont abolies, les préalables, les phases d'observation, les barrières n'existent plus. Quelques mots pour nous présenter et nous voilà échangeant des propos intimes que l'on n'oserait même pas penser en présence de nos plus proches amis dans la vie réelle. Privilège de l'univers virtuel, je parlais en direct avec une fille qui était à plusieurs centaines de kilomètres de moi, dont je ne savais rien si ce n'est les quelques renseignements que contenait sa fiche. Pourtant, nous parlions déjà comme de vieux amis et nous nous dévoilions l'un à l'autre sans pudeur et sans gêne. C'est sans doute ce que j'aime dans ce genre de discussions. Nous ne pouvons pas nous voir. Débarrassés de la pollution des goûts physiques, nous regardons les cœurs, les idées. Était-elle belle ou laide, petite ou grande, mince ou obèse ? Je n'en avais pas la moindre idée et je n'y pensais même pas. A priori, il y avait très peu de chances pour que je la voie réellement un jour. À ne pas connaître sa silhouette et son visage, je pouvais à loisir scruter son âme, explorer sa personnalité, sonder son histoire, sa culture, découvrir celle que sans doute ses amis les plus proches n'avaient jamais pris la peine de regarder sous cet angle. Avec ce regard-là, je la découvrais jolie, sensible, fragile. Elle avait surtout besoin de parler. Il est tellement plus facile de dire ce qu'on a sur le cœur à un étranger qu'on ne connaîtra sans doute jamais au-delà du monde virtuel.

Elle m'ouvrait son cœur et je l'écoutais, lui répondais. Les blessures à l'âme et les mensonges, la trahison dont elle parlait dans l'annonce n'avaient que trois mois et sa douleur ne s'était qu'à peine estompée. C'était aux premiers jours de l'été. Maman heureuse et épanouie, elle se consacrait à pleine vie à ses deux filles, Noémie et Aglaé. Depuis plusieurs mois, son mari Nicolas était assez distant. Il avait beaucoup de travail et passait énormément de temps sur son ordinateur. Souvent pour se détendre, il surfait sur le Net, à la recherche de tous les renseignements sur les Cure, ce groupe mythique des années 80 dont il était un fan absolu. Pendant des heures, il échangeait des documents, des impressions avec les autres fans qu'il croisait sur les sites spécialisés. Aglaé allait avoir sept mois. C'est un sacré beau bout de bébé, un sourire à faire fondre le cœur le plus sec. De temps à autre, il partait pour assister à un concert des Cure à l'étranger ou pour son travail. Aurélie continuait à vivre son petit bonheur quotidien auprès de ses filles. Certes, la distance qui s'instaurait peu à peu avec son époux lui pesait, mais deux filles de cet âge ont un tel besoin de leur maman qu'elle y trouvait somme toute un certain équilibre. Le rideau se déchira un soir, au retour de l'une des absences de Nicolas. Elle trouvait son comportement un peu étrange, il paraissait absent. Elle voulut le provoquer un peu, le faire réagir. Elle lui demanda s'il y avait une autre femme dans sa vie. La réponse fut brutale. « Non, il n'y en a pas, mais si tu n'existais pas, il y en aurait une ». Aurélie en fut abasourdie. Il expliqua alors qu'au cours de ses longues conversations sur Internet, il s'était lié d'amitié avec une jeune femme française de vingt ans. Depuis plusieurs mois, il avait le sentiment qu'elle s'occupait trop des deux filles et plus assez de lui, qu'elle ne l'aimait plus. Alors il s'était confié à cette fameuse Lydie, il lui avait ouvert son cœur et elle avait fait de même. Peu à peu, ils s'étaient appréciés. Puis, lors d'un récent concert à l'étranger, ils s'étaient donné rendez-vous, pour se connaître, franchir la barrière qui sépare le virtuel du réel. Ils étaient tombés fous amoureux l'un de l'autre. Certes, il n'avait pas voulu tromper Aurélie, mais il savait que désormais, plus rien ne serait comme avant. Il avait donc prévu de ne rien dire encore à sa femme avant le baptême d'Aglaé, prévu un mois plus tard, mais il savait qu'ensuite, la séparation était inévitable.

Le monde d'Aurélie venait de s'effondrer. Ses rêves d'un amour pour la vie, d'une famille unie autour des enfants, heureuse dans la maison qu'ils avaient fait construire pour nicher leur bonheur, tout cela venait de s'écrouler dans un fracas épouvantable. Sa vie venait de perdre tout sens. Elle venait de plonger dans la nuit et s'enfonçait inexorablement dans un sol qui se dérobait sous ses pieds. Elle pleura, supplia, hurla son amour du plus profond d'elle-même, mais il ne voulait plus rien entendre. Il était peiné qu'elle souffre ainsi, mais il assurait que plus rien n'était possible, qu'il avait cette Lydie dans la peau, qu'il ne choisissait pas, que tout cela était plus fort que lui. Il n'avait qu'un souhait, qu'elle se ressaisisse et vive sa vie à elle, sans lui. Mais c'était tellement demander. Depuis neuf ans, elle lui avait consacré sa vie, ses espoirs, ses envies. Elle avait été à l'écoute de ses besoins à lui, elle n'avait vécu que pour lui, et à travers lui.

Elle ne pouvait pas imaginer sa vie sans lui.

Pendant plusieurs semaines, les discussions revinrent presque chaque soir. Elle tenta de lui plaire, de le séduire de nouveau, de le convaincre qu'il ne pouvait pas ainsi briser neuf années de bonheur. Mais invariablement, il répétait la même litanie, son amour pour Lydie beaucoup trop fort, ses regrets de la voir souffrir, son désir de la voir heureuse. Un soir, n'en pouvant plus, elle décida de prendre sa voiture, et d'aller loin, nulle part, sans réfléchir. Inquiet, Nicolas tenta de la retenir. Sur le pas de la porte qu'elle voulait absolument franchir, il la prit dans ses bras et l'embrassa longuement. Ils firent l'amour comme aux premiers jours. Aurélie respirait, revivait, espérait de nouveau. Il l'aimait forcément pour lui faire l'amour ainsi, il ne pouvait plus partir. Elle goûtait ces instants avec le bonheur de celui qui trouve une oasis après des jours d'errance dans le désert. Il était là, il était son oasis à elle, et elle ne le quitterait plus, il ne la quitterait plus. Apaisée, elle était enfin heureuse. Il la regarda alors, avec un sourire attendri. Puis dans un soupir, il lui donna le coup de grâce. Cela ne changeait rien pour lui. Il allait la quitter pour Lydie, le nouvel amour de sa vie.

Le jour du baptême arriva. Aurélie n'avait rien voulu dire à ses proches. Elle continuait à croire qu'il s'agissait d'un égarement passager, que Nicolas allait revenir sur sa décision. Après tout, ce soir-là, ce soir où ils avaient fait l'amour, elle avait bien senti qu'il s'était abandonné dans ses bras. Ils n'avaient plus fait l'amour ainsi depuis si longtemps. Ce sont des signes qui ne trompent pas. Toute la journée, Aurélie cacha merveilleusement le drame qu'elle vivait. Elle sourit à tous ses invités, se montra joyeuse, plaisantant avec les uns, souriant aux autres. Elle parla des projets que Nicolas et elle avaient, pour continuer l'aménagement de leur si jolie maison. Prévenante et attentive, elle fut une maîtresse de maison parfaite et donna l'impression d'un couple heureux et uni. Lorsque les invités prirent congé, elle avait tant pris son rôle à cœur qu'elle se prenait à y croire, que toute cette histoire n'avait été qu'un accident de parcours, et que Nicolas revenait peu à peu vers elle. Elle s'approcha de lui, pour le prendre par la main, profiter de ce sourire qu'il avait lui-même arboré toute la journée. Elle avait tellement envie de prolonger ces instants en tête-à-tête, d'y croire encore un peu. Mais le sourire de Nicolas s'effaça. La comédie était finie, la corvée passée. Maintenant, ils allaient pouvoir revenir à la réalité. Longuement encore, elle tenta de le raisonner, de lui dire qu'il allait regretter, qu'il voudrait revenir un jour, qu'il ne devait pas tout gâcher. Mais plus rien n'était possible. Il voulait bien, par commodité, faire semblant encore trois ou quatre mois, mais ce ne serait que faire semblant, cohabiter sans amour.

Trois semaines passèrent encore et Aurélie était au plus mal. Elle sentait combien sa présence sous le même toit lui rendait la vie encore plus difficile. Elle ne pouvait pas se remettre, se reconstruire dans ces conditions. Chaque soir, il parlait au téléphone avec Lydie, il allait sur le Net pour discuter avec Lydie, et chaque week-end, il s'en allait en France pour voir Lydie. Aurélie comprit alors que tout espoir était perdu, qu'il ne reviendrait pas en arrière. Elle préférait couper net, ne plus le voir chaque jour, ne plus ressentir cette affreuse douleur de le voir près d'elle et de le sentir si loin. Elle lui demanda de la laisser seule dans son immense détresse.

Ce récit m'avait tellement ému que je ne savais plus quoi dire. De toute évidence, Aurélie souffrait encore. De temps à autre, je ponctuais ses phrases par quelques mots compréhensifs, je lui montrais que j'écoutais, que j'étais attentif à sa douleur, que je la comprenais, que je la ressentais presque. Ce Nicolas me paraissait si cruel. Comment pouvait-on faire souffrir ainsi une femme qui me semblait si fragile, si belle aussi dans ses émotions, dans son âme ? Je me surprenais à éprouver pour elle une énorme tendresse. Nous avons parlé pendant des heures ainsi. À mon tour, je lui ai raconté ma vie, mes espoirs, mes déceptions. Peu à peu, nous en sommes venus à parler de notre conception de la vie, de l'amour, des sentiments. Elle me semblait si belle derrière ses mots. Je buvais ses paroles et elle buvait les miennes.

Nous ouvrions nos cœurs, les partagions. Nous en sommes même venus à constater que nous nous ressemblions dans notre façon de regarder la vie. Peu à peu, je l'ai sentie moins triste. Nous avons fini par plaisanter, nous envoyer des sourires parfois amicaux, parfois attendris. Le temps coulait comme une eau limpide et rafraîchissante. Nous étions bien ensemble. Vers six heures du matin, nous nous sommes quittés, heureux de ces moments passés ensemble, en nous promettant de nous reconnecter très vite.

Depuis ce jour, nous n'avons plus passé une seule journée sans nous voir, nous parler au téléphone ou sur le Net.

- 5 -

« Et par ce qu'il estoit naturellement phlegmaticque commençoit son repas par quelques douzeines de jambons, de langue de beuf fumées, de boutargues, d'andouilles, et telz aultres avant coureurs de vin. Ce pendent quatre de ses gens luy gettoient en la bouche, l'un après l'aultre continuement moustarde à pleines palerées. Puis beuvoit un horrificque traict de vin blanc, pour luy soulaiger les roignons. Après mangeoit selon la saison viandes à son appétit, et lors cessoit de manger quand le ventre luy tiroit. »[1]

Rabelais
Gargantua

C'est bon de repenser à tout cela. Je n'ai pas vu le temps passer. Dans quelques minutes, je vais arriver à Sourcarol. Il est midi. Rapidement, j'appelle maman, avant d'entrer dans la zone où les portables ne passent plus. C'est comme cela, la campagne. Tout le monde l'aime, bien sûr, pour y passer un week-end, voire plus pour les vacances. Mais il y a si peu d'habitants que cela n'intéresse plus les décideurs quand il s'agit d'investir. Autrefois, le téléphone était un service public. Alors dans les villages comme dans les villes, l'opérateur national a installé des lignes de téléphone, partout. Les temps ont

---

[1] « Et parce qu'il était mou par nature, il commençait son repas par quelques douzaines de jambons, de langues de bœuf fumées, de boutargues, d'andouilles et autres préludes au vin. Pendant ce temps, quatre de ses gens, l'un après l'autre, lui jetaient continuellement dans la bouche de la moutarde à pleines pelletées. Puis il buvait un formidable coup de vin blanc pour se soulager les reins. Alors il mangeait selon la saison mets à son appétit, et cessait de manger quand le ventre lui tirait. »

changé. La règle n'est plus l'égalité d'accès aux services pour les citoyens, mais la loi du marché.

Signe de ces temps nouveaux, il n'y a plus d'opérateur public. Il a disparu par un beau jour pour le marché boursier, lorsque l'État a décidé de vendre les bijoux de famille et de permettre à la concurrence de s'exprimer pour le plus grand bénéfice des consommateurs, nous a-t-on expliqué à la télévision, à la radio et dans les journaux. Il n'y a pratiquement pas eu de voix dans la presse pour protester. C'est étrange comme parfois tous les médias pensent de la même façon. Il y aura toujours de mauvaises langues pour dire que si TF1 n'a rien dit, c'est que cette merveilleuse chaîne appartient au même groupe qu'un opérateur de téléphonie mobile. Ou encore pour affirmer que le silence des médias a un rapport avec le fait qu'une très grosse partie d'entre eux appartiennent désormais à un seul groupe qui possède également un opérateur de téléphonie mobile, un opérateur de téléphonie fixe, une chaîne de télévision, des cinémas, une grande salle de spectacle, un réseau de distribution d'eau et bien d'autres choses encore. Dormez en paix, braves gens, la démocratie est entre de bonnes mains et il n'y a plus beaucoup de risque d'entendre des voix discordantes. Si nous vivions encore au Siècle des Lumières, il n'y aurait pas grand monde pour populariser ces idées rétrogrades d'une république qui mettrait en œuvre la séparation des pouvoirs.

Du coup, à Sourcarol comme dans beaucoup d'autres villages, aucun des trois réseaux de téléphonie portable n'a daigné installer une antenne. Les paysans ne sont rentables qu'au Salon de l'agriculture, dans le rôle de faire-valoir des belles campagnes électorales où les candidats se bousculent pour tâter le cul des vaches. Et comme aucun des grands personnages de l'État n'a eu la présence d'esprit d'acheter une maison de campagne à Sourcarol, personne n'a pu voir qu'au cul de nos vaches à nous, le téléphone ne passe pas. Nous ne sommes ni rentables, ni médiatiques. J'ai tout de même pu avoir mes parents, juste avant d'entrer dans le désert où jamais un homme politique d'envergure n'a posé le pied, excepté Charlemagne bien sûr, mais à l'époque, les problèmes de téléphonie mobile n'avaient pas la même acuité.

Tout est prêt. Comme je l'avais prévu, ils m'attendent pour manger, et ma mère m'a même dit que mon père m'avait préparé une surprise, mais que ce n'était pas grand-chose puisque je ne les avais prévenus de mon arrivée qu'en dernière minute, ce matin. Les pas grand-chose de Sourcarol sont une légende dans la famille Beaufils. Ça ressemble à l'omelette aux cochonneries. C'est une recette familiale, que dis-je, une institution. Elle arrive le soir, par accident. L'heure du dîner approche et rien n'a été prévu. Dans ces moments critiques, mon père fait montre d'un flegme à toute épreuve. Il s'approche du frigo, l'ouvre, observe le contenu, et il sort la phrase magique :

— On pourrait faire une omelette, il y a deux ou trois cochonneries qui traînent.

C'est alors que les grandes manœuvres commencent. L'un d'entre nous est chargé d'une importante mission : aller au jardin choisir la salade appropriée et quelques herbes. Un autre est chargé de pleurer sur le sort des oignons qui vont venir rissoler au fond de la poêle quelques minutes avant les cochonneries et les œufs. Pendant que le dernier reçoit l'ordre d'apprêter la table, mon père se charge des opérations délicates. Il procède à un déménagement méthodique de l'intérieur du frigo. Chaque ingrédient, chaque reste est passé au crible. Un bout de poulet, une tomate, des crevettes, de la poitrine fumée, tout ce qui lui tombera sous la main est susceptible de recevoir le titre honorifique de « cochonnerie du soir ». Alors, avec de tout petits gestes précis, mon père réduit, découpe, écrase, râpe, effile, à l'aide d'un couteau finement aiguisé et entretenu comme un objet précieux, tous les ingrédients qui ont reçu la bénédiction paternelle. Quelques œufs, des épices, et les herbes qui sont enfin arrivées du jardin, et voilà l'omelette aux cochonneries prête à passer à la casserole. Tout le monde se met à table, et mon père accomplit son œuvre, prépare chaque part en omelette individuelle, cuite exactement selon le goût de chacun. La Mère Poulard du mont Saint-Michel n'a qu'à bien se tenir.

Que mon père se décide à s'y installer pour promouvoir son omelette aux cochonneries, et cette grande œuvre de la gastronomie sourcarolaise détrônerait à coup sûr la célèbre omelette normande.

Ce midi, ce sera donc une surprise de pas grand-chose. Encore quelques centaines de mètres, et je saurai à quoi m'en tenir. Je viens de passer le panneau rouge et blanc indiquant l'entrée dans Sourcarol. Sur la gauche, le stade de foot que j'ai vu tout neuf et immense dans mon enfance m'a l'air d'avoir rétréci. Il y avait eu de sacrés travaux à l'époque. Dans Sourcarol, il n'y a pas moyen de trouver un terrain assez grand qui soit plat et bien horizontal. Alors la commune avait fait remblayer sur une grande surface. Nous avions été récompensés de nos efforts. Je ne sais plus combien de temps après, mais notre équipe communale avait réussi une année fantastique. Nous avions même atteint la demi-finale de la coupe du district, ou quelque chose comme ça. Je ne savais pas vraiment ce que c'était, mais comme tous les Sourcarolais, j'en étais drôlement fier. Nous avions même loué un car pour emmener la moitié de la population soutenir notre équipe quasi nationale pour le match fatidique. Nous avions nos héros. Dans les buts, notre Barthez, c'était Jacques, le facteur, et notre Zidane s'appelait Philippe. Toute une équipe de Sourcarolais qui allaient en remontrer à tous ceux qui oseraient se mettre sur le chemin de notre gloire. Mais nous avons joué de malchance. Un de nos joueurs clés a été blessé et l'arbitre a été très injuste en ne sanctionnant pas la faute. On aurait cru qu'il était de mèche avec les autres. Bref, nous n'avions pas perdu, nous nous étions inclinés devant une aberration de l'arbitrage. Et nous savions que nous étions les plus forts. Cette année-là, nous sommes passés tout près de la gloire, et la chance n'a plus jamais été de notre côté.

Il y a toujours une équipe à Sourcarol, mais il n'y a plus assez de joueurs, alors le club a fusionné avec celui de Rouvres, à cinq kilomètres, notre plus grand adversaire de la belle époque. De toute façon, la veille des matchs contre Rouvres, la plupart des joueurs des deux équipes faisaient la fête ensemble au bal à Saint-Certain ou à

Rougnac. À côté de ce stade mythique, la commune a construit un court de tennis, mais je n'ai jamais vu personne y jouer. Enfin, je viens si peu souvent que je serais mal placé pour faire des remarques acides. Peut-être y vient-il du monde lorsque je ne suis pas là. En réalité, même si j'aime me moquer des investissements douteux, je trouve que c'est une bonne chose pour ces petites communes de créer des lieux de vie, de continuer à apporter de la vie. Mine de rien, il paraît que le terrain de boule construit sur le champ de foire attire du monde l'été. Et comme il y a bien longtemps qu'il n'y a plus de foire sur le champ de foire, c'est plutôt une bonne chose. On a trop tendance à sous-estimer les atouts de nos petits villages. À Sourcarol, il y a aussi le four à ponnes, par exemple. Ah, ça y est, me voilà arrivé !

J'arrête la voiture le long du hangar, comme d'habitude, juste à côté des rosiers grimpants que mon père a plantés là pour masquer un peu les tôles métalliques. Lorsque j'étais enfant, le hangar abritait l'atelier de mécanique d'un garagiste. Pour l'aménager, mon père avait dû commencer par dégager les carcasses de voitures qui s'étaient entassées au fil des années. Puis de mon enfance jusqu'à la retraite de mon père, le hangar a servi de garage pour les voitures et d'atelier. Je sors mon sac du coffre et je me dirige vers la porte qui donne accès à l'arrière de la maison. La dernière fois que j'en ai franchi le seuil, je tenais la main d'Aurélie qui venait pour la première fois à Sourcarol. Je ressens un énorme pincement au cœur. Je ne savais pas alors qu'elle venait aussi pour la dernière fois.

Je traverse la cour intérieure où nous nous sommes arrêtés tous les deux. Je l'ai embrassée, longuement, à la fois pour la rassurer et pour le plaisir de goûter un peu ses lèvres, de sentir son corps contre le mien. Elle m'a souri, et ses yeux ont brillé comme pour me dire : « Ça va aller, on peut y aller ». J'aperçois par la porte-fenêtre la silhouette de mon père là-bas dans la cuisine. Personne ne m'a encore vu. Je respire à fond, avant de pousser la porte qui annoncera mon arrivée. Juste à côté de l'entrée, par terre, mes parents ont déposé le casier à verre qui contient toutes les bouteilles qu'il faudra emmener au conteneur.

Sourcarol a beau être dans un petit coin perdu de la campagne, la collecte sélective des ordures ménagères est déjà en marche. Peut-être a-t-on ici plus qu'ailleurs conscience de la fragilité de la nature. J'en doute quand même. Lorsque l'on vit à la campagne, on est tellement attaché à la nature que l'on n'imagine même pas qu'elle puisse être en danger. Ce ne sont pas les trois cents habitants de Sourcarol qui peuvent mettre en péril les équilibres écologiques. Mon regard est attiré par le contenu du casier à verre. Là, au milieu de quelques bouteilles de jus d'orange, il y a deux canettes de bière belge. Je les reconnais tout de suite, sans l'ombre d'un doute. Pour Noël, Aurélie a confectionné un panier composé de diverses bières belges, de chocolats fourrés, de fromages d'abbaye et de sirop de Liège. Nous avons pu ainsi offrir à mes parents un petit bout du pays de la femme que je leur présentais, celle qui allait partager ma vie désormais. Les deux canettes vides qui sont là font partie de cet assortiment. Mes yeux deviennent un peu piquants. Je prends une profonde inspiration. Je ne dois pas laisser les larmes reprendre le dessus au moment d'entrer. Je dois être digne, garder la tête haute, masquer ma honte...

Je pousse un long soupir, puis la porte, qui grince toujours et claque de façon si singulière lorsqu'on la referme. La voix de ma mère s'élève du fond de la cuisine, s'enfile dans le couloir et parvient jusqu'à moi :

— Ah, voilà Vincent !

J'avance d'un pas mal assuré jusqu'à la porte de la cuisine. Je dépose mon sac au pied du portemanteau auquel j'accroche le mien. Je n'ai pas très envie d'entendre ma mère me reprocher comme souvent de laisser traîner mes affaires partout. C'est presque devenu un rituel depuis que j'ai quitté la maison familiale, voilà bientôt quinze ans. Je pose ma veste ou mon manteau sur le premier dossier de chaise venu, et ma mère grogne contre ma manie de ne jamais rien ranger à sa place, de n'avoir décidément pas changé depuis mon enfance. Généralement, c'est aussi l'occasion de rappeler que lorsque j'étais enfant, je m'étais fait une spécialité d'aller aux toilettes au moment de débarrasser la table, ou encore de transmettre à mon petit frère l'ordre qui venait de m'être donné d'aller chercher des pommes de terre à la cave ou de monter une pile de linge à l'étage. Ces semi-reproches amusés sont généralement l'occasion de plaisanter, de se moquer gentiment. Mais aujourd'hui, je n'ai pas le cœur à rire. Je suis là parce que j'ai mal et que j'espère oublier un peu cette boule qui me creuse le ventre. Je n'ai pas envie d'essuyer des reproches, même pour plaisanter. Je me retourne et ma mère est là, du haut de son mètre cinquante et demi – elle tient beaucoup à son demi-centimètre. Elle se tient devant moi, dans l'encadrement de la porte de la cuisine.

— Tu as bien roulé ?

Et elle me prend dans ses bras, me serre contre elle et m'embrasse comme seules les mères savent le faire.

— Tu vas bien, mon chéri ?

Là, dans les bras de ma mère, malgré mes trente-trois ans et tout le sérieux que l'on me prête habituellement, je fonds en larmes. Je ne dis pas un mot. Je pleure simplement, comme un enfant pleure doucement sur l'épaule de sa maman. Comme ces quelques larmes me font du bien. En un instant, toute mon histoire, toutes mes douleurs, toute ma détresse remontent en moi, jaillissent en quelques larmes et viennent couler sur l'épaule de ma mère. Je ne suis plus qu'un enfant qui dépose son lourd fardeau dans les bras de celle qui a toujours su le consoler, la seule qui sera à jamais la même pour lui, celle qui lui a un jour donné la vie dans la douleur et dans l'amour. Comme cet instant tranche avec les rapports assez distants que j'ai d'habitude avec ma mère. C'est drôle, j'ai toujours eu tant de mal à la comprendre, tant de mal à lui parler. C'est un peu comme si nous vivions sur deux planètes différentes. Elle ne comprend pas ma vie, ce qui compte pour moi. Mes priorités, mes valeurs, mes choix, tout nous conduit sur des chemins divergents. De mon côté, je ne comprends que très peu ce qui lui fait placer certaines valeurs qui me semblent d'un autre âge avant le simple désir d'être heureux. J'ai si souvent l'impression d'être jugé et condamné au moindre de mes choix. Depuis ma plus tendre enfance, nous savons que nous nous aimons et pourtant nous nous sommes opposés sur tellement de choses. Peut-être simplement ne parlons-nous pas assez. Finalement, je ne suis pas sûr de bien connaître ma mère et je ne suis pas sûr non plus qu'elle me connaisse réellement. Il nous faut des événements importants et quelques larmes pour que la vie nous rapproche avant de reprendre peu à peu un cours normal. C'est peut-être dans l'ordre naturel des choses. La dernière fois qu'il y a eu des larmes entre nous, c'était il y a quelques années. Nous étions à quelques mètres de là. La salle à manger avait été transformée en chambre de rez-de-chaussée pour accueillir mon grand-père très malade après le décès de ma grand-mère. Pendant plusieurs mois, maman a consacré ses jours et ses nuits à veiller sur son père, à le soigner, à lui donner amour et soutien. Puis un jour, il s'est éteint, emporté par l'âge, la maladie qui le rongeait et la tristesse profonde d'être désormais séparé de celle qu'il appelait avec amour « ma mémé ». Depuis longtemps, il souhaitait la rejoindre et son grand jour était arrivé. Ma mère n'avait pu que lui tenir la main, le soulager et l'aimer sur ce chemin qu'il désirait tant, qui était le sien. En apprenant la nouvelle, j'étais immédiatement descendu à Sourcarol pour être là. On ne peut rien pour celui qui part, mais on doit être là pour ceux qui restent, pour soi-même aussi. Je suis arrivé le soir, très tard. Mon père attendait seul dans la cuisine, visiblement affecté et respectueux de la douleur de ma mère. Maman était aux côtés de son père, seule, à prier. J'ai embrassé mon père et j'ai rejoint ma mère. Elle était assise sur une chaise, le regard vide, fatiguée. J'ai refermé la porte derrière moi, et je suis resté là un long moment debout, à regarder tantôt ma mère, tantôt mon grand-père. Puis Maman m'a vu. Bouleversée, elle s'est levée et est venue vers moi. Je l'ai prise dans mes bras, sans rien dire. Elle m'a regardé, les yeux brillants des larmes qui ne cherchaient même pas à sécher et m'a dit :

— C'était mon papa, Vincent, mon papa ! Je n'ai plus ni maman, ni papa. Je n'ai plus que vous, toi, ta sœur, ton frère et ton père. Maintenant, vous êtes ma seule famille. Je suis orpheline.

Puis elle s'est mise à pleurer longtemps sur mon épaule pendant que je la serrais fort contre moi. J'étais habité par un sentiment étrange. Ma propre douleur, celle du petit-fils qui venait de perdre son grand-père, me paraissait dérisoire à côté de la détresse de ma mère. J'étais là, moi son fils, son enfant, à la tenir dans mes bras. Moi qu'elle avait si souvent consolé pendant mon enfance des petits et grands chagrins de la vie, c'était à mon tour d'être là pour elle, de la chérir, de la consoler. Pendant un instant, c'était elle l'enfant qui pleurait et j'étais celui sur qui elle venait appuyer sa peine immense. Dans ce rôle si nouveau pour moi, j'étais fier de sa confiance, de son amour. Elle me regardait comme un adulte. J'étais heureux de pouvoir prendre un peu de sa douleur, de la soulager en recevant ses larmes qui coulaient sur mon épaule, sur ma chair qui était faite de sa chair. Et en même temps, j'étais presque gêné, ne sachant trop que faire, que dire. Je n'ai rien dit, sauf « Je comprends. Je t'aime Maman ». On dit si peu « Je t'aime » dans notre famille.

Aujourd'hui, les choses sont redevenues normales. Je suis l'enfant qui pleure dans les bras de sa mère et elle est la mère qui console son enfant. Elle me regarde doucement et me murmure :

— Ça va aller !

Ses mots ne changent rien, mais ils me font du bien. Puis dans un sourire, elle ajoute :

— C'est une fille bien. Ne regrette rien. Sois fier de l'avoir aimée, et qu'elle t'ait aimé. Prends ça comme un cadeau du ciel.

Pour ma mère, tout est cadeau du ciel. Les bonheurs comme les épreuves nous sont envoyés par Dieu pour nous éprouver, pour nous combler. Ils nous apportent toujours quelque chose, ils nous construisent, forgent notre personnalité, notre expérience. Dans l'absolu, elle a sans doute raison. Nous sommes ce que nous avons vécu et ce que nous avons voulu tirer de nos grandes et petites histoires. Je ne partage pas sa foi, mais je la respecte. Elle lui donne parfois une force que j'envie, même si j'ai aussi le sentiment diffus que la foi est une façon de ne pas vivre soi-même sa vie, de la vivre par procuration.

Ma mère ne me laisse pas pousser plus loin mes réflexions, pas plus qu'elle ne m'accorde le loisir de plonger plus avant dans la mélancolie.

— Papa t'a préparé une surprise pour le déjeuner.

Mon père est là, devant ses casseroles, la silhouette tassée d'un homme dont le dos peine de plus en plus à porter un corps usé par des années de travail. Il ne dit rien. Papa parle peu. Il ne dit presque jamais ce qu'il pense, ce qu'il ressent. Il garde ses émotions derrière le voile pudique de ses silences. Mais il pense, et il n'est finalement pas très difficile, lorsqu'on le connaît, de savoir ce qu'il pense. Tout passe dans quelques gestes agacés, dans un sourire ou un soupir. Parfois, lorsque la douleur est trop forte, en de rares occasions, j'ai vu ses yeux rougir et son visage se crisper, mais rien de plus. Il n'y a que la colère qu'il puisse exprimer. Lorsque j'étais enfant, ses colères me terrorisaient. Il y a longtemps que je ne l'ai pas vu ainsi en colère contre moi, mais je crois que j'en serais aujourd'hui tout autant impressionné si je devais y être confronté. J'ai une relation étrange avec mon père. Je crois pouvoir dire que nous sommes proches. Nous ne nous parlons que très peu, mais je sais qu'il me comprend et je crois le comprendre sans que nous parlions. Il y a entre nous comme une complicité non avouée.

C'est un bricoleur, un touche-à-tout. Il m'a presque tout appris, je crois, sans jamais vraiment m'enseigner quoi que ce soit. Je suis fier de mon père, je dois l'avouer. Il est d'une intelligence remarquable et son plus profond regret est de ne jamais avoir pu faire les études dont il rêvait. Alors il est fier des études de ses enfants. À son époque, à la campagne, on ne poursuivait pas d'études aussi facilement qu'aujourd'hui. Lorsqu'il a eu son certificat d'études, il a expliqué à son père qu'il voulait apprendre l'électronique. Mais continuer à étudier, ça voulait dire ne pas gagner sa vie. Son père a refusé et il a ouvert le journal pour parcourir les offres d'emploi. On recherchait un apprenti pâtissier dans la ville d'à côté. L'avenir de mon père venait d'être scellé : il allait être pâtissier. Il lui a fallu l'opiniâtreté des Beaufils pour enfouir son rêve au plus profond de lui, et le faire resurgir plus tard, en travaillant seul sur les livres d'électronique, de mathématiques et de physique qu'il avait achetés avec ses premiers salaires. Bien qu'il ait réussi facilement son Certificat d'Aptitude Professionnelle en pâtisserie, il n'aura pas fait une longue et grande carrière dans cette branche, et je ne l'ai connu que le nez plongé dans les entrailles des téléviseurs ou des machines à laver.

Mais de cette carrière avortée, il nous reste aujourd'hui les talents du cuisinier qui régale régulièrement la famille de ses petits plats mitonnés. Aujourd'hui, je n'ai pas besoin d'avancer jusqu'à la cocotte qui mijote pour deviner la surprise du jour. Papa sait quels sont les plats que j'aime et que je ne fais jamais parce que ce n'est pas très amusant de cuisiner pour soi lorsqu'on est seul. Le fumet qui a délicieusement envahi la cuisine ne peut pas me tromper : lapin aux pruneaux et lardons. J'adore ça.

Je m'approche de mon père et l'embrasse affectueusement.

— Ça va ? me demande-t-il sur un ton qui ne demande pas de réponse.

Il lui suffit de me voir pour savoir que non, ça ne va pas bien. Il ne veut pas en savoir plus, il sait, il comprend, il compatit, et son sourire à peine esquissé vaut toutes les embrassades du monde.

— On va passer à table, c'est prêt.

C'est l'avantage du lapin aux pruneaux quand on n'est pas très sûr de l'heure à laquelle un convive arrive. C'est un plat qui supporte très bien l'attente à feu doux, à mijoter, à embaumer l'atmosphère. Il n'y a que les pommes de terre, lorsqu'on les fait cuire avec le lapin, qui peuvent souffrir d'une cuisson trop longue et partir en bouillie. Papa y a pensé, comme d'habitude, et il a fait cuire les pommes de terre à part. Je n'ai guère d'appétit, mais je mange tout de même, pour essayer de retrouver le goût, l'envie des bonnes choses, et pour faire plaisir à mes parents.

Le déjeuner se déroule de façon assez ordinaire. Maman parle beaucoup, me donne des nouvelles des gens du village.

— Tu te souviens de madame Clarens, qui habitait à Chez Maillot ?

Mais si tu sais bien, elle avait un fils qui est parti travailler à Poitiers à la SNCF, elle avait des chèvres et nous amenait un fromage frais de temps en temps…

Je ne me souviens pas vraiment, mais cela me dit quelque chose. Je me souviens surtout du fromage frais que l'on mangeait tantôt avec du sucre ou de la confiture, tantôt avec du sel et du poivre. En fait, il y a pas mal de gens dans mes lointains souvenirs qui pourraient vaguement correspondre à la description.

— Eh bien, on l'a enterrée la semaine dernière.

Entre le mariage d'une ancienne camarade de classe de mon frère et l'enterrement d'un ancien combattant qui était très copain avec mon grand-père, je demande à ma mère si elle se souvient du fameux Raphaël qui nous avait valu ce mémorable sermon de monsieur Gramont, mais elle n'a aucun souvenir ni de Raphaël, ni de cette anecdote. Il est vrai qu'à l'époque, je n'avais pas dû trop me vanter de cette grave affaire, mais je suis étonné qu'elle ne se souvienne pas de Raphaël. Ah si, ça y est, elle se souvient. C'était une famille qui n'est pas restée longtemps à Sourcarol. Ils sont repartis elle ne sait pas trop où, mais il lui semble se souvenir qu'ils étaient d'Orléans ou de Chartres, enfin dans ces coins-là.

L'ordre du jour des nouvelles nécrologiques et du carnet rose du canton étant épuisé, mon père profite du répit pour prendre la parole.

— Vincent, tu as prévu quelque chose pour cet après-midi ?

Je réponds que non, puisque je ne savais même pas ce matin en me levant que j'allais venir.

— Si tu voulais me rendre un petit service, ce serait bien que tu fasses un saut à Tevelune pour emmener des bricoles que ton oncle m'a demandées.

Tevelune, c'est la ferme familiale où mes grands-parents maternels se sont installés dans les années cinquante. Depuis la retraite de mon grand-père, c'est mon oncle qui a repris la ferme. Lorsque j'étais enfant, j'adorais aller en vacances à Tevelune. C'est là-bas que j'ai appris à conduire un tracteur avec mon grand-père puis mon oncle.

J'allais chercher les vaches dans le champ voisin à l'heure de la traite et je m'asseyais dans l'étable, sur une botte de paille, pour boire un verre de lait chaud et moussant, tout juste sorti du pis de la vache. Je me souviens de mon émotion lorsque j'ai vu naître un petit veau pour la première fois. Il avait fallu utiliser un palan pour le sortir. C'était très impressionnant, mais si beau en même temps. J'aidais, si l'on peut décemment appeler cela aider, ma tante à préparer la bouillie pour les cochons et j'étais fasciné d'imaginer que ces minuscules porcelets atteindraient un jour la taille gigantesque de leurs parents. J'aimais aussi aller pêcher dans la mare au milieu des champs. J'étais très fier de mes pêches. Il suffisait presque de plonger le ver de terre accroché à l'hameçon pour ramener une carpe miroir ou une tanche. Il m'arrivait aussi d'aller faire les foins ou les moissons. Après le labeur sous le soleil écrasant venait l'instant magique du rafraîchissement. Nous nous asseyions autour de la table et nous mangions le mijé. Le mijé est une soupe fraîche, avec de l'eau, du pain, du sucre et des glaçons, arrosée de vin rouge pour les adultes et de lait pour les enfants. Moi, j'étais assez grand pour avoir le droit à un peu de vin. C'était un véritable régal.

Je me souviens d'avoir un jour préparé le mijé moi-même. Tout le monde l'avait trouvé très bon, jusqu'à ce que l'on découvre que j'avais généreusement choisi un des meilleurs bordeaux pour le mélanger à l'eau sucrée. Ce crime contre le seigneur des vins de la cave m'avait valu un soufflon que je ne suis pas près d'oublier. Mais l'essentiel est toujours là : le mijé était très bon. Oui, l'idée de retourner à Tevelune me plaît assez. Si cela peut rendre service à mon père, j'en serai d'autant plus heureux qu'il n'y a que quelques kilomètres entre Sourcarol et Tevelune.

Et ma mère ajoute :

— Ça fera plaisir à ta tante et à ton oncle de te revoir. Ils m'ont dit l'autre jour qu'ils se demandaient si tu ne les boudais pas parce qu'ils ne t'ont pas vu depuis au moins deux ans. Mais je leur ai dit qu'on ne te voyait pas beaucoup plus non plus.

Ma mère exagère bien sûr, mais il est vrai que cela fait bien longtemps que je n'ai pas mis les pieds à Tevelune. Mais bon, j'y vais cet après-midi. Et puis eux, ils ont l'avantage de ne pas connaître l'existence d'Aurélie.

- 6 -

« Tous les pays qui n'ont plus de légende
seront condamnés à mourir de froid... »

Patrice de La Tour du Pin
Prélude à *La quête de joie*

J'aime beaucoup ces petites routes de campagne à peine plus larges qu'une voiture. Autrefois, je partais sur mon vélo et j'avalais les kilomètres entre les hameaux, je partais à la découverte. Ces paysages me paraissaient si naturels que je pensais sincèrement que partout la campagne ressemblait à celle-là. Pourtant nous ne sommes ni en montagne, ni en plaine, et bien loin de tout bord de mer. Le terrain est sillonné de petites vallées creusées par le temps et les multiples ruisseaux. La route est dure pour le cycliste débutant que j'étais, alternant sans cesse les côtes, les faux plats et les descentes. Mais je me targuais d'être un crack, un champion en herbe. Je rêvais d'intégrer un vrai club cycliste, mais le plus proche était bien trop loin pour que je puisse l'envisager. Alors j'étais un champion imaginaire, et j'étais le seul à être conscient de mon talent. Je filais entre les petits bois qui bordent si souvent les prés et les prairies, je saluais les troupeaux de vaches ou de moutons qui étaient mes seuls vrais supporters. De temps à autre, j'effaçais une mare à canards qui surgissait au détour d'un virage et je filais comme un éclair entre les fermes et les villages dans lesquels j'imaginais une foule en délire acclamant à mon passage l'échappée solitaire qui allait me mener au triomphe. Puis je m'enfonçais entre les champs de blé, de maïs, de luzerne ou de colza, je rattrapais puis dépassais un vieux tracteur qui tirait péniblement une tonne à eau pour amener à boire au bétail dans les champs. Je redoublais de satisfaction devant l'aisance avec laquelle j'avais distancé le bolide et je m'élançais vers mes instants de gloire, la ligne d'arrivée qui allait consacrer le nouveau patron du peloton. Les Bernard Thévenet, Bernard Hinault et Joop Zoetemelk n'avaient qu'à bien se tenir, et ce n'était pas ce petit nouveau, Laurent Fignon, qui allait me faire peur. Une nouvelle star du Tour de France était en train d'éclore et elle allait marquer l'histoire du cyclisme pour des générations.

Que de fois j'ai fait cette route de Sourcarol à Tevelune sur mon vieux vélo de course jaune ! Je crois que je pourrais y aller les yeux fermés tellement je connais chaque bosse, chaque virage, chaque faux plat. J'ai semé mille souvenirs sur le bord de cette route. Là, sur la gauche, ce chemin de terre rejoint la route de Chez Carpin. Chez Carpin ressemble à tant de villages par ici. À l'origine, c'était une ferme probablement, et j'imagine que la famille qui y vivait alors a donné son nom au lieu-dit. Depuis, trois maisons ont poussé, à moins que ce ne soient d'anciennes dépendances de la ferme qui ont été aménagées en maisons individuelles. Mais Chez Carpin avait quelque chose de plus. C'était le village où habitait Cécile et pour cela, c'était sans aucun doute le plus important des villages du canton. Elle avait mon âge, un visage d'ange dessiné pour vous accrocher à jamais un sourire idiot et béat sur les lèvres. Sa longue chevelure brune dessinait si parfaitement son dos que je serais resté des heures à la regarder, lorsqu'elle était assise trois places devant moi en classe. J'ai tant de fois brûlé de lui dire qu'elle était belle, que je mourais d'envie de lui déposer un baiser délicat sur les lèvres. Mais elle ne m'a jamais regardé et je ne lui ai jamais rien dit. Elle riait, s'amusait beaucoup dans la cour avec ses copines. Elle n'avait pas d'amoureux. Je faisais mille détours à vélo, j'inventais des raccourcis par des chemins de terre, je connaissais tous les sentiers qui par hasard me feraient passer en trombe dans Chez Carpin, avec le fol espoir qu'elle me verrait passer et qu'elle admirerait mon talent. Je l'ai vue parfois, je lui ai fait un petit coucou de la main. Il m'est même arrivé de m'arrêter pour dire bonjour, mais les mots ne venaient pas comme je l'aurais voulu. Son regard sur moi n'a jamais changé. Cécile a été ma première grande déception amoureuse, la révélation qui m'a fait comprendre qu'aimer pouvait à la fois être très beau et très cruel, qu'il ne suffit pas d'aimer pour être aimé. On sourit souvent des petites filles qui rêvent du Prince Charmant, mais je crois que j'ai toujours rêvé, et je rêve encore sans doute, d'être un Prince Charmant qui descend de son blanc destrier au panache fier pour déposer un baiser magique sur les lèvres d'une merveilleuse princesse et l'emmener en amazone, ses bras brûlant d'amour autour de mon cou, vers un bonheur sans fin.

Me voilà arrivé à Tevelune. Le bâtiment de la ferme est un ancien monastère niché dans un vallon où coule un ruisseau sans nom. J'ai lu qu'il s'agissait d'une celle de l'ordre de Grandmont, un ordre religieux fondé sur les principes de saint Étienne de Muret en 1076 près d'Ambazac en Haute-Vienne. Il se fondait sur l'appel du Christ « Si tu veux être parfait, va, vends ce que tu possèdes, donne-le aux pauvres et tu auras un trésor dans le ciel. Puis viens et suis-moi ! » À la mort de Saint Étienne en 1124, ses disciples furent chassés de Muret par les Bénédictins et s'installèrent à Grandmont où l'ordre fut fondé. Les Grandmontains devaient vivre retirés du monde et refuser toute possession de terres et de bétail. Le jeûne et le silence n'étaient rompus que par l'accueil des pauvres et des pèlerins.

Tevelune correspondait bien à l'esprit de l'ordre de Grandmont, nichée dans un lieu retiré, près d'un point d'eau, mais à proximité d'une voie pavée qui allait de Manse à Roffiac puis continuait sans doute en direction de Chassenon. La celle de Tevelune a été construite vers la fin du XIIe siècle ou le début du XIIIe, on ne sait pas exactement. Il est très difficile de percevoir aujourd'hui quelle était la fonction originelle de chaque partie de l'immense bâtisse. Je n'ai jamais réussi à imaginer les clercs chantant la messe en latin dans l'étable ou les convers, les frères laïcs chargés des tâches matérielles, préparer les repas dans les cuisines aujourd'hui aménagées en laiterie. Le bâtiment a été largement transformé et il ne reste plus beaucoup de murs datant de cette époque.

L'histoire veut qu'il s'y soit produit un miracle. Tout a commencé le jour où le procureur de la maison est revenu avec un véritable trésor. Depuis des années, il priait pour que son abbaye devienne la gardienne d'une relique et reçoive ainsi la reconnaissance officielle du Très-Haut. Devant les moines et les laïcs de la celle, il a loué le Seigneur d'avoir entendu ses prières, et il a ouvert le coffre qu'il venait de rapporter : le trésor, c'était un morceau de bois, abîmé et noirci par les ans, qui paraissait très ordinaire. Il a invité ses frères à se prosterner devant ce qui n'était rien d'autre qu'un morceau de la table de Saint Étienne de Muret, le saint homme fondateur de leur ordre ! Tevelune était enfin une abbaye à part entière !

Quelques années plus tard, alors qu'une nuit glaciale était tombée sur la vallée et que le vent sifflait dans les branches du grand chêne qui surplombe la fontaine, se produisit un drame épouvantable. Après un repas frugal, les moines se retrouvèrent dans l'église pour le dernier office. Il faisait si froid dans ce vaste bâtiment que tous grelottaient et priaient de toutes leurs forces, comme si la puissance de la prière allait précipiter le cours du temps pour les conduire plus vite au dortoir où ils pourraient enfin se réchauffer. La prière terminée, tous les moines se dépêchèrent de rejoindre leurs paillasses, laissant le novice seul pour ranger le calice dans le tabernacle, fermer les portes et éteindre les cierges. Tout le monde dormait profondément lorsqu'un grand craquement réveilla tout le monde. L'église était en feu ! Déjà, l'incendie gagnait les autres parties de la celle. Il était bien trop tard pour sauver quoi que ce soit. Toute la nuit, les moines prièrent, rassemblés autour de la fontaine et pleurèrent la perte de leur relique, leur merveilleux petit morceau de bois qui était resté enfermé dans le chœur de l'église en flammes.

Le jour se leva sur un cauchemar. Il ne restait presque plus rien de l'abbaye. Plusieurs murs s'étaient écroulés et il n'y avait plus de toit. Le procureur, en larmes, s'approcha de l'autel et s'agenouilla pour prier au milieu des décombres. Il leva le visage vers l'endroit où quelques heures auparavant le Christ en croix dominait encore l'édifice, l'esprit empli de doutes sur le sens de la volonté de Dieu. Puis il aperçut le coffre déformé par les flammes. Il se leva et s'approcha. Les yeux pleins de larmes, il tendit la main et ouvrit le coffre. Il croyait rêver. Là, devant lui, le morceau de table de Saint Étienne de Muret n'avait pas bougé. Il était intact. Malgré les flammes qui avaient tout ravagé, malgré la chaleur qui avait fait fondre les bougeoirs et réduit en cendres le Christ en croix, la relique de la celle de Tevelune semblait comme au premier jour, ce jour béni où il l'avait rapporté dans les murs de l'abbaye. Même le linge blanc qui l'entourait n'était plus que poussière noire. C'est à ce moment-là, en levant le fragment de table vers le ciel, qu'il comprit la volonté de Dieu. L'abbaye de Tevelune n'avait plus seulement une relique de très grande valeur, elle venait de vivre le plus beau des miracles. Il rendit grâce à Dieu.

Depuis ce jour, la légende raconte que l'eau dans laquelle on faisait tremper régulièrement la relique pour la conserver guérissait beaucoup de malades, à commencer par le procureur du couvent qui, après en avoir bu, fut délivré d'une fièvre persistante.

J'aime cette histoire. Je l'aime peut-être surtout parce que même dans mes rêves les plus fous, je n'aurais jamais osé imaginer un tel destin pour le Tevelune que j'ai toujours connu.

Je gare la voiture devant la grange et je me dirige vers la porte de l'étable qui est ouverte. Ma tante est occupée à refaire la litière des vaches pour la nuit qui vient. En hiver, les bêtes restent à l'étable la nuit.

— Tiens, Vincent. Quelle surprise ! Si je m'attendais à ça.

Tata Simone, comme je l'appelais affectueusement lorsque j'étais enfant, est une forte femme. À mes yeux, elle n'a pas d'âge. Je n'ai pas l'impression de l'avoir vu vieillir. Pour moi, elle est toujours la même, plantée dans ses bottes de caoutchouc taille basse craquelées par l'humidité et les variations de température, vêtue d'une éternelle robe à fleurs bleues sortie tout droit de la collection 1972 du magasin de vêtements de Montdunon, le chef-lieu de canton, sur laquelle elle a enfilé un gilet de laine râpé et une blouse bleue inusable qui résiste à tous les frottements contre le cuir des vaches. Une ferme n'est pas un lieu pour un défilé de haute couture. À chacune de mes visites, ma tante surgit de l'étable, de la laiterie ou des toits à cochons et me tend son sourire plein de vie pour m'embrasser. Et lorsque je prends congé, il est inutile de tenter de refuser les deux bouteilles de lait, le chapelet de boudins, le vrai poulet de ferme ou le pot de rillettes qu'elle glisse dans un sac plastique pour me faire partager les plaisirs de la ferme. « T'en trouveras pas des comme ça à Paris. » Ma tante a toujours eu un faible pour moi, je crois. Je suis le filleul de mon oncle, et lorsque je suis né, mes cousines n'étaient pas encore de ce monde. Alors ils se sont beaucoup attachés à moi. Je me sens toujours un peu penaud quand je leur rends visite. Je viens si peu.

— Ton oncle est parti à l'ensilage. Moi j'en ai encore pour un petit moment. T'es pas pressé, j'espère, t'as du temps si t'es en vacances.

Oui, j'ai un peu de temps bien sûr. Je vais aller faire un petit tour.

J'ai bien fait de mettre une vieille paire de chaussures. La terre est détrempée. Machinalement, je contourne la maison d'habitation et je rentre dans le champ où je jouais étant enfant. C'est un champ étrange, avec deux immenses trous au beau milieu. Longtemps, j'ai imaginé qu'il s'agissait des vestiges d'un bombardement pendant la guerre. Mais la réalité ne prend pas beaucoup de gants avec les rêves d'aventures extraordinaires des enfants. En fait, le champ est exactement au creux de la vallée. Toutes les eaux ruissellent jusqu'ici et le sous-sol est gorgé de nappes souterraines. Mes deux cratères de bombes ne sont apparemment que des affaissements de terrain. De toute façon, ni les Allemands ni les Anglais n'auraient eu le moindre intérêt à bombarder Tevelune. Quand il neigeait, je prenais un sac d'engrais en plastique que je bourrais de paille et je m'élançais du haut du cratère sur ma luge de fortune. Le cratère se muait aussitôt en haute montagne et je dévalais, au risque de ma vie, des coteaux accidentés qui plongeaient dans de véritables précipices. Mais j'étais un héros et je pouvais glisser là où personne n'aurait osé s'aventurer. Arrivé en bas, je roulais dans la neige et me relevais avec l'air vainqueur de celui qui a su triompher sans une égratignure d'une pente vertigineuse. Malheureusement, il ne neige plus beaucoup dans la région et les enfants n'ont plus guère l'occasion de se livrer à nos jeux d'antan. Comme le disent certains petits vieux dans nos villages, avec leurs satellites, ils nous ont tout détraqué le temps.

Au fond du champ, sur la gauche, il y a une autre curiosité. Pendant très longtemps, je n'ai pas eu le droit de m'en approcher. Trop dangereux, disait mon oncle. Pourtant, c'était diablement attirant. À partir de rien, le sol se creuse à ciel ouvert en un sentier qui descend à cinq ou six mètres de profondeur. Vu d'en haut, on jurerait l'entrée d'une grotte. Tout autour du gouffre laissé ainsi béant, mon oncle a installé depuis toujours une clôture de fil de fer barbelé pour éviter qu'une bête n'y tombe par accident, ou qu'un enfant ne s'approche trop près de l'entrée des enfers. Une fois, enfant, j'ai désobéi et bravé l'interdiction formelle qui m'avait été maintes fois répétée de m'approcher du gouffre. Mon oncle et ma tante devaient être occupés à quelque travail important à la ferme et j'avais profité de cet instant où leur attention se relâchait pour leur fausser compagnie. Je me suis approché du sentier, tremblant comme une feuille. Je ne sais plus s'il pleuvait, mais le vent faisait siffler les branches du chêne qui surplombe le gouffre. Ma plus grande peur était sans doute d'être surpris, mais je me persuadais que le gouffre en revanche ne me faisait pas peur. N'étais-je pas un héros ? Lentement, je me suis enfoncé, écartant une à une les ronces qui avaient envahi le passage depuis la dernière fois que mon oncle avait élagué. Le sol était boueux, glissant. Je marchais d'un pas mal assuré. J'ai atteint le fond du gouffre plus rapidement que je ne l'aurais aimé. Je m'attendais à tomber sur une grotte, le passage secret vers un autre monde. Ma déception était très forte. Une ouverture dans la roche laissait sortir un filet d'eau qui venait dans un vieux lavoir. Tout ce mystère, toute cette affaire pour un simple lavoir, une fontaine résurgente. Les grandes interdictions n'avaient pas d'autre objet que d'éviter que je ne glisse et me blesse. Je devais renoncer à tous mes rêves de grotte conduisant au centre de la Terre ou de souterrain reliant l'ancienne abbaye pour s'enfuir en cachette en cas de siège. Un simple lavoir, rien de plus, et une ouverture dans la roche où l'on ne pouvait se glisser qu'à quatre pattes dans l'eau.

Tranquillement, en attendant que mon oncle et ma tante soient disponibles, je me dirige de nouveau vers le gouffre et son lavoir. Il y a des années que je n'y suis pas descendu. La dernière fois, je devais avoir quinze ans. J'avais dû donner un coup de main à mon oncle pour dégager le chemin à coups de faux et de serpe. Je lui ai posé mille questions sur cette fontaine, mais ses réponses étaient très vagues. En fait, il a toujours connu ce gouffre et ne s'était jamais interrogé sur son histoire, ses origines, et les probables légendes qui l'entouraient. J'ai trouvé des réponses par hasard, il n'y a pas si longtemps.

C'était un soir, avant de rencontrer Aurélie. De temps à autre, il m'arrivait d'aller sur Internet discuter dans un salon de chat, c'est-à-dire de discussions en ligne. Mais quiconque est entré une fois dans ces lieux ne peut qu'y laisser toute espérance. Les propos fusent à grande vitesse et dépassent rarement le niveau de la ceinture. Il est vain d'y chercher la moindre subtilité. Tout est axé sur le sexe avec une telle furie que l'on se prend à être gêné, à regarder les différents pseudonymes comme si chacun cachait une frustration ou une névrose. Ce soir-là, j'étais las des discussions stériles. J'ai cliqué sur le bouton « Créer un salon ». J'avais envie de parler de littérature, sans snobisme, juste pour échanger sur le plaisir des mots. J'ai nommé mon salon « Plaisirs de lire » et imposé quelques règles d'or : écrire en français, bannissant ainsi les abréviations incompréhensibles pour les néophytes, respecter les autres membres du salon en refusant catégoriquement les vulgarités ou les agressions sur les opinions des uns et des autres, et surtout s'adresser à un organe physique situé environ un mètre plus haut que celui qui intéresse généralement les autres salons. Au vu des internautes qui fréquentaient les chats, j'étais assez sceptique sur la capacité de ce salon à attirer des participants. Pourtant, cet îlot de tranquillité a rapidement eu du succès et ceux qui comme moi se sentaient mal à l'aise dans les autres salons y ont trouvé un refuge agréable. C'est comme cela qu'Hélène de Troie est entrée dans « Plaisirs de lire » et a participé à un échange passionnant sur la candeur des amours de Julien Sorel dans *Le Rouge et le Noir*. Ce salon qui ne devait pas durer plus d'un soir est finalement revenu presque tous les soirs, avec un succès non démenti. Mon rôle d'animateur du salon m'a permis d'avoir des dialogues privilégiés avec de nombreux habitués. Hélène de Troie est une jeune femme de vingt-six ans. Passionnée de littérature, elle en a fait sa profession puisqu'elle est professeur de lettres. C'est à elle que je dois les lumières sur la fontaine de Tevelune. Au cours de nos discussions, elle m'a parlé des origines des noms de lieux. Je lui ai raconté l'histoire de Sourcarol et la légende l'a fait sourire. Puis je lui ai parlé de Tevelune, en lui expliquant que j'imaginais que ce nom venait de la forme de la petite vallée rappelant avec un peu de bonne volonté un croissant de lune. Mes rêves m'ont longtemps conduit à voir des chevaliers de la lune ou des lutins apparaître les soirs de pleine lune pour venir danser autour de l'abbaye. Hélène de Troie, Mathilde dans la vraie vie, m'a alors détrompé. Pour retrouver la signification des noms de lieux, il faut aller plus loin, rechercher les racines dans le latin, le celte ou le gaulois. Elle s'est alors plongée dans ses nombreux dictionnaires pour finalement trouver l'origine de Tevelune dans le *Dictionnaire étymologique des noms de lieux* d'Albert Dauzat et Charles Rostaing. En approfondissant dans le *Dictionnaire de la langue gauloise* de Xavier Delamarre, Mathilde a pu dénicher les racines de Tevelune. La première est *unna* qui signifie « eau » ou « les eaux », ou peut-être *andounna* qui signifie « source » ou « eau d'en bas ». *Andounna* peut aussi signifier « autre monde ». *Andounna* donne aussi *Andon* qui en breton a donné *Korrandon*, le « nain de source ». L'honneur était sauf. À défaut de lutins apparaissant les soirs de pleine lune, il restait les nains de source, sorte de lutins proches des Korrigans. La deuxième racine de Tevelune était à rechercher dans le mot gaulois *tauo* qui signifie « silencieux », « tranquille ». Les eaux de la fontaine de Tevelune avaient donc donné leur nom à la vieille abbaye, puis au village : « les eaux tranquilles ». Merveilleuse Mathilde. Là où je craignais qu'elle ne brise mes rêves de lune, elle m'avait offert une mythologie tevelunienne à inventer. Que serait notre vie sans nos rêves ? Mes rêves ont beaucoup fait rire Hélène de Troie, et nous nous sommes pris au jeu d'en inventer de nouveaux dans chacun de nos échanges virtuels. Du coup, toujours aussi attachée aux racines des mots, elle m'a surnommé son somnifacteur, du latin *somnium* qui signifie « rêve » : je suis un peu son faiseur de rêves. C'est un statut honorable et j'en suis assez fier.

Je suis donc en train de marcher dans les pas de mon enfance, mais aujourd'hui, je sais que je me dirige vers les eaux tranquilles, hors de la vue du monde, enfouies sous la terre, et dont le nom même cache la véritable nature à qui ne s'est pas donné la peine de la découvrir. Mon oncle a dû passer il y a peu, car pas une ronce ne vient boucher mon passage et j'arrive sans peine au lavoir. Il n'est pas en très bon état. C'est drôle, dans mes souvenirs, il était plus construit que cela. Il y avait une étroite margelle sur laquelle on posait les genoux, et la pierre plongeait en pente douce vers l'eau pour que les lavandières puissent y frotter le linge avec une brosse et du savon. J'ai dû le confondre avec un autre lavoir, il y en a tant par ici. En fait, bien plus qu'un lavoir, il s'agit d'un petit muret de pierre qui forme une retenue d'eau. Je me demande si cela n'a pas été construit à l'origine pour permettre au bétail de venir s'y abreuver. Vu l'étroitesse du chemin, il fallait que les bêtes se cèdent mutuellement le passage, car si deux ou trois vaches peuvent séjourner ensemble auprès de la fontaine, il est impossible qu'elles se croisent dans le sentier. J'avais également le souvenir d'un filet d'eau qui coulait pour alimenter le lavoir, mais il n'en est rien. Le seul filet d'eau qui existe est le trop-plein qui s'écoule sur le côté gauche du muret et disparaît dans les interstices de la roche. L'eau arrive quelque part derrière la retenue, au fond de l'ouverture, comme un ruisseau qui coule de nulle part. En me penchant un peu, je peux apercevoir ce qui ressemble à un couloir qui part vers je ne sais quel mystère. Aucun homme ne peut y tenir debout, mais il me semble que quelqu'un d'assez souple pourrait s'y glisser. C'est peut-être cela finalement que mon oncle voulait éviter en nous interdisant d'approcher lorsque j'étais enfant. Il est évident qu'un enfant pourrait bien plus aisément se faufiler. C'est étrange, là aussi mes souvenirs avaient déformé le lieu. J'aurais juré que le passage était si étroit que pas un homme ne pouvait y passer sans ramper. La pénombre ne me permet pas d'en voir davantage. Quel dommage ! J'aurais aimé aller plus loin, découvrir ce qui se passe de l'autre côté de mes rêves d'enfants. Ce lieu paraît si magique. J'ai l'impression que là, au fond de cette petite cavité, à quelques mètres de moi, se cache un Korrandon. Après tout, pourquoi n'aurions-nous pas ici des lutins typiques de notre terroir ? Il ne tient qu'à nous de les inventer. Plus je regarde cette source, ces eaux tranquilles, et plus je suis fasciné. J'aimerais me glisser là-bas, découvrir l'autre monde, un peu comme la fameuse Alice qui découvrit le pays des merveilles. J'imagine qu'il me serait aisé de me faufiler dans cette grotte. En me penchant un peu, je pourrais avancer au-delà de cette pénombre qui me bloque la vue d'ici. Le plafond est très bas, mais il me suffirait d'avancer un peu et j'aurais les pieds au sec. Mon dos frotterait les parois rocheuses. Il me faudrait m'arrêter un instant, pour que mes yeux s'accoutument à la pénombre. Je me vois là-bas, au fond de mon rêve. Je poursuis mon chemin, très lentement. Il me semble que j'ai beaucoup moins besoin de me baisser à présent. Pour un peu, je me tiendrais presque debout. Le sol paraît plus bas. C'est ça, le chemin descend, s'enfonce dans la roche. Je dois faire attention à ne pas glisser. L'eau roule sur le sol et suinte à la surface de la cavité, tout autour de moi. La grotte paraît moins naturelle maintenant. Le sol s'est transformé en larges marches et je continue à descendre. C'est étrange, il n'y a pas la moindre ouverture qui pourrait laisser passer de la lumière et pourtant, je vois très bien tout ce qui m'entoure. On dirait qu'une lumière impalpable, invisible, émane des parois, éclaire sans se montrer. Je suis ce couloir qui s'élargit de plus en plus en s'enfonçant dans les entrailles d'un monde souterrain que je brûle de connaître. Une petite salle quasi circulaire s'ouvre devant moi. Un tas de paille tassée est posé contre l'une des parois, entre les deux couloirs qui partent vers la gauche et vers la droite. Celui qui a dormi là semble avoir oublié trois pommes, dont une est à demi croquée. De quel côté dois-je aller ? Le couloir de gauche, si ma longue descente ne m'a pas fait perdre le sens de l'orientation, doit aller vers les bois, au fond du champ. Le couloir de droite se dirigerait plutôt vers la ferme. Peut-être est-ce une galerie qui rejoint une salle mystérieuse de l'ancienne abbaye et où je pourrais faire des découvertes fantastiques. J'ai bien envie d'aller dans cette direction. Je voudrais voir à quoi ressemblent les Korrandons de Tevelune. Mais où ai-je le plus de chance de les voir ? J'entends comme un grondement qui semble venir de la droite. On dirait un ronflement. Cela viendrait-il du fond de cette galerie ? Peut-être est-ce un Korrandon qui dort un peu plus loin…

Que je suis idiot ! Le temps passe, et malgré le plaisir intense que j'éprouve à voir rejaillir une part de mes rêves d'enfant, je dois reposer les pieds sur terre. C'est le tracteur de mon oncle que je viens d'entendre et ma tante doit avoir terminé son travail maintenant. Je remonte d'un pas vif vers la maison. Il était temps. Mon oncle allait venir à ma rencontre. J'aurais été malin s'il m'avait surpris à rêver des Korrandons de Tevelune, à mon âge.

C'est un homme de la terre, une force de la nature, brute de décoffrage, qui semble résister à tous les temps, capable de travailler aux champs sous un soleil de plomb comme sous une pluie diluvienne avec une constance étonnante. Claude Rousselin, tonton Claude pour le neveu que je suis, parle de façon très rude, comme la terre qu'il travaille. Il n'est pas du genre à mâcher ses mots et je l'ai de nombreuses fois vu entrer dans une rage folle pour un soc de charrue cassé ou une vache échappée d'un pré. Il grommelle parfois dans la barbe qu'il n'a pas contre les fonctionnaires qui l'éreintent, les banquiers qui ne savent pas ce que c'est que travailler et le saignent, ou l'Europe qui une année lui demande de produire plus de lait, et deux ans plus tard lui impose un quota laitier à ne pas dépasser sous peine d'amende parce qu'il y a surproduction de lait. Pendant ce temps, les traites de l'emprunt qu'il a contracté pour augmenter sa capacité de production n'ont pas diminué avec les quotas, bien évidemment. Et comme parallèlement le prix de la viande ne cesse de baisser, tonton Claude a de plus en plus de mal à faire face aux échéances. Alors il grogne contre la terre entière, comme il grogne dans les champs lorsque le tracteur s'embourbe ou que la terre colle trop aux socs de la charrue pour être bien labourée. Mais derrière cet aspect rebutant au premier abord, tonton Claude a le cœur sur la main et ne ferait pas de mal à une mouche. Comme il m'avait semblé malheureux quand il s'était cassé une jambe en passant au travers du plancher usé d'une remorque de foin ! Lui qui passe sa vie au grand air, à défier les éléments, était coincé dans une chaise longue, contraint à l'inertie, à regarder les autres mal faire le travail que seul lui était capable de faire correctement. Il hurlait, vociférait contre ces bons à rien et maudissait le sort de l'avoir ainsi cloué à la maison. Il me semblait dépérir et son crâne brillant semblait plus dégarni encore sans son éternelle casquette râpée.

Il est devant moi et en m'apercevant il s'arrête, saisit machinalement la visière de sa casquette et d'un geste que je lui ai toujours connu, se gratte le cuir à peine chevelu de la même main, imprimant ainsi à sa casquette un mouvement frénétique d'avant en arrière.

— Salut, tonton, j'étais allé voir la fontaine. Ça faisait un bail que je n'y étais pas descendu. Comment ça va ? lui dis-je en l'embrassant.

Il va bien sûr se lancer sur le problème criant de la chute du cours de la viande de bœuf suite à la crise de la vache folle, ce qui va l'obliger à mettre bientôt la clé sous la porte, mais je ne lui en laisse pas le temps.

Oh je ne suis pas insensible à ses soucis, et je suis loin de les sous-estimer, mais je les connais presque par cœur et il n'est pas dans mes pouvoirs d'y apporter la moindre solution. Je préfère orienter la discussion ailleurs.

— Je t'ai amené des trucs que tu as demandés à papa. Ils sont dans la voiture.

Nous nous dirigeons vers la voiture et je lui remets le lourd carton que mon père m'a confié.

— J'emmène ça au garage. Monte à la maison, ta tante a fait chauffer le café, me dit-il en s'éloignant vers l'arrière de l'imposant bâtiment.

Quatre à quatre, je grimpe ces escaliers sur lesquels j'ai passé tant d'heures à jouer à « Jacques-a-dit » avec mes cousins et cousines il n'y a finalement pas si longtemps, à peine une éternité. Je n'étais pas très fier le jour où en faisant l'idiot pour amuser mes cousins, je m'étais coincé la tête entre les barreaux métalliques de l'escalier extérieur. Pour tout arranger, mon oncle était accouru aux cris de mes cousins et, en voyant le tableau, il avait éclaté de rire, m'assurant qu'on ne pouvait rien faire, qu'il ne voyait pas comment me sortir de là. J'ai l'impression d'être resté ainsi des heures avant qu'il ne se décide à me secourir. Quelle honte j'avais alors ressentie aux yeux de mes cousins qui bien sûr racontaient ensuite l'incident à qui voulait l'entendre, le boulanger itinérant de Vieux-Priex, le facteur de Saint-Marcel ou l'employé de la laiterie d'Oray.

La cuisine fleure bon le café frais. C'est un café léger que l'on fait à Tevelune, mélangé à un peu de chicorée. Je ne raffole pas de la chicorée, mais elle me rappelle mes vacances adolescentes. Ma tante a versé un paquet de galettes Saint-Michel dans une assiette. J'en souris. Elle se souvient même de ce détail-là. J'adorais tremper ces biscuits dans mon chocolat au lait ou dans mon café. Ils me rappelaient le goût de la Bretagne. Mon oncle entre, pose sa casquette sur le montant du dossier de sa chaise et s'assied, comme autrefois, au bout de la table. Machinalement, je me glisse le long du mur, sur le banc de bois où je m'asseyais alors. Ma tante amène la verseuse de café et s'assied face à moi. Rien n'a changé. La même cuisinière à bois, la même table en bois entourée de bancs polis par les années, les mêmes placards en Formica. Il n'y a guère que la toile cirée qui ne soit plus la même. Jadis, il y avait des faisans, des lièvres, des lapins, des chevreuils et quelques chasseurs autour desquels couraient des chiens. Aujourd'hui, les fleurs marron ont remplacé le gibier et ses ennemis de toujours.

— Alors comme ça, t'es en vacances ? me demande ma tante en versant du café fumant dans mon mazagran.

— Oui, je viens prendre l'air et me changer les idées. Ça fait du bien de temps en temps.

Aussitôt, j'embraye sur ma balade de tout à l'heure.

— Je suis descendu à la fontaine pendant que vous finissiez votre travail. Elle est bien dégagée.

— Ben j'pense bien. J'l'ai nettoyée la semaine dernière, répond mon oncle.

— Je me posais une question. Personne n'a jamais essayé d'aller explorer derrière ? On dirait qu'il y a un couloir, comme le début d'une grotte.

— Il paraît que des gars ont essayé y'a longtemps, des spéléos, mais on peut pas y aller. À ce qu'on dit, y'a une rivière souterraine, et y'a des trous dangereux. C'est la vraie source de l'Or qui part comme ça sous la vallée et qui ressort plus loin. Dedans, tout est inondé, y'a pas moyen d'aller plus loin que ce qu'on voit.

— Ah, des spéléos ? Mais c'était quand ? Tu les as vus ?

— Non, c'était bien avant que le pépé prenne la ferme. Peut-être bien avant la guerre. Quand j'étais gosse, j'ai voulu aller voir, mais le vieux Foucher, le père de celui qu'a la ferme aux volets verts dans le haut de Tevelune, m'a vu. Il a appelé le pépé et nous a raconté que les spéléos lui avaient dit ça, y'a longtemps. Du coup, le pépé m'a mis une dérouillée et j'ai jamais essayé d'y retourner. J'avais pas très envie de tomber dans un trou.

— Ça me paraît bizarre. Des spéléos, avant la guerre ? C'était pas un truc raconté pour te foutre la trouille ?

— J'ai jamais su, mais j'ai pas pris le risque.

— J'ai bien envie d'aller y jeter un œil. Depuis tout gamin, ça me turlupine de savoir ce qu'il y a derrière.

— T'as de ces idées. T'as toujours été un peu fou, dit ma tante en éclatant de rire. Si tu y vas, fais quand même attention. Il y a des cordes pour arrimer les remorques de paille dans la grange. Prends-en une pour t'attacher et mets les cuissardes de ton oncle. Va pas en plus nous attraper la crève. Au début de tes vacances, ce serait trop idiot.

Je remercie ma tante en riant et je vide mon café d'un trait. Il est quinze heures trente, j'ai deux bonnes heures devant moi. Je vais y aller tout de suite.

- 7 -

« Di, quibus imperium est animarum, Umbraeque silentes,
Et Chaos et Phlegethon, loca nocte tacentia late,
Sit mihi fas audita loqui ; sit numine vestro
Pandere res alta terra et caligine mersas.
Ibant obscuri sola sub nocte per umbram
Perque domos Ditis vacuas et inania regna :
Quale per incertam lunam sub luce maligna
Est iter in silvis, ubi caelum condidit umbra
Juppiter et rebus nox abstulit atra colorem. »[2]

Virgile
L'Enéide, livre VI

J'ai trouvé la corde sans peine. Ce n'était pas très difficile, mon
oncle range tout un tas de bazar comme ça dans une niche du
mur de la grange. Ça m'a fait bizarre. Je n'avais jamais fait attention à
cette niche. En repensant au plan de l'ancienne abbaye, je me souviens
maintenant que ce mur est l'un des seuls qui soient encore d'origine. Il
y a des siècles, cette niche a dû accueillir la statue d'un saint,
probablement celle de saint Étienne ou celle de saint Gilles, le patron

---

[2] « Dieux qui avez l'empire des âmes, Ombres silencieuses, Chaos et Phlégéthon,
muets parages qui vous étendez dans la nuit, qu'il me soit permis de dire ce que
j'ai entendu, et, avec votre assentiment, de dévoiler les choses ensevelies dans les
profondeurs ténébreuses de la terre.
Ils allaient obscurs, dans la nuit solitaire, à travers l'ombre et à travers les
demeures vides et le vain royaume de Dis : tel, le chemin qu'on fait dans les bois,
par une lune incertaine, sous une méchante lumière, quand Jupiter a enfoui le ciel
dans l'ombre et que la sombre nuit a enlevé aux choses leur couleur. »
Traduction de Maurice Rat

de la celle de Tevelune. Je n'avais jamais pris conscience du poids de l'histoire dans ces murs qui m'ont vu grandir. Je n'y voyais que mon enfance et aussi celle de ma mère, mon oncle ou mes grands-parents. Je plongeais sans le savoir mes racines dans le ferment de temps bien plus anciens, si lointains que j'ai peine à les imaginer. Qui étaient-ils, ces moines grandmontains ? Que faisaient-ils au quotidien ? Je crois que j'aimerais en savoir plus sur eux, leurs personnalités, leurs histoires. Je voudrais pouvoir retrouver la trace des drames personnels ou familiaux, des cultures ou des mentalités, de la foi sans doute aussi qui les a conduits, chacun, à endosser la robe de bure pour se retirer dans le silence, le jeûne et la méditation. Je voudrais percevoir leur vie quotidienne ici, entre ces murs qui n'existent presque plus. Il a bien dû se dérouler des choses passionnantes. J'imagine que des drames se sont noués, que certains ont disparu tragiquement tandis que d'autres vivaient sereinement leur vie monacale. Mais je ne peux pas m'empêcher de les imaginer avec mes yeux d'aujourd'hui. Comme ils devaient être différents ! Tout à l'heure, je vais descendre à la fontaine et m'enfoncer dans ce petit couloir, ce boyau qui semble n'aller nulle part. Et si, comme je l'ai rêvé avec les Korrandons, je découvrais quelque galerie oubliée, reliant le monastère. Je trouverais peut-être les traces que ces vies n'ont pas laissées ici, à la surface, entre ces murs.

Je suis sûr qu'Aurélie aimerait la magie de ces lieux. Elle aussi, elle percevrait la puissance de ces rêves, cette présence que j'imagine ici, dans l'ancien monastère ou là-bas, à la fontaine. Elle aime les rêves et la poésie. Encore un point sur lequel nous nous ressemblons. Ensemble, nous l'aurions rêvée beaucoup plus facilement notre mythologie tevelunienne. Elle adorerait dessiner les Korrandons, sortant de nulle part à la tombée de la nuit, par des accès bien cachés de notre vue, le long du ruisseau, derrière le monastère, dans le bois ou à la fontaine. Ensemble, nous pourrions rivaliser d'imagination, nous les ferions danser au clair de lune de Tevelune. Nous irions main dans la main et le sourire aux yeux à la découverte des galeries secrètes de la fontaine. Je prendrais un peu d'eau au fond de la main pour lui éclabousser le visage et elle me saisirait les poignets en essayant de me pousser dans la fontaine. Nous finirions enlacés, lèvres contre lèvres et corps contre corps, en riant et en sentant monter en nous le désir de nous donner l'un à l'autre ici, tout de suite, en ce lieu magique, au vu et au su de tous les Korrandons de notre monde imaginaire.

— T'as trouvé ? lance derrière moi la voix moqueuse de mon oncle.

Bon sang, je me suis encore laissé aller à rêver. D'un geste vif, je passe la manche de mon pull sur mon visage pour sécher les larmes qui déjà commencent à perler.

— J'ai la corde. Où sont les cuissardes ? dis-je rapidement en prenant soin de chercher devant moi, sans me retourner pour que mes yeux rougis ne me trahissent pas.

— À la laiterie. J'vais les chercher, répond mon oncle en s'éloignant.

Il n'a rien vu. Je n'ai pas envie de lui parler d'Aurélie. Je vais aller l'attendre devant la laiterie, tout cela séchera bien mieux au grand air.

Mon oncle revient avec un long pantalon de caoutchouc vert se terminant par des bottes. Je m'empresse d'enfiler les cuissardes et j'en profite pour troquer mon manteau contre un vieux blouson qui ne craint plus rien, pas même les éventuelles déchirures que les aspérités de la roche pourraient provoquer. Je saisis la torche électrique étanche que mon oncle utilise lorsqu'il doit rechercher de nuit une vache prête à vêler dans un champ. Je crois que j'ai tout ce qu'il me faut. Je me dirige vers le champ, à l'arrière de la maison.

— Si t'es pas revenu dans trois jours, j'appelle les gendarmes ! me crie mon oncle en riant.

Puis plus sérieusement :

— Fais attention quand même, peut y'avoir des trous…

Je le remercie d'un signe de la main et je me dirige vers la fontaine. L'aventure va commencer. Dans quelques instants, je vais découvrir un monde fabuleux, un lieu où jamais un être humain n'a osé pénétrer. Bon, d'accord, je veux bien reconnaître que probablement dans un passé plus ou moins récent, certains ont tenté d'aller voir derrière la fontaine, mais il me plaît d'imaginer que je suis le premier. Je suis le

Neil Armstrong de la fontaine de Tevelune et bientôt, je planterai mon drapeau imaginaire là-bas, dans la galerie qui conduit dans l'autre monde. Après tout, Mathilde m'a bien précisé que *andounna*, l'une des racines gauloises possibles de Tevelune signifiait à la fois « source » et « autre monde ». En revenant à la fontaine de mon enfance, j'effectue un retour aux sources, en quelque sorte. Alors de là à imaginer qu'en pénétrant le secret de la fontaine, je passe la frontière vers un autre monde, il n'y a qu'un pas que j'ai plaisir à franchir.

Rapidement, j'accroche l'extrémité de la corde autour du chêne et je la laisse tomber auprès de la fontaine. Puis je descends d'un pas décidé jusqu'au lieu de mes exploits. Un dernier nœud solide autour de ma taille et j'enjambe le petit muret pour me retrouver les deux pieds dans l'eau. Elle n'est pas très profonde, à peine cinquante ou soixante centimètres. En revanche, elle est froide. Ce n'est sans doute pas la meilleure période de l'année pour me livrer à de tels enfantillages. À pas lents, je m'avance vers l'entrée de l'autre monde. Je suis exalté par cette aventure et en même temps, cela m'effraie un peu. Après tout, mon oncle n'a pas tort. L'idée qu'il puisse exister des trous dans une rivière souterraine ou tout simplement des crevasses profondes emplies d'eau glacée est loin d'être absurde. Je dois absolument m'assurer à tout instant de l'endroit où je pose le pied avant de m'appuyer dessus. Le rêve n'empêche pas un minimum de prudence.

Je m'accroupis et je pénètre maintenant dans la galerie. L'eau arrive au niveau de mes fesses. Il suffit de baisser à peine la tête pour pouvoir passer. Au fil du temps, les différentes crues ont dû creuser ce passage. L'été, le niveau de l'eau doit être plus bas encore. La torche me permet à présent de voir plus loin. La lumière scintille sur cette eau qui surgit des entrailles de la Terre. Je ne vois pas grand-chose. Devant moi, la galerie semble se prolonger sur quelques mètres, peut-être sept ou huit, et tourner légèrement sur la droite. Dans cette direction, il y a un autre gouffre qui ressemble un peu à celui où je suis entré, mais beaucoup moins profond. Autrefois, il paraît qu'il y avait aussi une fontaine semblable à celle-ci, mais les bords du trou se sont effondrés et ont bouché le fond. La deuxième fontaine n'a jamais été dégagée puisqu'il y en avait déjà une et la nature a repris le dessus. Ce second gouffre a maintenant l'apparence d'un trou lissé par le ravinement des eaux qui s'y accumulent pendant quelques heures les jours de pluie avant de s'infiltrer dans la terre.

Je suis maintenant à mi-chemin entre la fontaine et ce virage qui s'approche. Le sol semble stable et je n'ai décelé aucun trou dangereux. Je marche accroupi dans un simple ruisseau souterrain. Il n'y avait pas de quoi en faire toute une histoire. Cette petite grotte de Tevelune n'a en fait rien d'extraordinaire si ce n'est qu'elle existe ici, à Tevelune, et que j'ai tout le loisir de me l'approprier puisque je suis le premier à y mettre les pieds. Me voilà à la hauteur du virage. Devant moi, le ruisseau semble s'élargir, à environ dix mètres. Je n'arrive pas à voir très bien, mais le plafond semble être plus haut, là-bas. Je continue à avancer lentement. La cavité s'élargit bien, comme je le pensais et je peux maintenant tenir la tête bien droite. Il doit y avoir encore dix à quinze centimètres de libres au-dessus de moi, et le plafond semble continuer à monter. Mais je suis toujours accroupi dans l'eau. Je dirige ma torche le long de la paroi. Un peu plus loin, la galerie semble stopper net. On dirait bien que je suis arrivé au terme de ma petite promenade souterraine. J'avance prudemment, au cas où je tomberais sur un trou. Il n'y a rien. Je suis un peu déçu. Je rêvais de quelque découverte mystérieuse, un souterrain vers la vieille abbaye ou un repère de Korrandons, mais rien. Je n'ai plus qu'à faire demi-tour. Je me retourne et je scrute les parois de la galerie. Il y a tout de même quelque chose. Sur ma gauche, la roche se creuse vers le haut en une salle au-dessus du niveau de l'eau et dont le sol surélevé forme une sorte de rebord. Je me hisse sur ce rebord et m'assieds en regardant le ruisseau. J'éclaire autant que possible l'eau pour tenter d'y voir quelque chose. Il y a probablement une ouverture au-dessous du niveau de l'eau, car il faut bien qu'elle aille quelque part. Mais je n'arrive pas à voir où. Tant pis, j'ai bien peur que la source de Tevelune ne reste un mystère pour moi.

Je me retourne et j'éclaire la petite salle avec ma torche. Elle doit faire un peu moins d'un mètre cinquante de hauteur. Au niveau du ruisseau, elle fait environ deux mètres cinquante de largeur et s'enfonce dans la roche en se rétrécissant pour finir cinq ou six mètres plus loin avec une largeur similaire à celle du ruisseau, pour former grossièrement un triangle. On dirait qu'il y a eu ici, il y a longtemps, un autre ruisseau souterrain qui arrivait et plongeait dans le ruisseau par lequel je suis arrivé. Ce qui est étrange, c'est que ce début de galerie ne débouche sur rien. Les traces sur les parois montrent bien des infiltrations, mais il est évident que l'eau n'a pas circulé ici depuis très longtemps. Si c'était jadis un ruisseau comme celui d'en bas, il est asséché depuis des siècles.

Je promène ma torche sur les parois, à la recherche de je ne sais quelle trace de vie. Je scrute chaque petit bout de roche comme si un dessin préhistorique allait apparaître. Mais les parois sont désespérément vierges. Là-bas, au fond, il semble qu'il y ait quelque chose par terre. J'aperçois comme des ombres noires lorsque je dirige ma torche dans cette direction. On dirait des branches, des morceaux de bois. C'est étrange. Comment du bois aurait-il pu arriver jusque-là ? Je me hisse sur mes jambes, mais le plafond est bien trop bas pour que je puisse tenir debout, même penché. J'avance donc à quatre pattes. La torche dans la main droite posée sur le sol laisse une longue trace de lumière et s'achève en demi-cercle sur le bas de la paroi. Je m'approche des branches et je dirige ma torche vers elle. Quelle horreur ! Il n'y a pas de doute. Ce que j'ai pris tout à l'heure pour des branches, ce sont des os. J'ai des frissons. Je balaye le sol de long en large avec la torche. Il y a plein d'os, de tailles différentes, en vrac, pêle-mêle. Et plus loin, un crâne, un crâne humain. Je suis devant les restes d'un squelette humain.

Comment un cadavre a-t-il pu arriver ici ? L'image des catacombes de Paris me revient à l'esprit. Les ossements alignés, soigneusement rangés par catégorie, m'avaient beaucoup moins impressionné. Ils semblaient irréels, trop bien rangés pour être de vrais restes humains.

Là, c'est si différent.

Les os sont en vrac. Il n'est pas difficile d'en reconnaître certains. Les jambes à un bout, la tête à l'autre. Après avoir étudié le squelette humain lorsque j'étais au lycée, j'imaginais qu'ils étaient comme ça naturellement, les os bien blancs, articulés et maintenus ensemble. Ici, ce n'est pas le cas. On reconnaît bien le crâne, les fémurs, les tibias, mais le reste du corps n'est qu'un amas d'ossements disloqués. La terrible condamnation du péché originel, dans la Genèse, me revient en mémoire. Pour le punir d'avoir mangé le fruit défendu, Dieu dit à Adam : « À la sueur de ton visage tu mangeras du pain, jusqu'à ce que tu retournes au sol, car c'est de lui que tu as été pris ; car tu es poussière et tu retourneras à la poussière. » J'ai devant les yeux la poussière d'une vie. Je voulais pénétrer un autre monde, et je suis passé dans l'autre monde, dans une tombe. Un crâne, la pénombre, enfermé dans les entrailles de la Terre. Machinalement, je relève les yeux vers les parois, comme si je m'attendais à y trouver inscrite quelque sentence au vitriol. Ne suis-je pas en train de boire à la coupe d'amertume ? Le destin m'a conduit ici pour y mourir à mon tour, pour passer d'une vie à l'autre. Mais je suis idiot. Je suis dans une grotte, une fontaine, un ruisseau souterrain, pas dans des catacombes, ni dans un tombeau. Ce cadavre ne devrait pas être là. Depuis combien de temps est-il ici ? Je ne peux pas rester là, planté à le regarder. Je dois faire quelque chose. Mais quoi ? Il faut prévenir les gendarmes.

Péniblement, je fais demi-tour, et j'effectue le trajet que je viens de parcourir dans l'autre sens. Il n'y a plus de prudence, plus d'attention. L'eau pénètre largement dans le pantalon de caoutchouc de mon oncle. Je suis trempé, mais je ne sens même pas le froid. Je venais pour vivre mes rêves et me voilà en plein cauchemar. Je ne cesse de me cogner la tête contre la roche au-dessus de moi. Je voudrais pouvoir courir. Enfin, j'aperçois la lumière du jour, là-bas, au bout.

À peine sorti de la grotte, j'enjambe le petit muret qui retient l'eau. Quelle idée ai-je eue de vouloir découvrir ce qu'il y a derrière ? Il y a la mort derrière, la mort et rien d'autre. Je cours dans le sentier qui remonte. L'eau qui a presque rempli les cuissardes fait ventouse et rend mes pas difficiles. Je trébuche. Je cours autant que je le peux. Et zut ! Je viens d'être stoppé bêtement. La corde qui m'entoure la taille m'a arrêté net, comme si elle avait mordu ma peau. Je défais fébrilement le nœud bien trop solide que j'ai fait tout à l'heure. La corde est gorgée d'eau. J'en ai mal aux doigts. Si seulement j'avais un couteau, je la trancherais et on n'en parlerait plus. Je pousse un hurlement de rage, un juron qui ferait rougir ma tante. Ça y est, le nœud a cédé. Je reprends ma course. L'escalier de la maison. Je pousse la porte.

— Ah, voilà notre explorateur ! s'esclaffe ma tante du fond de la cuisine.

— Faut appeler les gendarmes ! dis-je à ma tante, en haletant tellement qu'elle ne comprend pas mes paroles. Elle s'approche, l'air inquiet.

— Les gendarmes, dis-je plus calmement. Il faut appeler les gendarmes. J'ai trouvé un cadavre, enfin un squelette.

Je me dirige vers le téléphone, laissant derrière moi des traces de boue et de larges flaques d'eau…

Les gendarmes n'ont pas traîné pour venir de Montdunon. La camionnette s'est garée devant la maison. Ils sont trois. Ils ont à peine eu le temps de poser le pied par terre qu'un camion des pompiers arrive par le haut de Tevelune. Mon oncle est debout sur le perron, en haut de l'escalier de pierre, et il se gratte la casquette en grognant. Un cadavre à Tevelune, il n'avait pas besoin de ça. On va encore lui poser des tas de questions et pendant ce temps-là, les vaches ne se traient pas toutes seules. Un des gendarmes s'approche de moi et me salue. Il est plutôt jeune pour un gendarme, dans mes âges je dirais. Il est adjudant ou adjudant-chef à première vue. Depuis le service militaire, je sais connaître les grades en regardant les épaulettes, mais je ne sais jamais si la gendarmerie utilise les couleurs blanches et jaunes dans le même sens que l'infanterie ou plutôt comme le train, l'arme des transports militaires. Dans l'infanterie, la barrette horizontale blanche, c'est l'adjudant de base, et la jaune, c'est l'adjudant-chef.

Dans le train, c'est l'inverse.

— Adjudant-chef Thévenot, bonjour. C'est vous qui nous avez appelés ? me demande-t-il.

Il est donc adjudant-chef et le train l'a emporté sur l'infanterie. Je confirme son intuition. Pendant que je lui réponds, un truc fou me traverse l'esprit :

— Thévenot, vous avez dit ? Éric Thévenot ?

Il me regarde, étonné.

— Oui, je suis bien Éric Thévenot, mais je ne vous ai pas dit mon prénom.

Je souris.

— Je crois qu'on se connaît. Nous devions être ensemble en troisième à Montdunon. Je suis Vincent Beaufils.

La surprise se lit sur son visage.

— Vincent ? Zut alors, je ne t'aurais pas reconnu.

Je dois avouer que moi non plus, je ne l'aurais pas reconnu. Il était plutôt joueur, assez gamin. Nous n'étions pas forcément amis, mais nous entendions normalement. Un bon camarade de classe en somme, sans plus. Et voilà que quinze ans plus tard, je retrouve devant moi l'adjudant-chef Éric Thévenot.

— Bon, nous parlerons de tout ça après, me dit-il. Raconte-moi en détail ce pour quoi tu nous as appelés.

Il est devenu très sérieux. Ça change sacrément du Éric que je connaissais. L'uniforme y est peut-être pour quelque chose. Je lui raconte tout ce qui s'est passé là-bas, dans la fontaine, sans oublier de préciser les circonstances dans lesquelles j'ai décidé d'y descendre. Je tais prudemment ce qui concerne Aurélie et les Korrandons.

— Eh bien, on va aller voir, me dit l'adjudant-chef Éric.

Il se dirige vers le lieutenant des pompiers et s'entretient avec lui pendant plusieurs minutes avant de retourner vers sa camionnette pour parler à la radio. Pendant ce temps, les pompiers ouvrent la barrière du champ et avancent leur camion vers la fontaine, rapidement suivis par la camionnette de la gendarmerie.

Éric revient vers moi.

— Nous avons appelé des spéléologues d'Angoulême. Ils arrivent avec un médecin légiste. Ils en ont pour une bonne heure avant d'arriver. Je te demanderai de ne pas partir d'ici pour le moment, au cas où nous aurions besoin d'autres indications.

Quelques minutes plus tard, une deuxième camionnette de la gendarmerie arrive et va rejoindre la première. Comme on pouvait s'y attendre, le père Foucher, celui de la ferme aux volets verts, et le fils Rameaux sont venus aux nouvelles.

— Qu'est-ce qui se passe-t-y donc chez vous pour que vous ayez les gendarmes et les pompiers ? demande le père Foucher à mon oncle.

Tonton Claude, qui paraissait tout à l'heure fâché, n'a pas l'air si mécontent d'être ainsi la vedette de la journée dans le village :

— C'est mon neveu qu'a trouvé un squelette dans la fontaine.

— Dans la fontaine ? Pas possible !

— Ben si, enfin pas dans la fontaine. Il a été trifouiller derrière la fontaine et il a trouvé une sorte de grotte où y'a un squelette.

— Ah ben tu parles d'une histoire. Quand Marcelle va savoir ça…

Là, il n'a pas tort. Connaissant sa femme, ou plus exactement pour ce que je me rappelle d'elle, la nouvelle devrait faire rapidement le tour du canton. Il serait étonnant qu'elle n'ait pas tout à coup une course à faire avant ce soir dans presque tous les magasins de Montdunon. À ce rythme-là, il vaut mieux que j'appelle mes parents pour les prévenir de mon retard probable, sinon ils vont apprendre toute l'affaire et bien plus encore par Radio Lavoir. Je vais en profiter pour rentrer au chaud et me sécher un peu si je ne veux pas attraper un coup de froid.

La cuisinière à bois chauffe à plein régime. Je mets mon pantalon, celui que j'avais gardé sous les cuissardes, à sécher devant, sur le dossier d'une chaise, et après m'être frictionné avec un drap de bain, j'enfile le pantalon que ma tante m'a prêté. Il est beaucoup trop grand, mais il tient chaud. J'avale un café pour finir de me réchauffer. Ma tante en fait toujours pour les fous et pour les sages et le café pour moi, c'est presque une deuxième nourriture. Ah, j'ai dit que je devais appeler Sourcarol. Telle que je la connais, ma mère va encore se monter la tête. Elle va s'imaginer que j'ai risqué ma vie. Les mères s'inquiètent toujours pour leur progéniture, même a posteriori. Je vais essayer de faire court, en lui disant que je lui raconterai ce soir.

- 8 -

« Le Rêve est une seconde vie. Je n'ai pu percer sans frémir ces portes d'ivoire et de corne qui nous séparent du monde invisible. »

Gérard de Nerval
Aurélia

La nuit est presque tombée maintenant. Les spéléologues sont arrivés vers 17 h 30 et ils se sont installés sans même m'adresser un mot. Je suis allé voir tout à l'heure, mais on m'a empêché d'approcher. Ils ont installé de grosses lampes tout autour du gouffre. On y voit comme en plein jour. La pauvre fontaine de Tevelune n'a jamais vu autant de monde s'agiter autour d'elle. J'ai l'impression qu'elle est salie, profanée par toutes ces allées et venues de gendarmes et de pompiers qui ne savaient même pas il y a quelques heures qu'elle existait. Les eaux calmes ! Comment pourraient-ils goûter ne serait-ce qu'un instant l'atmosphère de ce lieu magique ? Ils passent la porte de l'autre monde comme n'importe quelle porte, sans percevoir qu'ils posent là le pied dans un endroit où la réalité se mêle au rêve, où l'histoire la plus lointaine côtoie les mythes qui ont bercé mon enfance. Toute cette agitation me fait un peu mal au cœur. Là-bas, dans le ventre de la fontaine, ils observent les os, les auscultent avec l'œil des scientifiques, mais ils ne se demandent pas qui était la personne qu'ils ont devant eux. Comment vivait-elle ? Quels étaient ses sentiments ? Aimait-elle la fontaine ou est-elle arrivée là par hasard ? Tout cela ne les intéresse pas. Ils sont trop sérieux pour se laisser porter par les rêves. Pour eux, il s'agit d'un cas à résoudre. Ils vont chercher à connaître la cause et la date du décès, éventuellement l'identité du cadavre. Si le sujet leur en paraît digne, ils vont saisir des archéologues patentés qui feront de savantes études. Cela fera trois lignes dans les journaux plus un article dans une revue spécialisée et le squelette aura droit à son numéro sur une étiquette avant d'aller dormir dans un laboratoire ou, dans le meilleur des cas, dans un musée.

Moi j'aimerais en savoir davantage. Qui était-il ? C'était sans doute un moine qui comme moi a cherché à percer le mystère de la fontaine. Un jour, il s'est éloigné un peu du monastère et il s'est avancé jusqu'à la fontaine. Il a hésité un instant, de peur de tomber sur l'entrée des Enfers. Mais sa curiosité a été la plus forte. À cette époque-là, il n'avait pas de lampe électrique. Peut-être a-t-il allumé une torche avant de se faufiler dans la galerie. Il a avancé dans la pénombre jusqu'au bout, puis il a découvert la petite salle triangulaire comme je l'ai fait plusieurs siècles après lui. Mais le niveau de l'eau est monté dans la galerie et le moine s'est retrouvé bloqué. À moins qu'il ne se soit blessé en glissant, et qu'il ait attendu en vain que quelqu'un s'aperçoive de son absence et vienne le secourir. Pendant plusieurs jours, il a survécu dans la petite salle, et l'angoisse est montée. De toute évidence, personne n'avait pensé à venir le chercher ici. Peu à peu, il s'est vu mourir là, seul. Trop faible pour pouvoir bouger encore, il est resté allongé. Il a prié longuement, il a remis son âme entre les mains du Dieu auquel il avait consacré sa vie et il s'est évanoui. Il n'a jamais repris connaissance et personne n'a eu l'idée de venir explorer la grotte avant aujourd'hui. En fait, je suis le premier homme à en être ressorti vivant.

Mais si c'était un moine, on se serait aperçu de son absence, et quelqu'un aurait fatalement eu l'idée de venir le chercher là, dans cette galerie que tous les moines voyaient chaque jour en venant chercher l'eau à la fontaine. C'était peut-être un brigand. Oui, c'est ça, ce devait être un brigand. Il allait par les chemins et entrait nuitamment dans les demeures où il espérait pouvoir dérober de quoi vivre sa vie de débauche. Un jour, il a aperçu la celle de Tevelune et la fumée qui s'échappait des cuisines. Le bâtiment ne semblait pas particulièrement riche, mais il devait y avoir de quoi se restaurer et peut-être quelques effets à dérober. Il s'est installé dans un des bois, en haut de Tevelune, et a attendu la nuit. Lorsque la lune a été très haut dans le ciel, il s'est levé. Rapidement, il est descendu à travers champs jusqu'aux abords de la cuisine des moines. Il a observé longuement et écouté, pour s'assurer que tout le monde dormait. Alors il s'est introduit dans la cuisine. En fouillant partout où il pouvait, il a trouvé de quoi manger. La vie précaire qu'il avait choisie l'avait habitué à passer souvent plusieurs jours sans rien avaler. Ce soir-là était visiblement un jour de chance. Il a mangé jusqu'à satiété. On est toujours beaucoup moins prudent lorsqu'on a le ventre plein. Notre brigand n'échappait pas à la règle.

Encouragé par ce premier succès facile, il a voulu voir si le monastère ne recelait pas quelque trésor. Il ne cherchait pas d'objet de culte, bien sûr, même si ceux-ci sont souvent les plus précieux. Il avait des principes. S'il vivait de larcins, il n'était pas pour autant mécréant et ne voulait pas un jour se trouver sous le feu de la colère divine. C'était la première fois qu'il osait pénétrer dans l'enceinte sacrée d'un monastère. Le plus silencieusement possible, il s'est glissé de pièce en pièce, scrutant à la lumière de la lune chaque recoin, chaque meuble à la recherche d'un objet sur lequel il pourrait jeter son dévolu. Malencontreusement, il s'est cogné dans un tabouret ou a fait tomber un bougeoir. Les moines ont le sommeil léger et le bruit qu'il venait de faire, si petit soit-il, a donné l'alerte. Rapidement, deux moines sont entrés et le brigand s'est enfui en courant, abandonnant sur place sa musette. Les moines l'ont poursuivi, rapidement rejoints par leurs frères et les laïcs qui dormaient juste à côté. Au clair de la lune, il n'est pas facile de disparaître à travers champs, et le brigand a voulu se cacher en descendant vers la fontaine. En vain ! Ses poursuivants n'ont pas tardé à le repérer. Il n'y avait plus qu'une seule solution. Espérant trouver une autre issue, le brigand s'est introduit dans la galerie et a trouvé refuge dans la salle du fond. Les moines ont alors décidé d'attendre là pour le capturer dès qu'il ressortirait. Assis au fond de la grotte, le brigand a eu tout le temps de méditer sur le tort qu'il avait eu de se livrer au maraudage aux dépens d'hommes d'Église. Il savait que le vol dans un monastère ne lui laisserait guère de chance de s'en tirer. Au crime de droit commun, il avait ajouté un crime bien pire encore, il avait profané une enceinte sacrée, ce qui constituait un véritable blasphème. Il n'avait aucune chance d'échapper au bûcher. Quelquefois, il a tenté de sortir, mais il apercevait alors toujours deux gardes, prêts à le cueillir lorsque la faim le tiendrait trop, le pousserait hors de sa prison naturelle. Puis il s'est résigné à la mort, acceptant son sort comme un châtiment divin. Mais puisqu'il lui était donné de choisir entre la faim et les flammes, il a préféré échapper au supplice certes purificateur, mais ô combien plus cruel. Il s'est allongé, laissant ses forces le quitter, et s'est éteint ainsi, au fond d'une grotte qui serait désormais son tombeau.

Oui, cela s'est peut-être passé ainsi. Pourtant, il paraît peu crédible que, poussé par la faim, il n'ait pas tenté sa chance en profitant d'un moment où les gardes somnolaient. Non, ça ne tient pas debout. Je sèche. Ou alors l'homme que j'ai vu là-bas n'est pas mort naturellement. C'est peut-être bien ça. Un meurtre ! En fait, le brigand n'était pas seul, il avait un complice dans la celle. Le vol s'était bien passé et le brigand avait rendez-vous ici pour partager le butin. Il n'y avait pas de cachette plus idéale et le traître de l'abbaye était le seul à connaître l'existence de cette grotte derrière la fontaine. Ils se sont retrouvés comme convenu, à la nuit tombée. Au moment de se partager les fruits du cambriolage, ils ne se sont pas mis d'accord. Après tout, sans aide à l'intérieur des murs, le brigand n'aurait pas su où chercher et le butin aurait été beaucoup plus maigre. Mais le voleur avait pris tous les risques, et il trouvait normal que sa part soit plus importante. Il n'est pas bon de se disputer avec un brigand lorsque l'on n'est qu'un apprenti voleur, un complice de passage. Puisque le moine ou le laïc ne voulait rien entendre, le brigand est devenu meurtrier. Il a saisi son complice par les cheveux et a frappé à plusieurs reprises sa tête contre la paroi rocheuse. Le malheureux, frappé par une punition divine, s'est écroulé, baignant dans son sang, tandis que son assassin prenait le large avec tout le butin. Pendant quelque temps, on a cherché en vain le disparu dans le monastère et dans les bois alentour. Puis le temps a passé et l'on a oublié l'incident.

Mais faut-il nécessairement que ce soit un moine ? Bien sûr que non, un homme d'Église ne peut pas être mêlé à une histoire aussi sordide. J'y suis ! En fait, depuis plusieurs années, une bande de bandits de grand chemin écumait la région. Il ne faisait pas bon être voyageur à cette époque-là. L'un des brigands était originaire des environs de Tevelune, peut-être de Sourcarol, pourquoi pas ? Dans son enfance, il avait pour habitude de venir à la fontaine de Tevelune et y avait découvert l'existence de la grotte. C'était son secret, sa cachette. En vieillissant, il était devenu mauvais et avait vendu son âme au Diable. De cachette d'enfant, la fontaine de Tevelune était devenue un repaire de brigands, le lieu où les bandits cachaient leur butin et se partageaient les fruits de leur coupable labeur. Il y en avait des richesses entreposées ici, et bien des seigneurs auraient aimé mettre la main sur ce trésor constitué au fil des ans avec l'aide du Démon. C'était une véritable caverne d'Ali Baba. Mais les hommes ne sont que des hommes, et les bandits sont plus que quiconque sujets à la tentation des vices les plus bas. Satan, non content d'avoir entre ses doigts crochus l'âme de ces vauriens, voulait plus encore. La cupidité aidant, une bagarre a éclaté un soir entre les comparses. Le Malin a poussé l'un d'eux à lever lourdement la main sur un autre. Le brigand, frappé à mort, s'en est allé plus vite qu'il ne l'aurait souhaité brûler dans les flammes de l'Enfer. Les bandits survivants, ne sachant trop que faire, ont précipitamment vidé leur repaire de tout le butin et ont laissé là le cadavre de leur ancien complice. Oui, cela s'est peut-être aussi passé comme ça.

La nuit est tombée maintenant. Ils en mettent du temps en bas pour un simple squelette plusieurs fois centenaire. Il commence à faire frais, et je ne peux rien faire puisque les gendarmes de faction m'empêchent d'approcher. C'est l'heure de la traite et mon oncle est en train de faire sortir les vaches du pré au-dessus pour les mener à l'étable. Il est rarement utile d'aller jusqu'au fond du champ pour les pousser vers la sortie. Le pis plein de lait, elles viennent d'elles-mêmes près de la barrière lorsqu'il est l'heure. Parfois, si l'on tarde à peu à aller les quérir, elles se mettent à meugler pour rappeler l'éleveur à son devoir. Elles avancent en troupeau, tranquillement, le pis lourd battant contre les pattes arrière, et se dirigent seules vers leur étable, s'installant devant leur crèche. Si une génisse à peine devenue vache venait à se tromper de place, elle serait rapidement rappelée à l'ordre par celle qui se serait ainsi vue délogée. La vache est un animal qui aime ses habitudes et son confort. Au-dessus de chaque emplacement, mon oncle a placé une ardoise sur laquelle il a écrit le numéro de l'animal, son nom, la date à laquelle elle a vêlé et la date à laquelle elle doit être tarie. Celle qui a atteint cette échéance n'est plus traite, et attend la naissance de son veau pour reprendre son cycle de production de lait, lorsque le veau ou la petite génisse auront été sevrés du premier lait jaunâtre et très épais que la mère produit pendant cette période. Ce premier lait, indispensable pour le veau, est impropre à la consommation humaine. Pour peu que la montée de lait provoque une mammite, le lait prendra une coloration rose violacé peu ragoûtante. J'ai toujours été très attendri par le charme des tout petits veaux. Lorsque j'étais enfant, j'aurais aimé que mon oncle ne les vende jamais. J'aurais voulu que tous puissent grandir comme bœufs ou comme génisses. J'ai mis longtemps à comprendre pourquoi aucun veau n'avait la chance de grandir comme taureau. Un seul taureau dans une ferme aurait rapidement créé des problèmes de consanguinité. Alors, comme dans la plupart des fermes, mon oncle fait appel à l'inséminateur artificiel.

Il arrive avec sa petite voiture blanche, ouvre son coffre et enfile d'immenses gants de caoutchouc. Il ouvre alors un récipient métallique d'où s'échappe une fumée glacée et en sort une paillette congelée qu'il introduit dans la vache en enfonçant son bras presque en entier. L'amour chez les vaches d'aujourd'hui n'a décidément plus rien de romantique, même lorsqu'elles vivent aux abords de la fontaine de Tevelune.

Chaque vache ayant pris sa place habituelle, ma tante les attache une à une avec une grosse chaîne métallique. Pendant ce temps, je vais de l'autre côté, derrière les crèches, donner un coup de main à mon oncle qui leur donne un complément nutritionnel à base tantôt de farines qu'il fait avec du maïs ou du blé, de betteraves fourragères qu'il râpe avec une machine qui doit dater de l'époque de mon grand-père, ou encore d'ensilage de maïs ou d'herbe. C'est aussi à ce stade qu'il donne à certaines vaches le médicament que le vétérinaire a prescrit le cas échéant. L'indication du médicament est portée sur l'ardoise et sur une fiche. Selon le cas, le lait de la bête sera alors jeté pour que la substance médicamenteuse ne se retrouve pas dans le lait que nous buvons. Maintenant commence le grand ballet. Ma tante s'approche de la première vache, tandis que la trayeuse électrique ronfle régulièrement à l'extérieur de l'étable. Elle nettoie le pis de l'animal avec un chiffon trempé dans de l'eau tiède et un désinfectant adapté avant de presser chaque mamelon pour faire gicler quelques gouttes. Puis elle approche le pot trayeur qu'elle branche sur le robinet à air relié à la trayeuse électrique. Il y en a un au-dessus de chaque crèche. Ma tante approche ensuite un à un les quatre trayons qui aspirent le mamelon, avant d'en extraire le lait qui coule alors au fond du pot trayeur. Lorsque l'animal a donné tout ce qu'il avait, ma tante coupe le robinet d'air et débranche le pot trayeur de la vache. Elle ouvre le pot et verse le lait encore chaud dans un filtre au-dessus d'un bidon pouvant contenir le lait de plusieurs vaches. Le premier bidon est plein. Pour aider ma tante, je lui propose de l'emmener à la laiterie pour le verser dans le tank à lait où il sera refroidi et maintenu à basse température jusqu'à ce que le camion de la laiterie vienne le chercher.

L'installation de mon oncle n'est pas très moderne. Maintenant, de nombreux éleveurs ont installé de véritables salles de traite avec un transfert automatique du lait directement du pis de la vache vers le tank à lait. Plus moderne sans doute, et plus hygiénique, mais de telles fermes perdent alors tout ce qui fait leur charme. Fini l'enfant assis sur une botte de paille, derrière les vaches, une petite tasse à la main et buvant le lait encore chaud et moussant, fleurant bon l'herbe que l'animal a mangée. Je n'ai jamais pu boire de lait pur autre que celui-là. C'est agréable de retrouver ce parfum de mon enfance. Au fond de l'étable, un veau nouveau-né a passé la journée à attendre le retour de sa mère. Que de fois lorsque j'étais enfant, ma tante me confiait l'immense responsabilité de nourrir le veau au biberon. Il était impressionnant ce biberon, tellement plus grand que celui de mon petit frère. C'était une bouteille de verre d'un litre sur laquelle on avait mis une tétine énorme, de la taille du trayon d'une vache. Le simple fait d'entrer de nouveau dans l'étable à cette heure-ci me renvoie à tant de souvenirs.

Je m'assieds sur une botte de paille, à côté du veau, et j'observe le spectacle de mon enfance qui défile. Tiens, c'est ici, par la radio nasillarde qui grogne au-dessus de moi, que je suivais l'arrivée des étapes du tour de France. Les échappées de Bernard Hinault, à mes yeux le maître incontesté du peloton, les bagarres dans les cols avec Joop Zoetemelk, le triomphe de mon héros, celui auquel je rêvais de ressembler.

Aujourd'hui, j'ai un nouveau regard sur le lieu. Je sais maintenant qu'ici, dans cette étable qui était alors une église, il y a huit cents ans, des moines se réunissaient pour prier. Ce devait être l'heure des vêpres. Ils entonnaient en latin, de leurs voix graves, les chants grégoriens que j'aime parfois écouter. Mais les Grandmontains chantaient-ils des chants grégoriens ? Je n'en sais rien en fait. Je ne sais que peu de choses d'eux. Il faudrait que je me renseigne un peu plus. Il doit bien y avoir des bouquins plus précis que ceux que j'ai pu lire. Tiens, l'adjudant-chef Éric Thévenot est là, debout devant moi. Je ne l'avais pas entendu venir.

— Excuse-moi Vincent. Je peux te parler deux minutes ?

— Bien sûr ! dis-je en me levant.

Nous nous éloignons un peu du bruit de la trayeuse.

— Nous avons terminé. Les restes vont être emmenés au labo à Angoulême pour être analysés et datés.

— J'imagine qu'ils sont très vieux. Je me demandais si ce n'était pas un moine…

Éric éclate de rire.

— Non, je ne crois pas. Ou alors les mœurs des moines ont évolué depuis. C'est une femme et un enfant.

Alors là, je reste pantois.

— Mais je n'ai vu qu'un squelette, moi. Et comment peux-tu affirmer que c'est une femme ? lui dis-je.

— Oh, ce n'est pas moi qui affirme. Selon le médecin légiste, le bassin ne peut être que celui d'une femme. Et ils ont trouvé également les os d'un bébé mélangés avec ceux de la femme, mais pour le moment, ils ne peuvent pas dire si elle était enceinte ou si le bébé était déjà né. Tout ce qu'ils peuvent voir, c'est que le crâne du bébé n'est pas tout à fait formé, car la fontanelle n'est pas soudée. Si le bébé était né, il n'était pas vieux.

Derrière nous, le camion des pompiers s'en va, suivi par la voiture des spéléologues et d'une ambulance que je n'avais pas vue arriver. Je ne peux réprimer un sourire. Une ambulance pour un, pardon, deux squelettes, cela paraît pour le moins saugrenu. Les deux camionnettes de la gendarmerie de Montdunon arrivent à leur tour et s'arrêtent sur le bord de la route. Éric ne me laisse pas le temps de poser d'autre question. Il est déjà dix-neuf heures, et apparemment, il est pressé de rentrer.

— Il faudrait que tu passes demain à la gendarmerie pour que je puisse prendre ta déposition. Vers dix-sept heures, ça t'irait ? Comme ça, on passera ensuite à la maison prendre l'apéritif. On pourra discuter de nos souvenirs et je ne serai plus en service, dit-il en souriant.

— Pas de problème. Dix-sept heures, ça me convient.

— Parfait. Et je te présenterai mon épouse. Mais tu la connais, elle était au collège avec nous, mais elle était en quatrième quand nous étions en troisième. Cécile Vigot !

— Cécile Vigot ? De Chez Carpin ? Oui, je me souviens d'elle, dis-je comme si de rien n'était.

— Alors à demain. Les collègues m'attendent.

Je regarde Éric monter dans la camionnette et s'éloigner. J'en reste pantois. Il a épousé Cécile, ma Cécile, celle qui ne me regardait même pas. Ça me fait drôle. C'est étrange, même des années après, je ressens comme un pincement au cœur, une pointe de jalousie. Bon d'accord, c'était il y a bien longtemps, mais quand même ! Tous ces rêves que j'ai faits en pensant à elle. Combien de fois me suis-je vu à sa place à lui, annonçant tranquillement : « Je vous présente Cécile, mon épouse » avec l'œil brillant, presque blasé, ce petit sourire satisfait de ceux que la vie ne cesse de combler. Et puis voilà qu'aujourd'hui, tant d'années après, c'est lui, Éric, que rien pourtant ne distinguait des autres, qui vient tranquillement me dire, comme si de rien n'était : « Tu connais mon épouse, Cécile ! » sans y mettre plus de conviction que s'il me disait « Tiens, je chausse du quarante-trois. » Pauvre Cécile. Et demain, je vais la revoir. Cela me ferait presque peur. D'un côté, je sens bien que j'en suis tout excité, mais dans le même temps, cette idée me met mal à l'aise. Au fond de moi, je ne puis m'empêcher de rêver qu'elle me découvre avec d'autres yeux. Comment est-elle ? Elle doit être encore plus belle maintenant qu'elle est femme. Je l'imagine me regardant, les yeux écarquillés, ne trouvant pas les mots. Bien sûr, me revoir va lui fiche un coup. En me voyant, tout notre passé va lui revenir en mémoire. Que va-t-elle penser ? Peut-être aura-t-elle des regrets ? Je crois que j'aimerais qu'elle me regarde et qu'elle se dise : « Quelle erreur j'ai faite ! J'ai gâché ma vie. À l'époque, je n'avais même pas fait attention à lui et aujourd'hui, il m'apparaît comme une évidence. C'est lui que j'aime depuis si longtemps, c'est Vincent Beaufils. » Alors moi, devinant son trouble, je me vois enfoncer le clou. Je lui souris, à la fois charmeur et suffisamment distant pour qu'elle sente que son heure est passée, que longtemps je lui ai tendu la main, mais qu'aujourd'hui il est trop tard, je suis passé à autre chose, j'ai tourné la page. Elle a compté pour moi jadis, bien sûr, mais aujourd'hui nous ne sommes plus les mêmes. Oh certes, le petit sourire triste qui se dessine sur ses lèvres, sa main qui tremble et ses yeux brillants ne me laissent pas insensible. Je ne suis pas un monstre. Forcément, elle est très malheureuse de me voir si lointain, si peu disposé à lui accorder l'attention qu'elle souhaiterait, et cela me chagrine un peu. J'en suis même ému. Tant d'années après, la voir ainsi me regarder avec ces yeux éperdus me transperce l'âme. Comment ne pas trop la faire souffrir ? Doucement, je prends sa main, avec toute la douceur possible. La vie est si cruelle. Je ne supporte pas de voir cette larme qu'elle n'ose pas laisser couler. Je vois bien qu'elle s'efforce de me séduire de nouveau, comme si le temps ne s'était pas écoulé depuis ces années où je traversais Chez Carpin, la tête baissée sur le guidon et pédalant le plus fort possible. J'embrasse ses cheveux. Elle lève la tête, me tend ses lèvres. Comment résister ? Je rends les armes. Nous nous embrassons. Elle est heureuse, et moi aussi. Mais les choses ne sont plus si simples. Et Éric ?

Je souris. Elle n'aura sans doute même pas un regard pour moi, pas plus qu'elle n'en a eu il y a quinze ans. Ça va tout de même me faire drôle de la revoir. Bon, je ne vais pas rester là à rêvasser toute la soirée au milieu de la cour de la ferme. Mes parents vont m'attendre pour dîner. Je retourne à l'étable pour dire au revoir. Mon oncle et ma tante ont maintenant presque terminé la traite.

— Tu restes pas pour la soupe ?

— Non, papa et maman vont m'attendre. Je repasserai sûrement. Je suis là pour plusieurs jours, dis-je en les embrassant.

Je saute dans la voiture et je file vers Sourcarol. Finalement, je crois que je vais bien dormir ce soir, je suis éreinté.

- 9 -

« Ce fut comme une apparition. »

Gustave Flaubert
L'Éducation sentimentale

Le dîner s'est passé très normalement. Ma mère m'a harcelé de questions sur mon aventure de l'après-midi. Je lui ai raconté en détail ce que j'avais trouvé. Je n'ai rien dit sur les révélations d'Éric. J'ai évidemment eu droit à un sermon en règle sur la folie qui m'avait poussé à aller dans la grotte, surtout en plein hiver. Même elle, qui a pourtant vécu à Tevelune jusqu'à son mariage, n'a jamais eu une idée si saugrenue. À son époque, les enfants faisaient des bêtises, certes, mais ils savaient aussi mesurer les dangers. Lorsque j'ai senti arriver le couplet sur le fameux passé où par nature, tout était tellement mieux qu'à notre époque où on ne respecte plus rien, j'ai prétexté la fatigue pour monter dans ma chambre. Prise de court, ma mère m'a embrassé en me disant combien il était temps d'avoir enfin les pieds sur terre à mon âge, tandis que mon père s'est contenté d'un sourire en m'embrassant. Cher papa, il a compris que ce soir, je n'avais aucune envie d'écouter un sermon, fût-il partiellement justifié.

Ma chambre est au premier étage. Lorsque j'étais enfant, je la partageais avec mon frère. J'avais tapissé les murs d'une multitude de posters de chanteurs à la mode. En grandissant, la pièce a commencé à être petite pour nous deux. Mon père a alors décidé d'aménager le grenier. On y accédait par une trappe, au-dessus de la porte de la chambre de ma sœur. Le grenier était poussiéreux et envahi de babioles abandonnées là au cours des ans. C'est là que nous avions trouvé une véritable ponne en parfait état en arrivant dans cette maison. Un peu plus loin, lorsque l'on avait enjambé les cageots de hardes et les restes de pots à mogettes, les morceaux de ferraille rouillée et les rebuts en tout genre, on découvrait une petite porte très discrète. Elle donnait accès à une petite pièce étonnamment propre pour un grenier. Les murs avaient été blanchis à la chaux et le plafond mansardé recouvert de plaques de cartons peints. Quelques crochets métalliques alignés pendaient au plafond. L'existence d'une telle pièce presque secrète avait débridé mon imagination. Au moment où je découvrais cette cachette pour la première fois, je venais de lire le *Journal d'Anne Frank.* Je voyais Sourcarol pendant la guerre, occupé par les nazis. Sourcarol était traversée par la ligne de démarcation. La petite gare du train de campagne dans le hameau de Logres était un point de passage clandestin entre la zone occupée et la zone libre. Il ne m'avait pas fallu très longtemps pour faire de la petite pièce du grenier une cache pour des aviateurs anglais abattus par la DCA allemande ou des Juifs cherchant à fuir le joug des occupants. J'imaginais les candidats fuyards se glisser nuitamment hors de la maison et se faufiler par les jardins jusqu'à l'église de Sourcarol. Là, ils empruntaient la ruelle derrière la boulangerie, s'arrêtaient pour vérifier que personne n'était dans la grande rue, puis traversaient en courant pour filer vers l'ancienne fabrique de ponnes. Passé le lavoir de la fabrique, ils remontaient par le chemin qui coupe la route de Chez Servant à La Montagne, puis coupaient à travers champs en laissant Logres sur leur droite. À partir de cet endroit, tout au long de la petite voie de chemin de fer qui matérialisait la ligne de démarcation, le risque d'être surpris par les patrouilles devenait très grand. Il fallait éviter à tout prix les chiens et les projecteurs qui traquaient les clandestins. Dès qu'ils avaient coupé la voie, les fuyards de Sourcarol plongeaient sur la gauche pour rejoindre le hameau du Puits-du-mort en évitant soigneusement les maisons habitées. Il leur suffisait ensuite de contourner la ferme du Puits-du-mort pour traverser l'Argent à gué et éviter ainsi d'emprunter le pont de Rouvres. La voie était alors libre pour rejoindre les maquis de la région. Je n'ai jamais su si cette pièce au fond de notre grenier avait joué le rôle que je lui imaginais alors. Sans doute les crochets métalliques trahissaient-ils plutôt une cache pour le marché noir ou plus prosaïquement une pièce pour sécher les jambons, sans aucun lien avec la guerre.

Après avoir débarrassé le grenier des vieilleries qui l'encombraient, mon père a abattu la cloison de la petite pièce blanche pour créer une grande chambre dont il a recouvert les murs et le plafond de lambris. Nous avons installé un escalier de bois qui mène désormais à une grande salle mansardée traversée à hauteur d'homme par une grosse poutre maîtresse de la charpente. Cette pièce est devenue mon royaume pendant toute mon adolescence et mon frère a enfin eu la chambre du premier pour lui seul.

Je me retrouve donc seul dans cette chambre, face à moi-même. La dernière fois que j'y ai dormi, Aurélie était là. Je crois que les moments les plus durs à vivre depuis son départ, ce sont les soirées, lorsque je rejoins mon lit et qu'elle n'est pas là. Je m'allonge et je regarde le plafond. Aurélie ! Je n'ai pas trop pensé à elle avec toute cette histoire. Je me sentirais presque coupable de l'avoir un peu oubliée dans l'agitation de mon aventure de cet après-midi. J'ai l'impression qu'elle a laissé son odeur ici aussi, dans cette pièce, dans ce lit. Nous nous sommes retrouvés seuls ici, après la première soirée qu'elle passait avec mes parents. Elle s'est blottie contre moi et nous avons parlé de ses impressions. Je lui ai dit que je l'aimais, elle m'a dit la même chose, et nous étions bien. Nous avons échangé quelques baisers de plus en plus brûlants et nous avons fait l'amour, le plus silencieusement possible. Nous avons presque ri de devoir ainsi nous aimer en silence, presque en cachette. Il y avait comme un parfum d'adolescence, lorsque l'on amène une petite amie chez ses parents et que l'on fait l'amour en secret dans sa chambre, taraudé par la peur de voir l'un des parents appeler ou simplement entendre. Là, tous les deux, nous n'avions pas à nous cacher, mais nous goûtions comme un léger parfum d'interdit.

Je l'ai regardée, nue, allongée à mes côtés. Elle est si belle !

Sa beauté, je m'en suis aperçu assez rapidement après notre premier contact sur Internet, dès le lendemain, je crois. Elle s'est connectée plus tard que je ne le pensais. J'attendais avec une certaine fébrilité. Après tout, je n'étais pas sûr qu'elle allait revenir. Puis l'ordinateur a émis un signal sonore qui pouvait ressembler à « ho ho ! » et une fenêtre s'est ouverte sur l'écran : « Or est en ligne ». J'ai probablement adressé un grand sourire à mon écran. J'ai posé les mains sur le clavier et je lui ai envoyé le premier message. « Bonsoir, Mademoiselle Or. Comment va la Belgique ce soir ? » Je m'attendais à une réponse immédiate, mais rien n'est venu. J'étais un peu décontenancé et plus les secondes s'écoulaient en silence, plus j'étais inquiet. Elle s'était tellement confiée la veille qu'elle était peut-être très gênée. Elle avait peut-être des remords et je craignais qu'elle préfère ne plus me parler. J'avais pu n'être qu'un confident d'un soir, une oreille à qui l'on dit tout justement parce que l'on sait qu'elle est loin, qu'on ne la reverra pas. Sur Internet, il suffit de ne plus répondre pour couper tout contact. Au bout de quelques très longues minutes, j'ai tenté un second message : « Tu ne dis rien ? Tu ne veux plus me parler ? » J'étais très conscient de la maladresse d'une telle question et j'ai hésité à cliquer sur Envoyer. Elle ne m'en a pas laissé l'occasion. Un signal grave a retenti, genre sirène de bateau, et un message est apparu : « Or vous envoie un fichier. L'acceptez-vous ? » Étonné et curieux, j'ai accepté et le téléchargement a commencé. Puis une nouvelle fenêtre s'est affichée : « Fichier téléchargé. Voulez-vous l'ouvrir ? » J'ai bien sûr accepté et une photo s'est affichée. C'était elle ! Elle était debout, vêtue d'un pantalon de toile noire et d'un chemisier blanc. Ses cheveux étaient châtain clair et une mèche venait doucement caresser son visage. Elle avait des yeux marron qui semblaient dire : « Je suis contente de t'avoir surpris en t'envoyant cette photo » et un sourire si profond, si beau que je suis resté longtemps à l'observer en détail. Elle était belle, il n'y avait pas d'autre mot, d'une beauté délicate, fragile, douce. Je sentais une émotion forte s'installer au plus profond de moi.

En un instant, sans un mot, par cette simple photo, elle m'était apparue, bien réelle. Elle n'était plus à quatre cents kilomètres, elle était là, devant moi, je pouvais presque la toucher. Délicatement, j'ai porté la main sur l'écran, pour lui caresser le visage. J'étais ému comme je crois ne jamais l'avoir été. Une nouvelle fenêtre s'est alors affichée : « Bonsoir. As-tu reçu la photo ? » Rapidement, j'ai effacé les mots que je n'avais pas envoyés et qui me paraissaient sonner comme un reproche. « Oh oui, je l'ai bien reçue ! Merci pour ce cadeau. Cela me touche beaucoup. Tu es très belle. Je suis sans voix. » lui ai-je écrit, en envoyant réellement le message cette fois-ci !

La soirée a été merveilleuse. Aurélie avait passé toute une partie de l'après-midi à faire des photos pour me les envoyer. Puis elle les avait travaillées avec un logiciel de traitement d'image pour créer des effets de lumière, des jeux d'ombre, de flou ou de couleurs. C'est ce soir-là qu'elle m'a dit combien elle aimait la photo. Je lui ai trouvé un véritable talent, jamais démenti par la suite. Elle fait des images fantastiques. J'avais l'impression de recevoir bien plus que des photos, des émotions, des instants partagés. Pendant des heures, nous avons échangé d'une façon un peu étrange. Elle m'envoyait des photos et je lui répondais par mes mots. J'essayais de faire sonner les mots pour qu'ils lui disent tout ce que ses photos m'inspiraient. Sa poésie était dans l'image, la mienne était dans le verbe. Et ensemble, chacun à notre façon, nous chantions le même plaisir d'échanger nos émotions, notre plaisir de passer ces moments ensemble. Elle aimait ma façon d'écrire, de lui parler. Et plus elle me parlait, plus elle m'inspirait, plus elle faisait chanter mes mots. Ensemble, nous étions en train de nous construire une douce complicité. Peu à peu, j'ai pris conscience de ce qu'elle suscitait chez moi. J'étais tout simplement en train de tomber amoureux d'elle, sans l'avoir jamais vue.

Tout le week-end, nous n'avons pas cessé de nous connecter, de nous parler. Plus rien n'existait. À chacun de ses retours, elle avait fait de nouvelles photos numériques. J'étais sur un nuage. Elle me montrait bien plus que son visage adorable, encore plus que son corps à peine voilé, magnifiquement dénudé, elle me dessinait son âme, sa personnalité, ses sentiments. Ses photos parlaient bien plus que ses mots. Sa pudeur n'était pas dans ce qu'elle me montrait de son corps, mais dans la délicatesse de l'image, dans les sensations qu'elle transcrivait par l'image. Elle était de toute évidence dans le même état que moi, soumise à la même tempête, au même flot d'émotions. Comme moi, elle tombait amoureuse d'un inconnu. Peut-on s'aimer sans s'être jamais vu, juste en se parlant, en se racontant, en partageant des moments d'intense émotion ? Je ne me l'étais jamais demandé, mais dès cet instant, je n'en doutais plus. Je n'avais pas envie d'en douter. Il est des moments si bons que l'on veut les goûter jusqu'au bout. Pourquoi les gâcher par des doutes ? Même si nous étions déraisonnables, même si nous ne nous plaisions que virtuellement, c'était bien trop agréable pour y penser, pour limiter nos sensations. Elle me rendait heureux, et elle semblait aussi heureuse que moi. Je me sentais dans la peau d'un chevalier des chansons de geste qui a reçu de sa belle quelques lettres, une ceinture et un portrait, qui se met en marche pour la retrouver dans son pays, à l'autre bout du royaume, elle dont il s'est follement épris, avec la peur au ventre d'être déçu en la voyant. Une idée m'a traversé l'esprit. Je brûlais de lui dire, de lui avouer que j'étais amoureux, aussi stupide ou déraisonnable que cela puisse paraître. J'ai commencé à l'écrire, lettre par lettre. J… e… t'… puis j'ai arrêté, par pudeur, par peur d'être ridicule aussi peut-être. Elle n'a pas été choquée. Immédiatement, elle a répondu sans fard, sans faux-semblant, sincère et délicate. « Je t'aime ». J'étais sur un nuage. Je volais au-dessus de ma vie. Il n'y avait plus de distance, plus d'obstacle. Elle était là, juste à côté de moi, au bout de mes rêves, devant moi, dans mon cœur, dans ma tête. Je n'imaginais pas son parfum, je le sentais, je la respirais, elle. Il me semblait connaître la douceur de son visage, le grain de sa peau, l'odeur de son corps, le goût de ses lèvres. Je la vivais comme si elle était là. Et je ressentais une frustration énorme de ne pas pouvoir réellement la toucher. Elle, si proche, et si loin. Quatre cents petits kilomètres nous séparaient et elle était contre moi, je la sentais respirer, nous buvions le même air, celui qui nous enveloppait, un air empli de lumière et de chaleur. Je voulais la serrer contre moi, l'aimer doucement, avec force et tendresse. Je faisais l'amour avec mon clavier, mes doigts le caressaient, ma paume frôlait la souris et mes lèvres effleuraient ses photos que je faisais défiler sans fin sur l'écran. Même ma photo – moi qui me trouvais si laid, si inexistant, si quelconque – lui plaisait. Elle voulait me voir, autant que je le désirais. Internet, qui avait été un lien, un pont entre nous, qui nous avait unis avec une force irrésistible, nous paraissait maintenant un obstacle à franchir, une barrière entre nos lèvres, un mur entre nos corps. Je voulais entendre sa voix, au moins entendre sa voix.

Je lui ai téléphoné. Elle avait un accent très léger, bien plus léger que l'accent caricatural que l'on prête habituellement aux Belges. « Je ne suis pas de Liège », m'a-t-elle dit en riant. Je goûtais ses paroles, le timbre de sa voix en regardant les photos. Comme elle était belle aussi au bout du téléphone ! Nous n'en pouvions plus. Il fallait qu'on se voie, pour en avoir le cœur net. Elle a mis un CD chez elle, pour me le faire écouter. Une chanson toute bête, un classique de la variété. Dès les premières notes, mon cœur s'est mis à battre. La voix chaude de Richard Cocciante s'est élevée : « J'ai attrapé un coup de soleil, un coup d'amour, un coup de je t'aime. Je sais plus comment, faut que je me rappelle, si c'est un rêve t'es super belle. Je dors plus la nuit, je fais des voyages sur des bateaux qui font naufrage. Je te vois toute nue, sur du satin, et j'en dors plus, viens me voir demain. » Je n'ai pas attendu la fin de la chanson. Tout cela était si fort, si soudain. J'étais en plein roman à l'eau de rose et rien ne me semblait ridicule. Au contraire, je trouvais tout merveilleux. Nous étions en plein dans ce coup de soleil, ce coup d'amour. Et comme Cocciante le disait bien. Il fallait que nous nous voyions, le plus vite possible.

— Aurélie ! lui ai-je dit. Il a raison quand il dit « Viens me voir demain ».

La chanson continuait en fond, et Aurélie ne disait plus rien. J'étais anxieux. Puis elle a répondu :

— Oui, il faut qu'on se voie. Si tu veux, je peux venir à Paris le week-end prochain.

Elle allait venir. J'étais fou de joie. Depuis presque quarante-huit heures, nous ne nous étions pas quittés, et bientôt, nous allions être dans les bras l'un de l'autre. Nous allions nous plaire, c'était évident. Il ne pouvait pas en être autrement. Pour la première fois, j'étais heureux d'avoir attrapé un coup de soleil.

Le lendemain, je suis allé au bureau, la tête dans les nuages. Jeanne, mon assistante, a bien vu que je souriais bêtement sans rien entendre lorsqu'elle me parlait. Elle riait de me voir ainsi :

— Ce qui est rigolo avec vous, Monsieur Beaufils, c'est que vous êtes complètement transparent. Quand vous êtes amoureux, ça se voit comme si c'était écrit sur votre front.

J'ai répondu en rougissant :

— Moi, amoureux ? Mais absolument pas. Qu'est-ce qui vous fait croire ça ?

Jeanne n'a pas répondu. Elle a éclaté de rire et s'en est allée dans son bureau, me laissant à mes rêveries.

— Essayez quand même d'avoir la tête aux dossiers des clients pendant vos rendez-vous !

Le soir, en rentrant, je me suis arrêté dans un magasin pour acheter le CD de Cocciante. Je l'ai glissé dans l'autoradio et j'ai monté le son. « J'ai attrapé un coup de soleil, un coup d'amour, un coup de je t'aime… ». Je chantais, je riais, et je me dépêchais de rentrer à la maison, pour me reconnecter, pour la revoir sur mon écran.

Tous les jours de la semaine ont eu la même couleur, la même saveur. Je pensais à elle, nous nous sommes envoyé des centaines de messages sur nos téléphones portables, des concentrés d'amour brûlant. Elle ne me quittait plus. Le mardi ou le mercredi, je ne sais plus, j'avais un rendez-vous professionnel important. Le responsable du recrutement des cadres supérieurs voulait me rencontrer pour évaluer mes capacités à évoluer vers des fonctions de direction. Pendant une heure, je me suis présenté, j'ai essayé de me vendre. Mais comment être efficace quand on a la tête ailleurs ? Mon esprit était en Belgique, auprès d'elle. Dès mon retour chez moi, je me suis assis devant mon ordinateur. Elle n'était pas encore en ligne, occupée sans doute avec ses filles. Alors je lui ai écrit un long courrier électronique :

« *Je t'ai vue...*

Il était 17 h 03. J'en suis sûr, c'était toi. Depuis ce matin, c'était dur, tu sais. Je dors si peu, je ne peux plus dormir. J'ai trop d'idées qui se bousculent dans la tête pour trouver le sommeil. Alors il vient parfois tout seul et tu es là. Un petit sourire finement ciselé, comme pour me dire que non, nous ne sommes pas si éloignés que cela. Et puis ces yeux, qui me regardent là-bas, dans l'angle, qui me disent tant de choses que je voudrais entendre. Un gros plan sur ton visage, sur cette mèche de cheveux qui semble décidée à venir te caresser le nez. Comme j'aimerais être cette mèche de cheveux ! Un plan plus large, au loin, dans un rayon de lumière, tu apparais. Ta longue chemise blanche ne cherche pas à masquer tes formes, tes seins, tes jambes, tes hanches. Ton corps tout entier se dévoile, par petites touches, comme des caresses. Et ton sourire...

Mais j'ai si peu dormi la nuit dernière que toute cette journée a été longue, très longue. Bien plus que la fatigue, ton absence, ton silence forcé me pesait sur les épaules. Chaque pas, chaque pensée sur autre chose que toi me semblait une torture. De temps à autre, et bien plus souvent que je n'aurais dû, je laissais mon esprit s'échapper. Il se faufilait sans attendre vers là-bas, le plat pays cher au grand Jacques.

J'avais un rendez-vous pour le travail. C'est sérieux le travail. Il ne faut pas le prendre à la légère. Peut-être était-ce décisif pour mon avenir, qui sait ! Ai-je été à la hauteur ? Je n'en sais rien, mon esprit était loin de là, vers toi, et pourtant que je sentais que ton esprit à toi était là, près de moi, en moi, pour me donner cette force de convaincre. L'ai-je convaincu ? Bah, on verra bien...

Tu étais là, c'est sûr, il était 17 h 03. Mon rendez-vous était terminé. Je filais à travers la campagne pour revenir chez moi. L'autoroute, puis la francilienne, puis de nouveau l'autoroute. Combien avais-je fait de kilomètres ? Comment le saurais-je, je ne regardais pas la route, je te voyais toi, je t'imaginais là-bas, si loin, si proche. Un carrefour, un virage, un échangeur, et je t'ai vue. C'était toi, j'en suis sûr, il était 17 h 03.

À l'horizon, tu descendais des nuages, de notre nuage que j'avais déserté le temps d'un rendez-vous. Tu étais un trait de lumière, mais pas de ces lumières blanches si communes. Non, toi, tu étais un véritable puits de lumière, tu resplendissais comme si tu avais traversé un prisme, le prisme de ma vie qui sait. Je t'ai reconnue tout de suite. Toutes les couleurs étaient là, bien rangées, les unes aux côtés des autres. Un puits de lumière, un puits de couleurs. Je t'ai reconnue. Puis ma route a continué, avec un peu plus de soleil dans mon âme. Je n'y ai plus pensé jusqu'à ce soir, en t'attendant. Machinalement, une musique a envahi mon esprit. Une petite musique qui me parlait de toi. Oh, je l'ai bien vite reconnue ! Quelques paroles. J'ai attrapé un coup de soleil, un coup d'amour... Je sais que tu m'attends près de la fontaine, je t'ai vue descendre d'un arc-en-ciel... *Ça m'est revenu, comme une évidence. Comme dans la chanson, tu n'es pas là. Et pourtant je t'ai vue, tout à l'heure, comme un trait de couleurs, je t'ai vue descendre d'un arc-en-ciel, près du carrefour de l'autoroute. J'ai bien regardé l'heure. Il était 17 h 03.* »

Lorsqu'elle s'est connectée, elle est restée longtemps silencieuse, à lire et relire mon message, ma déclaration. Puis une fenêtre s'est ouverte, simplement : « Je ne sais pas quoi dire. Les mots ne me viennent pas aussi facilement qu'à toi. Ce que tu écris me touche, je suis amoureuse de toi. Je voudrais lire tes mots pendant des heures. J'ai très peur de te voir en vrai vendredi et en même temps, j'ai une confiance énorme. Nous ne pouvons pas être déçus. Ce que nous vivons est trop fort, trop beau. »

Comment pourrais-je regretter ces instants-là ? Même si rien n'était sûr, si tout pouvait s'effondrer quelques jours plus tard, face à face, ils étaient si forts qu'ils valaient la peine d'être vécus. Je ne revivrai sans doute jamais des moments aussi doux, aussi beaux, aussi intenses.

Aujourd'hui, elle est loin de moi. Mais je sais que tout cela n'est pas mort. Ne m'a-t-elle pas dit qu'elle m'aimait ? On ne quitte pas quelqu'un en pleurant, en l'embrassant, en lui disant combien on l'aime, combien ce qui nous arrive est terrible. On ne peut pas se quitter définitivement de cette façon-là. Ce n'est qu'un au revoir, pas un adieu, surtout pas un adieu. Il ne peut pas y avoir d'adieu entre Aurélie et moi.

Mes yeux recommencent à piquer. Je ne veux pas pleurer ce soir. Je ne veux pas m'endormir comme hier, l'esprit mélancolique. Je veux penser à autre chose. Tevelune. Oui, c'est ça. Tevelune et son mystérieux squelette. Ou plutôt ses deux squelettes. Je dois penser à Tevelune. Et à Éric, à ce qu'il m'a dit. Ça m'a coupé le souffle. Je n'avais pas imaginé que cela puisse être une femme. Qui peut-elle bien être ? Déjà, cela élimine pratiquement toutes mes hypothèses. Ce n'est pas un moine, et il est peu probable que cela soit un brigand. Mais qu'est-ce qu'une femme peut bien faire avec un bébé dans une grotte pareille ! L'accès est rudement difficile, qu'elle soit enceinte ou qu'elle ait eu un bébé à peine né dans les bras.

Je ne vois qu'une seule solution. Pour qu'une femme vienne à la grotte, c'est qu'elle devait y rencontrer quelqu'un. Et pour venir jusqu'ici, dans son état, cela devait être sacrément important. Mais était-elle enceinte ou avait-elle un bébé avec elle ? Cela ne change pas grand-chose sur la difficulté. Je pencherais pour la première hypothèse. Si elle avait eu un bébé avec elle et qu'elle soit morte, quel qu'en soit le motif, l'enfant aurait été à côté. Pourtant, je ne l'ai pas vu. Donc les os étaient mélangés, ce qui implique que soit l'enfant n'était pas né, soit elle le tenait sur son ventre. Mais si elle est morte, l'enfant a dû bouger, tomber. Je vois mal un enfant rester sur le ventre de sa mère morte. Même emmailloté, il est peu probable qu'il soit immobilisé au point de ne pas tomber plus loin. Je demanderai quand même demain à Éric où étaient les os de l'enfant. Disons pour le moment qu'elle était enceinte, et suffisamment avancée pour que nous puissions avoir un doute sur le fait que l'enfant soit né ou à naître. Si elle est venue jusqu'à la fontaine et est rentrée dans la grotte, c'est qu'elle venait voir quelqu'un. Qui ?

Le père de l'enfant ? Un moine peut-être. On entend si souvent parler de ces souterrains qui partent d'anciens monastères et dans lesquels on a retrouvé des squelettes de nouveau-nés. Il y a beaucoup de fantasmes dans tout ça, bien sûr, mais l'idée n'est pas si mauvaise. La jeune femme... Je devrais peut-être lui trouver un nom, ce serait plus facile pour réfléchir, une sorte de nom de code. Un prénom ? Mais je ne connais pas très bien les prénoms de l'époque. D'ailleurs, de quelle époque ? Le monastère a existé du XIIe au XVIIIe siècle. Je pourrais chercher un sigle, un peu comme nos informaticiens font avec nos logiciels. Je n'ai pas leur imagination. Il faut au moins un brainstorming pour avoir une idée géniale. Et puis ce serait trop impersonnel. Non, une belle jeune femme qui vient mourir dans un aussi bel endroit que la fontaine de Tevelune ne peut pas être affublée d'un nom ridicule. Il lui faut un nom poétique, qui évoque tout ce que je vois dans ce lieu magique. Quelque chose comme Alice puisque ma jeune femme est aussi allée tout près de l'*andounna*, l'autre monde. Eh bien, la voilà l'idée ! C'est si évident que je n'y pensais pas. C'est elle mon lutin mythique, mon nain de fontaine, mon Korrandon. Je vais l'appeler la Korrandine, puisqu'elle est une femme. Ça me plaît beaucoup. Korrandine résonne comme le nom d'une déesse, d'une muse de l'eau et de la beauté. Déjà elle me plaît. Elle devait être très belle ma petite Korrandine.

Où en étais-je ? Ah oui ! La Korrandine est tombée amoureuse d'un moine. Enfin, on va dire d'un moine, mais cela a tout aussi bien pu être un des laïcs de l'abbaye puisque j'ai lu qu'il y avait des laïcs qui travaillaient à la celle pour assumer les tâches matérielles. Cela peut aussi être un des pèlerins de passage. Non, je ne crois pas que la Korrandine puisse ainsi se donner à un homme aussi facilement. Je n'aime pas cette idée. Il y a aussi une dernière hypothèse. La Korrandine était peut-être tout simplement mariée. Elle avait peut-être aussi d'autres enfants. Non, ça ne va pas. Un couple marié n'aurait pas pu vivre dans une abbaye et le village de Tevelune n'existait sans doute pas encore à cette époque.

Il serait intéressant de rechercher à quelle époque les autres fermes du hameau se sont implantées.

Bien, si la Korrandine n'était pas mariée, il me reste le moine ou le laïc, ce qui revient à peu près au même, et l'homme de passage. La Korrandine était sur le point d'accoucher, donc si le père était un homme de passage, il ne devait plus être là. À cette époque-là, on ne plaisantait pas avec les filles-mères. Il est improbable qu'elle ait été recueillie ou acceptée dans cet état à l'abbaye. On l'aurait plutôt dirigée vers une abbaye de religieuses. Donc elle a caché son état à son entourage. Il est plus facile de faire cela si l'on est aidée et soutenue par le père. Dans ce cas, je préfère abandonner le père de passage pour le moment. Il s'agit donc d'un moine ou d'un laïc. Si le père est laïc, il n'a pas de raison de cacher l'état de sa belle, mais il l'épouse et ils vont s'installer ailleurs. Ce n'est donc pas un laïc. Ma première hypothèse semble bien la meilleure : le père est un des moines.

Comment est-il, ce moine ? C'est forcément un jeune moine très beau et placé là par sa famille parce que toute bonne famille se doit d'avoir un homme d'Église en son sein. Il ne devait pas avoir une très forte vocation, mais la vie monacale était son destin, et il l'acceptait de bonne grâce. Puisqu'il n'y avait pas de fermes autour – il faut que je vérifie cela – elle vivait sans doute à la celle de Tevelune. Elle devait être servante, ou quelque chose de ce genre. Elle était très jolie. Le jeune moine l'a vue, et il en a été fort ému, un peu comme Adso de Melk dans *Le Nom de la Rose*. Deux jeunes gens qui se plaisent et vivent presque sous le même toit finissent fatalement par céder à la tentation. Ils se sont embrassés, ils se sont aimés, là-bas, près de la fontaine de Tevelune. La Korrandine est tombée enceinte. Les deux tourtereaux ont été désemparés et ils ont caché au monde son état. Jusque-là, cela paraît plausible.

Mais un moine ne peut pas être père ou alors il doit quitter les ordres. Si la Korrandine a mené sa grossesse jusqu'à son terme sans fuir l'abbaye, c'est qu'ils en avaient le projet. Puis lorsqu'elle a été sur le point de mettre au monde le fruit de leurs amours, leur petit

Korrandon en somme, il a pris peur. Quitter les ordres, surtout à cette époque, c'est une décision importante, et toute sa famille le renierait forcément. De plus, la vie monacale, c'est l'assurance d'une vie où il n'est pas besoin de se battre pour subsister. Il a donc dû avoir peur à l'approche de la naissance. Ils se sont retrouvés à la fontaine puisque c'est là que je l'ai retrouvée. Je n'imagine pas un moine tuer de sang-froid. Là, je sèche un peu.

Cela ne peut être qu'un accident. Elle a pu tomber du haut du gouffre. Mais alors pourquoi aurait-il caché son corps ? Pour qu'on ne découvre pas qu'elle était enceinte. Non, ça ne tient pas. Rien n'indiquait qu'il était le père de l'enfant. S'il a caché le corps, c'est qu'il était responsable de sa mort. Bon, résumons-nous. La Korrandine est enceinte du moine. Ils avaient prévu qu'il quitte les ordres. Mais la naissance approche et il ne l'a toujours pas fait puisqu'elle est encore là. Dans ce cas, c'est elle qui commence à s'inquiéter. Alors elle lui demande de le retrouver à la fontaine, ou elle profite d'un rendez-vous habituel pour lui en reparler. Il est même possible qu'elle lui en parle très souvent. Mais rien ne change. Alors cette fois-ci, elle va plus loin. Comme elle a du caractère, enfin je l'imagine, elle le secoue un peu. Oui, mais comment ? Pardi, elle le menace de tout révéler au prieur. Bien sûr que c'est ça. C'était tellement évident que je n'y avais pas pensé. Donc elle le menace. Là, il peut se mettre en colère et la tuer. Non, il est moine quand même. Mais il a peur, car il sait qu'elle en est capable. Peut-être qu'il lui propose d'abandonner l'enfant sur le parvis d'une église. Bof ! Ça ne me paraît pas trop réaliste. En tout cas, s'il fait ça, il la connaît mal, ma Korrandine, parce que son bébé, c'est comme la prunelle de ses yeux. Et à cette époque-là, abandonner un enfant, c'est à coup sûr le condamner à une vie de vagabond et de crève-la-faim, peut-être même à mort tout simplement. Non, il n'était quand même pas si idiot que ça, ce petit moine, un peu perdu, certes, mais pas stupide. Non, je la vois surtout énervée par son apathie, par sa faiblesse. Il a peur d'affronter ses supérieurs, sa famille et tout le poids de l'ordre établi. Donc elle veut le pousser à prendre une décision, à agir. Elle l'a déjà menacé de tout dire au prieur, alors elle lui dit que c'est décidé et qu'elle y va de ce pas. Peut-être que ce n'est pas seulement une menace et qu'elle est décidée à y aller. Elle tourne les talons comme pour remonter vers l'abbaye. Là, il voit rouge et la frappe pour l'arrêter. Non, j'ai déjà dit que ce n'était pas cohérent. Quoique quelqu'un d'apathique puisse tout à fait tuer sur un coup de sang, on voit beaucoup ça dans les romans policiers. Mais là, on n'est pas dans un roman policier. Lui, il est faible, mais pas violent. Donc il veut la retenir. Oui, c'est ça. Il la saisit par le bras et la tire violemment en arrière. Mais le sol est glissant et il y a des pierres par terre. Bref, peu importe comment ça arrive exactement, mais elle perd l'équilibre et tombe. Sa tête heurte lourdement le bord de la fontaine. Elle est morte !

Tout cela me semble vraisemblable. Mais comment le corps arrive-t-il dans la grotte ? Je ne vois pas le moine appeler au secours. Non, il panique. Il n'y croit pas. Au fond, il est faible, mais il l'aime. Donc il est affolé. Il la secoue, il la gifle, il l'embrasse, il la baigne de larmes en priant pour qu'elle revienne à elle, mais en vain. Alors, le cœur meurtri, il saisit le corps de celle qu'il a tant aimée, pour qui il s'est damné et la traîne à l'intérieur de la grotte. Il l'allonge, les mains en croix, il prie pour le repos de son âme. Il la bénit une dernière fois puis il s'enfuit. Oui, c'est ça. Là, ça tient debout ! Je crois bien que j'ai reconstitué toute l'histoire.

En un instant, la vie de notre moine a basculé. Il s'est enfermé dans le monastère, cherchant en vain dans la torture qu'il s'infligeait par son repentir un peu de repos de l'âme. Il a prié nuit et jour pour que l'âme de celle qui par sa faute n'avait pas été enterrée en terre consacrée puisse rejoindre le père de tous les hommes. Mais il sentait qu'elle était là, à errer entre les murs de l'abbaye, que son fantôme ne le quittait pas et qu'il le poursuivrait pour le reste de sa vie. Il ne pensait plus qu'à cela et ne pouvait s'en ouvrir à personne. Même en confession, il ne pouvait rien dire et l'absolution qu'il recevait ne lui permettait plus d'apaiser les maux qui le torturaient. Il n'était plus qu'une ombre, livide, et il n'attendait plus que le jugement dernier, le châtiment divin qu'il méritait. Il est mort de consomption, rongé par le chagrin et le remords, sous les yeux de ses frères qui le voyaient dépérir sans jamais pouvoir percer son terrible secret.

Oui, c'est sans doute comme ça que la Korrandine est morte, emportant avec elle son enfant, il y a plusieurs centaines d'années. Si je ne me suis pas trompé, il y a peu de chance que l'on puisse en trouver une trace puisque tout cela est resté secret, emporté par le moine dans la tombe. Ah moins que... Oui, c'est peut-être une idée. Je pourrais chercher un moine qui serait mort jeune, ou une servante qui aurait disparu. Mais existe-t-il encore des archives de ces époques ? Et y consignait-on ce genre de choses ? Je pourrais peut-être aller à la bibliothèque de Montdunon demain. Il doit bien y avoir des ouvrages d'historiens locaux. Avec un peu de chance, je trouverai quelque chose sur Tevelune et peut-être la référence de sources où je pourrais aller regarder. Il faut aussi que je pense à chercher de quand datent les premières fermes autour de l'abbaye. Ça me plaît assez cette idée de mener une enquête sur une histoire qui s'est déroulée il y a si longtemps.

- 10 -

« Mythes et mystères sont faits de grains impalpables,
comme le pollen qui demeure collé aux pattes des papillons ;
celui seul qui a compris cela peut espérer
surprises et illuminations. »

Italo Calvino
Si par une nuit d'hiver un voyageur

Mes parents ont été surpris ce matin. D'habitude, lorsque je viens à Sourcarol, j'émerge péniblement vers onze heures. Ça agace beaucoup ma mère. Elle fait partie de cette génération qui a grandi à la ferme et pour laquelle il n'est pas acceptable de flemmarder au lit. Très souvent, elle monte vers neuf ou dix heures pour me réveiller sous un prétexte quelconque, mais la vérité est qu'elle ne supporte pas de me savoir encore au lit alors qu'il y aurait tant de choses à faire. Ce matin, je suis descendu à sept heures trente et je les ai trouvés encore à table autour d'un bol de café fumant.

Je n'ai pas traîné. J'ai avalé un café rapidement et je suis remonté prendre ma douche. Finalement, je me suis levé bien trop tôt. Je suis là, assis sur le rebord du lit à attendre. La bibliothèque de Montdunon ouvre à neuf heures. Connaissant ma propension à rester au lit, j'ai voulu prendre mes précautions pour avoir le temps de chercher. Mais je dois reconnaître que j'y suis allé un peu fort sur l'heure du lever. Cela me rappelle les départs en vacances lorsque j'étais enfant. Nous partions généralement le quinze juillet, parce que mes parents participaient à l'organisation de la fête nationale à Sourcarol. La journée du Quatorze Juillet était consacrée à des animations de toutes sortes. Tôt le matin, tout le monde s'activait pour préparer le méchoui. Spada, le garde champêtre avait creusé un grand trou dès la veille, et à l'aube, il y allumait un feu. Les agneaux étaient embrochés et doraient doucement pendant toute la matinée. Tout le monde connaissait Spada dans Sourcarol. Il paraissait ne pas avoir d'âge avec son éternelle veste de velours gris et sa casquette vissée sur la tête. De temps à autre, il traversait le bourg avec son tambour, puis il s'arrêtait, toujours aux mêmes endroits. Il lançait un roulement de tambour qui grondait tel le tonnerre qui s'approche. Puis il sortait le papier que lui avait remis le maire et claironnait de sa grosse voix, forçant un peu sur les r comme pour faire rouler son accent du terroir en écho au tambour : « Avis à la population ! Par décision du Conseil municipal, et en raison de travaux sur la station de pompage des Sapinières, l'eau sera coupée mardi en huit de neuf heures à seize heures. Qu'on se le dise ! » ou bien encore « Avis à la population ! Le premier tour des élections municipales aura lieu dimanche 15 mars à la mairie. Le bureau de vote sera ouvert de huit heures à dix-huit heures, et le dépouillement sera effectué dès la clôture du scrutin. Qu'on se le dise ! » Il repartait un peu plus loin en faisant gronder son tambour et l'orage s'éloignait. Au passage, il faisait une halte chez la Josette. D'un bout à l'autre du bourg, il y avait ainsi trois bars, et le petit verre de vin qu'il ne manquait pas d'y boire lui humectait les papilles sans doute desséchées pour avoir forcé sa voix. Là aussi il faisait son annonce, évitant aux habitués du comptoir de se précipiter dehors pour écouter la nouvelle du jour. C'est aussi lui qui entretenait le cimetière, balayait la rue ou encore ramassait les ordures ménagères dans une énorme charrette à bras qu'il allait vider à la décharge municipale savamment camouflée derrière le champ de foire. Il était un peu l'homme à tout faire dans le village. Pour le méchoui du Quatorze Juillet, comme pour celui du comité des fêtes, du club de foot ou de l'association des chasseurs, il répondait toujours présent. Lorsqu'un enfant s'approchait un peu trop du brasier en jouant au ballon, il rugissait derrière son énorme moustache, car s'il avait un cœur d'or, il savait aussi être terrifiant. Le midi du Quatorze Juillet était donc consacré au méchoui avec des mogettes, les petits haricots secs que l'on fait pousser dans la région. Chacun avait apporté son couvert et s'était installé sur les longues tables de bois héritées des mythiques repas d'antan que l'on prenait autour de la batteuse dans un nuage de poussière de blé que seul le vin des vignes de la ferme savait faire oublier. À l'ombre de la haie séparant la cour d'école du stade municipal, les rires et les chants se mêlaient au son nasillard de la petite sono qui crachait un air d'accordéon. Dans l'après-midi, les jeux commençaient. Petits et grands enfilaient un sac en toile de jute et s'élançaient dans une folle course en sac où il était bien difficile de savoir si le vainqueur était celui qui arrivait le premier ou celui qui faisait le plus rire par sa maladresse et ses pitreries. Puis venait le clou de la journée, que tous les enfants et adolescents attendaient depuis l'année précédente. Chacun sortait son chef-d'œuvre et c'était le défilé du concours des vélos fleuris. On y voyait de tout, du plus artistique au plus loufoque, du plus élaboré depuis des semaines au plus sommaire, réalisé à la hâte par un groupe ayant un peu trop arrosé le mouton du midi. Le soir venu, nous partions en défilé derrière la voiture de sonorisation et nous illuminions la route qui mène au stade avec des lampions. Le feu d'artifice rayait le ciel noir de ses traits lumineux et des acclamations de plaisir accueillaient chaque immense gerbe d'étincelles multicolores. Entre deux fusées, nous apercevions Michel Germain, le fils de notre père Germain de Sourcarol, ou plutôt son flambeau qui dansait au loin dans l'air une ou deux secondes avant de plonger vers le sol pour allumer la fusée suivante. Il était incontestable que notre feu d'artifice était le plus beau de la région, à part peut-être celui de Montdunon, mais on ne pouvait pas comparer puisque à Montdunon, cela leur coûtait beaucoup plus cher. Le cœur joyeux, nous revenions vers la salle des fêtes, tandis que les moins courageux coupaient par la haie du fond de la cour de l'école. Avant même notre arrivée, nous entendions l'accordéon du bal – un vrai, celui-là – avec tout son orchestre, jouer les airs les plus connus. Tout le village dansait et chantait, les jeunes se lançaient dans une bourrée endiablée, comme pour montrer que malgré leur âge et leur goût pour le disco du samedi soir, ils tenaient à perpétuer les traditions de leurs parents.

Mais dans notre famille, il fallait rentrer tôt parce que le lendemain, c'était le grand départ et mon père préférait rouler à la fraîche. Le réveil devait sonner à trois heures et nous devions lever l'ancre dès quatre heures du matin. La musique et la fête résonnaient encore si fort dans ma tête que le sommeil tardait à venir. Doucement, l'agitation du Quatorze Juillet laissait place à l'excitation du quinze. Déjà, je sentais un peu l'odeur des algues et du vent, j'imaginais les parties de pêche à pied dans ce Cotentin, au nord de la baie du mont Saint-Michel, où la mer se retire si loin que l'on peine à la suivre. À nous les moules, les bigorneaux, les praires, les yams, les dormeurs, les plies, les coques et les crevettes. La Normandie nous attendait déjà tellement que je trépignais en attendant l'heure du lever. J'avais si peur de rater le départ que je ne fermais pas l'œil. Alors, comme ce matin, j'étais debout bien avant que le réveil ne sonne. Ça fait longtemps que je ne suis pas retourné à Montmartin-sur-Mer. Ce serait bien d'y faire un saut cet été, ou à l'automne, pour les grandes marées d'équinoxe. J'aurais aimé faire découvrir ce petit paradis à Aurélie.

Mais laissons là ces souvenirs. Mode de rien, comme le dirait Aurélie, le temps passe et à ce rythme, je suis capable de me rendormir. De toute façon, il est maintenant l'heure d'y aller. À nous deux la Korrandine ! Aujourd'hui, j'espère bien en apprendre un peu plus sur toi.

Je dois être le premier visiteur. La bibliothèque de Montdunon n'attire pas les foules. En fait, il s'agit d'une grande pièce située à l'arrière de la mairie, juste à côté de la salle du conseil municipal qui sert aussi de salle des mariages. C'est pratique finalement. Dans la région, un mariage qui ne passe pas par l'église n'est pas un vrai mariage. Alors à Montdunon, la mairie est juste en face de l'église. Il suffit de traverser la rue pour passer du maire au curé. C'est toujours autant de temps de gagné pour aller faire la fête après, surtout si on a loué le marché couvert qui est sur la place juste à côté de la Mairie pour le banquet et la soirée de la noce. Ce n'est pas comme à Sourcarol où il faut traverser tout le bourg. La bibliothécaire, madame Brossac, est toujours la même depuis tant d'années. Bien sûr, elle ne me reconnaît pas et je serais bien incapable de me souvenir de son nom. Je me rappelle seulement qu'elle est en général au courant de tout ce qui se passe à Montdunon. Elle est probablement une précieuse source d'information pour le maire. Je me présente rapidement. Elle me sourit : « Je ne t'aurais pas reconnu ! Tu es en vacances ? » Oui, pour quelques jours, et je coupe court en lui demandant s'il y a des livres d'historiens locaux sur la celle de Tevelune. « La quoi ? » me répond-elle, interloquée. Évidemment, elle ne peut pas connaître. Déjà, le hameau de Tevelune est si petit que peu de monde le connaît. Alors, cette vieille abbaye ! Si je lui avais parlé des ponnes de Sourcarol, elle aurait tout de suite su me répondre. Mais sa réaction m'étonne un peu. Apparemment, la découverte de la Korrandine n'est pas parvenue à ses oreilles. Ce n'est pas moi qui vais le lui apprendre sinon ma matinée de recherche est fichue. Je lui explique en deux mots l'histoire de l'abbaye des Grandmontains et elle réfléchit. Elle n'en a jamais entendu parler et elle ne sait pas si je vais trouver quelque chose ici. Mais il y a des livres sur l'histoire locale alors je peux toujours tenter.

La pièce n'est pas très grande. Les portraits officiels défraîchis des anciens présidents de la Ve République y ont trouvé refuge. Charles de Gaulle cohabite avec Georges Pompidou, Valéry Giscard d'Estaing et François Mitterrand. Je ne peux m'empêcher de sourire en imaginant le moment où Jacques Chirac viendra rejoindre ce mini-panthéon. Dès le premier regard, je me souviens des moments que j'ai passés ici dans mon enfance, quand Mitterrand trônait encore dans la salle du conseil, juste au-dessus de la place du maire. À cette époque, je lisais surtout des Agatha Christie, Sherlock Holmes, Arsène Lupin ou Rouletabille. J'étais aussi venu ici pour préparer un exposé sur les ponnes. C'est sans doute dans ce rayon-là que je trouverai les livres sur l'histoire locale. Il n'y en a pas foison, mais j'ai de quoi chercher. Tiens, madame Martinot a écrit un livre sur le petit Maillet. Madame Martinot, c'était ma prof d'histoire au collège. J'adorais ses cours. Elle les pimentait sans cesse d'anecdotes locales ou qui avaient été vécues par sa famille et que nous supposions réelles. Cela rendait l'Histoire passionnante. Elle connaissait plein de choses sur l'histoire locale et avait d'ailleurs largement participé au grand chantier lorsqu'il avait fallu trouver un nom de baptême pour toutes les rues de Montdunon. Il n'est donc pas très surprenant qu'elle ait écrit un livre sur le petit Maillet. Elle nous en a parlé une fois, il me semble. Le petit Maillet est un petit train qui sillonnait la région et reliait les communes entre elles. Il a pris le nom du conseiller général qui a eu l'idée de le mettre en place et qui s'est battu jusqu'à sa réalisation. Ce n'était pas un vrai nom de baptême, bien sûr, mais tout le monde s'était mis à l'appeler le petit Maillet, et le nom est resté. Grâce au train, l'économie de Montdunon a pu se développer. À l'époque, il a permis l'installation d'une usine de confection et d'une usine de pièces métalliques, sans compter les petits ateliers qui se sont multipliés. Avec le temps et la généralisation de la voiture, le petit Maillet a disparu, peu après la guerre, et nombre de ces ateliers aussi. L'usine de confection aussi a fermé il y a quelques années, mais pour elle, la concurrence est plutôt venue d'Asie, des pays où de pauvres gens travaillent pour la peau à tisser de quoi recouvrir la nôtre à moindres frais. C'est le système idéal, nous dit-on, et c'est pratique, les plus à plaindre sont assez loin pour que nous puissions continuer sans états d'âme. Et chez nous, les chômeurs sont les premiers à demander, et pour cause, les produits les moins chers, nourrissant eux-mêmes le système qui les a exclus. C'est beau un système économique très cohérent. On en finirait presque par le trouver inéluctable. Et voilà, c'est tout moi ça ! Je lisais un ouvrage anodin sur le petit Maillet et les anciennes usines et j'en arrive à la critique du libéralisme. Tout est politique, certes, mais je suis là pour retrouver des traces de la celle de Tevelune. C'est tout de même agréable de feuilleter un livre qui conte ce que mes grands-parents m'ont raconté lorsque j'étais enfant. Mais je ne suis pas là pour me rappeler des souvenirs. Je dois procéder par ordre. Il faudrait que je trouve une méthode efficace. Tout d'abord, je dois rechercher les livres qui sont susceptibles de parler de Tevelune ou de l'ordre de Grandmont. Ensuite, je regarderai de façon plus précise les tables des matières et les index pour ne conserver que les ouvrages qui peuvent contenir quelque chose d'intéressant. Enfin, je les lirai, ou plutôt les survolerai à la recherche de l'élément qui m'importe. Oui, ça me paraît une bonne méthode, sinon je risque fort de me plonger dans la lecture complète de tout ce qui m'attirera l'œil, et je sortirai à midi en ayant lu des choses passionnantes, mais rien de ce que je suis venu chercher. Je prends le premier ouvrage *Aymon : grandeur et chute d'une dynastie fertoise* de Pierre Rouais. Hum, oui je me souviens. Madame Martinot nous en avait parlé de cette famille Aymon qui a donné son nom au château de la commune, le château de La Ferté-Aymon, littéralement la place forte de la famille Aymon. Aujourd'hui, le château a été transformé en maisons d'habitation et en appartements. On ne le reconnaît plus guère que par la façade qui donne sur la place de la foire grâce à une petite tour qui a été aménagée en appartements. J'ai été déçu lorsque j'ai appris qu'Aymon était le nom de cette famille. Je m'étais pris à rêver qu'il s'agissait d'une forme ancienne de l'amour et qu'en quelque sorte, La Ferté-Aymon pouvait être regardée comme une place forte pour les amoureux, un endroit où l'amour était le maître. J'avais même imaginé que cela aurait pu être une sorte de refuge où les amants refusant un mariage forcé pourraient trouver asile pour vivre avec l'être aimé par la grâce d'un seigneur particulièrement romantique et protecteur. La réalité était tout autre. La famille Aymon était très riche et possédait presque toutes les terres. Elle se conduisait de façon peu louable vis-à-vis des pauvres paysans qui travaillaient pour elle. Bon, un peu de sérieux. Je dois appliquer ma méthode expérimentale. Ce livre peut-il contenir des renseignements sur l'ordre de Grandmont ? Oui, ce n'est pas impossible. Mais Tevelune n'est pas sur le territoire de l'actuelle commune de Montdunon et le thème du livre est assez éloigné de ce qui m'intéresse. Il y a tout de même un chapitre sur la vie religieuse sous l'ère des Aymon, mais s'il est fait mention de l'abbaye, il est peu probable qu'il y ait des traces sur les éventuelles archives et encore moins sur leur mode de vie. D'un autre côté, l'auteur a pu en parler, même au détour d'un autre thème bien plus lié à son sujet, et il a pu insérer une note du style : « pour en savoir plus », avec un titre et des références. Certes, mais en ce cas, cela suppose que je lise tout le livre sans pour autant avoir la certitude de trouver la moindre trace puisqu'il n'y a pas d'index. J'ai un peu peur tout à coup. Avec ce raisonnement-là, presque tous les livres qui traitent d'histoire locale sont susceptibles d'aborder Tevelune ou Grandmont. Bon sang, je ne suis vraiment pas doué pour les recherches documentaires. Mais comment diable font les chercheurs ? Oh, j'ai une idée ! Si j'appelais ma copine Mathilde, elle pourrait me donner des conseils sur la méthode de recherche. Ça, c'est une bonne idée. Je saisis mon portable. Hum, c'est très faible, mais ça passe ! C'est l'avantage de Montdunon sur Sourcarol. Je compose le numéro de Mathilde. Aïe, pas de chance, je suis tombé sur sa boîte vocale ! Je lui laisse en quelques mots la raison de mon appel et l'invite à me rappeler quand elle aura reçu mon message. Bon, je vais continuer avec ma méthode, mais je vais devoir surtout me fier à mon instinct… C'est peut-être le meilleur moyen finalement.

Il est bientôt midi. Plusieurs fois, la bibliothécaire est venue voir si je trouvais ce que je voulais. Nous avons pas mal discuté. Elle m'a promis de demander à ses habitués passionnés d'histoire locale s'ils connaissaient quelque chose. Elle m'a donné quelques noms de personnes qui pourraient peut-être m'aider, mais je les connais et je serais surpris qu'elles se soient intéressées à Tevelune. Madame Binet, par exemple, est une vieille femme adorable, mais elle s'intéresse presque exclusivement aux ponnes et à tout ce qui a trait à la poterie. Quant à monsieur Barot, il est peut-être le seul susceptible de s'être penché sur mon sujet, mais j'ai parcouru les trois ouvrages qui sont ici, il ne fait aucune allusion à Tevelune. Le premier parle du canton de Montdunon sous la Révolution, le second aborde le XIXe siècle avec une prédilection particulière pour le Premier Empire, et le troisième touche essentiellement à la vie pendant la Première Guerre mondiale puis durant l'entre-deux-guerres. Ça fait drôle de lire que la population de nos villages était beaucoup plus forte qu'aujourd'hui. À la fin du XIXe, Sourcarol comptait plus de mille six cents habitants, plus gros encore que Montdunon, alors qu'il n'y en a plus que trois cents aujourd'hui. C'était un véritable centre économique avec son marché aux bestiaux et la fabrication des ponnes. Comme je l'imaginais, l'essentiel des livres sur l'histoire fait la part belle aux ponnes. J'ai retrouvé les vieux bouquins qui m'avaient servi pour mon exposé, lorsque j'avais douze ou treize ans.

Mais il y en a aussi un nouveau, publié il y a seulement dix ans par François Maselier. Je le connais aussi, mais j'ignorais beaucoup de choses de lui. Pour moi, monsieur Maselier est un petit vieux, dans les âges de mon grand-père. Chaque année, il venait à la cérémonie du monument aux morts, pour commémorer l'armistice du 11 novembre 1918 et celui du 8 mai 1945. C'est lui qui était chargé de faire l'appel des morts et, à chaque nom, les enfants de l'école, mais aussi les adultes et les anciens combattants lançaient d'une voix forte et respectueuse : « Mort pour la France ». J'ai longtemps cru que c'était à lui que revenait l'honneur d'appeler les morts parce que le nom de Maselier revenait si souvent qu'il me semblait qu'il était le seul homme de sa famille à ne pas être mort au champ d'honneur. Puis les enfants chantaient, sous la direction de monsieur Gramont, les chansons patriotiques qu'ils avaient apprises à l'école. Le programme était immuable. Au 11 novembre, nous entonnions tout d'abord *Le chant du départ*. Il ne manquait jamais un seul des apprentis citoyens pour bomber le torse et chanter « Tremblez les ennemis de la France, rois ivres de sang et d'orgueil, le peuple souverain s'avance, tyrans descendez au cercueil ! La République nous appelle, sachons vaincre ou sachons périr, un Français doit vivre pour elle, pour elle un Français doit mourir. » Nous n'étions bien sûr pas totalement disposés à aller jusqu'au sacrifice ultime que nous chantions, mais déjà, en étant présents à cette cérémonie devant notre petit monument aux morts, nous étions la nouvelle génération, les descendants de l'armée de Valmy à qui nos parents transmettraient bientôt le flambeau de la défense des idéaux de la République. Puis, fiers du rôle qui nous était ainsi promis, nous chantions avec tous les habitants une Marseillaise à faire trembler les murs de Sourcarol. Notre jour de gloire était bien arrivé ! Nous nous voyions déjà entrant dans la clairière quand nos aînés n'y seraient plus pour y trouver leurs poussières et la trace de leurs vertus. Alors, devant nous apparaissaient clairement nos ennemis expirants qui n'avaient d'autre choix que d'assister au triomphe de la liberté et de reconnaître la gloire de notre République. Pour le 8 mai, l'ambiance était moins triomphale. Nous chantions d'abord *Le chant des partisans* et pensions à nos leçons d'histoire locale. Nous entendions très bien le vol noir des corbeaux qui tournaient autour des petites croix posées au bord des chemins ou des routes de Sourcarol ou d'ailleurs. Je pensais plus particulièrement à la croix du chemin de l'étang de Fontblanche. Elle n'a rien d'extraordinaire cette petite croix et on pourrait passer à côté sans même la voir. Un jour, je faisais du vélo avec Simon, un des enfants du village. Nous faisions les fous dans les chemins et nous nous amusions bien tous les deux. Puis nous nous sommes lancés dans une course sur le chemin de gravillons blancs. Mais Simon n'a pas fait la course très longtemps. Il s'est arrêté devant la petite croix et a posé son vélo par terre. Il a commencé à arracher quelques herbes folles et trop hautes qui cachaient la vue du petit monument. Puis il a cueilli quelques fleurs sauvages dans le fossé et il les a posées sur le socle de la croix. J'étais un peu surpris. Il m'a regardé et m'a juste dit : « C'est mon grand-père. Il était résistant. Les Allemands l'ont poursuivi parce qu'il venait de faire sauter la voie ferrée à côté de Logres et ils l'ont rattrapé ici. » Je ne savais pas trop quoi faire. J'ai posé mon vélo, j'ai cueilli quelques fleurs de pissenlit et des boutons d'or à mon tour et j'ai posé mon bouquet jaune à côté de celui de Simon. Il m'a souri, et nous sommes remontés sur nos vélos. Depuis ce jour, chaque fois que j'ai chanté *Le chant des partisans* au monument, j'ai vu cette petite croix. « Ami si tu tombes, un ami sort de l'ombre à ta place. Ohé partisan ! À la balle et au couteau, tuez vite. Ohé saboteur ! Attention à ton fardeau, dynamite ». Et nous y mettions du cœur, sous le regard sérieux de monsieur Maselier. Il ne cherchait pas à cacher la larme qui perlait à chaque fois sur son visage plissé par le temps. « Il est des pays où les gens au creux des lits font des rêves. Ici, nous vois-tu, nous on marche et nous on tue, nous on crève ! » Il avait dû en vivre des choses atroces pendant la guerre, monsieur Maselier. Après la Marseillaise, nous allions tous en cortège vers la salle des fêtes, derrière la voiture de sonorisation faisant office de fanfare qui passait *Nuit et brouillard* de Jean Ferrat, et nous voyions très précisément les vingt et cent et les milliers de déportés, nus et maigres, tremblants dans les wagons plombés, qui déchiraient la nuit de leurs ongles battants et dont la chair était si tendre pour les chiens policiers. Puis assis autour d'une table dressée pour l'occasion, nous buvions un chocolat chaud en mangeant une brioche pendant que tous les anciens combattants, monsieur Maselier en tête, venaient nous remercier, nous dire que nous leur avions fait plaisir parce que nous, les enfants, étions la garantie que ce qu'ils avaient vécu ne serait pas oublié.

Pour moi donc, monsieur Maselier incarnait surtout le monde des anciens combattants. Je ne m'attendais pas à le trouver ici auteur d'un livre sur la fabrication des ponnes. Dès la préface, il explique ce que je ne savais pas. La famille Maselier était, avant la guerre, un des principaux fabricants de ponnes. C'est donc le savoir ancestral des siens qu'il voulait ici dévoiler et faire connaître à ceux qui ne savaient que peu de chose de cette industrie jadis si florissante. Le livre de François Maselier est passionnant. Il faudra que je passe au tabac-presse-librairie de Montdunon. S'il est encore en vente, je le trouverai probablement là. C'est sans doute le plus complet que j'aie pu avoir entre les mains. Bon, tout cela est bien sûr très intéressant, mais cela ne résout pas mon problème. Je suis venu pour trouver des renseignements sur la Korrandine et sur Tevelune, moi !

Enfin, j'ai tout de même pu avancer un peu, mais pas grâce à la bibliothèque. Mathilde m'a rappelé. Ma question sur ses méthodes de recherche l'a beaucoup fait rire et d'un air moqueur, elle m'a confié son secret : des heures de travail et de lectures en tout genre, à dépouiller des bibliographies, des fichiers papiers ou informatiques, pour ne trouver que quelques bribes qui correspondent à sa recherche. J'ai éclaté de rire et je l'ai chaleureusement remerciée pour son aide précieuse. Mais Mathilde est souvent là où je ne l'attends pas. Pendant que je cherchais Tevelune dans tous les livres de la bibliothèque, elle se lançait dans une quête un peu différente et avec plus de succès que moi. Elle a fouillé dans ses livres et sur Internet pour y trouver plusieurs éléments intéressants sur l'ordre de Grandmont. La celle de Tevelune n'est que rarement mentionnée, et il est évident qu'il s'agissait d'une toute petite structure. Les Grandmontains eux-mêmes en parlaient fort peu, à l'exception de ce fameux miracle qui les a, semble-t-il, beaucoup marqués. Quant à l'ordre, j'ai ainsi eu la confirmation de certains éléments que j'avais pu lire par moi-même et j'ai pu apprendre quelques nouveautés sans grande importance pour ma recherche. En revanche, Mathilde m'a apporté un détail capital que j'ignorais totalement. Les laïcs présents dans les abbayes grandmontaines étaient exclusivement des hommes, et les femmes n'y étaient pas reçues malgré la tradition d'accueil sur cette route qui n'était pas très éloignée du chemin de Saint-Jacques-de-Compostelle.

Cela ne m'arrange guère. En quelques mots, Mathilde a fait voler en éclat toute mon hypothèse sur les causes de la mort de la Korrandine. Les rendez-vous entre le moine amoureux, indécis, et la belle jeune femme éprise de lui, mais beaucoup plus volontaire, ce bébé, fruit de leurs amours clandestines, leur dispute, leurs rêves, tout cela s'est effondré. J'ai bien plusieurs moines et laïcs, même si je ne connais ni leurs noms, ni leurs histoires, qui sont autant de pères possibles, mais je n'ai plus de mère pour donner vie à l'enfant, pour aimer un homme et en mourir dans cette fontaine si belle, si magique, si mystérieuse aussi. Pourtant, elle a bien existé cette femme puisque j'ai trouvé ses restes dans la grotte. Cette histoire devient de plus en plus obscure. Il ne me reste plus qu'un espoir. Si les premières fermes du hameau de Tevelune ont été fondées pendant que l'abbaye existait encore, la jeune femme était peut-être la fille d'un des paysans. À moins qu'elle ne soit venue de plus loin, d'un autre hameau. Après tout, elle a pu être attirée par le charme de la fontaine même sans y vivre elle-même. Ou plus simplement venir y chercher de l'eau. Mais comment savoir ? Je n'ai rien trouvé qui me permette d'y voir plus clair. Comment pourrais-je être sûr, connaître son nom ? Autant chercher une aiguille dans une botte de foin. Je me sens un peu découragé. La Korrandine m'échappe à son tour. Je voudrais tellement savoir à quoi elle ressemblait, connaître son histoire, deviner son sourire. Je ne sais pas pourquoi, mais j'aime l'imaginer souriante, pleine de vie, amoureuse, belle à croquer, désirable sans doute. Je la vois courir, légère dans les champs de Tevelune, laissant flotter au vent sa robe fleurie. Bon, d'accord, à cette époque les robes fleuries n'existaient pas encore ! Mais elle était la vie, la jeunesse, la beauté. Elle s'en allait chantant en traversant les prés, elle cueillait quelques fleurs des champs dont elle humait le parfum. Elle s'arrêtait parfois, rêveuse, et écoutait les oiseaux chanter les charmes du printemps. Puis elle s'approchait de la fontaine, cet endroit où elle aimait s'asseoir pour écouter le clapotis de l'eau qui se faufile dans les failles de la roche, tombe dans le réservoir puis glisse sur les pierres et disparaît sous terre. Lorsque le soleil était un peu trop fort, elle aimait prendre un peu de cette eau entre ses mains pour la boire et s'en asperger le visage. Elle oubliait tout lorsqu'elle était ici, dans le gouffre de sa fontaine de Tevelune, seule face à la vie. Que de fois en ce lieu magique elle a rêvé d'amours merveilleuses, d'un homme qui viendrait de nulle part avec un sourire éclatant, un homme fort et beau, tellement serein qu'il inspire une confiance sans limites. C'était peut-être un chevalier magnifique qui ressemblerait à s'y méprendre à Lancelot du Lac et qui se ferait nommer le Prince du Pays de Cocagne. Elle a rêvé de partir avec lui vers des pays où le miel et le lait coulent dans une lumière éclatante au milieu des fleurs et des oiseaux. Puis se reprenant, elle éclatait de rire devant ses rêves d'enfant, et elle se contentait d'espérer une belle rencontre, celle qui lui donnerait de vivre une douce vie, plus facile que celle que ses parents avaient connue. Puis c'est arrivé un jour. Elle était dans ses rêves, comme souvent, assise au bord de la fontaine. Il venait se rafraîchir après une promenade dans la campagne. Elle ne l'a pas vu tout de suite. Il s'est approché, l'a regardée. Elle s'est retournée. Il a souri et elle lui a répondu. Puis il s'est penché vers la fontaine, a plongé les mains pour recueillir l'eau claire qu'il a bue. Il l'a regardée de nouveau. Ils se sont parlé. Que se sont-ils dit ? À quoi ressemblait-il ? Était-ce bien un moine ? Je ferme les yeux. Je la vois maintenant. Elle a ce visage si doux, si souriant dont je connais chaque trait. Lorsqu'elle sourit, deux petites fossettes se dessinent finement sous ses pommettes et soulignent la caresse de son regard clair. Ses cheveux bruns et courts donnent à la blancheur de sa peau un éclat plus doux, plus fort. Tout son être respire les parfums d'un printemps léger et frais qui naît au creux de la fontaine pour se répandre dans la vallée. Son corps se dessine en formes délicates sous une robe d'ombre et de lumière, couleur de l'eau claire qui jaillit de la roche à quelques pas de moi. Elle est belle. Il fait beau. Il fait bon la regarder. Doucement, je relève la mèche brune qui balaie son visage. L'air chaud et tendre de son sourire éclatant vient envelopper mon corps, le soulever dans les airs d'une fontaine qui n'était là que pour nous, depuis si longtemps. Et elle rit, d'un rire sonore et envoûtant qui se mêle aux voix de l'eau qui chante, des oiseaux qui dansent et de mon cœur qui se presse contre son sein. Là, corps contre corps, cœur contre cœur, Korrandine et Korrandon, de Tevelune ou de Vorinde, vont s'aimant au bord de la fontaine, dans cet écrin de mousse et d'eau claire, dans ce nid des amours, la source de la vie.

— Vincent ?... Vincent ! Je suis désolée, mais je dois fermer. Il est midi. Tu peux revenir cet après-midi si tu n'as pas terminé...

Je ne sais pas si je dormais ou non, mais la bibliothécaire m'a fait sursauter. Rapidement, je range les livres que j'ai étalés sur la table, en marmonnant quelques excuses inintelligibles, et je fourre dans ma sacoche les notes inutiles que j'ai glanées ici ou là au gré de mes lectures. Je tente un sourire en la remerciant, et je file me réfugier dans ma voiture. Je déteste être ainsi pris en flagrant délit de rêverie. Je ressens comme un malaise, une impression de culpabilité. Je me sens nu aux yeux de celle qui, il y a quelques instants, aurait pu lire dans mes yeux ou dans mes pensées tout ce que je voyais, tout ce que je vivais. En entrant dans la bibliothèque, elle est entrée dans mes songes, elle est descendue à la fontaine de Tevelune, elle m'a surpris dans les bras de cette belle dont je ne sais plus si c'était la Korrandine ou Aurélie.

Je suis déboussolé. Je croyais voir plus clair en venant à la bibliothèque et je suis maintenant dans le noir le plus complet. Je ne sais plus qui était la Korrandine. Je ne sais plus qui était son amant. Et je ne sais plus qui était son meurtrier. Je ne sais plus rien. Je suis un piètre détective. Ma belle enquête s'est effondrée aussi sûrement que ma belle histoire d'amour avec Aurélie. Je sens cette boule au fond du ventre qui revient, qui remonte. Je ne sais pas si j'irai à la gendarmerie tout à l'heure.

11

« Ma mie, de grâce, ne mettons
pas sous la gorge à Cupidon
sa propre flèche.
(…) Qu'en éternelle fiancée,
à la dame de mes pensées,
Toujours, je pense.
J'ai l'honneur de ne pas te demander ta main,
Ne gravons pas nos noms au bas d'un parchemin. »

Georges Brassens
La non-demande en mariage

Aussitôt après le déjeuner, je suis monté dans ma chambre et je me suis endormi. J'avais dû accumuler pas mal de retard de sommeil, car je me suis littéralement effondré. Ma mère est venue me réveiller vers seize heures trente.

— Vincent ! Tu ne dois pas aller à la gendarmerie à dix-sept heures ?

Oui, j'ai rendez-vous et malgré mes états d'âme de ce midi, je dois aller faire ma déposition. Et je vais revoir Cécile. Comment est-elle aujourd'hui ? J'ai le cœur qui bat un peu plus vite, je crois. Comment dois-je me comporter ? Dois-je être empressé, montrer que je suis heureux et presque intimidé de la revoir ? Ou dois-je feindre l'indifférence, le simple plaisir de revoir quelqu'un que je n'ai plus vu depuis l'enfance ? Je suis idiot. Elle n'a même jamais su que j'étais amoureux d'elle. Je ne me vois pas lui montrer un trouble que je n'avais jamais osé exprimer à l'époque. Non, je serai content de la revoir, nous reparlerons de quelques anecdotes du passé et je repartirai en me disant que c'était sympa. Bon, je vais boire un café en coup de vent à la cuisine, et je file.

Ma mère me connaît bien. Le café est déjà chaud, prêt à être servi.

— Tu ne rentres pas trop tard ? me demande-t-elle. On ne t'a presque pas vu depuis que tu es arrivé.

Elle n'a pas tort. Avec toute cette histoire, je ne leur ai guère accordé de temps. Je m'excuse en deux mots, et je promets de rester un peu plus à la maison avec eux quand les démarches liées à l'enquête de la gendarmerie seront terminées. Mais tout de même, ce n'est pas tous les jours que l'on découvre un cadavre, même vieux de plusieurs siècles. De toute façon, il est inutile que je dise à ma mère que je me suis mis en tête de découvrir ce qui est arrivé à la Korrandine. Elle ne comprendrait pas. Je ne suis d'ailleurs pas tout à fait sûr de bien me comprendre moi-même. C'est vrai, pourquoi vais-je me lancer dans une enquête impossible sur un meurtre de plusieurs centaines d'années ? Après tout, la gendarmerie est là pour ça. Bah, on verra bien. Je suis assez curieux de nature et l'histoire de la Korrandine me fascine. Oh, je suis en retard.

Je me gare sur la place en face de la gendarmerie de Montdunon. Le bâtiment n'est plus tout neuf. Les murs mériteraient un petit coup de peinture et le mobilier ne date pas d'hier. Je me présente au gendarme de permanence qui se tient derrière un comptoir en formica marron. Il m'invite à patienter et me désigne une chaise. Je ne me souviens pas l'avoir vu hier à Tevelune, celui-ci. Il était peut-être déjà de permanence ici. Mais je n'ai pas tellement prêté attention aux autres gendarmes. Je n'ai finalement parlé qu'avec Éric Thévenot. Le gendarme revient et m'invite à le suivre, l'adjudant-chef m'attend. Le bureau d'Éric ne détonne pas avec l'accueil. Un mobilier plus que sobre, avec un bureau et des chaises métalliques qui semblent dater au moins de l'immédiat après-guerre. Il se lève en me faisant un sourire.

— Bonjour Vincent. Bien remis de tes émotions ?

Je le rassure sur ce point et nous engageons la conversation sur l'affaire dans un mode plus proche de la discussion de comptoir que de l'entretien avec un représentant de la force publique. J'allais lui demander s'il avait eu des informations des scientifiques sur la Korrandine, mais il me prend de vitesse.

— On va tout de suite procéder à l'audition officielle, si tu le veux bien. Ce sera déjà ça de fait.

Je le veux bien, évidemment. Moi je suis convoqué alors je me plie aux besoins de l'enquête. Éric prend quelques feuilles de papier et du carbone, puis les glisse dans une vieille machine à écrire mécanique. Je souris :

— Vous n'êtes pas modernes dans la gendarmerie, lui dis-je.

— Nous allons bientôt être équipés en informatique. Enfin, moi j'ai été nommé il y a quatre mois après le départ en retraite de mon prédécesseur. Et quand je lui en ai parlé à la passation de pouvoirs, ça l'a beaucoup amusé, car on lui avait déjà promis la même chose depuis plus de deux ans, répond-il en souriant.

L'entretien en lui-même commence. Je décline mon identité, mon adresse et mille renseignements très officiels. Puis Éric en vient aux faits. Je raconte alors comment j'ai décidé, poussé par une curiosité qui remonte à mon enfance, d'aller explorer cette grotte derrière la fontaine. Puis je précise, à sa demande, que je pense que personne n'y est allé avant moi, car tout le monde était convaincu que cela pouvait être dangereux. Il me demande si je suis sûr que personne n'y est allé, si je ne crois pas que quelqu'un a pu visiter la grotte et ne rien dire pour ne pas être ennuyé. Franchement, je ne le pense pas. Si cela avait été le cas, mon oncle l'aurait su et me l'aurait dit. Et si lui y était allé, il m'aurait dissuadé de tenter l'aventure moi-même pour que je ne découvre rien. Qui plus est, j'ai du mal à imaginer mon oncle allant se glisser dans l'eau de la grotte pour explorer les lieux. Il faut être un peu dingue pour se lancer dans cette expédition et mon oncle a les pieds sur terre. Je raconte ensuite comment j'ai cru d'abord apercevoir des bouts de bois et comment je me suis aperçu que cet enchevêtrement noirâtre était un amas d'ossements humains. Éric continue à me poser mille questions dont j'ai l'impression que la finalité est de déceler si je me contredis. Il cherche peut-être à vérifier si je ne suis pas allé là-bas en toute connaissance de cause, si je ne savais pas qu'il y avait ce squelette avant de descendre. L'exercice prêterait plutôt à rire, mais il ne fait là que son métier. Tout de même, pour un squelette aussi vieux, je n'ai pas l'âge d'être coupable du meurtre, si tant est que cela en soit un. Je dirais bien ça à Éric, mais je ne suis pas certain que cela le ferait rire. De temps à autre, il sort le papier de la machine à écrire et remet des feuilles vierges. Au bout d'une heure d'interrogatoire finalement pas si serré que cela, Éric m'annonce qu'il a tous les renseignements qu'il lui faut. Il sort la dernière feuille et regroupe tous les éléments du procès-verbal, puis il m'invite à le signer. Je profite de ce moment de détente non officiel pour essayer d'aller sur le terrain qui m'intéresse, pour le pousser à quelques confidences.

— Il va y avoir une enquête officielle pour un squelette aussi vieux ?

— Je ne sais pas. Je dois transmettre au Parquet et c'est lui qui décidera, me répond-il en souriant. Mais il est vrai que c'est assez peu probable. En fait, nous faisons les constatations pour voir s'il est possible de déterminer l'identité des cadavres, mais je ne pense pas que ce sera une enquête prioritaire. On est déjà pas mal débordé comme ça.

— Je me suis demandé si ce ne pourrait pas être le squelette d'une femme qui travaillait à l'abbaye, mais apparemment, les femmes n'y étaient pas admises.

— L'abbaye ? demande Éric. Quelle abbaye ?

— Avant d'être une ferme, Tevelune était une abbaye. Elle a été fondée à la fin du XIIe ou au début du XIIIe siècle et elle a fonctionné jusqu'au XVIIe ou XVIIIe.

— Non, répond Éric en riant. Le légiste disait hier que selon lui, le squelette a entre cinquante et cent cinquante ans au maximum. Mais on en saura plus après la datation au carbone quatorze.

Il s'éloigne avec le procès-verbal vers un bureau voisin.

Je suis un peu agacé. D'abord, la façon qu'a Éric de me répondre est désagréable. À chacune de ses paroles, j'ai la sensation qu'il se moque de moi. Si nous ne nous connaissions pas depuis si longtemps, je crois qu'il m'enverrait sur les roses ou, pire encore, me rirait carrément au nez. Je ne suis peut-être pas un spécialiste, ni un professionnel des enquêtes criminelles, mais il n'est pas obligé de me parler comme si j'étais un abruti qui ne comprend rien. Après tout, ce n'est pas son uniforme qui fait de lui un être supérieurement intelligent. S'il continue comme ça, je vais l'envoyer promener en beauté. Mais pour être franc, ce qui m'agace le plus, ce n'est pas lui, et je serais bien embêté s'il refusait de me renseigner après mon coup de colère. Non, je suis surtout énervé par ce qu'il vient de me dire. Je voyais une Korrandine du Moyen Âge, victime d'une très belle histoire d'amour, et voilà qu'il brise tous mes rêves. Il ne manquerait plus qu'il me dise que ce n'est qu'une vulgaire histoire crapuleuse et que ma Korrandine, romantique et belle comme le jour, était en fait une dévoyée victime d'un règlement de compte entre truands. Et pourquoi pas, pendant qu'on y est, une vieille sorcière moche qui était venue auprès de la fontaine un soir de pleine lune avec un nouveau-né pour le sacrifier au diable au cours d'un sabbat ? Le diable se serait fâché et aurait transpercé le cœur de la vieille d'un éclair de feu, puis aurait envoyé son corps pourrir au fond de la grotte. Là, ce serait parfait. Après avoir détruit ma merveilleuse Korrandine, il pourrait aussi salir ma fontaine de Tevelune et en faire un lieu maléfique. Il y a des jours où on a de quoi être furieux contre la maréchaussée. En ce moment, je voudrais être aux côtés de Brassens, à observer par la fenêtre de sa mansarde l'échauffourée du marché de Brive-la-Gaillarde et applaudir à l'hécatombe des mégères gendarmicides en criant hip hip hip hourra ! Mais je suis idiot. Je réagis comme un enfant dont on brise les rêves lorsqu'on lui apprend que le père Noël n'existe pas. Je dois me ressaisir ou il va me prendre pour un fou. J'ai presque envie de rire de moi-même et de mes enfantillages. Il n'a pas tort de se moquer de moi et de mes questions.

Éric revient dans le bureau et m'adresse un sourire.

— Voilà, je n'ai plus qu'à transmettre ta déposition avec mon rapport et cette histoire sera close, me dit-il. J'ai prévenu Cécile que tu venais. On va y aller, l'appartement est à l'étage.

Avec tout ça, j'avais presque oublié l'invitation à l'apéritif. L'image de Cécile enfant me revient. Un sourire adorable et de longs cheveux bruns. J'ai toujours adoré les filles qui portaient les cheveux longs et droits jusqu'à la taille. Ceux de Cécile n'étaient pas tout à fait aussi longs, mais ils étaient superbes. Pour moi, les cheveux longs étaient le symbole absolu de la féminité, de l'inaccessible. Je ne m'imaginais pas être amoureux d'une fille qui n'aurait pas ces cheveux longs tombant sur les reins et dessinant ces courbes qui me faisaient rêver. Une fille sans cheveux longs, en somme, n'était pas vraiment une fille, et à cet âge-là, il n'y avait pas beaucoup d'autre élément physique pour incarner la féminité. C'est peut-être pour cela que je n'ai jamais fantasmé, contrairement aux autres garçons de mon âge, sur les filles qui avaient une belle poitrine. Non, j'ai toujours préféré les petites poitrines discrètes, qui soulignent les courbes d'un corps fait pour être aimé, mais sans le déformer. Une poitrine forte peut attirer des hommes, mais le regard n'embrasse plus la femme dans son ensemble, dans ce qu'elle a de plus beau : un sourire finement ciselé, un œil adorablement brillant, une hanche belle à caresser, des jambes doucement dessinées qui se détachent dans un contre-jour et font naître les désirs les plus ardents. La poitrine est un des charmes de la femme désirable, elle ne doit pas gommer tout le reste. Et puis il y a la voix, le chant de la sirène qui vous fait oublier tout le reste, vous envoûte et vous donne à aimer le plus beau d'elle-même, ce qu'elle est aux tréfonds de son âme et de son esprit. Aurélie ressemble à tout cela.

C'est aussi un peu ce souvenir-là qui me reste de Cécile, un être d'un charme absolu, comme un ange. L'enfant que j'étais alors est peut-être tombé amoureux d'elle parce qu'elle portait ces adorables cheveux longs, qu'elle arborait ce délicat sourire qui donnait envie de le sceller d'un baiser innocent, et aussi parce qu'elle était distante, inabordable, mystérieuse en somme. C'est idiot, tant d'années après, je suis sur le point de la revoir et mon cœur bat comme si j'étais encore cet enfant amoureux transi.

Éric pousse la porte de l'appartement.

— Cécile, nous sommes là.

Il me fait signe d'entrer et me dirige vers le salon.

— J'arrive tout de suite, dit une voix que je ne reconnais pas du fond de ce qui semble être la cuisine.

Je m'assieds dans le fauteuil qu'Éric me désigne tandis qu'il ouvre le bar et me demande ce que je veux boire. Il dispose les verres et quelques gâteaux secs, puis commence à servir.

— Pardon de vous avoir fait attendre, dit Cécile en entrant dans le salon.

Je me lève. Mon sourire se fige. Ses cheveux ! Mon Dieu, ses cheveux ! Elle a les cheveux courts, coupés au carré, et teints d'une sorte de roux. Il paraît qu'on appelle ça auburn. Elle est assez grande et forte, avec une poitrine proéminente. Elle est vêtue d'un pantalon qui serre des cuisses grasses et d'un pull-over informe aux couleurs criardes. Elle me sourit.

— Ça me fait plaisir de te revoir. Oh dis donc, ça doit bien faire quinze ou vingt ans qu'on ne s'était pas vus !

Elle ne se trompe pas en effet et le choc est d'autant plus terrible. Elle ne ressemble plus du tout à la Cécile que j'ai connue et encore moins à la Cécile adulte que j'imaginais. Elle me fait la bise et s'assied. Elle parle sans cesse, de tout, de rien, de choses insignifiantes, de souvenirs que je n'ai absolument pas. Elle semble intarissable et sa voix haut perchée me fait l'effet d'une craie qui crisse sur un tableau noir. Comment peut-on parler autant ? Elle enchaîne les banalités et de temps à autre, j'acquiesce poliment, pour ne pas montrer que non, décidément, nous n'avons pas vécu la même enfance. Puis au détour d'un souvenir apparemment impérissable, elle évoque mes passages à vélo dans Chez Carpin.

— Oh, je me souviens quand tu passais comme une flèche dans le village. À chaque fois, je sortais dès que je te voyais filer comme un fou, mais la plupart du temps, tu étais déjà loin et tu ne m'avais pas vue.

Si elle savait. Bien sûr que si je l'avais vue. Je feignais l'indifférence, je pédalais encore plus fort pour ne pas me trahir et pour lui montrer que j'étais le plus fort. Mais je préfère ne rien lui dire. Ce serait ridicule de lui raconter ça des années après.

Et elle poursuit.

— Je ne sais pas si je devrais dire ça. Oh ! Après tout, nous étions enfants, il y a prescription, comme dirait Éric.

Elle lance un rire que l'on pourrait presque confondre avec le hennissement d'un cheval et continue.

— À l'époque, j'étais amoureuse de toi, mais tu étais si fier sur ton vélo que tu ne m'as jamais regardée. Et quand tu t'arrêtais pour dire bonjour, tu ne faisais pas attention à moi et tu ne pensais qu'à repartir.

Je reste sans voix. Éric éclate de rire et Cécile glousse, ravie de son petit effet. Elle était amoureuse de moi ! Là, je n'en reviens pas. Mais alors, si j'avais osé le lui dire, si j'avais… Que c'est idiot la vie tout de même ! J'apprends vingt ans après que la fille dont j'étais amoureux en secret était dans le même état d'esprit, mais que tout comme moi elle était trop timide pour me le dire. J'aimerais lui dire que moi aussi j'étais fou amoureux d'elle, mais je ne trouve pas les mots. Plus je la regarde et moins je la reconnais. Elle n'a plus rien à voir avec celle que j'ai connue. Je ne sais plus quoi dire. Elle a dû sentir ma gêne, car elle change de sujet. Je suis soulagé. Décidément, je ne pourrais pas dire à la femme qui est en face de moi que des années plus tôt, elle me faisait rêver.

— Alors sinon, Vincent, que deviens-tu ? Tu es à Paris, je crois.

En quelques mots, je lui raconte mon départ sur la région parisienne. Je lui décris le charme des petites villes de la lointaine banlieue qui ressemblent souvent à nos villes de campagne. La vie y est tellement plus agréable qu'à Paris pour quelqu'un qui a grandi à Sourcarol.

— Quelle horreur Paris ! Je ne voudrais pas y vivre pour rien au monde. Mais là où tu es, il n'y a pas trop d'Arabes quand même, j'espère.

Je reste interloqué.

— Pardon ?

Ma réaction a dû être très sèche, car elle se reprend aussitôt.

— Non, je ne suis pas raciste, mais avec tout ce qu'on voit aujourd'hui, je peux comprendre que certains le deviennent. Enfin, heureusement, ici, on est quand même plus en sécurité.

Je ne sais plus quoi répondre. Je suis partagé entre l'envie de me taire pour lui faire sentir à quel point son discours me révolte, et l'envie d'être odieux, de l'insulter comme elle le mériterait. Je me contente de quelques mots pour apaiser.

— Je ne sais pas. Dans mon quartier, il y a des gens qui viennent de partout, des Corses, des Bretons, des Alsaciens, des Parisiens, des Arabes, des Juifs, des Africains… Il y a même des Auvergnats. On n'est en sécurité nulle part.

Elle ne comprend même pas l'ironie de mon propos et continue sa diatribe sur la délinquance que je dois sûrement vivre au quotidien et connaître bien mieux qu'eux. Mais Éric a compris, lui. Il ne dit plus un mot et sa gêne est palpable. Je sens que la discussion risque de tourner au vinaigre et je profite d'un léger silence pour prendre congé en remerciant pour cette invitation. Forcément, ça m'a fait très plaisir de la revoir et de discuter avec elle du bon vieux temps… Je me tourne vers Éric pour le remercier également et lui demande s'il voit un inconvénient à ce que je l'appelle pour savoir s'il a des nouvelles de mes squelettes. Visiblement soulagé de voir la discussion changer de sujet, Éric s'empresse d'accepter et me raccompagne vers la sortie. Je le salue et me dirige vers la voiture que j'ai garée sur la place, là où jadis je prenais le car qui me ramenait vers Sourcarol.

Je m'assieds derrière le volant et je reste là, comme abasourdi par ce que je viens de vivre. Je n'en reviens pas. Cécile, cette petite fille que j'avais adulée est devenue ce que je viens de voir. Quelle horreur ! Comment ai-je pu être amoureux d'elle ? J'ai l'impression d'avoir perdu un rêve. Qu'elle ne ressemble plus du tout à celle que j'ai connue, ça, je pouvais m'y attendre. Ces cheveux longs que j'aimais tant, ce sourire adorable qui me faisait craquer, c'est un peu l'innocence de mon enfance qui s'est envolée. Elle était un rêve et n'est pas devenue ce que j'avais rêvé d'elle. C'est étrange, j'ai toujours été convaincu que le physique n'était pas un critère pour moi et là, Cécile vient de me démontrer de façon magistrale que je ne peux pas en faire abstraction. Enfin, j'ai aussi ce sentiment-là parce que je l'avais trop idéalisée. Je l'imaginais transformée en une sorte de femme idéale, à la beauté mystérieuse et envoûtante. Forcément, être ainsi confronté à la cruelle réalité ne peut que me décevoir. Si elle était elle aussi amoureuse de moi à cette époque-là, elle a pu de la même façon se forger un idéal en pensant à moi. Elle est peut-être en ce moment en train de dire à Éric combien je l'ai déçue, à quel point je suis devenu moche alors qu'elle avait le souvenir d'un petit garçon bourré de charme. Ça, j'ai du mal à l'imaginer. Aussi loin que je me souvienne, je n'ai jamais eu le sentiment d'être beau ou d'avoir du charme, bien au contraire. Mais après tout, elle a pu me trouver séduisant. C'est une idée assez réconfortante quand même de savoir que l'on a pu plaire. Et j'ai bien plu à Aurélie qui est une femme sublime alors pourquoi je ne plairais pas à une autre femme. Je souris au miroir de courtoisie du pare-soleil. Décidément, je ne suis pas beau, mais finalement je m'en moque. Cécile non plus n'est pas très belle. Je suis un peu déçu qu'elle ne ressemble pas à la créature de rêve que je m'étais imaginée, mais le pire est qu'elle soit devenue raciste à ce point. Ça me fait mal d'imaginer qu'une femme pour qui j'ai pu nourrir de tels sentiments tienne aujourd'hui les propos qu'elle m'a tenus. Je lui en veux d'être devenue ce qu'elle est. C'est très douloureux de voir un rêve s'envoler. Finalement, la vie est plutôt bien faite. Il aurait suffi que l'un de nous dise un mot et nous aurions peut-être commencé une histoire comme celle qu'on lit dans les romans, les enfants qui tombent amoureux très jeunes, grandissent ensemble et fondent leur vie d'adulte côte à côte. Mais ce mot n'est pas venu et lorsque je vois aujourd'hui à quel point nous sommes différents, je me dis que c'est une bonne chose. Mais si nous nous étions avoué nos sentiments, nous aurions peut-être aussi évolué autrement. On ressemble toujours un peu à ceux avec qui on vit. Nous sommes des caméléons, nous nous influençons terriblement. Que serait-elle si je l'avais embrassée il y a vingt ans et que serais-je ? Un simple geste aurait pu tout changer. Je ne serais peut-être pas parti à Paris, je n'aurais pas rencontré Aurélie, je n'aurais peut-être pas trouvé la Korrandine. Cécile aurait peut-être fait des études, elle serait peut-être responsable d'une association antiraciste... ou c'est peut-être moi qui serais devenu raciste. Quelle horreur ! Non, ça, je ne veux même pas l'imaginer. Ou alors, nous aurions peut-être très vite compris que nous n'étions pas faits l'un pour l'autre et rien n'aurait été changé. Les choses sont allées ainsi et il faut faire avec. Ce n'était pas une bonne journée, voilà tout.

Je fais démarrer la voiture, direction Sourcarol, et je me repasse le film de la soirée. La Korrandine a au plus cent cinquante ans. Il faut que je réfléchisse à cela. Si elle est morte entre 1850 et 1900, cela peut ouvrir de nouvelles perspectives. Je dois rechercher ce qui se passait à Tevelune à cette époque-là. L'abbaye devait déjà être une ferme, mais il y avait beaucoup plus d'habitants puisque c'était avant que les jeunes générations ne fuient les campagnes pour aller chercher du travail en ville. En revanche, il sera sans doute plus facile de savoir qui habitait le hameau, et si une jeune femme a disparu à cette époque. Tevelune est sur la commune de Saint-Marcel. Je pourrais peut-être aller jeter un œil sur les registres de naissances ou de décès du XIXe.

Mes parents m'attendent et le dîner est prêt. J'ai un peu honte de me comporter comme si j'étais à l'hôtel. Je n'ai même pas demandé à mon père s'il avait besoin d'aide pour quelque bricolage à la maison. Ma mère me demande évidemment comment s'est passé mon rendez-vous et je lui raconte sans rentrer dans les détails. Je ne lui parle pas de Cécile, bien sûr. Au détour de la conversation à table, ma mère dit soudain :

— Au fait Vincent, la bibliothécaire de Montdunon t'a appelé tout à l'heure. Tu étais à peine parti. Elle m'a dit de te dire qu'elle avait trouvé quelque chose qui pourrait peut-être t'intéresser sur Tevelune et qu'il fallait que tu passes la voir.

Je demande à ma mère si elle a donné d'autres précisions, mais apparemment elle n'a rien dit. Dommage ! J'essaierai d'y aller demain. Ce soir, je vais rester un peu avec mes parents pour regarder la télé. Je ne peux pas dire que ça me passionne, mais je ne veux pas leur donner l'impression que je les fuis. Et puis la télé c'est pratique, ça évite de trop réfléchir. C'est parfois reposant de ne pas trop réfléchir…

12

« Mon amour ce qui fut sera
Le ciel est sur nous comme un drap
J'ai refermé sur toi mes bras
Et tant je t'aime que j'en tremble
Aussi longtemps que tu voudras
Nous dormirons ensemble »

Louis Aragon
« Vers à danser »
Le fou d'Elsa

Décidément, la télévision ne s'arrange pas. Cela fait longtemps que je ne l'allume plus chez moi, mais cette soirée m'a confirmé que je ne perdais rien. Je crois bien que la dernière fois que je l'ai regardée, j'étais en Belgique. La petite Élisabeth était née et tout le royaume était en émoi. Ce bébé était la première femme promise au trône de Belgique. J'avais allumé la télévision par je ne sais quel hasard, et j'étais tombé sur une émission de débat sur la RTBF, un dimanche en fin d'après-midi. De grands experts discutaient pour savoir s'il fallait changer la Constitution belge qui stipule que le roi est le chef des armées puisque depuis l'abrogation de la loi salique par Baudouin, une femme pouvait monter sur le trône. La naissance d'Élisabeth rendait cette hypothèse très palpable. Finalement, tout le monde semblait d'accord pour considérer que par les mots « le Roi », il fallait entendre la fonction quand bien même le roi serait une reine. La Constitution s'appliquerait sans qu'il soit besoin de la modifier et le peuple pouvait respirer. Pas pour longtemps, hélas ! L'un des invités souleva alors une question autrement plus délicate. Fallait-il modifier la Brabançonne ? Là, les avis divergeaient. Certains estimaient que la fonction primait aussi pour l'hymne national belge et qu'il ne fallait rien changer. D'autres au contraire arguaient que si le regard porté sur la Constitution était d'essence juridique, l'hymne national touchait fortement au symbole, et qu'il serait inconvenant pour toutes les femmes belges d'entendre chanter la grandeur du roi devant une reine. Élisabeth n'allait pas être reine en épousant le souverain, elle allait être elle-même la souveraine. L'exemple britannique fut alors porté au milieu du débat. Depuis longtemps, les Anglais ont réglé le problème en adoptant deux hymnes, *God save the King* et *God save the Queen*, interchangeables à volonté.

Je m'étais beaucoup amusé ce soir-là. Aurélie ne suivait l'émission que de loin et riait de me voir étonné par le ton sérieux des intervenants. La monarchie me semble un tel anachronisme.

— Comme je suis soulagé d'être français, ai-je dit à Aurélie pour la provoquer.

— Pourquoi cela ?

— Parce que nous avons tranché ce problème depuis très longtemps. Et nous, quand on tranche un problème avec le Roi, on le tranche vraiment !

Je riais de ma plaisanterie stupide, mais elle ne la trouvait pas drôle. Visiblement, ma suggestion ne recueillait pas son assentiment et je me suis replongé dans le débat télévisé. Un invité venait de jeter un pavé dans la mare, en affirmant que ce débat était dépassé puisque la construction européenne allait probablement réduire à néant tout espoir pour la pauvre petite Élisabeth, qui n'avait alors que quelques jours, de régner sur son pays. Brouhaha sur le plateau ! On venait de frôler le crime de lèse-majesté. Le débat s'acheva en laissant la question en suspens. Je ne sais pas si depuis, un consensus national a pu naître autour de ce délicat problème.

Toujours est-il que je n'ai pas le souvenir d'avoir depuis regardé la télévision avant ce soir. Finalement, je crois que je n'aime pas la télévision. Je suis toujours effrayé à l'idée que ce que je vois pourrait être le reflet de notre société. Je préfère penser que non et m'abstenir. Mes parents sont montés assez tôt et pour une fois, je les ai imités. D'habitude, j'en profite pour aller me connecter sur l'ordinateur, comme ce fameux week-end où je suis venu sans Aurélie. Chaque soir, je suis resté des heures à chatter en direct avec la Belgique. Mais ce soir, je n'ai personne à qui parler et je n'ai guère envie d'aller parler avec des inconnus. Je suis donc monté m'allonger. Aurélie me manque. Je me sens les bras vides. Plus j'y pense et plus je suis convaincu que ce n'est pas tout à fait fini. Nous avons vécu tant de choses qui ne peuvent pas s'évanouir comme ça, du jour au lendemain. Je sais qu'elle va regretter, qu'elle va réfléchir et que tôt ou tard, elle va comprendre qu'elle a fait une erreur, elle va vouloir revenir, tout reprendre là où nous nous sommes arrêtés. Je le sais, et cette perspective me soulage un peu. Je n'ai plus de raison de me morfondre, d'être malheureux. Nous vivons un passage délicat, comme cela arrive souvent dans les couples, mais tout va redevenir comme avant. Plus je pense à elle et plus je trouve que nous avons vécu une très belle histoire, une de ces histoires qui ne peuvent pas se terminer. Et notre rencontre, n'était-ce pas un conte de fées ?

Elle devait arriver le vendredi par le train qui relie la France à la Belgique et aux Pays-Bas. Nous en avions parlé énormément, nous attendions ce moment avec impatience et aussi tellement de peur. Nous étions si amoureux que l'idée que nous puissions ne pas nous plaire nous terrifiait. Pourtant, nous avions fait la plus belle des rencontres, celle du cœur. Nous nous connaissions mieux que quiconque puisque nous étions directement allés regarder la partie cachée, celle que l'on ne voit pas lorsque l'on rencontre quelqu'un dans la rue.

Lorsque nous nous quittions, après avoir passé des heures à parler sur le net ou par téléphone, je regardais les photos qu'elle avait faites pour moi, juste pour moi. J'en avais plus de cent. Il y en avait dans tous les genres, en gros plan ou de plain-pied, habillée ou nue, dans la lumière ou dans la pénombre. Je la voyais tellement que j'avais le sentiment de pouvoir la toucher. Elle était si réelle, si présente. Elle me souriait ou faisait la moue. Elle était heureuse ou triste, désarmée ou en colère. Elle était vivante, près de moi, plus sûrement qu'en chair et en os, elle était là par l'esprit et je sentais même son parfum.

La veille de son arrivée, la tension était à son comble. L'appréhension guerroyait sans cesse avec l'exaltation, tandis que la mélancolie perçait notre nuage de bonheur innocent. Nous allions tourner une page sans savoir ce qui était écrit après. Juste après l'avoir quittée, je lui ai envoyé un message, le dernier avant notre rencontre, la vraie.

« Le petit Français

Mon Dieu que tu es belle à écouter, à lire. Tes photos me transportent, me chavirent, mais tu sais aussi trouver les mots pour m'ouvrir ton cœur. À l'évidence, tu as su trouver la clé du mien. Je ne "sais" plus penser à autre chose qu'à toi, à ce que tu peux bien être en train de faire, à ce que tu peux bien penser ou ressentir, à ce qui va se passer demain, déjà demain, et les jours qui suivront.

Bien sûr, j'ai atrocement peur de ta réaction, de la mienne, du retour sur terre, à la réalité, dans quelques petites heures, tout à l'heure, si longtemps encore. Je m'imagine les dernières heures qui précéderont ton arrivée.

Demain matin, cela devrait aller à peu près, chacun vaquera à ses occupations. Tu seras aux petits soins pour Noémie qui n'aura d'yeux que pour sa maman. Moi je me préparerai à un rendez-vous avec un couple de clients qui veulent acheter un appartement. Nos sentiments, notre histoire, ne doivent pas nous faire oublier la vie concrète, d'aujourd'hui et de demain, la santé de ta fille, mon emploi. Tout se précipitera sans doute vers midi. Tu quitteras l'école, en courant prendre tes affaires, et mettre une touche finale à tes préparatifs. Pendant ce temps-là, je sortirai de mon rendez-vous et je ferai mon compte-rendu d'entretien avant d'aller déjeuner. Nous commencerons à y penser, mais en courant, la tête encore bien plongée dans la vie qui coule comme l'eau d'un ruisseau, même si l'eau ici s'accélère comme à l'approche d'une petite chute vers l'inconnu.

Quatorze heures et des poussières. La gare, le train pour toi. Trouver ta place, te mettre à l'aise, regarder le paysage qui défile, Vorinde qui s'éloigne et toi qui pars à l'aventure. Pendant ce temps-là, à quatre cents kilomètres, je serai à la cantine, puis au bureau. Quelques coups de fil à des prospects pour remplir mon agenda avec quelques rendez-vous pour tenter de signer de nouveaux contrats. Cela occupe l'esprit. Les aiguilles de la pendule du bureau avanceront au même rythme imperturbable, scandant le temps qui passe de plus en plus fort.

Quinze heures trente. Bruxelles, la belle, comme la chante Dick Annegarn : Bruxelles, ma belle, je te rejoins bientôt, aussitôt que Paris me trahit. *Toi, tu n'en verras que la gare. Patiente et impatiente, confiante et anxieuse, tu serreras la poignée de ton sac ou de ta valise, comme pour te rassurer en attendant le train, le vrai, celui au bout duquel... J'entrerai en entretien avec mon directeur. Mes résultats ne sont pas terribles. Analyse des chiffres, des méthodes de travail, plan d'action pour les semaines à venir. Ce sera une réunion étrange. Régulièrement, je jetterai un œil furtif à ma montre, pour m'assurer qu'elle continue bien à égrener les minutes de façon régulière. Je serai si loin de ces objectifs, de ces résultats, de ces compétences mises en œuvre ou à développer. Mon directeur ne sera sans doute guère plus attentif que moi. Mardi dernier, sa fille a donné naissance à son premier petit-fils, un petit Boris. Demain soir, après notre réunion, il traitera encore un ou deux dossiers et se précipitera avec son épouse sur l'autoroute qui le mènera à Rennes pour voir sa fille et la dernière merveille du monde. Mon nombre de rendez-vous par jour, mon taux de couverture du portefeuille clients et mon ratio collecte nette sur collecte brute, il s'en moquera probablement comme de son premier contrat d'assurance vie avec intérêts minimums garantis. Et moi aussi...*

Seize heures trente. Tout s'accélère soudain. Impatient, je quitterai la réunion. Je sauterai dans ma voiture. Nationale, autoroute, périphérique, porte de Bercy, place de la République, gare du Nord et une tempête dans ma tête... Il avancera vite ce train. Le paysage défilera en accéléré, comme lorsqu'on avance un film sur le magnétoscope pour atteindre plus vite encore la grande scène du II. Le cœur dans un étau, tu n'arriveras sans doute pas à chasser la peur de tes pensées. Tu passeras et repasseras la scène sans cesse dans ton esprit, imaginant toutes les possibilités, des plus probables aux plus farfelues. Nous le ferons ensemble puisque je ne réussirai sans doute pas plus à penser à autre chose. Embouteillages, klaxons, et ce feu qui ne passe pas au vert... Après avoir relu pour la vingt-cinquième fois la page douze du livre que tu auras emporté, tu renonceras et le refermeras, pour le moment. Tu sauras pourtant que tu ne l'ouvriras plus avant dimanche soir.

"Mesdames et Messieurs, le train Thalys n°xxxx va entrer en gare du Nord dans quelques minutes. Merci de bien vérifier que vous n'avez rien oublié dans le train. Nous vous remercions de votre confiance et espérons que vous avez passé un agréable voyage... "

"Mesdames et Messieurs, la Renault bleue immatriculée dans l'Essonne et conduite par un imbécile anxieux va entrer dans le parking souterrain de la gare du Nord. Merci de bien vouloir vous assurer que vous avez bien allumé vos feux de croisement. Nous vous remercions de votre confiance et espérons que les embouteillages ne vous auront pas mis en retard... ".

Lequel de nous deux sera là le premier ? Lequel de nous deux verra l'autre d'abord ? Sourires crispés, tension extrême. "Bonjour" et puis... et puis... Plus rien ne ressemble à aucun des scenarii que nous avions imaginés.

Je t'aime.

Vincent »

Le vendredi matin, en se levant, Aurélie m'a répondu.

« La petite Belge

C'est beau ce que tu écris... J'ai des frissons, les yeux qui pétillent, et un petit sourire... sur mes lèvres... Que sera demain ? Je ne le sais pas. Je sais juste ce qu'est aujourd'hui et aujourd'hui, je t'aime pour ce que tu es, pour ce que je suis, pour ce que nous sommes. J'ai hâte de te connaître, même si la peur augmente avec les heures qui passent.

Et d'ailleurs, me liras-tu encore ici avant notre rencontre ? Peut-être pas. Peut-être liras-tu ces mots dimanche soir ! Et si tel était le cas... Je ne peux pas imaginer ce qu'il en sera dimanche soir. Nous reverrons-nous ? Comment s'est passé ce week-end ? Il y aura tant de questions qui auront trouvé leurs réponses. J'ai peur. C'est tellement beau ce que nous vivons pour le moment, mais j'ai tellement peur que tout ceci ne soit qu'un rêve. Mais non, nous ne rêvons pas.

Merci aussi pour tout ce bonheur, tous ces petits riens que tu me donnes et qui me vont droit au cœur. Merci pour tous ces frissons, tout ce bien-être. Si tu pouvais lire ce qui se passe au fond de moi, ce serait pour toi au-delà de tes espérances, je crois. Et pourtant, c'est fou de pouvoir aimer quelqu'un de manière si profonde, d'un amour virtuel. Mais peut-on encore parler de virtuel ? Je n'ai plus vraiment cette sensation, car même si nous ne nous sommes pas encore rencontrés en chair et en os, nous nous connaissons bien plus encore.

Oui, c'est vrai que l'aspect physique me fait peur, car je suis aussi sensible à la beauté extérieure d'une personne. Mais j'espère que mon âme et mon cœur rejoindront mes yeux pour poser le premier regard sur toi, sur cette beauté que je vois en ton âme. Jamais je n'en ai vu d'aussi belle.

Tu es tellement semblable à moi-même et tellement différent en même temps. Je te comprends sans que tu me dises clairement que tu m'aimes, je te sens. Je ressens tellement de choses, tu sais. C'est fou tout cela.

Je t'aime tellement déjà.

Ta petite Aurélie. »

À partir de ce moment-là, les dés roulaient aussi sûrement que le train qui l'amenait vers moi. Nous nous étions mis d'accord. J'arriverais en avance et je l'attendrais au bout du quai, l'air idiot. Ça, ce n'était pas le plus dur. J'avais juste oublié ce fameux chromosome qui me fait perpétuellement arriver en retard. Lorsque je suis arrivé à la gare, le train n'était plus affiché au tableau des arrivées. Sur quel quai avait-elle accosté ? J'errais dans la gare, tendant le cou pour apercevoir un visage, un sourire, un œil rieur. Je me sentais coupable d'avoir raté pour quelques minutes l'arrivée de son train. Tout à coup, je me suis mis à craindre de ne pas la reconnaître, de ne pas la trouver. Elle pouvait en avoir assez d'attendre, penser que je m'étais moqué d'elle. Elle risquait de remonter dans le premier train pour Bruxelles et disparaître à jamais. Il fallait que je la retrouve avant, il fallait que je sache où elle était. Je me suis planté un peu à l'écart de la foule qui passait et je lui ai envoyé un message texte sur son téléphone portable, comme on lance une bouteille à la mer : « Où es-tu ? » Un bip, puis un autre et alors…

— Ici ! me répondit une petite voix intimidée.

Elle était là, devant moi, un sac de voyage à la main. Aucun son ne pouvait sortir de ma gorge nouée. Je la regardais comme on regarde son enfant juste né, alors qu'il s'est paisiblement endormi aux côtés de sa maman, un enfant que l'on reconnaît, que l'on aime déjà et que l'on voit néanmoins pour la première fois. Elle était encore plus belle que je ne l'avais vue sur les photos et plus petite que je ne l'avais imaginé. Elle portait sur son visage la fameuse peur dont nous avions tant parlé ensemble, qui devait forcément nous étreindre et qui là, comme prévu, nous paralysait. Puis je ne sais plus comment c'est venu exactement. Le temps d'un sourire échangé et nous étions dans les bras l'un de l'autre, lèvres contre lèvres, corps contre corps à nous embrasser, à rire. Le hall de gare était rempli de la lumière qu'elle venait de jeter dans ma vie.

— On va boire un verre ? J'ai l'impression que les trains nous surveillent. Ils veulent te remmener. Ils ne t'auront pas. Je t'enlève, lui ai-je dit.

Et nous étions partis, nous jetant des regards à la fois curieux et émus. Était-ce elle, celle que j'avais tant aimée ? Je ne la reconnaissais pas tout à fait. Il y avait quelque chose de différent. Peut-être était-ce sa présence, tout simplement. Nous sommes allés à Montmartre, boire un verre sur une terrasse de la place du Tertre. Le lieu a beaucoup perdu de son charme romantique. On devrait punir ceux qui, par appât mercantile, dévoient ces lieux où les amours viennent se nourrir de l'atmosphère. Peu à peu, je sentais que quelque chose n'allait pas. Elle n'était pas à l'aise. Je la voyais presque fuyante, absente parfois.

Finalement, je lui ai posé la question. Elle m'a répondu :

— J'ai dur à te retrouver, à faire le lien entre le Vincent que je connais et celui qui est en face de moi. Ne me pousse pas trop, s'il te plaît. Nous avons le temps.

Bien sûr que nous avions le temps, mais la peur commençait à revenir, plus forte encore. Et si elle ne me reconnaissait pas. Et si ce fameux lien ne venait jamais, si elle restait amoureuse du Vincent virtuel, mais pas du Vincent réel… Doucement, nous sommes repartis, en descendant les escaliers devant le Sacré-Cœur pour rejoindre la voiture, puis aller jusqu'à chez moi.

Couchée tard la veille, levée tôt le matin, la matinée au travail puis le trajet en train, tout cela avait épuisé Aurélie. Dès qu'elle est montée dans la voiture, elle s'est allongée, a posé la tête sur mes genoux puis s'est endormie. C'était une sensation étrange. Celle dont j'avais tant rêvé, que j'avais imaginée dormant à mes côtés tandis que je la regarderais était là, et je la sentais respirer sur mes genoux. Elle était si proche et si lointaine. Je pouvais la toucher et je la sentais déjà presque partie puisqu'elle ne me reconnaissait pas vraiment, qu'elle aimait un autre moi, virtuel celui-là. Je suis rentré doucement, sans à-coups pour ne pas la réveiller avant d'être arrivé. Puis nous sommes entrés. J'ai préparé le dîner, regardant régulièrement dans un sourire inquiet celle qui me dévisageait. Je la sentais derrière moi, et son regard recherchait désespérément celui qu'elle avait aimé en moi, celui qu'elle avait imaginé. Nous avons mangé, parlé, beaucoup parlé. Mais je la sentais toujours aussi distante. Le désespoir montait en moi, de plus en plus fort, de plus en plus présent. J'étais en train de la perdre, de perdre tout ce dont je rêvais. Je m'accrochais désespérément au fil de nos échanges. Elle me parlait d'elle, de ses filles, de sa vie. Je lui racontais mes espoirs, mes rêves, mon histoire. Nous étions bien ensemble et j'étais maintenant sûr que c'était bien elle. Mes premières hésitations étaient très loin et j'avais le sentiment de la connaître, de l'aimer depuis toujours. Elle plaisantait, riait, mais elle avait toujours au fond des yeux cette peur, ce petit voile terne qui me répétait en filigrane « Je ne te reconnais toujours pas. » L'atmosphère devenait de plus en plus lourde. La mort dans l'âme, je me faisais à l'idée que cela ne viendrait plus, que cette belle histoire dont j'avais rêvé était déjà morte, étouffée dans l'œuf. Nous avions vécu un bel amour virtuel qui ne se concrétisait pas. Je n'étais pas celui qu'elle avait espéré, celui qu'elle aimait. L'heure passait et il était déjà très tard dans la nuit. À contrecœur, je lui ai proposé de préparer son lit dans la chambre d'amis, afin que nous puissions aller dormir. Le déclic a peut-être été là. En faisant cette proposition, je la laissais libre. Elle n'était plus obligée de m'aimer parce que nous nous l'étions dit sur le Net ou au téléphone. Elle était accueillie chez moi avec toute la tendresse dont j'étais capable, mais elle avait le droit de ne pas m'aimer si elle le voulait.

— Rien ne presse ! m'a-t-elle répondu en s'asseyant à côté de moi sur le canapé.

Doucement, elle est venue se blottir contre moi et m'a embrassé. Combien de temps sommes-nous restés ainsi, à goûter nos peaux comme pour mémoriser la subtilité des innombrables saveurs qui les composent et ne plus les oublier ? Quelques minutes après, ou bien peut-être des heures, elle a levé son sourire vers moi, s'est approchée pour manger un peu de mon oreille et me faire la plus belle des caresses :

— Ce n'est plus la peine de te cacher. Je t'ai reconnu maintenant !

J'étais aux anges. Il n'était plus question de lui préparer la chambre d'amis, de la laisser dormir loin de moi, ni même de dormir tout simplement. La nuit et la journée du lendemain ont passé très vite, explosant de mille feux, brûlant nos cœurs et nos corps dans les flammes du désir, roulant par saccades dans les vagues de caresses qui nous soulevaient, nous submergeaient, nous transportaient, puis nous déposaient un peu plus loin, les yeux brillants et apaisés, heureux. Puis le souffle revenait, plus fort encore, plus chaud, plus tendre, exhalant mille parfums d'amours inconnues qui nous enivraient, nous enveloppaient, nous emportaient au-delà de toute frontière.

Nous n'étions plus que sens, parfums, goûts, caresses, murmures et voluptés.

L'idée de nous séparer était insupportable. Nous avons reporté de minute en minute l'instant fatidique où nous devions nous mettre en route vers la gare par des baisers enfiévrés qui ne pouvaient pas attendre. Puis nous sommes partis, trop tard. Le train était déjà loin lorsque nous sommes arrivés sur le quai. La guichetière a été absolument charmante, mais catégorique. Les chemins de fer belges étaient bloqués par une grève. Il y avait bien un train qui partait pour Bruxelles, mais Aurélie n'avait pas de correspondance pour Vorinde en arrivant. Nous n'avions plus qu'une seule solution.

Nous sommes retournés à la voiture et nous nous sommes mis en route pour la Belgique. J'avais le temps de faire l'aller-retour dans la nuit. Je mettais les pieds dans son pays pour la première fois de ma vie. Je découvrais les autoroutes belges, gratuites et éclairées. Pour se venger un peu de nos blagues stupides sur les Belges, Aurélie se moqua de moi en m'expliquant que si les autoroutes n'étaient pas éclairées en France, c'était parce que les Français se prenaient pour des lumières. Elle m'expliqua alors qu'aux yeux des Belges, les Français passent souvent pour des « gros cous », des êtres imbus d'eux-mêmes, un tantinet vantards et méprisants vis-à-vis de ce pays voisin pas plus grand que la Bretagne, mais tellement riche de culture et d'histoire.

Vorinde est nichée au creux d'une vallée. J'ai tout de suite aimé ces maisons de briques rouges qui rappellent les villes du Pas-de-Calais que nous traversions autrefois avec l'école de Sourcarol lorsque nous rendions visite à nos correspondants avec l'argent des marrons de la place du champ de foire.

Je suis revenu au petit matin, fatigué, mais heureux. Je savais que celle que je laissais là-bas était plus qu'une belle rencontre. Elle était mon rêve, une femme merveilleuse dont je ne pourrais plus me passer et je ne pouvais plus rien imaginer qui soit sans elle, qui ne soit bâti autour d'elle, par elle et avec elle. J'avais croisé la femme de ma vie, la fameuse femme idéale dont on rêve parfois en souriant, en sachant qu'elle n'existe jamais. Pourtant je l'avais vue, je l'avais aimée, en chair et en os, je savais désormais qu'elle existait bel et bien, là-bas, au pays de la bière et des Gilles, au pays des maisons de briques rouges chaleureuses et accueillantes. Ce matin-là, en revenant en France, j'étais Belge. Je venais de trouver un sens à ma vie, et il avait son sourire.

Oui, c'était une belle rencontre. Les fées avaient dû se souvenir de moi et m'offrir un beau conte, le plus beau sans nul doute. J'aurais aimé qu'elle puisse venir avec moi jusqu'ici, que nous allions ensemble à Tevelune. La fontaine lui ressemble tellement qu'elle est faite pour elle. Mais elle viendra, j'en suis sûr, lorsque l'orage aura fini de passer sur nos vies, quand tout reviendra comme avant.

Je ne veux pas penser aux instants difficiles. Je veux garder en tête la magie de la rencontre, le bonheur qui vit encore si fort au fond de moi. Je veux m'endormir dans ses bras, en songe, mais dans ses bras. Qui sait si elle, là-bas, ne ferme pas les yeux en ce moment pour s'imaginer la même chose. Ce soir, nous dormirons ensemble, ma petite Aurélie, nous dormirons ensemble.

- 13 -

« Escollier de Merencolie
A l'estude je suis venu,
Lettres de mondaine clergie
Espelant a tout ung festu,
Et moult fort m'y treuve esperdu.
Lire n'escripre ne sçay mye,
Dez verges de soussy batu
Es derreniers jours de ma vie. »[3]

Charles d'Orléans
Ballade

Bon sang, il est onze heures ! Ma mère ne m'a pas réveillé. C'est étrange. Elle doit se dire que je ne vais pas bien. Je voulais aller à la bibliothèque de Montdunon pour voir ce que madame Brossac a trouvé de si intéressant. Je saute à la salle de bains et me précipite à la cuisine. Ma mère est là, déjà occupée à préparer le déjeuner. Ce midi, nous aurons droit à un pot-au-feu, mais pas n'importe lequel. À Sourcarol, le pot-au-feu se fait avec du plat de côte, car la viande est beaucoup moins sèche que le jarret même si on rajoute un os à moelle. C'est un vrai plat des jours ordinaires. Avec le reste de viande, on peut faire un hachis parmentier ou des tomates farcies, mais ce n'est pas la saison des tomates. Normalement, ce soir, nous aurons une soupe de

---

[3] « Écolier de mélancolie, Je suis venu à l'école, Me servant d'une paille pour épeler Les lettres de l'instruction mondaine, Et je me sens tout troublé. Je ne sais ni lire ni écrire, Battu avec les verges de douleur Aux derniers jours de ma vie. »
Traduction de Jean-Claude Mühlethaler

pot-au-feu et demain midi, un hachis parmentier. Maman aura fait trop de purée et demain soir nous dînerons d'un pâté de thon. Il suffit de mélanger le reste de purée avec des miettes de thon, des échalotes et de la vinaigrette puis de mettre le tout au frais. Ça n'a l'air de rien, mais j'adore ça.

J'avale un café.

— Tu ne manges rien d'autre, Vincent ? me demande ma mère.

Depuis des années, elle sait que je ne mange jamais au petit-déjeuner, mais elle continue à me poser la même question. Elle a raison bien sûr, il faut manger le matin, mais je ne suis pas raisonnable. Il n'y a qu'en Angleterre que je mange. Mais là, c'est par gourmandise. Je ne résiste pas aux œufs au bacon, aux tomates, aux *beans*, ces haricots blancs sucrés à la tomate, ou encore aux flocons d'avoine ou au haddock fumé à la sauce blanche. Mais en Grande-Bretagne, ils ne mangent presque pas au déjeuner. C'est peut-être un rythme alimentaire qui me correspondrait mieux. Le dimanche, il m'arrive de me faire un gros breakfast à l'anglaise lorsque je me lève tard. Cela remplace avantageusement le petit-déjeuner et le déjeuner.

— Je fais un saut à Montdunon avant que la bibliothèque ne ferme. Je serai là pour midi, dis-je à ma mère qui reste dubitative devant ma promesse de ponctualité.

C'est le jour du marché à Montdunon. Oh, il n'y a pas de quoi bloquer la circulation ! Sur la place autour du marché couvert, quelques marchands se sont installés. Il y a là un poissonnier, un fromager et un marchand de légumes. Un peu plus loin, un stand de vêtements côtoie un étal de chaussures. Enfin, le stand le plus fréquenté est celui où l'on vend les plants à repiquer, plants de tomates, salades, pommes de terre et plein d'autres bottes de légumes et de fleurs.

Je passe le marché et je file vers la mairie. La bibliothécaire est au téléphone. Je m'assieds dans le couloir en attendant qu'elle ait terminé sa conversation. Apparemment, quelqu'un se renseigne pour savoir comment déposer un permis de construire pour un hangar. Ce doit être le jour de repos de la secrétaire de mairie alors elle doit faire la permanence et répondre au téléphone. Je parcours des yeux les affiches posées sur le mur. Pour renouveler son permis de chasse, il faut venir à la mairie. Tiens, je ne savais pas qu'un permis de chasse se renouvelait. Je croyais qu'il suffisait de le passer une fois et de payer sa cotisation à une société de chasse. Je ne comprends pas le plaisir que l'on peut avoir à tirer sur un animal à peine sorti d'une cage. Enfin, chacun ses plaisirs ! Je suis surtout choqué par ceux qui se battent pour avoir le droit de tirer sur des oiseaux protégés en pleine période de reproduction au nom de la tradition. Si on va par là, la tradition c'était aussi le mariage d'intérêt souvent forcé ou le droit de cuissage. J'ai le sentiment que ce sont des mœurs d'un autre temps qui n'honorent pas leurs défenseurs.

— Bonjour Vincent ! Excuse-moi, j'étais au téléphone, me dit Solange Brossac.

Ce n'est rien, bien sûr, et je la rassure sur ce point. Je suis venu parce qu'elle a laissé un message pour moi chez mes parents.

— Oui, j'ai repensé à toi hier. Il y a un truc qui pourrait t'intéresser sur Tevelune dans un des livres de la bibliothèque. C'est une dame qui m'a en parlé l'autre jour et me demandait d'où ça venait. Je vais te montrer.

Je la suis dans la salle de la bibliothèque. Il n'y a toujours personne. Elle se dirige vers le rayon des romans et sans hésiter plonge la main vers un vieux livre tout abîmé qu'elle saisit et me tend. Il s'agit d'un ouvrage de Victor Hugo édité à Paris en 1881. Le livre semble tomber en poussière.

Ce devait être une édition de luxe, car les pages sont très épaisses, presque cartonnées. J'ai entre les mains le tome second des *Quatre vents de l'esprit* qui comprend le Livre lyrique et le Livre épique. Si j'en crois les indications de la couverture, le premier tome doit comprendre le Livre satirique et le Livre dramatique. Je ne connais pas ce recueil de poèmes. Encore une preuve, s'il en était besoin, de ma trop maigre culture littéraire. J'ouvre au hasard, page quatre-vingt-trois, poème numéro vingt.

« J'ai beau comme un imbécile
Regarder dans ma maison,
Si bien qu'on dit dans la ville
Que j'ai perdu la raison,
J'ai beau chercher ; elle est morte.
Elle ne reviendra pas.
Elle est partie, et la porte
Est encore ouverte, hélas !
Je tressaille quand on sonne.
Je l'attends, j'en fais l'aveu.
Où sont ces beaux jours d'automne
Quand elle était là, mon Dieu !
Cette âme s'en est allée.
Elle a fui, moi demeurant.
La nuit, à l'ombre étoilée
Je tends les bras en pleurant.
Je m'accoude à ma fenêtre,
Je songe aux jours révolus.
Hélas ! Ce pauvre doux être
Qui chantait, je ne l'ai plus ! »

C'est étrange. On dirait qu'au lieu de Léopoldine, Victor Hugo parle de la Korrandine, ou d'Aurélie, je ne sais pas vraiment. De la Korrandine sans doute, puisqu'il dit qu'elle est morte. J'imagine assez bien l'homme qui aimait la Korrandine, accoudé à la barrière, au-dessus de la fontaine de Tevelune, plongeant avec mélancolie dans ses souvenirs et murmurant ces vers à sa belle disparue. Je dois manier le livre avec doigté. Cet ouvrage est précieux et les pages ne tiennent plus que par miracle.

— Victor Hugo parle de Tevelune quelque part ? demandé-je, étonné, en regardant la bibliothécaire.

Elle sourit.

— Non, mais regarde la première page.

Juste là où elle me l'indique, une main experte a calligraphié un poème. Il n'y a pas de titre, mais dès les premiers vers, il est question de Tevelune. Le style semble très ancien, beaucoup plus ancien que le livre de Victor Hugo. Je m'assieds.

— Merci ! dis-je en souriant à Solange Brossac qui s'éloigne vers son bureau.

Je lis.

« Écuyer de Mélancolie, où vas-tu ? Où vas-tu ?
À Tevelune m'en vois
là-bas l'air est immobile et les eaux sont profondes
je vais je viens et j'avance
j'arriverai j'espère avant l'aube blanche
Chevalier de Malenconie, où vas-tu ? Où vas-tu ?
Je vais
ô soupirs ô silence
là où personne ne m'attend
je vais
ô sourire de l'absente
à Tevelune-la-Blanche
Dame de Mérancolie, où vas-tu ? Où vas-tu ?
À Tevelune m'en vois amblant
me berce ma blanche haquenée
je sème ma route de fleurs séchées
puissent-elles guider mes amants
À Tevelune les eaux des marées mangent les ruines
puissent ces eaux lentes et immobiles
me bercer amèrement doucettement
À Tevelune m'en vois amblant
Roi de Malencolie, où vas-tu ? Où vas-tu ?
Malbailli malestant malaisié
je vais chevauchant au soir et à la lune
le haubert clair et l'épée blanche et nue
À Tevelune m'en vois
où de malemort mourrai
je ne veux plus vivre mal aimé

Fol de Tevelune, où vas-tu ? Où vas-tu ?
De pierre en pierre de dune en dune
je cheminerai vite – vite – vite
jusqu'à ces eaux lunaires et lymphatiques
où je m'enfoncerai loin – loin – loin
comme le sable se dissout dans mes mains
Page blanche des désirs
où ne s'écrit nul destin
Tevelune cité rougie du sang des tiens
je viens à toi seul désarmé
accueille l'orphelin affolé
j'ai jeté mes grelots perdu ma crécelle
les lauriers sont fanés »

Raoul Ardent[4]

Je suis désemparé. Ce poème est si étrange, si beau aussi à sa manière. On dirait les mots du jeune moine amoureux d'une Korrandine du Moyen Âge. Si Éric ne l'avait pas rajeunie, j'aurais pris grand plaisir à penser que ces vers étaient pour elle qui sans doute n'était pas prête à répondre aux déclarations enflammées de son soupirant poète. Il doit être bon de souffrir d'amour pour une belle comme la Korrandine. Les mots employés ont l'air d'être si anciens. On dirait du vieux français, mais si c'est le cas, comment ce poème a-t-il pu être copié sur un livre imprimé en 1881 ? C'est peut-être une transcription. Le vieux français ne ressemble pas à ça, il n'est pas si lisible en quelque sorte. On dirait du vieux texte modernisé, mais pas totalement traduit. Il faudrait déjà savoir qui est l'auteur. Ce Raoul Ardent ne me dit absolument rien. À moins que… Bien sûr ! Mathilde pourra m'aider. Je vais lui envoyer un message texte. Avec un peu de chance, elle sera comme souvent au milieu de ses dictionnaires. Je tape sur le clavier de mon téléphone « J'ai découvert un poème signé Raoul Ardent. Sais-tu qui c'est ? » et j'envoie.

---

[4] Ce poème est l'œuvre de Mathilde Morel.

En attendant la réponse, je vais voir la bibliothécaire pour obtenir une photocopie du poème.

Apparemment, mon message a éveillé la curiosité de Mathilde. J'ai à peine eu le temps de faire la photocopie qu'elle m'appelle.

— Salut Vincent ! Tu as vraiment découvert un poème de Raoul Ardent ? Raconte-moi ça ! Si c'est vrai, tu vas être célèbre dans le monde des médiévistes.

J'éclate de rire et je lui lis le poème. Elle est dubitative.

— Ça me paraît étrange. J'ai trouvé Raoul Ardent dans le dictionnaire de la littérature médiévale. Il est de ta région ou presque. Il est né près de Bressuire dans les Deux-Sèvres. Il était docteur avant l'âge de trente ans. A priori, il aurait fait ses études à l'école cathédrale de Poitiers. Puis il a été appelé à la cour de Richard 1er Cœur de Lion. Il a écrit une encyclopédie de la foi chrétienne, mais il est surtout connu pour ses sermons et ses homélies sur les vices et la vertu. Franchement, le poème que tu as là ne colle pas trop avec son style. Ça, c'est un poème d'amour et Raoul Ardent était plutôt un homme assez strict qui n'écrivait que sur la foi et ses pratiques.

Effectivement, Mathilde a raison, ça n'a pas l'air de coller.

— Dis, il a vécu à quelle époque ? lui demandé-je.

— Je n'ai pas ses dates, répond-elle. Mais il a écrit un *Speculum Universale*, son encyclopédie de la foi chrétienne, entre 1193 et 1200. Ça te donne déjà une idée de l'époque.

Après un instant de réflexion, je lui réponds.

— Ça ne colle pas. Le poème parle de Tevelune et en 1200, la celle de Tevelune n'existait pas encore ou à peine.

— Tu veux me le faxer ? Je regarderai de plus près.

— Pas de problème, je vais demander à la bibliothécaire.

Je raccroche et me replonge dans la lecture du poème. C'est quand même un poème triste. On dirait que l'auteur est malheureux. Il court après un amour impossible, un amour qui semble s'éloigner à mesure qu'il approche. La dame de mérencolie montée sur son cheval blanc avance doucement, semant sur son passage des fleurs, des charmes, sourires et souffrances. N'est-elle pas cruelle, la dame de Tevelune ? Mon portable sonne de nouveau. C'est encore Mathilde.

— Dis Vincent, je n'avais pas fait attention, mais j'ai un autre Raoul dans le dictionnaire qui pourrait coller plus à ton auteur. Tu es sûr que c'est bien Raoul Ardent ?

— En tout cas, l'écriture est très lisible et je suis presque sûr que c'est ça. Comment s'appelle l'autre ?

— Raoul de Beauvais. Il vivait plus tard, au milieu du XIIIe siècle et il écrivait des pièces lyriques, plutôt des chansons d'amour. Ça colle beaucoup plus au style de ton poème, mais par contre, il n'était pas dans ta région. Je me demande comment il aurait pu connaître Tevelune. Ce n'était pas une abbaye célèbre.

— Oui, c'est étrange. Il y a un truc qui ne va pas. Bon, je vais t'envoyer le fax tout de suite, et on se rappelle un peu plus tard, d'accord ?

Madame Brossac a accepté sans difficulté d'envoyer mon fax. Ce poème m'intrigue. Des poèmes sur Tevelune, ça ne doit pas courir les rues. J'ai le pressentiment qu'il a un lien avec la Korrandine, mais je n'arrive pas à voir lequel. Tout s'embrouille. Je ne comprends plus rien. Je crois que je vais rentrer à Sourcarol et je réfléchirai à tout cela plus tard. De toute façon, je ne crois pas que je puisse y voir plus clair pour le moment.

Je remets le livre de Victor Hugo à sa place et je quitte la bibliothèque. Je passe la tête par la porte du bureau de Solange Brossac.

— Merci beaucoup. C'est très gentil de m'avoir prévenu.

— De rien, c'est tout naturel. À bientôt Vincent.

Je rejoins ma voiture et au moment de monter dedans, une question me vient à l'esprit. Je fais demi-tour et j'entre de nouveau.

— Ce n'est que moi. Ce livre de Victor Hugo est sacrément vieux. Comment est-il arrivé ici ?

— Oh, il faisait partie du lot qui a été offert à la bibliothèque par François Maselier, je crois !

— Ah bon ! Merci beaucoup.

Je cours vers la voiture. Ma mère avait raison de douter de ma ponctualité. Je vais être en retard pour le pot-au-feu.

Oh, tant que le portable passe encore, je vais rappeler Mathilde.

— Coucou, c'est Vincent. Tu as reçu le fax ?

— Tu parles. C'est un canular, ta grande trouvaille.

— Comment ça, un canular ?

— Ne cherche pas plus loin. À mon avis, il n'est ni de Raoul Ardent, ni de Raoul de Beauvais. Pour moi, il est au plus de la fin du XIXe siècle.

— Qu'est-ce qui te fait dire ça ?

— Deux choses. Tout d'abord, il y a un mot qui ne colle pas avec le Moyen Âge. Il est écrit *jusqu'à ces eaux lunaires et lymphatiques*. Or, « lymphatique » n'existait absolument pas à l'époque de Raoul Ardent. Le mot apparaît dans la langue française au XVIe siècle au sens de fou, délirant. Puis on le retrouve au début du XIXe au sens d'apathique, tel qu'il est utilisé ici. Ton poème n'est probablement pas plus vieux que cela. Et il y a un deuxième élément qui conforte cette idée. Tout le poème est écrit sans ponctuation. Or, sauf erreur de ma part, Guillaume Apollinaire est le premier à avoir supprimé la ponctuation dans ses œuvres.

Je suis abasourdi. Comment aurais-je pu trouver tout ça seul ?

— Mais alors, tu en conclus quoi ? demandé-je, abandonnant toute prétention à trouver seul une interprétation à ces mystères littéraires.

— À mon avis, ton poème a été écrit entre la moitié du XIXe et aujourd'hui. Les mots d'ancien français sont exacts. Ton poète a peut-être cherché un auteur du Moyen Âge susceptible de l'avoir écrit, mais je crois qu'il n'a pas cherché à faire un faux. Il voulait lui donner un style médiéval et la signature était une plaisanterie. La supercherie ne tient pas une seconde. Il n'est même pas besoin d'être un érudit pour faire une blague comme celle-là.

— Merci de me montrer à quel point je suis inculte ! dis-je en riant. Non, sérieusement, merci beaucoup pour tout ça. Encore une question, quel intérêt selon toi d'écrire un faux poème du Moyen Âge ?

Mathilde éclate de rire :

— Euh, moi je peux te donner des renseignements sur la langue ou la littérature, mais la psychologie ou la criminologie, c'est une autre crémerie. Tu m'en demandes un peu trop là. Bon, je te laisse parce qu'avec tout ça, je n'ai pas avancé du tout dans mon boulot aujourd'hui.

Je démarre et fonce enfin vers le pot-au-feu familial, avant que mon retard ne fasse tourner celui-ci en soupe à la grimace.

- 14 -

« Depuis un an que nous étudions ensemble, nous n'avons guère fait que des lectures sans ordre et presque au hasard, plus pour consulter votre goût que pour l'éclairer : d'ailleurs tant de trouble dans l'âme ne nous laissait guère de liberté d'esprit. Les yeux étaient mal fixés sur le livre ; la bouche en prononçait les mots ; l'attention manquait toujours ».

Jean Jacques Rousseau
La Nouvelle Héloïse

Ça a été. Je n'étais pas trop en retard. Maman m'a montré le journal de ce matin. Il y a un article, mais ils ne disent pas grand-chose. La gendarmerie n'a pas répondu aux questions des journalistes. L'article raconte qu'un très vieux squelette a été trouvé par un promeneur à Tevelune et qu'une enquête a été ouverte par le Parquet pour déterminer de quelle époque il date et éventuellement déterminer son identité. On peut difficilement en dire moins. Ma mère m'a dit que les gens n'en parlent pas tellement parce que tous les commérages tournent en ce moment autour de la femme d'un agriculteur de Sourcarol qui serait partie avec un ouvrier de Saint-Marcel. Je ne connais ni l'un ni l'autre et c'est très bien ainsi.

Je suis monté dans ma chambre après le café. J'ai besoin de faire le point. Il y a trop d'informations, je dois trier un peu tout ça pour y voir plus clair. D'abord, la Korrandine. Que sais-je d'elle ? Elle était enceinte ou avait un enfant à peine né. J'ignore comment elle est morte, mais c'était entre 1850 et 1950. Finalement, je n'en sais pas plus, mais cela élimine toutes les hypothèses concernant la celle de

Tevelune. Il y a ce poème signé Raoul Ardent qui aurait été écrit après 1850. En termes de calendrier, ça colle. Je continue à penser qu'il y a un lien. Je n'ai aucun élément concret pour dire ça, si ce n'est qu'il parle de Tevelune, mais je ne veux pas me priver d'une petite piste. Le livre de Victor Hugo sur lequel le poème était copié faisait partie d'un lot offert par François Maselier. Il faudrait que je trouve à qui appartenait ce livre. Je pourrais aller voir le généreux donateur pour lui parler des ponnes et de son livre, et dans la conversation, je lui demanderais à qui appartenait le livre de Victor Hugo. De toute façon, en l'état actuel, je ne vois pas ce que je pourrais faire d'autre. Tiens si, il y a autre chose que je pourrais chercher. Je pourrais retourner à la bibliothèque et feuilleter les autres livres offerts par François Maselier pour voir si je trouve d'autres poèmes ou des indications qui pourraient m'éclairer.

Je sors la photocopie du poème pour le relire. Il est beau ce poème, je trouve. Qu'importe celui qui l'a écrit et quand il l'a fait, il y a une musique mélancolique qui me plaît beaucoup. Il me suffirait de remplacer Tevelune par Vorinde et je pourrais être ce chevalier de Malenconie qui va là où personne ne l'attend pour y quérir le sourire de l'absente à Vorinde-la-blanche. Il y a dans cette histoire comme un parfum d'Aurélie qui exhale de chaque instant, de chaque élément qui vient compléter le puzzle. C'est peut-être pour cela que cette histoire m'intrigue, m'attire. Je recherche Aurélie et ce qu'elle est devenue au travers de la Korrandine. Après tout, Vorinde et Tevelune ne sont pas si loin, étymologiquement. Mathilde m'en a expliqué l'origine. Lorsque j'ai découvert qu'elle avait tous les dictionnaires pour retrouver la signification des noms de lieux, je n'ai pas arrêté de lui en demander de nouveaux. Pour Vorinde, c'est assez simple. Le gaulois *uo* qui a donné *vo* signifie « sous » et *renos*, la « rivière » a donné *rin*, comme elle a donné son nom au fleuve, le Rhin. Vorinde veut donc dire la rivière souterraine. Ce n'est pas très loin des eaux calmes de Tevelune. Comment ne pas imaginer alors qu'à Vorinde aussi il puisse y avoir une Korrandine belle à faire mourir un petit Français fou d'amour ? Ça me plairait de découvrir que la Korrandine de Tevelune s'appelle Aurélie. Ce serait un joli symbole, mais c'est peu probable. Je n'ai pas cherché, mais j'imagine qu'Aurélie n'était pas un prénom en usage à cette époque-là. Tiens, c'est une question que je ne me suis jamais posée. Comment pouvait bien s'appeler la Korrandine ? Un prénom qui finit par « ine » serait bien adapté pour une Korrandine. Marcelline, par exemple. Bof, je n'aime pas trop. Marcelline ! Où suis-je allé chercher ce prénom ? Je ne connais personne qui le porte et c'est pourtant le premier qui m'est venu. Je regarde de nouveau la photocopie du poème. Bon sang, je suis stupide ! Là, en haut à droite, d'une écriture soigneuse formée de pleins et de déliés, quelqu'un a écrit ce prénom : Marcelline. J'ai déjà vu cela sur les livres de ma grand-mère ou les livres d'enfant de ma mère. Elles écrivaient leur nom à l'intérieur de leur livre, comme pour s'assurer que si par hasard elles l'égaraient, on saurait à qui le rapporter. Marcelline est probablement le prénom de la propriétaire du recueil de Victor Hugo. En revanche, si elle a écrit elle-même son prénom, ce n'est pas elle qui a écrit le poème signé Raoul Ardent. Là, je pencherais plutôt pour une écriture masculine. Aurais-je trouvé la Korrandine et son amant ? Il faut que j'en sache plus sur cette Marcelline. Je vais aller voir François Maselier.

Je lui ai téléphoné. Il semblait content que je veuille lui parler de son livre sur les ponnes. Je lui ai expliqué que je l'avais vu à la bibliothèque de Montdunon et que depuis mon plus jeune âge, quand j'avais fait cet exposé au collège, je m'intéresse à ce sujet. J'y suis allé à pied, en passant par le chemin qui longe la fabrique et le lavoir, en contrebas du bourg de Sourcarol. J'aime beaucoup cette promenade. Si je n'avais pas été si pressé d'aller chez François Maselier, j'aurais sans doute fait un détour vers l'ancien four à chaux et je serais rentré dans le vieux wagon abandonné juste à côté, comme je le faisais lorsque j'étais enfant. Mais la curiosité était trop forte et je brûlais d'en savoir plus sur cette Marcelline alors je ne me suis pas attardé. C'est une maison ancienne, aux murs épais couverts de vigne vierge sous un toit de tuiles rouges comme presque toutes les maisons par ici. Tout est impeccablement entretenu. J'imagine qu'il a recours à des aides extérieures, car je vois mal le vieux monsieur qui m'accueille s'occuper du jardin et des menus travaux tout seul. Il est absolument charmant avec moi et commence par me dire qu'il se souvient très bien de moi lorsque, enfant, je chantais au monument aux morts pour les cérémonies officielles. Je lui souris et lui dis que je me souviens aussi de lui et qu'il me rappelle un peu mon grand-père qui était si attaché à ces symboles, à la transmission du souvenir aux jeunes générations.

Nous en venons à parler des ponnes et de son livre. Monsieur Maselier est impressionnant. Il a une mémoire sans faille et me raconte l'histoire de cette industrie. Il la fait remonter aux Gallo-Romains qui utilisaient des *dolia* ressemblant beaucoup aux ponnes pour recueillir l'huile et le vin des pressoirs. Selon lui, la fabrication des ponnes dans leur forme plus moderne et artisanale remonte à plus de deux siècles et on en trouve des traces bien avant la révolution.

Les ponnes sont de grands récipients de terre cuite, des cuviers aux flancs évasés, dans lesquels on faisait autrefois la grande lessive, la bugée en patois. Toute l'année, on lavait le linge au lavoir, mais de temps à autre, il fallait faire blanchir le linge, notamment les draps. La bugée était un grand événement, aussi important ou presque que le jour où l'on tuait le cochon. Toutes les femmes du village se rassemblaient. Le linge était d'abord essangé, c'est-à-dire lavé à la fontaine. Puis démarrait la bugée proprement dite. La ponne était posée en hauteur et le linge y était rangé par couches posées sur un grand sac de cendres. À côté, on faisait bouillir de l'eau dans un chaudron et on versait cette eau bouillante sur le linge. Mes souvenirs d'enfant me trahissent. J'étais persuadé que la ponne était posée sur un socle et qu'on allumait un feu directement dessous pour y faire bouillir l'eau. Cette remarque fait beaucoup rire François Maselier.

— La vie à Paris t'a fait perdre ton bon sens. Si tu mets du feu directement sur un récipient en terre cuite, il ne va pas durer très longtemps.

Il a raison, c'est évident. Je rougis de la naïveté de ma remarque.

Il continue son explication.

On versait donc l'eau bouillante sur le linge. L'eau s'infiltrait à travers le linge et les cendres jusqu'au fond de la ponne et s'écoulait par la trutte, une bonde à laquelle était raccordée une gouttière de bois qui reliait la ponne au chaudron. L'eau chargée de cendre recueillie alors était appelée la lessie et c'était elle qui blanchissait le linge. Après de nombreux passages qui pouvaient durer des heures, on bouchait la trutte et on versait l'eau bouillante sur le linge qui trempait ainsi pendant dix minutes. On ouvrait la trutte pour faire bouillir de nouveau la lessie, et on recommençait une demi-douzaine de fois. Puis le linge était emmené de nouveau à la fontaine où il était rincé avant d'être étendu dans les champs, à même l'herbe, pour y sécher et prendre les parfums de la nature. Le soir de la bugée, les hommes rejoignaient les femmes et les enfants pour une veillée de fête.

On vient de frapper à la porte. Je reconnais la femme qui vient d'entrer. C'est madame Bouchot, la mère d'un de mes anciens copains d'école. Elle est employée par l'association d'aide à domicile en milieu rural. C'est pratique pour les personnes âgées. Elle vient quelques heures par semaine pour faire le ménage et cela permet aux personnes seules de continuer à vivre chez elles. Je la salue et lui demande comment va son fils. Elle me regarde, un peu étonnée. Visiblement, elle ne me reconnaît pas. Je me présente et elle me sourit. Son fils va bien. Il est marié et papa d'une petite Océane qui est très jolie, mais que sa grand-mère ne voit pas assez. C'est effroyable ! Je ne peux pas demander des nouvelles de quelqu'un sans qu'on m'inonde de bonheur familial à la mords-moi-le… L'heureux papa habite à Poitiers avec sa famille idéale et il travaille dans une imprimerie. Il revient souvent donner un coup de main à son père à la ferme, pour les gros coups comme les foins ou les moissons, mais il n'a pas voulu reprendre le métier. Son père est déçu bien sûr, mais il pense aussi que ce n'est pas une vie pour les jeunes que de prendre la succession de leurs parents à la ferme. Aujourd'hui, on ne gagne plus guère sa vie dans ce métier-là ou alors il faut avoir des fermes immenses comme dans la Beauce.

François Maselier acquiesce. À Paris, ils n'arrêtent pas de se plaindre des problèmes dans les banlieues, mais ils font tout pour que les jeunes ne puissent plus vivre à la campagne. Pourtant on y vivrait bien mieux si on pouvait y gagner sa vie et les grandes villes sont pleines de gens qui rêvent de pouvoir retourner vivre dans leurs petites communes. Je souris. Après tout, ils n'ont pas tort. Madame Bouchot nous laisse pour aller faire son ménage parce qu'après, elle doit aller chez la mère Thomas et si elle est en retard, elle n'a pas fini de l'entendre celle-là.

Après ce petit intermède, nous reprenons notre conversation sur les ponnes et François Maselier se lance dans la description de la fabrication d'une ponne. Sourcarol était la capitale de la ponne. On la fabriquait à partir de l'argile que l'on trouve dans le sol de la région. Mais le secret de la couleur gris fonte de cette poterie a été si bien gardé par les maîtres potiers qu'il a aujourd'hui totalement disparu. Les ouvriers façonnaient d'abord la ponne dans les ateliers, puis les faisaient sécher. Les ponniers les amenaient ensuite au four de la Fabrique. Le four, qui est toujours debout aujourd'hui, est un long cône couché. On plaçait les ponnes soigneusement rangées dans l'extrémité la plus large que l'on fermait hermétiquement et on allumait le feu par une petite ouverture dans la pointe du cône. La chaleur et les fumées ainsi dégagées se répandaient dans tout le four et cuisaient les ponnes en une quinzaine d'heures. On reconnaissait ensuite les ponnes des différents fabricants par les dessins caractéristiques de chaque ouvrier gravés sur l'argile avant la cuisson. Il existait plusieurs tailles de ponnes et chacune avait un nom particulier. La plus répandue et la reine de toutes était la ponne, qui pouvait contenir trois cents litres. Puis venaient de plus petits modèles, le ponon de cent cinquante ou cent litres ou encore le ponuchon de soixante-dix litres.

— Il me semble avoir entendu dire que le four allait être rénové. On va y refaire des ponnes ? demandé-je.

François Maselier ne sait pas trop quel est le projet, mais le nouveau conseiller général voudrait développer le tourisme. On pourrait faire visiter le four et créer une sorte de musée de la poterie puisque à

Sourcarol, autrefois, on faisait non seulement des ponnes mais aussi des pots à mogettes et beaucoup d'autres objets utilitaires. Il y a un four encore en état dans une maison particulière sur la place de la bascule.

Je me souviens de ce four. La propriétaire me l'avait montré lorsque je préparais mon exposé sur les ponnes. On y accède par une petite ruelle qui donne sur la place. Cette place était importante autrefois. Les paysans amenaient leur chargement sur la bascule pour le peser avant de le vendre. Le blé ou le maïs se vendent au quintal et il faut en connaître le poids pour le négocier. Je profite de cet aparté pour tenter d'amener la conversation sur sa famille.

— Les familles qui fabriquaient les ponnes devaient être très importantes dans la commune à la grande époque, non ?

Les familles ponnières formaient une sorte de caste, au sein desquelles se transmettait le savoir-faire ancestral qui leur assurait un revenu largement supérieur à la moyenne du village. Il n'était pas rare que les fils reprennent l'activité de leur père, et que les filles se marient avec un fils de ponnier pour arranger les affaires de la famille. Après la fabrication, certaines étaient vendues dans la région, mais la plupart partaient par chariots vers les départements voisins pour y être vendues. L'industrie faisait donc vivre de nombreuses familles. Les dernières ponnes ont été fabriquées peu avant la Première Guerre mondiale puis tout cela a disparu lorsque les hommes ont été appelés au front.

Je me décide à être un peu plus direct. Je voudrais qu'il en vienne à me parler de sa famille à lui, pour savoir qui est cette Marcelline qui a laissé son nom sur le livre de Victor Hugo.

— Monsieur Maselier, votre famille était très impliquée dans la fabrication des ponnes d'après ce que j'ai pu lire.

— Oui, mes ancêtres étaient ponniers de père en fils et mon père fut un des derniers à apprendre le métier. Beaucoup de familles travaillaient de près ou de loin grâce aux ponnes mais il y avait trois familles qui avaient principalement accès au four, dont la mienne.

— Tout le monde y travaillait ?

— La plupart des hommes, oui ! Les femmes quant à elles ne participaient que de façon marginale, pour la décoration des ponnes avant la cuisson. La plupart du temps, elles s'occupaient des commandes et de la maison.

— Oh ! Mais j'y pense, j'ai vu un très vieux livre à la bibliothèque qui appartenait à votre famille, je crois. C'est un recueil de Victor Hugo. Sur la première page, il y a un prénom : Marcelline. C'était quelqu'un de votre famille, j'imagine.

J'ai peut-être poussé un peu fort, car François Maselier marque un silence, comme si ma question le surprenait.

— C'était effectivement une de mes tantes. Je ne l'ai jamais connue. Beaucoup des livres que j'ai donnés à la bibliothèque étaient à elle…

Je sens comme une réticence chez mon interlocuteur. J'ai peur de l'avoir gêné et de ne pas pouvoir en savoir plus.

En forme d'excuse, je risque :

— Oh ! Pardonnez-moi, j'ai peut-être été indiscret. Je suis désolé !

François Maselier sourit et garde le silence quelques instants. Puis il dit :

— Non, ne t'excuse pas. C'est une vieille histoire dans la famille, mais c'est encore plus vieux que moi. Ma tante Marcelline était… comment dire… Aujourd'hui, on la regarderait comme une intellectuelle et on serait fier de sa culture, mais à l'époque, ce n'était pas le cas. Elle ne s'intéressait pas aux affaires de la famille. La seule chose qui la passionnait était la lecture.

— Je vois. Ça ne devait pas plaire au reste de la famille !

— Mon grand-père avait pensé la marier avec le fils d'un autre ponnier important. Ça devait être à la toute fin du siècle dernier, je crois, et les ponnes commençaient à moins se vendre. Le mariage aurait permis de limiter la concurrence et d'augmenter le nombre de clients. Mais au lieu de faire comme mon grand-père le souhaitait et d'apprendre à s'occuper des commandes avec ma grand-mère, elle partait dans la nature pour lire, sans cesse.

— Mais comment faisait-elle ? Il n'y avait pas encore de bibliothèque dans le canton, j'imagine.

— Elle avait trouvé une astuce pour se procurer de nouveaux livres. Il y avait un jeune roulier, un employé au transport des ponnes vers les marchés, fils d'un paysan de Saint-Marcel, qui aimait aussi beaucoup lire. Mais il n'avait pas assez d'argent pour s'acheter des livres. Ma tante et lui s'entendaient à merveille. Il profitait de ses voyages à Oradour-sur-Glane ou à Civray pour acheter des livres après avoir livré les ponnes. Ma tante lui donnait l'argent nécessaire et tous deux pouvaient lire comme ils le souhaitaient.

— Une alliance de circonstance en quelque sorte.

— Pas seulement si j'ose dire, me répond François Maselier en souriant. Un jour, ma tante est tombée enceinte du roulier. Mon grand-père est entré dans une rage folle. Lorsque l'enfant est né, il les a chassés de la maison, elle et son bébé, parce qu'ils jetaient le déshonneur sur la famille.

— Oh mon Dieu ! Et où est-elle allée ?

— On ne l'a jamais su !

Je marque un silence. En quelques phrases, François Maselier vient sans doute sans le savoir de me livrer le secret de la Korrandine. Ce ne peut être qu'elle ! Je hasarde une nouvelle question.

— Votre tante allait-elle à Tevelune ?

François Maselier me sourit.

— Je ne sais pas. J'imagine que oui. À cette époque-là, la ferme de Tevelune, celle de ton oncle, appartenait à ma famille parce que mon grand-père voulait assurer l'avenir de la famille, au cas où la ponne ne marcherait plus, en achetant des terres à mettre en fermage.

Je brûle d'envie de dire à François Maselier que je sais ce qu'est devenue sa tante, que je l'ai retrouvée avec son cousin. Mais si je me trompais. Non, je ne peux pas me contenter de quelques conjectures. Je dois réfléchir et être sûr de moi. Je suis ému. Je ne suis pas venu pour rien. Il faut que je me sauve maintenant. Je veux pouvoir réfléchir à tout cela.

— Je vous remercie beaucoup, Monsieur Maselier. Cela a été un véritable plaisir de parler de tout cela avec vous. Je vais essayer d'acheter votre livre. Savez-vous s'il est encore en vente à Montdunon ?

Le vieux monsieur me sourit, se lève pour aller dans la pièce à côté et revient avec l'ouvrage à la main.

— Je te l'offre. Non non, ne dis rien. Ça me fait plaisir de voir un enfant de Sourcarol qui s'intéresse à cette histoire.

Il s'assied et se met à écrire quelques mots sur la première page, là où sur le livre de Victor Hugo, Marcelline a un jour écrit son nom. Puis il me tend son ouvrage. Je l'ouvre pour lire ce qu'il a écrit : « *À Vincent Beaufils, un enfant du pays qui a compris que notre vie est comme un arbre. Elle sera d'autant plus belle et vigoureuse que ses racines seront intactes et fortes. François Maselier.* » Cette dédicace me touche beaucoup. Je prends congé en le remerciant chaleureusement pour son accueil.

La nuit tombe vite à cette saison et déjà l'horizon vire à l'orange. Je reprends ma route par le chemin qui mène à la fabrique. Il est trop tard pour que je fasse ce petit détour vers le four à chaux. Je marche doucement, humant l'air frais de l'hiver sourcarolais. J'imagine Marcelline, la Korrandine de Tevelune, rentrant chez elle après avoir marché des heures dans la campagne, le nez plongé dans le recueil de poèmes de Victor Hugo. Marcelline rêve, comme toujours, loin du travail pénible de la fabrique. Tout à l'heure, elle arrivera près du four. On a commencé à ranger soigneusement les ponnes les unes auprès des autres et les plus petites ont été calées dans les grandes. Ce soir, tout sera prêt et demain matin, vers cinq heures, il n'y aura plus qu'à fermer hermétiquement le four et allumer le feu avec des fagots de bois secs ramassés à cet effet, puis avec le bois de châtaignier solide et dur que les ouvriers transporteront depuis chez Baret dans une brouette. En fin d'après-midi, on apportera des fagots de bois verts dont son père détient le secret et qui brûleront en dégageant une fumée noire et odorante dans laquelle la cuisson s'achèvera. Beaucoup pensent que ce sont ces branchages qui par leur fumée particulière donnent la couleur fonte caractéristique des ponnes de Sourcarol. Marcelline sourit. Elle-même n'en sait absolument rien, mais en fait, elle s'en moque. Ce qui lui importe, c'est que le lendemain matin, au petit jour, on jettera deux seaux d'eau sur les restes du brasier. Puis on ouvrira le four. Alors, on attendra midi et quand les ponnes auront refroidi, on vérifiera qu'elles ont bien résisté à la cuisson et on les montera sur le chariot. Dans deux jours, le roulier s'en ira à Oradour-sur-Glane pour vendre son chargement. Si tout va bien, dans une semaine il sera de retour avec de nouveaux livres qui seront arrivés de Limoges. Ce n'est qu'alors qu'elle lui parlera. Il est important qu'ils parlent. Son père n'a jamais apprécié leur amitié. Était-ce parce qu'ils partageaient leur amour pour la littérature ou parce qu'il ne fait pas partie des familles de ponniers ? Elle n'en sait trop rien, sans doute un peu les deux, mais elle sait que son père voit cette relation d'un mauvais œil. Et puis il y a l'autre. Son père ne lui en a jamais parlé ouvertement, mais elle a bien compris ce qu'il avait en tête. Il ne cesse de lui vanter les qualités de travailleur du fils de l'autre famille de ponniers. C'est un joli garçon, c'est vrai, et il est courageux. Mais il n'entend rien à la littérature, à la poésie. Elle a fait des efforts et elle a essayé de parler avec lui. Elle lui a parlé de l'amour qu'elle ressent pour la forêt de chez Baret, de l'atmosphère magique qui y règne lorsque la nuit tombe et qu'une autre faune semble s'éveiller à la vie. Il n'a pas su lui parler d'autre chose que de la qualité des châtaigniers de chez Baret qui est bien meilleure qu'à Logres parce que ce n'est pas le même sol. Lorsqu'elle lui a parlé de ses promenades vers le moulin brûlé, son œil a brillé enfin, mais c'était pour lui dire qu'il y avait par là-bas des gisements d'argile qu'il voudrait bien acheter parce que c'était beaucoup trop onéreux de l'acquérir au prix du tombereau. Non, décidément, elle ne peut pas imaginer se marier avec un homme aussi terre à terre. Le jeune roulier est peut-être d'une famille beaucoup plus modeste, mais au moins il sait goûter le plaisir des mots qui chantent la vie. Elle pourrait passer des heures à parler poésie avec lui, assis au bord de l'eau à la fontaine de Tevelune. C'est là-bas qu'elle lui parlera. Il doit savoir qu'ils ont fait une bêtise. Il faut vite trouver une solution. Cet enfant qu'elle porte ne doit pas naître sans père. Il doit demander sa main et l'épouser. Marcelline est inquiète. Et si son père refusait. La famille du jeune roulier ne devrait pas y voir d'objections, au contraire. Mais son père à elle, comment réagira-t-il ?

Il n'a pas bien réagi, forcément. Il a mis le roulier à la porte et lui a interdit de remettre les pieds à la maison. Marcelline était désespérée. Pour être sûr qu'elle reviendrait à la raison, son père l'a enfermée dans sa chambre. Finies les balades en forêt, les promenades dans les chemins de Sourcarol, les moments de quiétude à lire au bord de la fontaine de Tevelune. Plusieurs fois, son père est venu pour la convaincre d'accepter d'épouser le fils du ponnier. C'était un beau mariage pour elle. Que pouvait-elle espérer de mieux ? Ce n'était tout de même pas avec ce vaurien de roulier qui n'avait même pas su la respecter qu'elle pouvait avoir une vie honnête dont la famille pourrait être fière. Mais Marcelline était têtue. Elle ne voulait pas de ce mariage et préférait le déshonneur à un mariage avec quelqu'un qui ne pouvait pas la comprendre. Son père hurlait, tempêtait, mais rien n'y faisait. Elle n'en démordait pas. Ses frères et sœurs restaient silencieux. Ils priaient pour qu'elle change d'avis et que la paix revienne dans la maison. Puis un jour, plus tôt qu'elle ne le pensait, son enfant est né. Son père était furieux. Sa mère était en pleurs. Son père hurla encore plus fort que d'habitude. « Il n'y aura pas de bâtard chez moi. Tu n'as pas voulu m'entendre, alors tu n'es plus ma fille. Quitte cette maison immédiatement avec ton bâtard et ne reviens plus jamais. Pour moi, tu n'existes plus, tu n'as jamais existé. »

Bâtard ! Bâtard ! Ce mot affreux résonnait sans fin dans la tête de Marcelline tandis qu'elle marchait sans but dans la campagne sourcarolaise. Elle serrait amoureusement contre son sein cet enfant dont le souffle chaud sentait bon le bébé dormant. « C'est un enfant de l'amour, pas un bâtard ! » pensait-elle rageusement. Ce mot, le mot de trop, venait de couper les derniers liens. Elle quittait sans regret cette famille qui la rejetait désormais. Mais elle ne savait pas trop où aller et la fatigue de l'accouchement ne lui permettait pas un trop long voyage. Naturellement, elle s'est dirigée vers son refuge, la fontaine de Tevelune, pour y passer la nuit. Et c'est là que…

Oui, c'est là que je sèche ! Comment est-elle morte ? Le roulier n'avait pas de raison de la tuer, même par accident. Ce ne peut être que quelqu'un d'autre. Mais alors qui ? Pourquoi ? Comment ? Et dans tout ça, j'en ai oublié l'auteur du poème. Était-ce le fameux roulier ? Il a probablement eu le livre de Victor Hugo entre les mains et il a pu en profiter pour y écrire le poème. Il a pensé que cette façon de déclarer sa flamme plairait à sa belle. Mais en ce cas, pourquoi ne pas le signer lui-même ? Un goût particulier pour le mystère ? C'est étrange, ça ne ressemble pas à l'image que je pourrais avoir de lui. Si je me fie à ce que m'a dit François Maselier, j'imagine plutôt un fils de paysan qui s'est passionné pour la lecture pour plaire à la belle Marcelline, mais je ne le vois pas capable d'écrire des poèmes aussi recherchés. Et pour aller trouver Raoul Ardent, utiliser des mots de vieux français comme *mérancolie*, *haquenée* ou *malemort*, il faut avoir lu un minimum, n'en déplaise à Mathilde.

Non, décidément ça ne colle pas avec un fils de paysan de la fin du XIXe siècle qui a à peine connu l'école. Il doit y avoir quelqu'un d'autre, quelqu'un qui a écrit le poème signé Raoul Ardent et qui est peut-être pour quelque chose dans la mort de Marcelline la Korrandine. Demain, je retournerai à la bibliothèque jeter un œil aux autres livres de Marcelline. J'y trouverai peut-être quelque chose qui me guidera vers mon mystérieux poète.

Je ne vois plus grand-chose à présent. Le bâtiment qui abrite le vieux four à ponnes n'est plus qu'une masse sombre derrière une ferme. Tiens, je pourrais aussi venir le voir en plein jour. Je trouverai bien quelqu'un qui m'en permettra l'accès. Cela ne m'avancera guère pour mon enquête, mais cela me plairait de revoir le four après tant d'années. Ma mémoire d'enfant a déformé tant de choses, le four n'a peut-être pas grand-chose à voir avec mes souvenirs.

J'ai froid maintenant. Il est temps de rentrer. Je suis tout de même content de ma journée. Mine de rien, j'ai sacrément avancé. Je me sens l'âme d'un Hercule Poirot sourcarolais. Finalement, j'ai presque peur de trouver la vérité, de ne plus avoir autre chose qu'Aurélie à penser.

- 15 -

« Ne jamais la voir ni l'entendre,
Ne jamais tout haut la nommer,
Mais, fidèle, toujours l'attendre,
Toujours l'aimer.

Ouvrir les bras et, las d'attendre,
Sur le néant les refermer,
Mais encor, toujours les lui tendre,
Toujours l'aimer. »

Sully Prudhomme
Soupir – *Les solitudes*

Soirée ordinaire. Après la soupe de pot-au-feu, mon père a fait griller quelques sardines sur la braise de la cheminée avec du gros sel. Quelques pommes de terre sautées sont venues accompagner ce repas modeste, comme je les aime. Une petite salade verte avec un bout de fromage normand, un livarot bien fait, et j'ai quitté la table, repu et heureux. C'est ça que j'aime à Sourcarol, ces repas simples qui rendent heureux. Et dire que je pensais en venant ici que je ne pourrais probablement pas retrouver l'appétit. Je n'ai pas oublié Aurélie et encore moins son absence, mais j'apprends à vivre sans elle. Ou plutôt je réapprends, comme un accidenté à qui il faut des semaines d'exercices douloureux avant de retrouver un peu de sa motricité perdue. Elle a mis « mon cœur à feu et à sang pour qu'il ne puisse plus servir à personne », chantait Brassens dans *Une jolie fleur*.

C'était pourtant si bien entre elle et moi. Après le week-end de notre première rencontre, nous n'avons cessé de nous voir. Très rapidement, j'ai connu Noémie et Aglaé. Ce sont deux petits anges adorables. Noémie était un peu déstabilisée par le départ de son père. À trois ans, il est des choses qu'on a du mal à comprendre. Mais elle avait rencontré Lydie, la nouvelle compagne de Nicolas, et le courant était bien passé. Au début, Aurélie a eu beaucoup de mal à entendre sa fille lui raconter ce qu'elle avait fait avec son papa le week-end, tous ces petits moments dont elle était désormais exclue. Le divorce ne sépare pas seulement les êtres, mais aussi les petits bonheurs quotidiens. À chacun son petit bonheur, chacun son tour ! Puis peu à peu, elle s'était habituée à l'idée que s'ils n'avaient pas su réussir leur mariage, ils devaient au moins réussir leur divorce, pour le bien-être de leurs filles. Aglaé était encore trop petite pour avoir conscience de tout cela. Un jour, Aurélie m'a rapporté les propos d'une amie : « C'est agréable de te voir comme ça. Depuis que tu connais Vincent, tu souris de nouveau. Tu es méconnaissable et même Noémie semble mieux dans sa peau. » Ces quelques mots, c'était comme quelque chose de chaud et doux qui coulait sous ma peau. J'étais heureux.

Nous formions une très belle petite famille. Nous vivions des petits bonheurs ordinaires, comme quelques sardines grillées, un sourire de la femme aimée ou un câlin de votre enfant, le soir, quand il est l'heure d'aller au lit parce que demain, il y a école.

Les semaines ont passé et chaque week-end était l'occasion d'une nouvelle rencontre. Aurélie venait en France et nous nous lovions sur le canapé en écoutant de la musique ou nous lisions simplement, goûtant le plaisir d'être ensemble. Nous repassions en boucle toutes ces chansons qui nous parlaient de nous, de ce que nous ressentions. Il nous semblait que tous les chanteurs, tous les auteurs s'étaient inspirés de nous, de notre histoire, de ce que nous vivions ensemble. Lorsque le temps s'y prêtait, nous allions nous promener main dans la main au bord du lac ou dans les chemins creux près de chez moi. Tout nous émerveillait. La moindre fleur dégageait un parfum insoupçonné, frais et délicat et j'embrassais tendrement Aurélie parce qu'elle était la plus belle des fleurs. Un lapin détalait devant nous et Aurélie me serrait le bras en suivant du doigt sa fuite dans les buissons, comme si nous étions les témoins d'un moment exceptionnel. Une cane glissait sur l'eau suivie d'une troupe de canetons affamés et Aurélie s'approchait sans bruit. Elle s'asseyait sur ses talons et contemplait le spectacle. « Quel dommage que les filles ne soient pas là ! » me glissait-elle à l'oreille. Puis elle ajoutait : « Je veux un enfant de toi. » Je la serrais longuement contre moi, comme pour figer cet instant, ne pas laisser ce bonheur nous échapper. Elle posait la tête sur mon épaule et regardait les canards s'éloigner sans bruit, presque sans faire un mouvement.

Parfois, les filles étaient avec elle. Nous allions en famille vers Paris. Nous grimpions alors dans la grande roue qui avait été installée pour l'an 2000, place de la Concorde, pour voir d'en haut les lumières de ville. Noémie se serrait fortement contre les jambes de sa mère. Moi qui déteste les villes, je trouvais à Paris un charme fou dans les yeux d'Aurélie. Doucement, nous redescendions et nous allions marcher sur les bords de la Seine. Là, nous montions sur un bateau-mouche. Notre-Dame de Paris avait un grand succès auprès de Noémie qui tendait le cou pour apercevoir Quasimodo passer la tête dans une ouverture du clocher ou la belle Esméralda danser quelque part sur le parvis, au milieu des caricaturistes et des touristes. Je la faisais marcher en affirmant que j'avais vu Quasimodo apparaître pour donner à manger aux pigeons. Puis nous approchions de la tour Eiffel. Noémie n'avait pas assez d'yeux devant l'immensité du monument qu'elle n'avait vu qu'en photo, dans un livre en classe. Soudain, elle apercevait le carrousel aux pieds de la tour et le monument perdait alors beaucoup de son intérêt. Tout le monde montait sur les immenses chevaux de bois tandis que m'échoyait la délicate mission de prendre des photos. La nuit commençait à tomber. Nous retournions alors vers la voiture pour remonter au pas les Champs-Élysées inondés par les illuminations de Noël. « Le week-end prochain, il faudrait qu'on aille à Bruxelles », disait Aurélie, « c'est très beau aussi pour Noël. »

Régulièrement, c'était mon tour de faire le chemin vers la Belgique.

Lorsque j'arrivais, les enfants étaient souvent déjà au lit, et nous pouvions nous asseoir pour boire une bière d'abbaye ensemble, nous raconter les mille choses dont nous n'avions pas pu parler pendant la semaine. Le lendemain, nous allions fêter un anniversaire avec des amis ou bien la venue de saint Nicolas était annoncée à Vorinde. Je découvrais cette fête et Noémie était tout heureuse de me raconter comment saint Nicolas venait donner des jouets et des friandises aux enfants sages tandis que le père Fouettard se chargeait de donner une correction aux enfants terribles. Nous nous rendions dans les rues de Vorinde et le cortège passait devant nous. Noémie n'était pas très rassurée par les clowns de toutes les couleurs qui dansaient à perdre haleine et jetaient en passant des pleines poignées de confettis. Aglaé, toujours aussi calme, ouvrait de grands yeux et paraissait absorbée par le spectacle. Puis suivait la fanfare. Elle emplissait la rue de toutes sortes de musique de fêtes. Il ne manquait que des Gilles ou des Chinels pour donner au défilé un air typiquement belge. Ça, c'est un spectacle que j'aurais aimé voir. Les Chinels, ce sont des bossus qui dansent pour le carnaval dans la région. Leur histoire est digne des Korrandons. Cela se passait au temps où l'on croyait encore aux fées. Il y avait un bossu que tout le monde aimait dans le village. Il était adorable et serviable. Son infirmité lui pesait bien sûr, mais il vivait en harmonie avec les autres habitants. Chaque jour, il partait de maison en maison pour vendre divers objets. Il était colporteur. Un soir qu'il avait beaucoup travaillé, il rentra plus tard que de coutume et dut traverser la forêt. Soudain, au détour d'une clairière, il tomba sur une scène extraordinaire. Des centaines de fées étaient rassemblées là pour le sabbat. Il en était abasourdi. L'une des fées l'aperçut et lui fit signe de s'approcher. Les autres le regardaient et chuchotaient. Il était blême de peur. Qu'allait-il lui arriver, lui qui venait d'assister à une scène à laquelle il n'était pas convié ? Il voulut bredouiller quelques mots d'excuse, mais aucun son ne sortait de sa bouche sauf quelques gargouillements incompréhensibles. La fée qui l'avait appelé lui adressa un sourire. « N'aie pas peur. Chaque jour, tu es bon et serviable avec tes proches. Tu n'as rien à craindre de nous. Au contraire, nous voulons te récompenser pour ta gentillesse ! » Elle leva sa baguette magique et prononça une formule qu'il ne comprit pas. Il lui semblait que des milliers d'étoiles s'étaient mises à tourbillonner autour de lui. Il sentit son corps se soulever dans les airs tandis qu'un courant d'air chaud l'enveloppait. L'atmosphère était emplie de coton et il ne voyait plus qu'un nuage autour de lui. Doucement, ses pieds retrouvèrent le contact avec le sol et la brume se dissipa comme par enchantement. Il était de nouveau seul dans la forêt. Il n'y avait plus la moindre trace des fées qui étaient pourtant là par centaines un instant plus tôt. Il se frotta les yeux et se dit qu'avec toute la fatigue de sa longue journée, il avait dû rêver. Il se sentait léger, fort et heureux. Peu à peu, il prit conscience qu'il avait quelque chose de changé. Il passa la main dans son dos et découvrit le miracle. Sa bosse avait disparu. Il cria sa joie, remercia les arbres et la nature dans l'espoir que quelque fée l'y entendrait. Puis il se mit en route pour le village. Le lendemain, la nouvelle se répandit comme une traînée de poudre. On ne parlait plus que de la rencontre du gentil bossu avec les fées. À l'autre bout du village, il y en avait un autre. Celui-là était fort différent. Sa bosse l'avait aigri. Il passait son temps à jouer des tours aux autres pour le plaisir de faire de la peine. Il détestait ceux qui le côtoyaient. Il courut voir si ce qu'il avait entendu était vrai et, voyant qu'on ne lui avait pas menti, rentra chez lui jusqu'au soir pour ruminer sa haine. À la nuit tombée, il sortit furtivement et on le vit se glisser vers les bois où se tenait le sabbat des fées. Mal lui en avait pris. Plusieurs habitants attendirent son retour pour voir si le miracle s'était reproduit. Lorsqu'il revint au village, il n'avait plus une bosse, mais deux, une dans le dos et une sur la poitrine. Ravis, les habitants se moquèrent de lui. Au carnaval qui eut lieu quelques jours plus tard, le double bossu fut la risée de tout le monde, et il défila sous les quolibets de la foule. C'est ainsi que serait né le Chinel, le roi du carnaval. Depuis lors, les hommes s'habillent d'une tunique de velours et de satin vert et rouge, rose et mauve ou noir et jaune, sur laquelle ils ont confectionné deux bosses. Celle du devant est courbée vers le bas et celle de derrière est courbée vers le haut. Les Chinels portent un bicorne et un sabre. Ils dansent dans la rue et se livrent à mille facéties. Tantôt, ils honorent les dames en leur caressant les mollets du bout de leur sabre de bois. C'est le « sabrage des filles ». Tantôt ils font sauter la pipe ou le cigare des messieurs de la pointe de leur bosse arrière en se retournant. C'est le « coup de bosse ». Pendant qu'Aurélie me racontait tout cela, j'imaginais le prochain carnaval auquel j'espérais bien assister. Pendant ce temps-là, le défilé continuait.

Enfin, le char de saint Nicolas arrivait. Debout dans son immense robe et coiffé de la tiare, le saint homme saluait les enfants qui criaient en agitant les bras. Le char s'arrêtait et saint Nicolas approchait. La timidité avait remplacé l'excitation et c'étaient des enfants bien plus calmes, très impressionnés qui recevaient alors des bonbons à pleines poignées. Puis le cortège reprenait son chemin vers une grande salle où chaque enfant faisait la queue pour approcher saint Nicolas et recevoir un sac de friandises tandis que les parents émus mitraillaient la scène avec leurs appareils photo et autres caméscopes. Aurélie en profitait pour me présenter aux amis et voisins qui se précipitaient pour aller en parler à voix basse à une connaissance et confirmer ce qu'ils avaient subodoré en nous voyant arriver tous les quatre. À Vorinde comme à Sourcarol, la rumeur va bon train. Tout cela nous amusait beaucoup, Aurélie et moi.

Oui vraiment, ces week-ends étaient des moments de rêve ! Mais ils étaient si courts. La France est bien loin de la Belgique et nous voulions nous voir plus souvent, ne plus nous séparer ainsi sans cesse. Nous dépensions des fortunes en téléphone et en voyages. Il nous fallait trouver une solution. C'était décidé, nous voulions vivre ensemble, ne plus nous quitter, voir si nos sentiments si forts allaient résister à la vie quotidienne. Pour cela, il fallait que l'un d'entre nous quitte son pays pour rejoindre l'autre. Mais malgré la construction européenne, mes diplômes n'étaient pas plus reconnus en Belgique que les siens ne l'étaient en France. Vivre d'amour et d'eau fraîche ne suffit pas à remplir le réfrigérateur. La perspective de vivre bientôt ensemble semblait s'éloigner à grands pas. À peine y pensions-nous que nous redescendions cruellement sur terre. Nous nous aimions terriblement, mais nous étions confrontés à de telles difficultés que nous en arrivions à douter d'aboutir un jour à ce que nous voulions : fonder notre vie ensemble.

Cette période de doute a pris fin un jour, presque par hasard. J'étais au bureau, occupé à traiter d'affaires courantes lorsque mon téléphone a sonné. La voix de Jeanne a retenti :

— Monsieur Beaufils, je vous passe madame Duclos de la Direction des Ressources humaines.

— Je vous remercie, Jeanne.

Madame Duclos, c'est Sandrine ! Je l'ai rencontrée dans une formation alors que j'étais tout nouveau à la Caisse Générale de Banque et nous avons sympathisé. Je suis devenu conseiller en clientèle et elle est devenue conseillère en développement des compétences à la Direction des Ressources humaines.

Depuis, nous sommes régulièrement restés en contact et il nous arrive à l'occasion de passer une soirée ensemble pour nous raconter ce que nous devenons.

— Salut, Vincent, c'est Sandrine. Que deviens-tu ?

— Rien que de très normal, la routine.

— Et Aurélie ? Toujours le parfait amour ?

— Entre nous, tout va très bien, mais je t'avoue que je suis inquiet.

— C'est normal ça. Tu es un angoissé. Même quand tout va très bien, il faut que tu cherches où est le bug. Positive, mon chéri, et ne te pose pas trop de questions.

— Oui, ça, je sais, dis-je en riant. D'ailleurs, tu me répètes toujours la même chose. Mais je cherche un boulot en Belgique et je ne vois pas comment je peux faire.

— C'est justement pour ça que je t'appelle. En fait, je triche, j'ai appris que tu cherchais quelque chose et comme je suis une bonne copine, j'ai pensé à toi.

— Tu es trop bonne. Tu as eu une idée géniale ?

— Peut-être bien… Mais finalement, je ne sais pas si tu le mérites.

— Eh bien dis-moi. Bien sûr que je le mérite. Ne me fais pas languir comme ça.

— Allez, je te lâche le morceau, dit Sandrine en riant. En fait, l'idée m'est venue par hasard. Tu sais qu'au niveau national, nous avons un partenaire commercial en Belgique.

— Non, mais continue, tu m'intéresses là.

— Parce que d'habitude, je ne t'intéresse pas. C'est sympa ça. Bon plus sérieusement, c'est la BelgaBanque. Tu connais ?

— Ben oui, forcément, mais je ne savais pas qu'on travaillait avec eux.

— On a des projets ensemble sur un placement commun franco-belge et on envisage à terme la création d'une filiale. Mais ne t'affole pas, ce n'est pas pour tout de suite.

— Hum ! Alors ça ne résout pas grand-chose. En gros, ça veut dire que je pourrai peut-être envisager quelque chose dans quelques années.

— Et non, mon gros lapin ! Pour développer le service, ils recherchent une collaboration française. Et le poste est à Bruxelles.

— Mais je suis vendeur, pas expert en gestion de fonds communs de placement.

— Non, mais ils ont aussi besoin de quelqu'un qui connaisse parfaitement le marché français et notre réseau de distribution pour adapter le produit aux attentes. Là-dessus, j'ai comme l'impression que ça colle plutôt bien à ton profil.

— C'est mieux en effet. Mais il n'y a pas déjà des candidats du siège ?

— Oui, il y en a, mais rien ne t'empêche de déposer ta candidature.

— Tu sais bien que quand on est loin du Bon Dieu, on est vite oublié. Ils vont sans doute choisir quelqu'un qu'ils connaissent déjà.

— Mais moi je te connais mon gros Loulou et c'est mon patron qui va présélectionner les candidats. Si ça t'intéresse, je lui parlerai de toi et je lui dirai que je réponds de tes compétences. En plus, je pense sincèrement que tu es exactement celui qu'il nous faut. Et puis tu es au vivier des jeunes potentiels.

— Sandrine, je t'adore.

— Laisse tomber, tu n'en penses pas un mot. Tu me devras juste le champagne quand tu seras retenu.

— C'est promis. À bientôt.

Lorsque je lui ai appris la nouvelle, Aurélie était folle de joie. Bien évidemment, j'ai déposé ma candidature et grâce au soutien de Sandrine, j'ai été présélectionné. Il ne restait plus qu'à passer l'épreuve ultime, l'entretien avec les recruteurs et à être retenu. Mais je me sentais capable de déplacer des montagnes. Ma motivation a payé et j'ai su un peu plus tard, trop tard, que c'était moi qui avais été choisi. Comme je vais avoir l'air idiot si je dois leur répondre que finalement, je refuse le poste. Et j'imagine la tête que va faire Sandrine.

Insensiblement, je me sentais de plus en plus Belge. Je n'avais plus l'impression d'aller chez Aurélie, j'étais chez moi, chez nous dans son pays, mon nouveau pays. Elle habitait encore dans la maison qu'ils avaient achetée, elle et son mari, avant qu'il ne s'y sente à l'étroit et décide de changer de vie. La maison était à vendre. Son mari ne s'en occupait guère et elle devait tout supporter. Lorsqu'elle le sollicitait pour payer une partie des remboursements, pour régler un souci quelconque, il l'envoyait promener en forçant sur son accent belge, comme pour bien faire sentir la différence qu'il n'acceptait pas : « Écoute bien, Aurélie ! Tant qu'il y aura un étranger dans ma maison, il est hors de question que je paye quoi que ce soit. Tu m'as bien compris. Hors de question ! Fin de la discussion. » Alors je l'aidais comme je pouvais, pour qu'elle ne soit pas totalement submergée, qu'elle puisse garder la tête hors de l'eau. Et malgré ces soucis matériels quotidiens, nous nous aimions comme au premier jour. Nous savions que très bientôt, tout cela serait réglé, que nous allions vivre ensemble et que je travaillerais à Bruxelles. Chaque câlin, chaque moment de tendresse étaient comme une oasis dans un quotidien difficile à vivre.

Au tout début, lorsque Nicolas a appris mon existence, il a eu une réaction étrange. Tout d'abord, il a félicité Aurélie. Il était content pour elle, c'était une bonne chose qu'elle accepte cette nouvelle vie dans laquelle ils étaient séparés. C'était dur pour elle, bien sûr, mais elle allait s'y faire et le fait qu'elle m'ait rencontré allait lui faire du bien. Ce côté paternaliste m'agaçait profondément, mais je ne voulais pas m'immiscer dans une relation qui ne me concernait pas. De toute évidence, il voyait notre histoire comme une passade. À ses yeux, jamais je ne pourrais compter autant que lui dans la vie d'Aurélie. Je ne pouvais être qu'un pis-aller, un substitut. Mais il a appris nos projets de travail, de vie commune. Cette histoire qu'il traitait par le mépris prenant une tournure plus sérieuse, son attitude a évolué. On lui prenait son jouet, on touchait à sa propriété, sa chose. Et puis un jour, tout a basculé. Nicolas a expliqué à Aurélie qu'ils devaient se voir, pour régler des problèmes financiers liés à la maison. Elle a bien sûr accepté cette rencontre, pensant qu'enfin il allait assumer ses responsabilités, et il est venu le soir même. Les problèmes d'argent n'ont même pas été abordés. Il est entré tout de suite dans le vif du sujet. Il avait fait une erreur, il regrettait. Son histoire avec Lydie ne comptait pas. D'ailleurs, il comptait la laisser tomber. Toute cette période lui avait ouvert les yeux. Il savait maintenant qu'Aurélie était la femme de sa vie. Elle était sa femme, la mère de ses filles. Il l'aimait, elle devait le laisser revenir !

Aurélie était effondrée. Il l'avait déjà blessée en la quittant malgré ses suppliques, en la laissant des jours entiers pleurer pendant qu'il filait le parfait amour avec Lydie. Elle avait eu le plus grand mal à retrouver un équilibre. Puis il y avait eu notre rencontre et elle recommençait à être heureuse, à aimer la vie, à être optimiste. Mais voilà qu'il revenait, la fleur aux dents, comme si de rien n'était.

— Je ne serai plus jamais heureuse ! m'a-t-elle dit en me racontant la scène.

Elle ne voulait pas balayer cet aveu d'un revers de main. Il était son mari et le père de ses filles. Il le lui avait rappelé et elle leur devait d'y réfléchir. Le seul fait qu'elle puisse ainsi ne pas le repousser d'emblée me faisait souffrir. Nous en parlions régulièrement ensemble. Il semblait que par sa déclaration, Nicolas avait décidé de nous empêcher d'être heureux, de vivre notre belle histoire tranquillement, comme nous en avions le droit. Elle paraissait tellement perdue que je la sentais s'éloigner de moi. Je me disais : « Ne t'inquiète pas, fais-lui confiance. Elle a besoin d'être sûre d'elle, mais elle est intelligente. Elle saura voir qui l'a rendue heureuse et qui l'a rendue malheureuse, qui a été là lorsqu'elle en a eu besoin et qui l'a laissée choir. Si tu l'aimes, tu dois lui faire confiance. Elle ne se trompera pas. » Pourtant, je demeurais sceptique. Bien sûr, je savais qu'Aurélie ne pouvait pas se laisser prendre au piège. Cela paraissait si évident, si sensé. Mais alors, pourquoi doutait-elle autant ? Tout était clair et simple. Pourquoi devait-elle réfléchir ? Pouvait-elle imaginer tirer un trait sur tout ce qu'il lui avait fait vivre, tout gâcher entre nous pour quelqu'un comme lui ? Elle devait bien penser qu'il pouvait recommencer demain, sur une rencontre, une dispute, un coup de tête. Et pourtant, elle doutait, elle hésitait. Ce simple constat me remplissait d'effroi. Je sentais notre histoire se déliter, tous nos rêves s'effondrer. Je la voyais repartir vers son enfer passé. Je me voyais perdu, sans elle, sans projet, sans avenir.

J'ai vécu des jours atroces en attendant de savoir, guettant chaque parole, chaque geste qui pourrait soulager mes inquiétudes. J'étais tellement convaincu qu'Aurélie m'échappait que même mes pensées les plus rassurantes me semblaient résonner dans le vide.

16

« Je pourrais mettre la radio
Mais faudrait que j'aille à la cuisine
Et je ferais pas la vaisselle
Je penserais à elle
J'aurais de la rancœur
Je voudrais lui parler
Elle sera pas là et je trouverais pas mes mots
J'lui écrirais qu'j'ai mal au dos
Alors que c'est au cœur »

Philippe Léotard
On ne s'en va pas

J'ai mal dormi. J'ai fait un cauchemar, comme l'autre jour chez moi. Mais cette fois, il n'y avait pas de montagne. Il n'y avait qu'Aurélie, inaccessible et belle, proche et lointaine. Je tendais les mains, les bras vers elle, elle me tendait les bras, elle s'approchait, tendait ses lèvres comme pour me dire ces mots d'amour que je n'entends plus. Puis au moment où nos mains allaient se joindre, elle disparaissait, comme si elle s'évaporait, et une fumée bleutée qui lui ressemblait montait dans le ciel, vers un nuage transpercé par un arc-en-ciel. Je m'approchais de l'arc-en-ciel et j'essayais de grimper, mais il était inconsistant. Les mains le traversaient sans le toucher. Aurélie, là-haut sur notre nuage, me faisait signe de la rejoindre, me suppliait de ne pas la laisser seule. Je sautais, je tendais les bras, j'essayais de grimper, mais rien n'y faisait. Un léger vent se levait et poussait doucement le nuage. Je courais derrière l'arc-en-ciel qui était resté accroché, je voulais l'attraper, monter sur le nuage, mais je n'y arrivais pas. Je courais, je sautais, je tombais. J'ai parcouru des kilomètres ainsi, en poursuivant le nuage qui s'en allait de plus en plus vite vers le nord, et le vent soufflait toujours plus fort. Le nuage était déjà bien loin et je courais encore, je tombais, me relevais et continuais à courir. Puis je suis tombé de nouveau, j'ai roulé au fond d'un gouffre. Il y avait une fontaine, resplendissante de lumière, la fontaine de Tevelune, plus belle que jamais. J'ai levé la tête, mais déjà, le nuage avait disparu derrière l'horizon.

— Elle est partie, elle ne reviendra pas ! m'a dit une voix derrière moi.

Assise au bord de l'eau, la Korrandine était là, plongée dans la lecture des poèmes de Victor Hugo. Elle avait le même visage, la même voix qu'Aurélie, mais elle n'avait pas ce si joli accent wallon. Elle était belle, très belle, et elle souriait à son livre. Elle a relevé la tête et m'a montré ses dents blanches.

— Tu devrais rester avec moi ! m'a-t-elle dit.

— C'est toi ? Marcelline ? lui ai-je demandé.

— Je suis la Korrandine, la belle de Tevelune.

— Qui a écrit le poème ? C'est ton ami ? Le roulier ?

Elle a éclaté de rire, d'un rire sonore, clair et puissant qui faisait frémir la roche de la fontaine.

— Ne reste pas là. Le roulier, c'est du passé. Viens m'embrasser !

Je me suis approché, ému, intimidé. Elle me tendait ses lèvres si belles, qui semblaient si douces. J'ai tendu les miennes, doucement. Au moment où nos lèvres allaient se joindre, elle s'est désagrégée, juste à mes pieds. Il ne restait plus d'elle qu'un amas d'ossements noirâtres et secs. Le temps s'est assombri. En un instant, il faisait nuit sur la fontaine de Tevelune. Un coup de tonnerre a retenti, mais pas un trait de lumière ne venait déchirer le ciel. J'avais froid, incroyablement froid. Je devais mourir et je me suis jeté, du haut du gouffre, dans les eaux désormais glacées de la fontaine.

Je me suis réveillé en sueur et j'avais froid. Je me sentais mal. Je ne me suis pas rendormi. Je me suis assis dans mon lit, j'ai allumé la lumière, j'ai enfilé un pull et j'ai regardé l'heure. Il était cinq heures. Je me suis allongé, les yeux ouverts, et j'ai réfléchi à ma vie, à Aurélie, à la Korrandine.

Où en suis-je ? J'ai une vie, un métier, une famille, des amis. Je n'arrive pas à imaginer ma vie demain lorsque je reviendrai chez moi, lorsque je replongerai dans un quotidien morne et sans intérêt, sans avenir, sans Aurélie. Je ne suis plus que l'ombre d'un homme. J'en ai le nom, la couleur, la forme, mais j'en ai perdu la consistance. Je ne suis plus qu'un enfant.

Mes parents se sont levés. Je les ai entendus tout à l'heure. Je me demande ce qu'ils pensent de moi en ce moment. Ils doivent bien sentir que je ne suis plus le même. Je les imagine effarés de me voir plongé dans l'enquête sur la Korrandine. Je ne sais pas moi-même ce qui me pousse ainsi à la chercher, à comprendre qui elle était, ce qui lui est arrivé. Mais je ressens le besoin profond de savoir, de faire la lumière sur cette histoire qui surgit du passé et qui n'intéresse que moi. J'ai la sensation que mon chemin est là, que je vais y trouver mes racines, un amour que j'aurais aimé vivre, autrefois, pour ne plus vivre au présent. Je voudrais retourner à la fontaine de Tevelune, descendre dans le ventre de la terre et m'allonger auprès de la Korrandine, rejoindre là où elle est cette Aurélie des temps jadis.

— C'est bien ce qui me semblait. Tu es réveillé. Je t'ai entendu bouger et j'ai vu la lumière sous ta porte.

Ma mère est entrée dans ma chambre comme un tourbillon. Que d'agitation, que de vie, que d'énergie ! J'en ai le tournis.

— Ton père aurait besoin de ton aide ce matin si tu veux bien. Mais il n'osera pas te le demander. Tu n'as pas besoin de sortir, j'espère. Le café est prêt. On t'attend en bas ! dit-elle avant de refermer la porte derrière elle.

Je n'ai pas eu le temps de dire un mot. Je n'ai pas beaucoup de choix, on dirait. Après tout, ce n'est pas plus mal. Si mon père a besoin d'un coup de main, je peux bien lui consacrer un peu de temps.

Le temps s'est drôlement rafraîchi depuis hier. Cela fait deux heures que je suis sur le toit du hangar. Quand j'étais enfant, j'avais un vertige si fort que j'étais incapable de regarder l'eau couler du haut d'un pont. En vieillissant, j'ai appris à dominer cette peur, mais je ne suis toujours pas plus fier dans ce genre de posture. La tempête de l'année dernière a fait de sacrés dégâts. Mon père avait posé quelques tôles en plastique transparent pour installer une petite serre chauffée dans le grenier au-dessus du garage. Lorsque le vent a tout arraché sur son passage, des morceaux de tuiles et de cheminées ont volé et quelques-uns sont venus casser la belle installation paternelle. Depuis qu'il a été opéré du dos, mon père est beaucoup moins agile et il n'a pu faire qu'une réparation de fortune. Alors aujourd'hui, nous faisons la vraie réparation, nous changeons les tôles cassées et nous en profitons pour remplacer également celles qui ont mal vieilli. Il faut faire sauter les rivets, arracher les clous, ôter les vis pour démonter toutes les tôles. Ensuite, nous installerons les tôles neuves et le toit aura retrouvé sa superbe. De là, je surplombe la cour intérieure. J'aime beaucoup cette cour. J'y ai tellement de souvenirs. C'est ici qu'ont toujours eu lieu les grands repas familiaux, lorsque mes grands-parents étaient encore de ce monde. On installait les tables en U et on décorait la grande nappe blanche avec des chemins de fleurs. Pour un peu, je reverrais presque la pièce montée de ma communion ou le gâteau d'anniversaire de mes dix-huit ans. C'est étrange de voir la cour d'en haut, elle prend une tout autre dimension. Je suis un peu spectateur de tout ce que j'ai pu y vivre. La ponne pleine de fleurs trône non loin du bananier que mon père a planté dans un trou creusé juste pour lui au beau milieu de la cour. L'an passé, il y a même eu des bananes, enfin de toutes petites bananes vertes qui ne mesuraient guère plus d'un ou deux centimètres, mais Papa était très content. Le jet d'eau que nous avions bricolé dans la vasque ne fonctionne plus, mais j'ai l'impression d'y voir encore les perles d'eau qui s'élevaient et retombaient en pluie sur les poissons rouges. Le chat est mort depuis longtemps, mais alors il montait sur la petite table, regardait fixement vers le haut, puis bondissait contre le mur de crépis blanc, où il laissait une tache sombre à force de frotter toujours au même endroit, et rebondissait plus haut pour s'accrocher à la gouttière. De là, il se hissait sur le toit et partait faire sa promenade. C'était un chat handicapé. Il avait été pris dans un piège à ragondins qui lui avait sectionné le bout des pattes et ne lui avait laissé qu'une griffe. Cela ne l'empêchait pas de chasser. À chaque sortie, il revenait, très fier de montrer son butin, tantôt un oiseau blessé par son unique griffe, tantôt un mulot qu'il relâchait vivant dans la chambre de mes parents, sous les hurlements effrayés de ma mère. « Ah ! Bernard, fais quelque chose ! » Alors mon père, tranquillement, riait et se mettait à la chasse au mulot, puis le jetait par la fenêtre en interdisant au chat de poursuivre sa proie.

Les cloches sonnent pour midi. D'ici, je vois très nettement le clocher de l'église, une tour carrée surmontée d'une girouette en forme de coq. Au fond de l'église, non loin de la plaque de pierre sur laquelle est gravé le renouvellement de la franchise de Sourcarol par François 1er, il y a une toute petite porte en bois qui mène au clocher. Lorsque j'allais au catéchisme, mes copains et moi avons souvent voulu y monter pour voir « comment c'est fait », mais le curé de la paroisse nous l'a toujours défendu. Il paraît que c'est très dangereux et qu'il y a de nombreux passages où l'on risquerait de passer au travers du plancher. Je n'ai jamais su s'il y avait réellement un risque. Mais j'étais bien content de cette interdiction, car j'aurais été bien embêté si j'avais dû montrer à mes copains que le vertige m'empêchait d'aller jusqu'en haut. Tiens, les cloches sonnent beaucoup plus que pour le seul angélus de midi. Je regarde ma montre. Il est à peine onze heures trente. Les cloches sonnent à toute volée. Ce n'est pas l'angélus, c'est un glas. Il doit y avoir un décès dans la commune. Oh, Maman me dira tout à l'heure de qui il s'agit ! Il suffit que le glas sonne pour que les commères du village sortent dans la rue et se transmettent la nouvelle. Il est bien rare que tout le village ne soit pas au courant avant que les cloches aient fini de sonner.

C'est rigolo ! Je n'avais jamais remarqué que d'ici on apercevait aussi le château de Brodie, là-bas au fond, bien plus loin que l'église. En fait, il y a deux châteaux. Un premier très ancien et totalement en ruines et un autre plus récent. Le vieux château m'a toujours fait rêver. Je m'imaginais des souterrains rejoignant l'autre château de Sourcarol sur la route de Poitiers, ou plus à l'ouest vers l'abbaye d'Oray. J'imaginais que les caves creusées comme il en est beaucoup dans Sourcarol étaient en fait d'anciens souterrains aujourd'hui bouchés qui tous se rencontraient plus loin avant d'aller vers le château. Il me semblait que quiconque posséderait les secrets du vieux château de Brodie pourrait aller et venir à sa guise, d'un endroit à l'autre de Sourcarol, sans que personne n'en sache rien et je rêvais de les découvrir un jour.

Mais aujourd'hui, le nouveau château de Brodie a pris une tout autre allure, tellement moins pittoresque. Il est occupé par un hiérarque fascisant, un des pontes de l'extrême droite de la région. Le simple fait que cet homme ait pu fouler le sol de notre château communal a terni l'image magique que je me faisais de ce lieu fantastique, comme s'il en avait sali les murs et l'histoire en y répandant ses idées nauséabondes, comme si résonnaient encore dans ces murs les cris étouffés des ongles battant dans les wagons plombés des déportés que nous pleurions, lorsque j'étais enfant, pendant le défilé du huit mai, à deux pas du château. Tout autour de ce château résonne désormais chaque jour le cri de Bertold Brecht : « Le ventre est encore fécond d'où a surgi la bête immonde ! »

Les tôles sont en place maintenant. Mon père s'affaire en bas à ranger les vieilles tôles que j'ai laissées tomber. Ce toit est décidément un merveilleux poste d'observation. Les hommes disparaissent, il ne reste plus que les toits et les bâtiments que l'on aperçoit au loin. On ne regarde plus un village, on contemple sa propre histoire. Chaque arbre, chaque pré, chaque mur me rappellent un souvenir. Le stade où j'allais faire du sport avec monsieur Gramont, le château d'eau qui ne sert plus aujourd'hui que de réserve d'eau pour les pompiers depuis que la gestion de l'adduction d'eau a été confiée à un grand groupe qui fait son beurre avec le service public, le hameau du Prat où j'allais à la pêche avec un camarade d'école, la maison de la cantinière qui nous préparait les repas à l'époque où l'on pouvait encore manger des produits de la ferme. Que de fois j'ai sillonné ces petites routes à vélo, vivant des aventures que les super héros des productions américaines n'oseraient même pas imaginer.

Tevelune est trop loin pour que je puisse l'apercevoir d'ici. Dommage ! Peut-être aurais-je pu voir aussi la Korrandine lire au bord de la fontaine, avec un peu d'imagination. J'aurais peut-être aussi aperçu le roulier lui contant fleurette tandis qu'un mystérieux personnage habillé avec un pardessus sombre s'approcherait, déclamant des poèmes de Raoul Ardent, trompant tout le monde sur l'origine de ces vers pour mieux séduire la Korrandine. C'est lui l'élément manquant de ce puzzle qui prend forme. Je dois savoir qui il est, pourquoi il a écrit ces vers, quel rôle il a joué dans le drame de la Korrandine. Et avec ces tôles à changer, je n'ai pas pu aller à la bibliothèque, mais mon père est content. Pas de regret !

Et si j'allais faire un tour à Tevelune cet après-midi ? Je n'y suis pas retourné depuis la découverte de la Korrandine.

17

« — Jamais, non, jamais je ne me promène au clair de lune que je ne me rappelle mes parents décédés, que je ne sois frappée du sentiment de la mort et de l'avenir. Nous renaîtrons, continua-t-elle d'une voix qui exprimait un vif mouvement du cœur ; mais, Werther, nous retrouverons-nous ? Nous reconnaîtrons-nous ? Qu'en pensez-vous ?
— Que dites-vous, Charlotte ? répondis-je en lui tendant la main et sentant mes larmes couler. Nous nous reverrons ! En cette vie et en l'autre nous nous reverrons !... ».

Johann Wolfgang Von Goethe
Les Souffrances du jeune Werther

« S alut Tata ! Comment ça va ? »
Ma tante est auprès du tank à lait. Le camion-citerne de la laiterie a dû passer ce matin et il faut tout désinfecter avant la traite de ce soir. Alors elle s'active avec de l'eau bouillante et un produit spécifique, je ne sais pas trop ce que c'est. Lorsque le tank et tous les ustensiles qui ont contenu du lait seront propres, elle nettoiera le sol à grande eau. C'est une pièce assez récente, entièrement en briques. Seul le mur du fond est commun au vieux bâtiment que l'on appelle encore la laiterie bien qu'il ait perdu cet usage depuis fort longtemps. Du coup, par extension, on appelle ce bâtiment de briques le tank à lait pour ne pas confondre avec l'ancienne laiterie. Les murs de la laiterie, eux, sont parmi les derniers à dater de l'abbaye de Tevelune. Si j'en crois les plans que j'ai pu retrouver, c'était la cuisine des moines. Du côté du tank à lait, il ne reste plus rien du monastère, si ce n'est ce mur commun à la cuisine-laiterie dans lequel existe encore une vaste niche

en pierre. Mon oncle y a installé des étagères sur lesquelles il range des goupillons, des soupapes, des tuyaux en caoutchouc, des trayons et tout un tas de petits matériels ou de pièces détachées de la trayeuse électrique. C'est dans cette pièce que parfois, il n'y a pas si longtemps, des pèlerins de passage venaient faire leurs dévotions à saint Étienne.

— Alors, as-tu eu des nouvelles des gendarmes depuis l'autre jour ? me demande ma tante. Ils sont passés nous poser plein de questions. Mais apparemment, ils savent pas trop qui c'est, hein ?

Je réponds que je suis allé à la gendarmerie pour faire une déposition et qu'en effet, ils n'ont pas encore trouvé l'identité du cadavre, mais qu'à mon avis, ils ne cherchent pas beaucoup non plus. Ma tante m'explique que les gendarmes lui ont demandé qui étaient les anciens propriétaires de la ferme, avant eux et avant le père Poiret qui la leur a vendue.

— Je leur ai dit qu'il me semble bien que c'était aux Maselier de Sourcarol y'a bien longtemps, mais que je ne sais pas s'il y a eu d'autres propriétaires entre-temps. Il aurait fallu demander ça au pépé, il aurait su ça mieux que nous, me dit-elle.

— Comment as-tu su que la ferme appartenait aux Maselier ? lui demandé-je, intrigué.

— Oh ! C'est parce qu'il y a encore des vieilles chiffes à eux dans le grenier de la maison. Je l'ai dit au père Maselier un jour, pour qu'il vienne les chercher. Y'a pas grand-chose, des cahiers et des guenilles, mais il est jamais venu. Il a dit qu'il passerait, mais qu'il pensait que ça devait pas être à eux, vu que la ferme leur appartenait, mais qu'ils n'y avaient jamais habité, que ça devait être aux fermiers.

— Mais comment tu as su que c'était à eux ?

— Y'avait le nom de Maselier sur un cahier alors comme je connais pas d'autre Maselier dans le coin, je me suis douté que c'était à eux. Mais s'il vient pas les chercher, un de ces quatre, je vais mettre tout ça aux ordures.

— Ça t'ennuie si je vais y jeter un œil ?

— Si ça t'amuse, tu peux y aller. C'est un gros carton, à gauche en entrant. Tout est là-dedans au cas où le père Maselier viendrait les chercher.

Je remercie ma tante et je remonte vers la maison. Un cahier avec le nom de Maselier. S'ils n'ont jamais habité ici, c'est peut-être des notes de la petite Marcelline, lorsqu'elle venait en promenade à Tevelune. Qui sait, je pourrais bien tomber sur un journal intime qu'elle aurait laissé là pour qu'il n'arrive pas entre les mains de son père.

Je presse le pas. La maison ne touche pas le corps de ferme. Il faut traverser la cour, là où autrefois se tenaient les bâtiments disparus de l'abbaye, et traverser la petite route communale qui relie Tevelune à Saint Marcel d'un côté et à Vieux-Priex de l'autre. Je grimpe les escaliers de pierres et me heurte à une porte close. C'est une vieille porte épaisse, dont la peinture bleue qui s'écaille ne cache plus les craquelures du bois. Ma tante a fermé à clé. Je m'apprête à retourner au tank à lait lorsqu'un lointain souvenir me revient. Lorsque tout le monde est occupé aux divers travaux de la ferme, il est difficile pour chacun de s'encombrer de la grosse clé en fer. Alors comme dans toutes les fermes de la région, il y a une cachette quelque part à portée de main. Je regarde autour de moi. Je soulève un pot de fleurs, une tuile renversée sur un parterre et qui sert au printemps à protéger les plants naissants des gels tardifs, mais je ne trouve rien. Je fais le tour de la maison. C'est ici qu'autrefois ma grand-mère élevait ses lapins. Il y a une multitude d'endroits où l'on pourrait dissimuler une clé. La mémoire me fait défaut. Je crois que je vais devoir retourner auprès de ma tante. Je devrais peut-être regarder dans les vieux clapiers à lapins. L'un d'entre eux est encombré de pots de fleurs vides et de mangeoires. Je soulève la première : bingo ! La grosse clé de fer noir est là, posée sous une mangeoire retournée. Je retourne à la porte et je fais tourner le précieux sésame. Je laisse la clé sur la porte, à l'intérieur et je grimpe les marches de bois qui montent à l'étage, vers les chambres. Le palier est immense et le vieux lit d'appoint dans lequel je dormais enfant est toujours là, au même endroit, recouvert d'un énorme édredon en plumes d'oie. J'ouvre une vieille porte qui grince et je monte l'escalier du grenier. Il est beaucoup plus rustique et sent bon la poussière des greniers de ferme. Je m'attendais à un fatras de mille cartons rongés, de cageots et de malles recouverts de poussière, mais il n'en est rien. Ma tante a dû faire un grand ménage récemment. Tout est impeccablement ordonné. Il y a là une armoire de grand-mère sans porte dans laquelle ma tante a rangé des dizaines de boîtes de toutes tailles où elle a inscrit le contenu : canevas, bougies, vêtements Jean-Paul, habits Pauline, divers bibelots. Un vieux sommier poussif est appuyé contre le mur.

Puis sur la gauche, un carton est soigneusement collé contre le mur. Il n'est pas si gros que je l'imaginais et il semble récent. Ma tante en a probablement pris un neuf pour y regrouper les affaires qui n'appartenaient pas à la famille. Sur le côté, elle a écrit au marqueur noir : Maselier. Je m'approche et je l'ouvre délicatement. Il y a essentiellement des vêtements : une vieille casquette grise toute râpée, un tablier de ferme en toile bleue taché de traces noires, une paire de chaussures écrasées, des chaussures de femme dont le cuir sec est craquelé de partout. Il semble que le seul fait de les toucher pourrait les faire tomber en poussière. Un pantalon de toile grise et épaisse roulé renferme quelques petits objets : une pipe, deux clés rouillées, une petite boîte métallique vide et des ustensiles dont j'ai peine à déterminer l'usage. On ne peut pas dire que je sois devant un trésor. Enfin, sous le pantalon, deux cahiers d'écoliers sont soigneusement rangés. Ils sont recouverts d'une couverture de papier comme cela se faisait autrefois pour les protéger. Il y a un cahier bleu délavé et un vert défraîchi. Le premier, le bleu, comporte des exercices de calcul, probablement ceux d'un élève de dix ou douze ans, du style des problèmes de certificat d'études que madame Martinot a ressortis des tiroirs pour le musée de l'école qu'elle est en train de monter dans l'ancienne école de Vieux-Priex. Sur la première page, l'élève a écrit son nom : Amélie Maselier. Je suis un peu déçu. Ce n'est pas ma Korrandine.

Le cahier vert est vierge, mais des pages en ont été proprement arrachées, avec une règle probablement, car la déchirure est nette et droite. En revanche, il contient une douzaine de feuilles volantes et jaunies, feuilles qui ne viennent pas toutes du cahier de brouillon, car certaines ont des petits carreaux, d'autres ont des gros carreaux et certaines sont dénuées de tout quadrillage. La plupart comportent des dessins au trait noir très différents les uns des autres. Certains sont facilement reconnaissables. Un premier dessin grossier montre la façade du bâtiment principal de la ferme. Un second, beaucoup plus précis et minutieux, reproduit l'aile droite, et plus particulièrement l'étable qui était jadis l'église de l'abbaye. Le troisième est un plan qui superpose le bâtiment actuel et les fondations de la celle. Les murs toujours présents et datant de l'ancien monastère sont dessinés d'un trait plus gras, et contiennent des traits fins en biais, comme pour en symboliser l'épaisseur et l'importance dans l'histoire du bâtiment. Les autres dessins représentent des paysages de campagne. Il y a souvent un chien aux poils longs qui court au milieu des prés. L'un des croquis retient mon attention. Un arbre penché au-dessus d'un gouffre. Un sentier descend tout droit vers une fontaine qui coule quelques mètres au-dessous de l'arbre. Au pied de la fontaine, une demoiselle est assise sur une grosse pierre, plongée dans ses lectures. Elle a le cheveu long et ondoyant. On ne voit pas bien son visage, mais elle paraît tranquille, mystérieuse. Là, je jurerais qu'elle est belle, que sa beauté rejaillit sur la roche et donne à cette fontaine une majesté plus resplendissante encore. Je suis sûr que c'est la Korrandine, ce ne peut être que la Korrandine. Je la vois là, sur ce dessin, exactement telle que je l'ai imaginée dans mes songes. Elle lui ressemble trop pour que ce ne soit pas elle. Je suis ému comme un enfant qui aurait découvert un très ancien secret de famille. Mon Dieu, je voudrais conserver ce dessin pour moi, le garder précieusement comme une relique. Mais il ne m'appartient pas. Je pourrais l'emmener à François Maselier lorsque j'aurai tout éclairci, lorsque je pourrai lui dire exactement ce qu'est devenue Marcelline, sa tante, ma Korrandine. Il acceptera peut-être de me donner ce dessin s'il comprend combien il est important pour moi.

Non, tout cela n'est pas très moral. Je vais lui apporter tout ça et j'en profiterai pour faire des photocopies.

Je m'apprête à remettre le cahier à sa place, avec les feuilles volantes à l'intérieur, mais je sens quelque chose de dur sous la couverture. On dirait qu'il y a quelque chose derrière le papier vert défraîchi, sous la quatrième de couverture. Cela m'intrigue. Je détache délicatement le papier collant qui retient la couverture à l'intérieur du cahier et j'écarte le papier vert. Il y a là, glissée entre la couverture cartonnée et le papier vert épais, une feuille pliée en quatre. Je la sors doucement, comme un trésor, et je l'ouvre avec toutes les précautions possibles. Je me sens l'âme d'un archéologue qui met à jour une petite pièce de métal grâce à laquelle il reconstituera un peu la vie de ceux qui vivaient là, bien avant nous. On est toujours un peu indiscret lorsque l'on s'introduit ainsi dans la vie de quelqu'un d'autre, même des années après. Je ne sais pas si j'apprécierais que quelqu'un vienne fouiner dans mes affaires pour mettre à jour mes secrets intimes lorsque je sucerai les pissenlits par la racine. Mais c'est pour la bonne cause, je veux savoir ce qu'est devenue la Korrandine. Alors il faut bien que je fouille.

C'est une lettre, écrite d'une belle écriture appliquée, mais il n'y a aucune date.

« Mademoiselle,
Très chère demoiselle,
À l'ombre des pierres de Tevelune, je suis venu rechercher la sérénité et la paix de l'âme et je quête ainsi la sagesse de ces bâtisses que nos pères ont édifiées il y a si longtemps pour consacrer leur vie au créateur de toutes les choses qui emplissent chaque jour nos vies. J'ai été comblé au-delà de toute espérance, découvrant dans cette vallée presque inconnue le charme intact que les moines ont apprivoisé il y a des siècles. Chaque pan de mur, chaque pierre, chaque arbre me parlent de ces temps immémoriaux où la vie coulait belle et pure, rude et parfois cruelle, mais sans les taches qui obscurcissent notre monde égoïste.
Mieux encore que les pierres, j'ai découvert la fontaine. Oh, elle n'entre pas dans le cadre de mes recherches ! Mais elle m'a séduit aussi

sûrement que les plus beaux vers des poètes. Elle est la poésie pure, l'enchantement des sens, et l'on s'attend à tout instant à y voir apparaître une muse chantant les amours de personnages fantastiques. C'est ainsi que vous m'êtes apparue.

Votre beau visage se reflétait dans les eaux de la fontaine et l'air était doux. Des parfums subtils émanaient de toutes parts et je descendais rêveur vers le berceau de la vie. Vous étiez là, assise au bord de l'eau, les cheveux épars sur vos épaules comme une étoffe rare et précieuse. Vous lisiez un recueil de poèmes et je marchais dans un rêve, vers un rêve, vers vous.

Vous m'avez souri, vous m'avez parlé. Oh, Mademoiselle ! C'est ce jour-là que j'ai compris que vous étiez la muse de Tevelune, que la fontaine n'avait de charme que par vos yeux, et que même en votre absence, elle resplendit encore de vos parfums, de vos charmes, de votre présence.

Mademoiselle, je ne suis rien pour oser vous dire cela et vous me maudirez de tant d'impertinence, mais en laissant mes pas me guider vers la fontaine, j'ai découvert la vie. Je suis né dans vos yeux, j'ai vécu pour vous rejoindre auprès des eaux de Tevelune et je dépose à vos pieds tout ce que je suis, Muse qui désormais hantez mes rêves les plus intimes, parfumez mes secrets les plus délicieux.

Puissiez-vous ne point me haïr et accepter, Mademoiselle, que je puisse être votre plus humble, votre plus fidèle serviteur.

Matthias »

Je lis et je relis cette lettre. Qui est ce Matthias ? Est-ce le roulier ? Ou bien est-ce mon mystérieux poète ? Cela peut aussi être n'importe quel autre homme s'adressant à n'importe quelle femme qu'il a croisée ici à la fontaine. Le papier est un peu jauni. La lettre est donc ancienne. Mais rien dans le style ne permet de savoir à quelle époque elle a pu être écrite. Peut-être s'adressait-elle à une des filles de la ferme, une jeune femme dont les parents étaient fermiers des Maselier. Et qui est cette Amélie Maselier ? Il faudrait que je pose la question à François Maselier. Il n'y a rien dans le cahier vert qui m'indique de quelle époque tout cela date. La couverture verte paraît plus défraîchie que la couverture bleue, mais cela ne veut rien dire. J'ai l'impression de tenir quelque chose, une piste, mais je ne vois pas comment elle peut m'éclairer. Je dois prendre le temps de réfléchir. Je vais bien finir par avoir une idée.

Je range tout cela dans le carton, comme je l'ai trouvé. Je prends le carton dans les bras et je le redescends vers la voiture. Je retourne au tank à lait. Ma tante est occupée avec le jet d'eau et elle traque chaque centimètre carré de sol. L'eau s'écoule vers l'extérieur par une petite ouverture, suit une rigole et va tomber dans la fosse à purin, là où s'écoulent également les eaux de lavage des étables et les urines des bêtes. Désormais, tout cela est strictement réglementé de façon à ce que ces déchets n'aillent pas polluer les nappes phréatiques.

— Dis Tata, j'ai pris le carton. J'ai l'occasion d'aller voir François Maselier alors je lui déposerai. Comme ça, tu seras débarrassée !

— Tu as bien fait. C'est une bonne idée. T'as l'air de sacrément t'intéresser à toute cette histoire. Tu cherches quoi ? me demande-t-elle.

J'hésite à lui répondre. Je ne voudrais pas avoir l'air trop ridicule. Oh après tout, qu'est-ce que je risque ? Qu'elle me prenne pour un rêveur un peu loufoque ? J'ai bien peur que ce ne soit déjà fait.

— J'essaie de savoir qui était la femme que j'ai trouvée dans la fontaine.

— Hum ! Et t'as trouvé quelque chose ?

— Je ne suis pas encore totalement sûr, mais je pense savoir qui elle était. Il me manque encore quelques éléments pour comprendre comment elle est arrivée dans la fontaine.

— Ah bon ! Et qui c'est ?

Je reconnais bien là la curiosité de ma tante. Enfin, pour être franc, c'est plutôt la curiosité des gens du pays et ma tante ne fait pas exception. Même ma mère qui s'en défend pourtant a parfois le même travers lorsqu'elle s'intéresse à ce qui s'est passé chez le père Machin ou la mère Truc. Mais elle, ce n'est pas pareil. Ce n'est pas par curiosité malsaine, c'est par charité chrétienne. Ça change tout !

Je souris à ma tante :

— Je préfère ne rien dire pour l'instant. Je n'ai pas envie de faire du mal à une famille si je me trompe. Je n'en parlerai que si je suis absolument sûr.

— T'as raison ! répond ma tante avec un sourire mi-narquois, mi-dubitatif.

— Je vais faire un tour à la fontaine ! lui dis-je en tournant le dos.

On dirait qu'une foule est passée par ici, piétinant chaque centimètre carré de terre. Il y a des traces de pas partout. Il fait gris à la fontaine aujourd'hui. Je m'approche du bord et je m'assieds sur le petit muret de pierre.

L'eau est limpide et coule tranquillement, comme si rien ne s'était passé. Elle en a vu d'autres, elle qui coule inexorablement depuis des siècles, peut-être des millénaires. Même cet arbre qui lance ses branches au-dessus d'elle, tout là-haut, et qui semble être là depuis toujours en a sans doute remplacé bien d'autres qui l'ont précédé. La fontaine a vu naître chaque chose ici, les petits buissons qui poussent sur les flancs du gouffre, les pierres qui ont été amenées pour bâtir ce muret, le fil de fer barbelé qui en protège l'accès, tout a l'allure de la jeunesse à côté de cette eau qui coule, imperturbable. Et elle en a vu des amours, se nouer et s'épanouir, se tisser timidement, s'enlacer, se confondre, se consommer, se consumer, des amours légitimes, des amourettes d'enfants, des amours cachées, des baisers volés. Elle a vu la Korrandine, bien sûr, et combien d'autres venir ici chercher le calme, croiser un importun, ne pas oser le chasser, prendre langue et peu à peu fondre sous le charme du bel inconnu. Matthias était de ceux-là sans doute. Attiré par les restes de l'abbaye qu'il avait découverte dans quelque lecture sur les Grandmontains, il est venu se ressourcer dans la région. Il était tourmenté, semble-t-il, il cherchait un sens à donner à sa vie. Ses pas l'ont mené autour de Tevelune. Qui pourrait résister aux charmes de la fontaine qui coule dans un écrin de verdure, au milieu de nulle part ? Matthias s'est approché. Il n'y avait pas un bruit. Seul un oiseau gazouillait au loin, il ne savait pas où au juste. Il avait un livre en poche, peut-être le livre de Victor Hugo. Il est descendu vers la fontaine. La Korrandine était là. Elle était venue ici pour fuir le monde, pour se retrouver seule avec la musique de l'eau qui coule, fait chanter les mots, leur donne des ailes pour vous emporter loin dans vos rêves. Il n'a rien dit. Il lui a souri. Elle aurait voulu l'envoyer au diable, mais il est resté muet. Il s'est assis un peu à l'écart, et il a sorti le livre de Victor Hugo. Elle a souri et a replongé tout entière dans sa lecture. La fontaine est à tout le monde et elle ne pouvait pas le chasser uniquement parce qu'elle aurait préféré rester seule. De temps à autre, il a levé les yeux pour la regarder. Elle était belle. Sentant le regard qui se posait sur elle, elle relevait parfois la tête. Il avait le charme des hommes fragiles. De sourires en regards, ils se sont un peu parlé. Elle a lu quelques vers. Il les buvait avec d'autant plus de délectation que chaque son s'envolait en effleurant ses lèvres, résonnait de sa beauté, de ses parfums et venait délicatement caresser son visage comme un souffle rafraîchissant. Ces mots d'amour, il lui semblait qu'elle les disait pour lui, et il sentait les émotions du verbe prendre corps, le pénétrer, le rapprocher irrésistiblement de la lectrice, de ces lèvres si belles, si pures, si proches. Silencieusement, il communiait avec elle tandis qu'elle faisait danser ses vers autour de lui. Il serait bien resté pendant des heures à l'écouter ainsi. Elle achevait sa trop courte lecture d'un sourire qu'il lui renvoyait et elle se taisait. Alors il en choisissait quelques-uns qu'il lui offrait à son tour. Parfois, il lui semblait que certains mots la faisaient frémir. Était-ce les mots du poète ou le cœur qu'il y mettait qui la touchaient ainsi ? Ressentait-elle en l'écoutant le même trouble, les mêmes élans ? La nuit commençait à poindre et elle a tressailli. Elle s'est levée, a balbutié quelques mots et s'est enfuie. Matthias est resté là, à respirer les parfums que la Korrandine avait laissés autour de lui. Le vide qu'elle laissait ne le trompait pas : il avait rencontré un ange. Il voulait la revoir, il fallait qu'il la revoie.

Chaque jour, depuis lors, il revenait à la fontaine et parfois elle était là. Ils parlaient, ils lisaient les vers que chacun avait recueillis pour l'autre. L'aimait-elle ? Sans doute un peu, mais il y avait le roulier, cet ami fidèle depuis si longtemps.

Qui était le père de l'enfant de Marcelline ? Le roulier ou ce Matthias ? Il faut que je relise la lettre de Matthias. Je n'ai qu'un prénom. Comment chercher avec un seul prénom ? Qui était-il ? Est-il resté longtemps ? Se sont-ils aimés ? A-t-il vraiment écrit cette lettre à la Korrandine ? S'il l'a écrite à quelqu'un d'autre, pourquoi cette lettre était-elle dans ce cahier ? Et qui est Amélie ? Une petite sœur de la Korrandine, dont elle aurait pris en charge une partie de l'éducation ? Plus je cherche, plus je trouve surtout de nouvelles questions. La Korrandine cache ses mystères et ses amours. Il faut la mériter pour la découvrir.

- 18 -

« Il me fallut longtemps pour comprendre d'où il venait. Le petit prince, qui me posait beaucoup de questions, ne semblait jamais entendre les miennes. Ce sont des mots prononcés par hasard qui, peu à peu, m'ont tout révélé. »

Antoine de Saint-Exupéry
Le Petit Prince

Nous avons dîné très vite, ce soir. Ma mère a une réunion à la mairie de Sourcarol. Dès qu'il s'agit de réunir une association, on se retrouve à la mairie, dans la salle du conseil. De toute façon, la mairie est encore plus petite que celle de Montdunon. Ici, il n'y a que trois pièces qui donnent toutes sur le petit vestibule. Sur la gauche, il y a le bureau de la secrétaire. À droite, le bureau qui est souvent fermé est celui du maire. Enfin, face à l'entrée, une grande salle fait selon les jours office de salle du conseil municipal, salle de réunion ou bureau de vote. C'est ici que la secrétaire classe toutes les archives dans un grand et vieux placard de bois. Elle, c'est Micheline. Elle était déjà là lorsque j'étais enfant, mais j'ai l'impression qu'elle ne vieillit pas. C'est une femme adorable, qui sait se faire respecter. Nul besoin de crier, il ne serait jamais venu à l'idée d'un seul d'entre nous de lui manquer de respect. Il y a des gens comme ça qui en imposent naturellement. Pourtant elle en a vu avec la marmaille de l'école tout autour d'elle. La mairie est au centre d'un vieux bâtiment, comme dans beaucoup de villages. Sur la droite, du côté du bureau du maire, il y a la classe des grands où officiait monsieur Gramont. Autrefois, c'était l'école des garçons. C'est une grande salle où nous étions assis derrière des pupitres de bois auxquels étaient fixés les bancs. Chaque année, juste avant les vacances scolaires d'été, c'était le ménage de printemps. Nous sortions tous les pupitres sous le long préau de la cour des grands et, papier de verre en main, nous frottions le bois que nous passions ensuite à la cire jusqu'à ce que ça brille. Avant de partir, il fallait que la classe et le préau soient propres, prêts à nous accueillir à la rentrée de septembre. C'était le grand chambardement. Puis nous finissions cette dernière journée par des jeux dans la cour ou sur le terrain de football. De l'autre côté de la mairie, le long du bureau de la secrétaire, c'est la classe des petits, l'ancienne école des filles. Là, le mobilier est beaucoup plus moderne et la salle est organisée en espaces d'activités. Chez madame Gramont, on pouvait aller jouer dès que nous en avions fini avec les exercices. C'était tellement plus rigolo. Pourtant, chacun de nous n'avait qu'une envie, passer dans la classe de monsieur Gramont, chez les grands ! Chaque classe avait sa cour, séparée de l'autre par un mur auquel était adossé de part et d'autre un préau. Les deux cours communiquaient entre elles par un passage au bout des préaux, à l'arrière de la mairie, au niveau de la salle du conseil municipal.

Maman m'a demandé si j'avais envie de l'accompagner. Je ne sais pas pourquoi, mais j'ai dit oui. Ça me plaît assez de revoir les lieux. C'est ici, dans cette salle, que j'ai voté pour la première fois. J'étais ému. Avec ma toute nouvelle carte d'électeur, je devenais citoyen à part entière, j'avais voix au chapitre, j'allais participer au choix du président de la République. Depuis longtemps déjà, je rêvais de ce moment où j'allais être armé du plus puissant des moyens d'action, le bulletin de vote. Je me voyais écoutant les projets des uns et des autres, jugeant de la crédibilité des propositions, opérant un choix de société pour mettre à bas les injustices, combattre l'iniquité, promouvoir les valeurs fondamentales de la Révolution française, la Liberté, l'Égalité et la Fraternité. Je pensais à la splendide phrase de Léon Blum : « Toute société qui prétend assurer aux hommes la liberté doit commencer par leur garantir l'existence ». Moi, l'héritier des sans-culottes, j'attendais que vienne l'heure à laquelle je pourrais agir à mon tour, décider de l'avenir de la France, influencer le destin de l'humanité. Et ce jour était venu ! J'étais debout, derrière un rideau, hésitant. J'ai pris mon arme de citoyen, j'ai glissé mon bulletin dans l'enveloppe et je suis allé d'un pas ferme vers l'urne. Lorsque le maire de Sourcarol a dit « A voté ! », j'ai ressenti une grande joie. J'étais fier de moi. En un geste, j'étais devenu à part entière un citoyen de la République, j'avais fait entendre ma voix. J'en aurais presque regretté qu'un moment si important passe aussi facilement. En vieillissant, j'ai refait de nombreuses fois ce geste, mais il s'est banalisé. On devrait toujours penser, en rentrant dans l'isoloir, que l'on vote pour la première fois, et que l'on n'est jamais sûr que ce ne sera pas la dernière.

Il n'y a pas beaucoup de changement dans la salle du conseil, mais ce n'est plus le même président sur le portrait officiel. C'est drôle comme toutes les salles de conseil municipal se ressemblent. Quelques personnes sont déjà là. Certes est assis à la place du maire, le nez plongé dans un tas de papiers que lui montre la Barnette. Dans le village, tout le monde a un surnom ou presque, mais certains ne sont prononcés que dans le dos du principal intéressé. C'est le cas de Certes. On l'appelle ainsi parce qu'il commence presque toutes ses phrases par « certes », même lorsque cela ne se justifie pas, comme pour se gonfler d'importance. Cela n'empêche que tout le monde ici mélange allègrement quelques mots de patois avec son français. Certes ne fait pas exception. C'est presque une langue à part que nous parlons à Sourcarol et je dois avouer que j'aime retrouver ces mots qui chantent, qui vivent au rythme de la vie de la campagne. Le maïs devient du *garouil* lorsqu'il pousse à Sourcarol et ce simple mot évoque immanquablement les chemins de terre qui se faufilent entre les champs, sur les hauteurs du bourg avant de descendre brutalement vers l'Argent, au moulin brûlé. La *cagouille* – l'escargot – farcie est une spécialité locale et il n'est pas rare de croiser des chasseurs de cagouilles le long du chemin de la fabrique à la rosée du soir. Au petit matin, c'est le *jo* – le coq – qui chante au cœur de la ferme, derrière laquelle on entend au loin bêler les *ouailles* – les moutons. Les plus hardis des garçons courent dans les chemins à la recherche de bonnes branches pour fabriquer un *tire-chaille* – un lance-pierres – et chasser les *groles* – les corbeaux – dans les champs.

La Barnette nous a vus arriver.

— Bonsoir, tout le monde ! dit ma mère.

Le p'tit Jars et le maire de Logres se sont retournés pour nous saluer. Ils étaient en pleine discussion avec la Zette. Le p'tit Jars doit avoir une soixantaine d'années. Son père, le gros Jars, se prénommait Jacques. Il se promenait parfois dans le bourg et sa démarche un peu lourde en canard faisait penser à un jars. Il n'en fallait pas plus pour qu'on le surnomme le gros Jars et que son fils devienne à jamais le p'tit Jars.

Quant au maire de Logres, il n'est pas plus maire que je ne suis évêque. D'ailleurs, Logres dépend de Sourcarol et n'a pas de maire. Mais un jour de 1989, pour protester contre le châtelain de Brodie et ses idées racistes, il a organisé une vaste farce avec des amis. Puisque c'était le bicentenaire de la Révolution française, il planterait un arbre de la Liberté dans son jardin et proclamerait la République de Logres. Quelques affichettes et le bouche-à-oreille ont suffi pour que le jour venu plus de cent personnes viennent assister à la cérémonie. Ceint d'une écharpe tricolore, il a prononcé un discours à pleurer de rire et l'arbre a été planté. Chacun était venu avec des gâteaux, du poulet, de la salade de riz, des brochettes et bien d'autres choses, si bien que Logres a vu son éphémère république naître dans un immense banquet et que la fête a duré jusqu'à très tard dans la nuit. Depuis ce jour, Gérard est devenu pour tous le maire de Logres, un titre honorifique qu'il porte fièrement.

— Certes tout le monde est pas là, mais on va commencer ! décrète Certes. Il est tard et demain, les vaches attendront pas que j'me réveille.

Certes est le président du Comité des Fêtes. À l'ordre du jour de ce soir, il faut préparer l'organisation du concours de belote. Cette année, comme d'habitude, le premier prix sera un jambon, ou plutôt deux jambons puisque tous les lots vont par paire. J'ai participé une fois au concours de belote du comité des fêtes. Je devais avoir douze ou treize ans. Nous avions formé une équipe avec mon copain Benoît. Souvent nous allions ensemble à la pêche, chercher des champignons ou faire du vélo. Benoît était assez fort à la belote et ce n'était pas mon cas, mais cela nous était égal. Nous jouions régulièrement dans le car qui nous conduisait de Sourcarol au collège de Montdunon. Ce soir-là, nous ne venions pas jouer pour gagner, mais pour nous amuser et un peu, je dois l'avouer, pour nous moquer des joueurs qui prenaient le concours avec trop de sérieux. C'est toujours comme ça dans les concours de belote. On dirait que certains jouent leur avenir sur le classement. Il y en a même qui courent les concours de belote chaque semaine, d'un bout à l'autre du département, en fonction des lots qui sont mis en jeu. À Sourcarol, les lots ne sont jamais très gros. Les concours de belote sont surtout l'occasion de rassembler les habitants dans la bonne humeur et de mettre un peu de sous dans la caisse du comité des fêtes ou de l'équipe de football. Benoît et moi, nous voulions juste nous amuser. Nous avons été si mauvais qu'à la fin de la soirée, nous étions classés avant-derniers avec deux points d'avance sur les derniers. Cette position ne convenait pas à des joueurs de notre trempe et nous sommes allés voir le maire de Logres, qui faisait office d'arbitre, pour lui demander de se tromper dans le calcul pour nous faire reculer à la dernière place. À l'annonce des résultats, certains sont allés chercher leur lot avec un sourire satisfait tandis que d'autres étaient manifestement déçus. Quelques-uns sont carrément partis dépités avant la remise des prix. Lorsque notre tour est arrivé, nous nous sommes avancés pour recevoir notre trophée, un magnifique cendrier en véritable verre transparent, et nous l'avons levé en triomphe au-dessus de nos têtes comme si nous venions de recevoir la coupe du monde de belote, sous les acclamations et les vivats de toute une bande de joyeux drilles sourcarolais. Le maire de Logres a alors ouvert une bouteille de cidre bouché pour trinquer avec nous à ce triomphe.

Cette année, je ne serai pas là pour le concours de belote de Sourcarol. Pendant que les membres du bureau décident du budget à consacrer aux lots et se répartissent les tâches, je griffonne quelques traits sur un bout de papier. Décidément, je suis toujours aussi peu doué pour le dessin. La Zette est plus douée que moi. Tout en parlant, elle dessine des arabesques sur le cahier où elle prend ses notes. Un cahier bleu, un peu comme celui de Tevelune. Lequel est-ce déjà, le bleu ? Celui où il y avait la lettre signée Matthias ou le cahier d'exercices d'Amélie Maselier ? Je n'arrive plus à me souvenir. Amélie ! François Maselier m'a parlé de sa tante Marcelline, la Korrandine, mais il ne m'a parlé d'aucune Amélie. Il faut dire aussi qu'il ne m'a pas raconté l'histoire de sa famille. Il n'avait somme toute aucune raison de me parler d'Amélie. Qui est cette Amélie ? Une enfant puisque j'ai trouvé son cahier d'exercices. Tiens, c'est bizarre maintenant que j'y pense. Il n'y avait pas de nom de classe sur la page de garde, ni d'école, il n'y avait que ce nom et ce prénom : Amélie Maselier. Les deux cahiers étaient ensemble. Un cahier d'exercices d'Amélie et un cahier vierge auquel il manquait des pages, dans lequel j'ai trouvé ces dessins et la lettre. Sans aucun doute, le cahier était à Marcelline. Je ne vois pas une enfant comme Amélie recevoir une lettre comme celle-ci. Et les deux cahiers, celui d'Amélie et celui de Marcelline, étaient ensemble. Or, les Maselier n'ont jamais habité Tevelune. Tout cela est étrange. Mais non, c'est clair ! La ferme appartenait à la famille Maselier. Marcelline ne pouvait donc pas venir à la fontaine de Tevelune sans passer saluer les fermiers de ses parents. Peut-être laissait-elle des affaires à la ferme, pour ne pas avoir à les porter jusqu'à Sourcarol. Il faut que je réfléchisse ! Marcelline venait lire à la fontaine. Sans doute griffonnait-elle des dessins ou écrivait-elle des poèmes, des pensées sur son cahier. Mais il lui fallait une excuse pour pouvoir venir ainsi juste lire. Jamais ses parents ne l'auraient laissée partir sans motif valable. Les Maselier étaient certes des ponniers, ce qui faisait d'eux des privilégiés parmi les artisans de Sourcarol, mais ils étaient avant tout des travailleurs manuels, pas des bourgeois qui vivent sans travailler. Si on laissait Marcelline aller ainsi, c'est qu'elle avait une bonne raison. Voilà pourquoi il y a deux cahiers ! Amélie devait être une petite sœur et lorsque celle-ci n'allait pas à l'école, Marcelline était chargée de la garder, de lui faire travailler ses devoirs, peut-être avec une fille de la ferme. C'est pour cela qu'elle avait l'autorisation d'aller se promener avec Amélie. Comme la petite n'était pas très douée pour les mathématiques, Marcelline lui faisait surtout faire des exercices de calcul sur son petit cahier. Cela explique qu'il n'y ait pas de mention d'une classe ou d'une école. Il s'agissait d'un simple cahier d'exercices. Marcelline faisait travailler la petite Amélie et Amélie permettait à Marcelline de s'évader pour lire en venant à Tevelune. Comme il ne s'agissait que d'un cahier d'entraînement, il était inutile de le ramener à l'école et il restait à la ferme. Marcelline en profitait pour laisser son propre cahier. Quant aux pages manquantes, elle a dû les donner à ce fameux Matthias si elle y écrivait des poèmes. Ou bien, était-ce des lettres d'amour ? Ce doit être ça. Si la petite Amélie était souvent avec eux, Matthias et Marcelline ne pouvaient guère se parler que par lettres, en échangeant des propos sur des papiers qu'ils se passaient pendant que la petite sœur était plongée dans ses exercices. Pourtant, il y a quelque chose qui cloche. François Maselier m'a bien dit que c'était le roulier qu'elle aimait, celui avec qui elle a fait cet enfant qui a causé sa perte. Peut-être tout le monde s'est il trompé après tout. C'est la seule solution possible. Je ne vois rien d'autre. Oui, c'est comme cela que ça a dû se passer. Tout devient clair maintenant.

— Vincent est en vacances, il pourrait peut-être y aller. Tu serais d'accord, Vincent ?

Je sursaute. La question de ma mère m'a surpris.

— Oh ! Excusez-moi, j'avais l'esprit ailleurs. De quoi s'agit-il ?

— Des lots ! répond Certes. Certes il faudrait que quelqu'un aille à Montdunon pour voir des prix. Tu pourrais ?

Je réfléchis rapidement. Je pourrais y faire un saut dans la semaine.

— Oui, je veux bien, mais que dois-je acheter ?

La Barnette éclate de rire.

— T'étais vraiment dans la lune. Bon, on a dit qu'on comptait une trentaine d'équipes et il nous reste une dizaine de lots de l'an dernier. À cinq euros par personne pour l'inscription, ça nous fait un budget de trois cents euros pour les lots. On garde cinquante euros pour les jambons. Ça fait donc deux cent cinquante euros pour les autres lots. À toi de voir, mais pour le moment, tu relèves des prix, tu notes dans quel magasin tu les as trouvés et tu nous en parles à la prochaine réunion.

— Mais elle a lieu quand la prochaine réunion ?

— Mardi en quinze, répond le p'tit Jars.

— Aïe ! Je ne serai plus là.

— Bon, on verra ça tout à l'heure, tranche Certes. La Princesse va peut-être bien arriver. J'l'ai vue ce tantôt chez le p'tit Bouton et elle m'a dit « à ce soir ! » Elle pourra peut-être s'occuper des lots.

Je souris. Le p'tit Bouton, c'est le boulanger de Sourcarol. Il déteste qu'on l'appelle comme ça. Le p'tit Jars m'a un jour expliqué que lorsqu'ils allaient à l'école, le p'tit Bouton était renommé pour avoir souvent marié le mardi avec le jeudi. En clair, les boutons de son pantalon n'étaient jamais dans la bonne boutonnière. Ses camarades de classe se moquaient de lui en faisant une subtile confusion entre le mélange des boutons et sa virilité qui devait elle aussi être bien mélangée. Bien évidemment, cela mettait le futur boulanger dans une rage folle qui amusait beaucoup ses petits copains. Du coup, pour le mettre en colère, ils se sont mis à l'appeler le p'tit Bouton et malheureusement pour lui, ce surnom est resté. Il n'empêche que le p'tit Bouton travaille encore à l'ancienne mode, qu'il fait toujours cuire son pain au feu de bois, et qu'il fait indéniablement l'un des meilleurs pains du pays.

Certes continue sur un autre sujet. Il faut organiser le reste de la soirée. Il est décidé que comme chaque année, le maire de Logres prendra les inscriptions et remplira à la fois les offices d'arbitre et d'animateur. Il comptera les points et annoncera les résultats pour la remise des prix. Il n'y a pas de surprise. Le maire de Logres est tellement à l'aise avec un micro que c'est presque toujours lui qui remplit cette fonction aux concours de belote des différentes associations, pour le Quatorze Juillet ou pour le concours de pêche. Lorsque j'étais enfant, c'était déjà lui qui commentait la course cycliste des fêtes de Pâques, mais il n'y a plus de course depuis plusieurs années. Le p'tit Jars sera chargé de la buvette. La Zette et la Barnette doivent trouver des volontaires pour faire des gâteaux qui seront vendus à la part tandis qu'elles se chargeront de faire des crêpes. Certes s'occupera de préparer la salle dans l'après-midi avec l'aide de son fils et de Spada.

Soudain, la Zette change de sujet.

— Au fait, qui c'était le glas de ce matin ? J'ai demandé à la mère Raffat, mais elle a pas su me dire.

Tiens, c'est vrai, ma mère ne m'a rien dit à ce sujet et j'ai oublié de le lui demander.

— Il paraît que c'est pour le squelette qu'ils ont trouvé à Tevelune, répond le p'tit Jars. Mais tu dois savoir ça toi, Suzanne.

Ma mère acquiesce.

— Monsieur le Curé a souhaité faire sonner le glas même si on ne sait pas qui c'est.

Je regarde ma mère, étonné. Elle aurait tout de même pu m'en parler. Ce midi justement, on a reparlé de Tevelune et je lui ai même demandé de ne pas dire aux voisines que c'était moi qui l'avais trouvé, ce fameux squelette. Puisque le journal n'a pas cité mon nom, ce n'est pas la peine d'en rajouter. Je n'ai pas envie que tout le monde me pose des questions.

— C'est quand même bizarre cette histoire, dit la Barnette. Vous croyez que c'est quelqu'un qu'on connaît ?

— Oh, un squelette, ça peut dater d'il y a longtemps. C'est peut-être bien un cadavre de pendant la guerre ! dit Certes.

Je souris. S'ils savaient que j'ai trouvé la vérité, que la Korrandine est une fille de Sourcarol. Certes en profite pour revenir au thème de la réunion et commence à aborder la quantité de boisson qu'il faudra commander au limonadier de Montdunon. Je repense à Marcelline. Je suis content. Je crois que j'ai presque toutes les réponses à mes questions, maintenant. Oui, je sais comment ça s'est passé.

Marcelline adore les livres. C'est une véritable passion. Elle aime se retrouver seule. Lorsqu'elle va à la fontaine de Tevelune, elle franchit les portes d'un autre monde. Là, au bord de la fontaine, elle s'assied sur une pierre, ouvre le livre qu'elle a apporté, et se laisse envoler vers des rivages que nul ne soupçonne. Les voyageurs de l'esprit sont les seuls que rien n'arrête. Et elle voyage ainsi, au gré d'histoires extraordinaires, de paysages lointains. Elle resterait volontiers là pendant des heures et elle viendrait chaque jour si cela était possible. Mais ses parents n'apprécient guère ses escapades. Les livres c'est bien beau, mais ce n'est pas ça qui vous fait gagner votre pain. C'est pour cela que Marcelline s'est rapprochée du roulier. Lui, il est amoureux d'elle alors tout ce qu'elle fait, tout ce qu'elle aime, c'est bien. Elle a discuté avec lui de ses lectures, de ses passions. Maintenant, c'est lui qui lui ramène ses livres. Elle pourrait en lire autant qu'elle veut désormais, si ses parents la laissaient faire. Et c'est là que le bât blesse. Ses parents sont toujours aussi bornés. Elle réussit parfois à aller à la fontaine lorsqu'elle se propose pour aller chercher quelque chose à la ferme. Pour ses parents, au moins, elle se rend utile. Elle en profite alors pour y passer quelques heures et lire le dernier ouvrage que le roulier lui a apporté. Les fermiers sont gentils avec elle. Ils ne disent rien aux parents. Il faut dire qu'ils n'aiment guère les parents Maselier. Comme tous les fermiers, ils pensent que leurs propriétaires sont des profiteurs. Alors au fond d'eux-mêmes, ils sont bien contents de permettre à cette petite qui est si gentille de leur filer entre les doigts. Malgré tout, ces visites à la ferme sont trop rares et Marcelline voudrait bien pouvoir lire plus souvent. Elle aime aussi passer du temps avec Amélie, sa petite sœur. Elle l'adore.

Amélie va à l'école Notre-Dame de Montdunon. C'est une bonne école, pas comme cette école publique. Elle a bien ri l'autre jour après la messe. Pendant l'office, monsieur le curé est monté en chaire pour faire le sermon et il s'est mis en colère contre l'école publique.

— Un bon chrétien n'envoie pas ses enfants à l'école du diable ! a-t-il dit en regardant tout droit monsieur le maire qui baissait la tête.

Il faut dire que ça a fait un drôle de scandale quand on a su que le petit-fils du maire entrait à l'école publique. Après la messe, sur la place de l'église, elle a entendu Thomas, le petit-fils du directeur de l'école publique, qui demandait à sa maman : « Dis maman, pourquoi monsieur le curé, il a dit que grand-père, c'était le diable ? »

Non, Amélie ne va pas à l'école du diable. Elle travaille dur et apprend bien. Elle a un peu de mal avec le calcul, mais si elle s'entraîne pendant les vacances, elle fera des progrès. Ça a donné une idée à Marcelline. Les grandes vacances ! Elle pourrait proposer à ses parents de s'occuper d'Amélie au lieu de la laisser être dans leurs jambes à la fabrique. Et elle pourrait lui faire faire des exercices de calcul. Si ses parents étaient d'accord, elles iraient toutes les deux à Tevelune chaque jour, pour faire des exercices au grand air, profiter de l'été. Et pendant qu'Amélie ferait ses exercices, Marcelline pourrait lire. Et c'est comme ça que Marcelline et Amélie ont pu aller chaque jour de l'été à Tevelune.

C'est là-bas qu'elle a rencontré ce si beau jeune homme, Matthias. Il est venu passer quelques semaines ici pour étudier la ferme de Tevelune. Il lui a expliqué tant de choses sur l'histoire de la ferme, des choses incroyables. Avant, c'était une abbaye. Marcelline ne l'aurait jamais cru. Il lui a montré les murs qui datent de l'abbaye, des murs de près de huit cents ans. Elle lui a lu quelques passages de ses livres. Un jour, il lui a offert un livre de Victor Hugo et sur la première page, il avait recopié un vieux poème du Moyen Âge qui parlait de Tevelune. Et puis il lui a donné une lettre, la première. Comme elle a dû rougir, mais c'était si fort, si agréable. Amélie, cette chère petite Amélie. Heureusement qu'elle était là ! Puis quelquefois, ils l'ont laissée travailler seule ses exercices le temps d'une petite promenade dans le bois à côté, pour ne pas faire trop de bruit en discutant, pour ne pas la gêner. L'été s'est terminé. Matthias a dû repartir. Mais il allait revenir, il voulait l'épouser. C'est alors qu'elle s'est rendu compte. La foudre lui était tombée sur la tête. Il fallait faire vite, prévenir Matthias, ne pas perdre de temps. Il devait revenir, demander sa main, l'épouser. Matthias n'a jamais répondu à sa lettre. Elle était perdue. Jamais son père n'accepterait ça. Elle a beaucoup pleuré. Elle ne voyait plus qu'une seule solution. Elle devait épouser le roulier, le convaincre qu'il était le père de l'enfant qui vivait en elle. Elle a joué la comédie. Il était charmant, adorable, mais elle ne l'aimait pas. Elle a pourtant fait ce qu'il fallait, elle n'avait pas le choix. Puis elle a avoué à son père qu'elle attendait un enfant du roulier, qu'elle devait l'épouser. Son père est entré dans une rage folle. Comment sa fille, sa propre fille, pouvait-elle faire ça ? Avec un roulier en plus, un propre à rien, alors qu'il y avait l'autre, le fils du ponnier qui aurait pu être un si bon mari. Jamais il ne pourrait lui pardonner ça, jamais. Le père était si furieux qu'il est allé directement voir le roulier pour lui dire sa façon de penser, et il l'a mis à la porte. Le roulier était effondré. Il aimait tant sa chère Marcelline. Il ne voulait pas ça. Il avait fait une erreur, il voulait réparer. Mais c'était trop tard, bien trop tard. Puis Marcelline a donné le jour à son bébé. Son père, furieux, les a chassés de sa maison. Marcelline est partie. Ne sachant où aller se réfugier, elle est allée à la fontaine de Tevelune. C'est là que le roulier l'a rejointe. Il ne comprenait pas. Comment l'enfant pouvait-il être déjà né ? Pourquoi si tôt ? Marcelline ne lui répondait pas. Elle ne savait plus quoi dire. Devant ce silence, le roulier a compris. Marcelline s'était moquée de lui et il n'était pas le père de l'enfant. Il était furieux. Dans un accès de colère, il l'a frappée, trop fort. Elle est tombée, ne bougeait plus. Elle était morte. L'enfant s'est mis à pleurer. Le roulier a paniqué. Que pouvait-il faire ? Fuir ? On allait la trouver, on devinerait que c'était lui. Il a regardé le trou derrière la fontaine. Il a sauté dans l'eau et il a tiré le corps sans vie de la femme qu'il avait aimée, qui l'avait trahi. Il a trouvé cette cavité, au fond du ruisseau, la cachette idéale. Et l'enfant ? Il n'avait plus le choix, il était allé trop loin, malgré lui. Mort de peur à l'idée que quelqu'un entende l'enfant pleurer, il l'a plongé sous l'eau, longtemps, puis il l'a posé sur le ventre de sa mère. Il s'est enfui, il est parti loin de Tevelune et on n'a plus jamais entendu parler de lui dans la région.

Oui, tout colle ! C'est exactement ça. C'est horrible, mais cela a dû se passer comme ça. Pour en être sûr, il faudrait savoir combien de temps s'est écoulé entre l'annonce aux parents et la naissance de l'enfant. Ce serait déjà une indication, mais pas une certitude. Je dois trouver quelque chose. Bon sang ! Je dois encore réfléchir.

— Oh ! Excusez-moi, j'arrive presque à la fin de la réunion. J'ai une vache qui s'est mise à vouloir vêler comme j'allais partir.

La Princesse est entrée en trombe. Elle a environ quarante-cinq ans, le visage décidé des gens de la terre, une poitrine aussi exubérante que sa personnalité. Elle ne passe jamais inaperçue. Cette femme est un véritable paquet d'énergie, toujours à courir par monts et par vaux. Elle doit son surnom à sa situation de famille. Fille unique d'un couple de fermiers aisés, elle a épousé un autre fermier, lui aussi fils unique d'un propriétaire terrien. Rapidement, elle a hérité d'oncles et tantes qui avaient de la terre, mais pas d'enfant. Du coup, à eux deux, ils ont maintenant une propriété largement plus grande que la moyenne du village. Il n'en fallait pas plus pour qu'ils soient affublés de surnoms appropriés : Le Prince et la Princesse. Ils l'ont bien pris et en ont même ri, si bien que tout le monde les appelle ouvertement ainsi. Bien évidemment, leur fils unique a dès sa naissance été appelé Le Petit Prince. La Princesse ne fait aucune difficulté pour accepter la mission que le bureau du comité des fêtes lui a réservée. Elle ira dès la semaine prochaine à la pêche aux lots. Tout semble donc prêt pour le concours de belote. Certes rappelle qu'il faudra penser à préparer les fêtes de la Saint-Jean lors de la prochaine réunion et trouver un nouveau forain, car celui qui vient chaque année pour les auto-tamponneuses a pris sa retraite.

— Je vais essayer de voir avec celui qui est venu à Vieux-Priex pour la Saint-Michel ! conclut-il en se levant.

Tout le monde est debout, prêt à partir et je suis encore assis, à griffonner bêtement sur ma feuille.

— Pardon ! J'avais l'esprit ailleurs, dis-je en souriant.

— Certes on avait remarqué, dit Certes.

Il fait froid ce soir. Maman et moi rentrons à pied.

— Pourquoi tu ne m'avais pas dit pour le glas ? lui demandé-je.

— Oh ! Je ne l'ai su que dans l'après-midi lorsque je suis allé à la sacristie. Et puis je n'y ai plus pensé quand tu es rentré.

Je marche en silence. Je suis assez content. J'ai l'impression d'y voir beaucoup plus clair, maintenant. Il n'y a qu'un truc qui me tracasse. Pourquoi les parents Maselier ont-ils accepté de laisser Marcelline s'occuper des exercices de calcul d'Amélie si pour eux, l'école et les livres n'étaient pas importants ? Bah ! C'était peut-être tout simplement pour avoir la paix. Ils devaient simplement se dire que de toute façon, Marcelline allait bientôt être en âge de se marier et qu'elle serait bien obligée de se mettre un peu plus à la fabrique lorsque son mari lui demanderait. Quant à la petite Amélie, elle était bien trop jeune pour aider utilement. Il y a encore un petit détail qui cloche. Si Marcelline était enceinte, pourquoi son père a-t-il refusé son mariage avec le roulier ? Ce n'était pas un mariage dont il voulait, mais c'était tout de même mieux qu'une fille-mère à cette époque-là ?

Mes idées s'embrouillent. Je suis mort de fatigue. Je ne vais pas traîner avant de m'endormir ce soir. Demain, il sera temps de réfléchir pour trouver les preuves qui me manquent.

- 19 -

« C'était Manderley, notre Manderley secret et silencieux comme toujours avec ses pierres grises luisant au clair de lune de mon rêve, les petits carreaux des fenêtres reflétant les pelouses vertes et la terrasse. Le temps n'avait pas pu détruire la parfaite symétrie de cette architecture, ni sa situation qui était celle d'un bijou au creux d'une paume. »

Daphné du Maurier
Rebecca

Je suis monté dans ma chambre directement. Je n'arrive toujours pas à comprendre comment je fonctionne. Tout à l'heure, je tombais de sommeil et maintenant que je suis allongé dans le noir, je sens que je ne réussirai pas à m'endormir. Cela m'arrive parfois. Je reste des heures ainsi à penser, à tout retourner dans ma tête. Généralement, de guerre lasse, je rallume la lumière et je prends un livre. Le problème, c'est que les livres ne m'endorment pas. Au contraire, pour peu que je sois absorbé, je peux ainsi veiller toute la nuit sans ressentir la moindre envie de sommeil. Je suis le fil de l'histoire, je vis le livre comme si j'y étais. Pendant des heures, je me promène au fil des pages dans des époques lointaines ou dans des lieux nouveaux, je fais la connaissance des personnages qui ont pris naissance dans l'esprit de l'auteur et je les accompagne. Je les hais, les admire, les aime et il faudrait peu pour que je ne devienne moi-même un des personnages. Je prends possession du livre et l'histoire prend possession de moi. Aux aurores, je lève les yeux à contrecœur sans complètement quitter le livre. Je me prépare à aller travailler et j'essaie de laisser l'histoire inachevée derrière moi, pour mieux la reprendre plus tard. Si d'aventure je l'ai terminée, je la savoure encore un peu avant de l'oublier pour retourner dans la vraie vie, tellement moins passionnante. Généralement, la journée est dure et le sommeil qui n'est pas venu pendant la nuit me gagne aux moments les plus inopportuns.

Je crois que les livres sont à l'origine de mes plus belles insomnies. Il y en a eu aussi de plus déplaisantes. Lorsque Nicolas a annoncé à Aurélie qu'il voulait reprendre la vie commune, je ne dormais plus guère. Mais il était tout à fait inutile d'essayer de lire. J'avais beau forcer mon attention, mes yeux suivaient les lignes, mon regard percevait les mots, les lettres, mais mon esprit n'en saisissait pas le sens, trop occupé qu'il était à sonder les doutes d'Aurélie. Les plus captivants des romans policiers ne réussissaient pas à me détacher de cette réalité. Cela n'a duré que quelques jours, mais ils m'ont semblé des siècles. Je savais que tôt ou tard, le verdict allait tomber, que mon sort en dépendait. Je me répétais : « Fais-lui confiance ! » Rien n'y faisait. J'étais toujours aussi inquiet. Aurélie ne pouvait pas céder, elle ne pouvait retourner dans le passé, effacer ce qu'elle avait vécu d'un revers de manche comme s'il ne l'avait pas trahie et m'effacer par la même occasion. Je ne pouvais pas y croire, je ne voulais pas l'imaginer. C'était une véritable torture. Dès que je fermais les yeux, je ne pouvais m'empêcher de songer au pire. Je la voyais m'annonçant qu'elle devait lui donner une nouvelle chance et partir sans se retourner. Je l'imaginais embrassant ce visage que je n'avais vu qu'en photo et qui symbolisait à mes yeux ce qu'il peut y avoir de plus détestable chez un homme. Tout cela me paraissait si incongru, si impossible, que loin d'être soulagé, je ressentais au plus profond de moi une plus grande douleur encore. Par moments, mon désarroi était tel que j'en tremblais. Un frisson glacial courait le long de mon corps et me donnait la chair de poule. Je me laissais alors submerger par un affreux sentiment d'impuissance et d'abandon. Je ne vivais plus que dans l'attente du moment où j'entendrais de nouveau sa voix, où je pourrais essayer de percevoir dans ses paroles une preuve de son amour ou tout autre signe qui pourrait me rassurer sur le sens de la décision qu'elle allait prendre. À chaque instant pendant ces quelques jours, j'avais peur.

Aurélie avait conscience de ma souffrance. « Comprends-moi, s'il te plaît. Je dois être sûre. Je crois que je sais ce que je dois faire, mais je veux en être sûre. Je n'ai pas le droit de me tromper, pour moi, pour mes filles. » Nicolas profitait de ce trouble pour en rajouter. Il ne se passait pas un soir sans qu'il ne débarque chez elle pour la supplier, l'attendrir, menacer de se suicider. Le scénario était presque toujours le même. Aurélie m'appelait. Nous parlions de tout et de rien, de nous. Elle était lointaine. Puis elle me disait qu'elle était presque sûre d'elle, qu'elle ne pouvait pas imaginer vivre sans moi, que notre histoire était trop importante à ses yeux. Ses « je t'aime » me faisaient chaud au cœur. Elle lui en voulait de venir la torturer ainsi, de l'empêcher de vivre sereinement, d'être heureuse désormais. Elle était furieuse de le voir si égoïste. Qu'imaginait-il ? Qu'elle lui appartenait, qu'il suffirait qu'il claque des doigts pour qu'elle le laisse revenir comme si de rien n'était ? Je fermais les yeux. Chacune de ses paroles me réconfortait. Je retrouvais celle que j'aimais.

Adorable Aurélie ! Comment pouvais-je lui en vouloir ? C'était lui qui venait perturber notre bonheur. Elle était tellement plus droite que lui, tellement plus honnête. À sa place, jamais il n'aurait pris le temps de la réflexion pour être sûr de ne pas faire d'erreur, de ne pas faire souffrir inutilement. Doucement, à mesure que ses paroles me réchauffaient le cœur, je redécouvrais combien cette femme était belle au plus profond d'elle-même. Mon amour pour elle était plus fort de minute en minute, de mots de réconfort en mots d'amour. Enfin, nous nous retrouvions tous les deux, loin de celui qui avait essayé de détruire notre bonheur. L'indésirable était repoussé. Tous les deux, nous avions été beaucoup plus forts que lui et plus rien ne nous inquiétait désormais. Je n'avais plus peur de rien puisque c'était moi qu'elle aimait, que cette péripétie nous avait soudés plus sûrement que tous les serments. Nous savourions ces instants de complicité retrouvée. Nous allions passer des heures ainsi à parler, à nous aimer avec nos voix, nos mots et la sensation que nos âmes se rejoignaient d'autant plus que nos corps étaient éloignés.

Soudain, elle tendait l'oreille. Elle venait d'entendre une voiture se garer devant chez elle. C'était peut-être lui. Elle me rappellerait dès qu'elle serait seule. Et elle raccrochait. La soirée passait ainsi. J'étais assis près du téléphone, incapable de penser à autre chose. Plus le temps passait et plus la peur reprenait le dessus. Que faisait-elle ? Que se disaient-ils ? N'allait-il pas la convaincre ? Vers une ou deux heures du matin, elle me rappelait et me racontait la scène. Ce soir-là, il avait été odieux, menaçant ou bien adorable, attendrissant ou encore dépressif, suicidaire. Parfois, il avait pleuré dans ses bras, avait essayé de l'embrasser. Une autre fois, elle avait eu sincèrement peur qu'il ne fasse une terrible bêtise. Le lendemain, elle l'avait senti si agressif qu'elle s'était demandé à plusieurs reprises s'il n'allait pas la frapper. À chaque fois, elle ne savait plus où elle en était. Après tout, il était peut-être sincère puisqu'il avait quitté Lydie pour le lui prouver. Il avait peut-être vraiment compris, vraiment changé. Son insistance ne montrait-elle pas qu'il l'aimait ? Il disait regretter amèrement son erreur, qu'il ne pouvait pas vivre sans elle. Il voulait s'amender et lui montrer qu'il n'était plus le même homme. Il semblait tellement souffrir. Il pensait qu'elle voulait lui faire payer son comportement et que la punition avait déjà été assez forte. Il n'en pouvait plus et préférait mourir plutôt que vivre sans elle. Son travail ne l'intéressait plus et plus rien n'avait de goût à ses yeux. Même les filles qu'il avait rencontrées pour tenter de l'oublier lui avaient paru fades et il les avait aussitôt quittées parce qu'il ne pensait qu'à Aurélie lorsqu'elles étaient dans ses bras. Non, elle était la seule femme de sa vie.

Mais il venait d'être aussi odieux avec Lydie qu'il l'avait été avec elle quelques mois plus tôt. Ne venait-il pas de la plaquer sans états d'âme ? Et les autres filles qu'il avait prises et jetées après usage comme de vulgaires mouchoirs en papier. C'était bien la preuve qu'il n'avait pas changé. Non, il était toujours aussi incapable de penser à autre chose qu'à lui-même. Le bonheur des autres n'avait de sens qu'en regard du sien. « Je te connais, lui avait-il dit. Ne me parle pas de bonheur avec l'autre. Tu es à moi, tu m'aimes et tu ne peux pas être heureuse avec quelqu'un d'autre que moi. Moi je sais ce qui est bon pour toi, et c'est moi ! » Non, il n'avait décidément rien compris et il était toujours le même. Et de nouveau, elle était perdue, elle avait besoin de réfléchir encore pour être sûre d'elle.

Puis un soir, en rentrant du bureau, j'ai reçu un message d'Aurélie. Je l'ai ouvert avec anxiété et je l'ai lu. C'était la copie de celui qu'elle venait d'envoyer à Nicolas.

Elle comprenait sa démarche et était sensible à ses remords. Bien sûr, son attachement au bonheur des filles lui faisait honneur et ensemble, ils sauraient tout faire pour qu'elles puissent grandir dans un climat serein avec des parents qui les aiment et se respectent. Mais en ce qui concernait leur vie à deux, le retour en arrière n'était plus possible. Ses regrets, s'ils étaient louables, ne changeaient rien au fait qu'il avait cassé trop de choses entre eux. Elle était contente de voir qu'il avait compris combien il pouvait faire souffrir et que pour cela, il ne referait sans doute plus les mêmes erreurs. Mais il devait se rendre à l'évidence. Ce n'était pas la femme qu'il aimait en elle, mais la mère de ses enfants. Il vivait mal le fait que celle qu'il croyait sienne puisse être heureuse sans lui. C'était une forme d'égoisme. Il ne devait plus y penser. Il avait voulu leur séparation et ils étaient allés trop loin, ils s'étaient fait trop de mal, ils s'étaient dit trop de choses pour les oublier. Il faut avoir confiance pour aimer et cette confiance-là était brisée entre eux. Leur divorce était inéluctable. Désormais, elle voulait pouvoir vivre heureuse. Elle avait rencontré un homme qu'elle aimait par-dessus tout. C'était avec lui qu'elle voulait partager sa vie et ses rêves. Il devait maintenant faire de même. Peut-être Lydie n'était-elle pas la femme qui pourrait le combler, mais il allait rencontrer quelqu'un avec qui il partagerait ses rêves. Elle lui souhaitait de se construire une vie qui le rende heureux. Son vœu le plus cher était qu'ils puissent tous les deux, en adultes responsables et en bonne intelligence, être de bons parents divorcés pour leurs deux filles.

J'étais soulagé, heureux ! Ô comme je l'ai aimée à ce moment-là, peut-être plus que jamais ! Elle venait de me choisir. Elle m'aimait réellement. J'avais eu si peur que tout ne change, qu'elle lui pardonne tout et me range au rayon des histoires passées sans importance. Que j'avais été idiot d'avoir peur, simplement parce qu'elle avait voulu être sûre de sa décision, d'être honnête tant pour elle que pour ses filles. Notre amour ressortait plus fort encore de cette épreuve et nous pouvions regarder l'avenir en confiance. Je m'en voulais presque de ne pas l'avoir assez aimée pour ne pas douter d'elle.

Notre vie a continué plus sereine que jamais. Nicolas n'acceptait pas sa décision, mais désormais, elle s'en moquait. Il ne renonça pas pour autant. Il revenait sans cesse à la charge, tantôt gentil et séducteur, tantôt menaçant et insultant. Parfois, Aurélie était la plus douce et la plus belle des femmes, parfois au contraire, elle était un monstre de cruauté, une mère indigne et irresponsable. J'étais quant à moi devenu « ton mec ! », « un étranger », « l'autre », voire pire selon les jours et les humeurs. Il répétait sans cesse qu'il ne voulait même pas savoir que j'existais. De femme abandonnée par son époux, elle était devenue une femme adultère à la vie dissolue. Il en était arrivé à lui reprocher d'être la responsable de leur situation de parents séparés et il la sommait d'assumer ses choix. Chaque matin que nous passions ensemble, nous étions réveillés aux aurores par un message : « Bonjour mon amour ! Je te souhaite de passer une bonne journée. Je t'aime. » Il arrivait avec des fleurs pour venir chercher les filles, puis pouvait le même jour la menacer de faire un constat d'adultère ou de se suicider, ce dont elle serait évidemment moralement responsable aux yeux de ses filles pour le reste de ses jours.

Plusieurs soirs, il est arrivé sans prévenir chez elle, lorsqu'il savait que j'étais en France, et la suppliait, la menaçait, se précipitait dans ses bras pour pleurer, la prévenait qu'il allait se suicider, puis lui parlait de tragédies où un père désespéré avait massacré toute sa famille avant de se donner la mort. À chacune de ses visites, Aurélie me prévenait de son arrivée, pour que quelqu'un sache qu'il était chez elle, et je passais une soirée atroce, incapable de faire quoi que ce soit à quatre cents kilomètres d'elle. Un soir, il a débarqué avec sa valise vers vingt-deux heures : « Je viens dormir chez moi avec ma femme. Après tout, c'est encore ma maison ici ! » Aurélie est sortie pour m'appeler. Les filles dormaient dans leurs chambres. Elle ne voulait pas qu'il reste, mais elle ne pouvait pas réveiller les filles pour partir, et encore moins partir sans elles. Elle avait peur de sa réaction si elle tentait quelque chose. Lorsqu'elle est rentrée, pour lui demander d'être raisonnable, il était déjà couché dans son lit, nu, et il attendait sa femme, disait-il. Elle a fini par le convaincre d'aller se coucher sur le canapé et de partir dès le lendemain avant le réveil des filles pour ne pas rendre les choses encore plus compliquées à vivre pour elles.

Heureusement, malgré tout ça, nous étions heureux ensemble. Chacune de nos rencontres était un havre de paix. Nicolas n'osait pas intervenir lorsqu'il savait que j'étais là. Nous avons commencé à chercher une maison. Elle devait être située non loin de Vorinde, pour qu'Aurélie puisse aller à son travail, et à proximité d'une gare qui me permette d'être à Bruxelles dans des délais raisonnables.

Un matin, nous sommes allés en voir une. Il fallait prendre une petite route qui montait sèchement le long d'un coteau. Le chemin prenait fin dans un jardin et la maison était là, accrochée à cette colline boisée, enfoncée dans la mousse. Ce devait être un bâtiment ancien, totalement rénové, avec un petit étage mansardé, sans doute un ancien grenier aménagé. Immédiatement, sans nous concerter, nous avons compris. C'était notre maison. Nous nous sommes regardés, émus. Il n'était pas besoin de faire un gros effort d'imagination pour voir Noémie faire du vélo sur la petite route qui ne conduisait que chez nous. Sur la pelouse, Aglaé fait ses premiers pas en poussant un landau avec quelques poupées.

Aurélie et moi sommes assis sur le banc de pierre, à l'ombre des arbres de ce petit bout de forêt, plongés dans la lecture de quelques bons romans.

— Noémie, ne va pas si loin, je veux te voir. La descente est trop dangereuse pour toi. Reviens par-là. Pourquoi ne joues-tu pas au ballon ici, sur la pelouse ?

Aurélie est comme ça, elle a beau être occupée à autre chose, elle garde toujours un œil sur les enfants. C'est toujours elle qui entend la première notre bébé pleurer là-haut, dans la petite chambre où il fait la sieste.

— Ne bouge pas, ma puce, j'y vais !

Aurélie sourit. Les week-ends sont agréables dans ce petit coin calme de Wallonie. Il y a bien quelques inconvénients. La forte pente de la route me fait toujours peur l'hiver lorsqu'il neige. Et pour atteindre la gare la plus proche, j'ai chaque jour un embouteillage en entrant dans Namur. Mais cette maison, c'est notre paradis. Je grimpe l'escalier quatre à quatre et je prends notre bout de chou dans mes bras. Il est beau comme un soleil, comme notre soleil. Nous en avons rêvé ensemble dès nos premières rencontres. Il est belge et français, un vrai Européen. J'aime beaucoup sa chambre, idéale pour un bébé, pleine de lumière et en même temps protégée des rayons trop ardents par les arbres de la forêt qui surplombe la maison. Les premiers temps, il dormait dans notre chambre, une grande chambre toute lambrissée, un vrai nid d'amour. Mais rapidement, il nous a semblé qu'il devait dormir seul. Pour rassurer Aurélie, nous laissons les portes ouvertes. Je file à la salle de bains toute carrelée de bleu, pour le changer et l'habiller. Voilà, il est tout propre. Je passe à la cuisine, une cuisine rustique à l'ancienne, et j'attrape le biberon que nous avions préparé. Je le réchauffe aussi vite que possible. Notre bébé est impatient. Tiens, je vais en profiter pour prendre un livre. Je traverse le salon dans lequel nous passons nos soirées, devant la cheminée de pierres, sous les poutres apparentes qui lui donnent un aspect de ferme savoyarde. Le bureau est juste à côté de la porte d'entrée, le long du petit garage où Aurélie range sa voiture. Nous l'avons aménagé pour que nous soyons face à face. Ainsi, nous pouvons travailler et nous regarder les yeux dans les yeux, échanger ces sourires qui rendent la vie plus belle. Les murs sont tapissés de photos de notre petite famille qu'Aurélie a prises et retravaillées sur son ordinateur. Oui, mon bébé, je me dépêche ! Je rejoins Aurélie et à peine suis-je assis que le fruit de nos amours se jette sur son biberon. Aurélie nous regarde, l'œil attendri. Décidément, nous formons une belle famille et cette maison était faite pour nous.

C'était un coup de foudre. Tout nous plaisait ici. Il ne nous restait plus qu'à achever la vente de la maison d'Aurélie et je devais encore être retenu pour le poste de Bruxelles. Elle avait déjà un acheteur et j'avais le sentiment d'avoir fait très bonne impression lors de l'entretien de sélection. Notre bonheur était à son comble. Pour la première fois de ma vie, je ne voyais pas d'ombre dans ce paysage idyllique.

Qui sait ? Cette maison est peut-être encore disponible. Elle le sera peut-être encore lorsque tout rentrera dans l'ordre, après la tempête.

- 20 -

« Mon âme a son secret, ma vie a son mystère :
Un amour éternel en un moment conçu :
Le mal est sans espoir, aussi j'ai dû le taire,
Et celle qui l'a fait n'en a jamais rien su. »

Félix Arvers
Mes heures perdues

La journée s'annonce plutôt belle et le ciel est clair. À mon avis, nous allons vers quelques jours plus froids. J'imagine qu'un vieux paysan pourrait m'expliquer tout cela avec précision en observant le vol des groles ou la position de la lune. Ce matin, j'ai décidé de faire un saut à Montdunon pour faire les photocopies du cahier de Marcelline. Maman m'a demandé d'en profiter pour faire quelques courses. Il y a bien longtemps que l'épicerie de Sourcarol a mis la clé sous la porte. Lorsque j'étais enfant, il y avait encore pas mal de commerçants : deux boulangeries, une boucherie, une épicerie, une poissonnerie, un marchand d'articles de pêche et de chasse et trois bars. La poissonnerie a été la première à céder. Un à un, les bars ont fermé leur porte, puis l'épicerie n'a pas trouvé repreneur lors du départ en retraite d'Étiennette Binet. Un ou deux ans plus tard, un jeune couple a bien essayé de monter une petite épicerie-bar, mais ils n'ont pas résisté longtemps. Puis un nouveau bar s'est ouvert depuis trois ans. Il semble réussir à tenir le coup en proposant des repas simples le midi pour les gens de passage, essentiellement des représentants de commerce. Le boucher a été le dernier à lâcher prise. Il est toujours en activité, mais a fermé le magasin de Sourcarol. Il vend sa marchandise dans son camion qui sillonne tout le canton de village en village et s'arrête trois fois par semaine dans le bourg de Sourcarol. Désormais, il n'y a plus qu'une boulangerie et le fameux bar pour maintenir un semblant d'activité commerciale. Sourcarol meurt peu à peu. Pour la moindre bricole, il faut aller jusqu'à Montdunon. Évidemment, c'est tellement plus pratique de tout acheter au même endroit que les petits commerces ne peuvent plus faire face à la concurrence. La seule chose qui ait permis au p'tit Bouton de survivre, c'est que son pain est bien meilleur. Il y a même des gens de Montdunon qui viennent exprès à Sourcarol. On devrait mettre une grande pancarte à l'entrée du bourg : Sourcarol, son air pur, ses ponnes, son bon pain. À notre époque, il paraît qu'il faut se spécialiser pour être efficace. Les avantages comparatifs de Ricardo ont fait des ravages jusque dans nos campagnes.

Il est bientôt dix heures. Je vais d'abord aller faire mes photocopies et j'irai ensuite au petit supermarché. Celui-là, il me fait rire. C'est toujours le même gérant et l'agencement intérieur paraît immuable. Pourtant, j'ai l'impression qu'à chacune de mes visites, il a changé d'enseigne. J'entre à la bibliothèque avec mes cahiers sous les bras. La bibliothécaire est assise derrière son bureau, à taper sur son ordinateur.

— Bonjour Vincent ! Vas-y, fais comme chez toi.

— Bonjour. Merci, mais je ne viens pas pour la bibliothèque aujourd'hui. Je veux juste quelques photocopies.

— Je termine ce que je fais et je suis à toi dans deux minutes.

Je m'assieds à côté de la fenêtre et je me replonge dans le cahier de Marcelline. Quels sont les documents que je veux, exactement ? Les dessins, notamment celui de la fontaine avec la Korrandine, bien sûr, et la lettre de Matthias.

Oh ! Que je suis bête ! J'avais dit que je regarderais à la bibliothèque les autres livres qui ont été offerts par la famille Maselier. Je peux trouver d'autres petits mots écrits à l'intérieur des couvertures et que Solange Brossac n'aurait pas relevés. Elle a pensé à m'en parler parce que je cherchais des éléments sur Tevelune, mais elle ignore que désormais, ce qui touche à la famille Maselier m'intéresse au plus haut point.

— Voilà, Vincent ! On va faire tes photocopies.

— Merci beaucoup. Il me faudrait un exemplaire de chaque feuille, lui dis-je en lui tendant les feuilles volantes du cahier vert.

J'en profite pour ajouter :

— J'y repense maintenant. J'aurais bien aimé voir les autres livres qui ont été offerts à la bibliothèque par François Maselier.

Madame Brossac me regarde d'un air étonné. Forcément, une telle requête doit lui paraître bien étrange. Il faut que je trouve vite une excuse plausible.

— C'est à cause du poème que vous m'avez montré l'autre jour. Je voudrais voir s'il y en a d'autres du même genre.

Elle sourit.

— Je ne crois pas. En tout cas, je n'ai rien remarqué et on ne m'en a pas parlé. Mais si tu veux, je vais te les montrer.

— Merci, c'est très gentil, lui dis-je, soulagé qu'elle n'y ait pas perçu une quelconque curiosité malsaine.

Elle me tend les photocopies et me précède vers une étagère. Un vieux monsieur que je n'avais pas vu est assis derrière une table, plongé dans la lecture d'un ouvrage sur les pierres et les fossiles, semble-t-il. En nous voyant, il relève les yeux et me salue d'un sourire pincé. Il doit avoir au moins soixante-dix ans, le crâne très dégarni entouré d'une mince couche de cheveux blancs qui renforce l'aspect rond de son visage. Il porte des lunettes en demi-lune accrochées à l'extrémité de son nez, si bien que son regard par-dessus les verres lui donne un air désapprobateur. De toute évidence, il n'apprécie guère d'être dérangé au beau milieu de sa lecture.

La bibliothécaire est allée droit sur un rayon.

— Voilà, ce sont ceux-là ! me dit-elle en faisant glisser le dos de sa main le long des tranches alignées sur la deuxième et la troisième étagère en partant du bas. Je n'ai pas encore eu le temps de les classer par catégories, ajoute-t-elle en tournant les talons pour retourner à ses occupations.

— Je vous remercie, lui dis-je.

Il doit y avoir une centaine d'ouvrages alignés là. Saint-Exupéry, Victor Hugo, Alain-Fournier, Henry Bataille, Alexandre Dumas, Flaubert et beaucoup d'autres auteurs que je connais ou non. De toute évidence, tous ces livres n'étaient pas à Marcelline. Alain-Fournier ou Saint-Exupéry par exemple sont beaucoup trop récents. Je n'ai pas besoin de vérifier ceux-là. Un à un, je sors les ouvrages susceptibles d'avoir appartenu à Marcelline, et je les pose sur la table. Derrière moi, le vieil homme tousse et se gratte la gorge. Forcément, je fais plus de bruit qu'un lecteur calme en maniant ainsi les livres. Je dois faire le plus vite et le plus silencieusement possible si je ne veux pas être l'objet d'une réflexion désagréable qui, je le reconnais, serait parfaitement fondée. Une bibliothèque doit être un lieu calme, propice à la réflexion, à la concentration. Au lieu de cela, je me conduis comme un déménageur. Pour calmer un peu le jeu, je m'assieds à la table et je feuillette les livres que j'ai déjà sortis. Il y en a une vingtaine. La plupart ne portent aucune inscription particulière et les autres, la mention du propriétaire sous diverses formes : Marcelline, Marcelline Maselier, Maselier. La seule originalité, c'est *Le Rouge et le Noir* de Stendhal sur lequel est indiqué « Amélie », sans mention de nom. Je remets les livres à leur place pour en prendre d'autres, le plus silencieusement possible tandis que mon compagnon de bibliothèque prend des notes, relevant de temps à autre les yeux pour me jeter par-dessus ses lunettes un regard franchement hostile. Il avait dû espérer être seul toute la matinée. Mais je dois être honnête, je n'aime pas non plus qu'il y ait du bruit ou des gens qui s'affairent auprès de moi lorsque je lis. De toute façon, je n'en ai plus pour longtemps. Mes recherches du matin ne m'ont conduit à rien. Pas l'ombre d'une trace de Matthias dans ces livres, et rien qui ne me permette d'avancer. La bibliothécaire devait avoir raison, s'il y avait eu autre chose, elle l'aurait vu.

J'en ai terminé. Je repousse doucement la chaise et je me dirige à pas feutrés vers la porte. Le vieil homme relève la tête en m'adressant un sourire poli, dissimulant très mal son soulagement de me voir partir. C'est étrange, son visage me rappelle quelqu'un, mais je n'arrive pas à m'en souvenir. Ce ne doit pas être bien important. Je lui rends son sourire en lui disant le plus bas possible :

— Bonne journée et pardon de vous avoir dérangé en faisant un peu de bruit.

Et je sors sans attendre.

— Au revoir et merci ! dis-je à Solange Brossac en glissant la tête par la porte de son bureau.

— Tu as trouvé quelque chose ? me demande-t-elle.

— Non rien, vous aviez raison. Au revoir.

Je monte dans ma voiture direction la supérette. La tête de ce vieil homme à la bibliothèque me dit quelque chose, mais quoi ? Ça y est, ça me revient. Il a la même physionomie que monsieur Belgarde. Oh, c'est vieux ça ! Monsieur Belgarde était un instituteur à la retraite. À l'époque, il devait avoir du mal à décrocher complètement. Chaque année, il offrait un dictionnaire à l'élève de CM2 qui obtiendrait la meilleure moyenne aux compositions. Lorsque je suis arrivé en CM2, je voulais absolument gagner, non pas pour le dictionnaire lui-même – j'en avais déjà un –, mais par simple amour-propre. Et comme chaque année, je me suis classé deuxième derrière Annie. Je ne lui en ai pas voulu. Nous nous entendions à merveille. Elle habitait une ferme sur la route de Pliac. J'allais souvent chez elle et nous passions des heures à nous promener dans les bois, à inventer mille jeux, à étudier la faune et la flore. Immanquablement, au retour de nos expéditions, nous nous plongions dans les pages de son encyclopédie pour y chercher des renseignements complémentaires sur ce que nous avions découvert. Je me souviens qu'un jour, je suis arrivé à la ferme en début d'après-midi. On y entrait par un chemin de pierres qui contournait la grande maison carrée. On ne fait plus de bâtiment comme celui-là désormais. Je n'ai jamais su à quelle époque il a été construit, mais j'avais l'impression qu'il était presque aussi vieux que Tevelune. Annie m'a aperçu par la fenêtre de sa chambre au premier étage. Le temps pour moi de poser mon vélo contre un tas de bois, et Annie est apparue sur le pas de la porte.

— Mes parents sont sortis. Ça te dit d'aller au bord de l'Argent ? En ce moment, il y a des libellules superbes.

Ça ne me déplaisait pas. Souvent, nous pêchions des têtards que nous mettions dans un aquarium pour suivre leur développement et leur transformation en grenouilles. Parfois, nous trouvions une salamandre ou des cocons de papillon. Pour les libellules, c'est beaucoup plus compliqué. Nous n'avons jamais réussi à en voir une venir au monde. Alors nous allions parfois au bord de l'eau pour les observer dans leur milieu naturel. À chaque fois, nous revenions avec des images superbes plein la tête et quelques trophées ramassés en route ou sur place. Il suffisait d'un phasme ou d'un lucane, surtout si nous trouvions une femelle avec ses grands crochets caractéristiques, et nous étions heureux. C'était un jour comme ceux-là et nous avons guetté, observé, souvent fait fuir de nombreux spécimens de la faune de l'Argent. Au moment de remonter vers la ferme, Annie m'a montré une très belle libellule bleue qui virevoltait au-dessus d'un nénuphar.

— Quel dommage que quelque chose d'aussi beau vive si peu de temps…

— C'est un peu le sort de tous les animaux. Il n'y en a pas beaucoup qui vivent plus longtemps que les hommes.

À ma grande surprise, Annie a éclaté en sanglots. Nous avons continué à marcher sans dire un mot. Difficile de trouver quelque chose à dire dans ces moments-là, d'autant plus que je ne comprenais pas sa réaction. Nous grimpions un sentier rocailleux qui longeait une haie d'arbustes envahie par les ronces et nous approchions de la ferme. Déjà, un toit de tuiles rouges perçait au milieu du bois qui entourait le corps de la ferme.

Nous allions toucher les premiers arbres quand Annie a tiré mon bras :

— Viens voir !

Elle m'entraînait à l'écart du sentier. Le sous-bois sentait bon le printemps et les bourgeons naissants. Au détour d'un arbuste, elle a pointé le doigt vers deux morceaux de branches noués pour former une croix.

— C'est là !

Elle est restée silencieuse un instant et de nouveau une larme commençait à couler en silence sur sa joue.

— C'est Bobby. Il est mort la semaine dernière.

Je me souvenais de Bobby. C'était un bon gros chien de berger qui avançait péniblement dans la cour de la ferme. Parfois, une poule passait trop près de lui à son gré. Il esquissait un mouvement pour se lancer à sa poursuite et lui signifier qu'elle n'avait pas sa place sur ce territoire qu'il se réservait. Mais ses rhumatismes le rappelaient immédiatement à l'ordre et déçu, il ne lui restait plus qu'à lâcher un aboiement poussif qui n'impressionnait plus aucun gallinacé depuis bien longtemps. Puis lorsque ses pas l'avaient trop fatigué, il rentrait dans la cuisine et s'allongeait dans sa panière auprès de la cheminée. Il paraissait si vieux qu'on aurait juré qu'il pouvait encore vivre ainsi des années tant il vivait lentement. Annie était très triste. Je ne l'étais bien sûr pas autant qu'elle, mais je ressentais comme une grande fierté qu'elle me fasse confiance au point de me montrer ce lieu qui, de toute évidence, touchait à ses yeux à son intimité. Ce jour-là, je suis reparti chez moi avec le cœur léger de celui qui partage un secret. Il y a fort longtemps que je n'ai pas revu Annie. Elle aussi a quitté Sourcarol, je crois. C'est étrange maintenant que j'y pense. Si je devais décrire nos relations, je dirais qu'elle était un copain. Je l'aimais beaucoup, comme on aime un ami, sincèrement, sans chercher à plaire. C'est assez rare pour être précieux.

J'ai fait les courses de maman. Je n'en ai pas eu pour très longtemps et le magasin n'est pas bien grand. L'avantage de ces petits magasins, c'est que, contrairement aux grandes surfaces, on n'est pas tenté d'acheter mille choses indispensables dont on peut très bien se passer. Juste au moment où je sortais, j'ai vu passer la camionnette de la gendarmerie qui est allée s'arrêter à la station essence un peu plus loin. Je ne le jurerais pas, mais il me semble bien que l'adjudant-chef Éric Thévenot était assis à la place du passager. Je ne suis pas retourné le voir depuis l'autre jour. Il a peut-être du neuf. En tout cas, le Parquet a dû prendre une décision pour la suite à donner à l'enquête. Je vais avancer à la station. Si ce n'est pas lui, je pousserai jusqu'à la gendarmerie tant que je suis à Montdunon.

Je n'ai pas rêvé. C'était bien Éric. Il est occupé à discuter avec le pompiste pendant que ce dernier fait le plein de la camionnette. Je me gare sur le côté et je m'approche.

— Bonjour, mon Adjudant-chef, lui dis-je en souriant, avant de tendre la main au pompiste.

— Bonjour, Monsieur.

— Bonjour, Vincent. Tu tombes bien, j'allais t'appeler. Je t'avais promis de te tenir au courant, me dit Éric.

— Il y a du neuf ? lui demandé-je.

— Oui et non. Tu as le temps ? Je rentre à la brigade. Si tu veux bien passer dans dix minutes, je te dirai tout ça.

— Pas de problème. À tout de suite ! lui dis-je en remontant dans ma voiture.

Dix minutes, ça me laisse le temps d'aller au bureau de tabac.

Éric est déjà arrivé et le gendarme de faction m'introduit immédiatement dans son bureau. Il m'accueille en souriant :

— L'entretien n'a rien d'officiel.

— Ouf, je ne suis pas suspect !

Éric éclate de rire.

— Non, tu as un alibi en béton. Ta date de naissance a suffi à te disculper.

— Tu m'en vois soulagé ! dis-je en mimant le geste de celui qui s'éponge le front avec le revers de la manche. Alors qu'y a-t-il de neuf ? L'enquête progresse ?

— Non, elle ne progresse pas et pour cause. Le Parquet a classé sans suite. Période trouble et prescription. Mais cela ne m'a pas surpris.

C'était largement prévisible. De toi à moi, ça m'arrange plutôt. Je vois mal comment nous aurions pu enquêter sur une période si vieille qu'aucun des gendarmes de la brigade ne l'a vécue.

— Effectivement ! Mais j'ai mené ma petite enquête et je commence à me faire une idée.

— Oh ! Tu joues aux apprentis détectives ? dit Éric en riant.

La remarque ne me plaît pas beaucoup. Je la trouve légèrement méprisante et cela me heurte un peu.

— Et qu'as-tu découvert ?

Tout à coup, je m'aperçois que je suis un peu coincé. Me voilà obligé de lui raconter ce que je crois alors que je n'ai pas d'élément probant. Évidemment, il va se moquer de moi, j'aurai l'air ridicule. Mon histoire va lui paraître très fleur bleue et il va penser que je prends mes désirs pour des réalités.

— En fait, pas grand-chose. Je cherche parmi les gens qui ont fréquenté Tevelune à la fin du siècle dernier pour voir si quelqu'un aurait disparu. On m'a parlé d'une jeune femme avec son enfant juste né qui aurait été chassée de chez elle et que l'on n'a plus jamais revue. Je me suis dit que cela pourrait être elle, mais je cherche encore des éléments qui pourraient expliquer qu'on l'ait retrouvée morte dans la grotte. Est-ce que tu sais si le squelette avait le crâne défoncé ou quelque chose de cet ordre ?

À ma grande surprise, Éric me répond avec le plus grand sérieux.

— Hum ! Non, le squelette était intact, et il n'y a aucune trace de violence. Mais par définition, sur un squelette, on ne peut pas relever les blessures par balle ou par arme tranchante, encore moins les marques de strangulation. À moins bien sûr que la balle ou le couteau n'ait touché un os, mais ici, ce n'est pas le cas. Encore une fois, les deux squelettes sont intacts. En revanche, d'ores et déjà, tu peux abandonner la piste de ta jeune femme. Ce n'est pas la bonne période.

— Comment ça, pas la bonne période ? Tu veux dire que ce n'est pas la bonne époque ? Tu m'avais dit cent ou cent cinquante ans.

— Pas exactement. Je t'avais dit qu'au premier examen des restes, le squelette semblait dater de très longtemps, entre cinquante et cent cinquante ans. La vitesse de décomposition d'un corps dépend des conditions dans lesquelles il est exposé au froid et à l'humidité, entre autres. Et je t'avais précisé qu'il fallait attendre la datation du laboratoire pour être plus précis.

Je dois reconnaître qu'il a raison. Il m'avait bien dit tout ça. Je voulais tellement trouver que dès que j'ai appris la disparition de Marcelline, je n'ai cherché qu'à prouver que c'était bien elle. J'aurais sans doute dû trouver étrange que tout colle si bien comme ça, que ce soit si facile.

— Et cette datation a eu lieu, j'imagine, puisque le procureur a rendu une décision.

— Oui ! répond Éric. Les deux squelettes ont été datés entre 1943 et 1945.

— Hum ! La guerre ! Tu crois que cela a à voir avec la Résistance ou la Libération ?

— Je n'en sais fichtrement rien. Je n'ai pas plus d'éléments que toi. Évidemment, dans la région, avec la ligne de démarcation, il s'est passé pas mal de choses plus ou moins clandestines à cette période-là. Il me paraît impossible de faire la lumière là-dessus.

— Tu as sans doute raison. Cela semble compliqué. N'empêche que j'aimerais bien au moins savoir qui elle était. Ce n'est pas si vieux que ça. Il y a de fortes chances qu'elle ait encore de la famille en vie aujourd'hui, je veux dire de la famille qui l'a effectivement connue. Ce doit être atroce de ne pas savoir ce qu'est devenu un proche.

— Ça a été le lot commun de beaucoup de monde à cette époque-là. Et c'était encore bien pire pour la Première Guerre mondiale. Regarde le soldat inconnu ! Le temps a passé et les choses s'estompent avec le temps. Je ne suis pas sûr qu'il soit toujours bon de rouvrir des vieilles blessures.

— Oui, dis-je sans réussir à me convaincre. Je crois que je vais quand même essayer de chercher pour voir s'il n'est pas possible de l'identifier.

— Fais comme tu veux. Simplement, fais attention à ce que tu fais, si je peux me permettre ce conseil.

— Comment ça, faire attention ? Une si vieille histoire…

— Non, je ne parlais pas de risques pour toi, dit Éric. Quoiqu'on ne peut jamais savoir. Mais je pensais plutôt aux douleurs que tu pourrais réveiller en remuant dans le passé.

— Je vois ce que tu veux dire. J'essaierai d'agir avec doigté et mesure. J'ai envie de savoir, mais ça ne veut pas dire que je crierai sur les toits ce que je trouverai, si tant est que je trouve.

— Cela me semble plus sage. Moi, je n'ai plus de raison, donc plus le droit d'enquêter. Mais j'avoue que cette histoire a piqué ma curiosité. Je serai content de t'aider si je le peux. Dis-moi si tu trouves quelque chose.

— Je te tiendrai au courant. À bientôt, Éric. Et bonjour à Cécile.

— Je n'y manquerai pas. À bientôt.

Patatras ! Je n'ai vraiment réagi qu'en remontant dans ma voiture. C'est la deuxième fois que je viens voir Éric à la gendarmerie et pour la deuxième fois, tout ce que je croyais juste, tout ce que j'avais imaginé s'effondre. Pourtant cette fois-ci, j'y croyais. Tout concordait. Marcelline avait le bon âge et elle avait un enfant à peine né. Elle a disparu totalement de la circulation et on n'a plus jamais eu de nouvelles d'elle. Et puis il y avait Matthias, ce mystérieux Matthias qui a écrit ce poème déguisé en poème du Moyen Âge. Elle aimait lire, elle aimait venir à Tevelune puisque Matthias l'y a dessinée. Tout collerait à merveille s'il n'y avait cette satanée date qui vient tout démolir. La Korrandine m'échappe de nouveau, insaisissable. Je finirais presque par croire qu'il n'y a jamais eu de Korrandine ou qu'il m'est interdit de la découvrir. Il suffit que je l'approche pour qu'elle s'évanouisse. Que vais-je pouvoir trouver maintenant ? Et trouverai-je quelque chose ? Et si l'histoire de la Korrandine était beaucoup moins belle que celle de Marcelline ? Pourrai-je être satisfait ? Finalement, qu'est-ce que je cherche au juste ? Est-ce bien l'histoire de cette femme morte un jour avec son enfant dans la grotte de Tevelune ou plus simplement une belle histoire à laquelle m'accrocher pour oublier ma propre histoire, vivre par procuration un amour impossible ? Les choses sont peut-être moins romantiques que je ne l'ai imaginé. La Korrandine de Tevelune était peut-être une femme détestable qui a vécu une histoire sordide. Je ne suis plus très sûr de vouloir les connaître, elle, son enfant et son histoire. C'est étonnant, je ne me sens pas aussi malheureux que la première fois. Je ressens de la colère, de la déception bien évidemment, mais je ne suis pas triste. Même si ce n'est pas la Korrandine, Marcelline existe. Je l'ai vue clairement descendre à la fontaine de Tevelune, tenant la main de la petite Amélie, joyeuse et insouciante, goûtant les plaisirs de la vie, des mots, des émotions. Elle aurait mérité d'être la Korrandine. À mes yeux, elle est une des Korrandines de Tevelune. Pourquoi n'y aurait-il qu'une seule Korrandine après tout ? Non, il y en a plusieurs et Aurélie, sans connaître Tevelune, est à coup sûr la plus belle des Korrandines.

- 21 -

« — Tante Laura, dis-moi, honnêtement, tu crois que l'amour est toujours quelque chose d'heureux ?

Le visage de Mrs Welman se fit grave :

— Non, probablement pas, Elinor. Pas dans le sens où tu l'entends... Aimer passionnément quelqu'un apporte plus de souffrance que de joie et, cependant, on ne serait rien sans cette expérience. Celui qui n'a jamais vraiment aimé, il n'a jamais vraiment vécu... »

Agatha Christie
Je ne suis pas coupable

Je me sens un peu comme un idiot. En même temps que Marcelline, j'ai presque perdu le sens de l'orientation. Je dois tout reprendre à zéro. Par quel bout dois-je prendre tout ça ? Je crois que j'ai besoin de décanter tout ce que je sais, poser mes idées clairement pour faire le tri entre ce que je sais concrètement et ce que j'ai simplement imaginé. Cela fait bientôt une semaine que je suis allé dans la grotte et j'ai le sentiment de ne pas avoir avancé d'un pouce. Enfin, ce n'est pas tout à fait vrai. Ce sont justement les éléments concrets qui ont mis par terre toutes mes belles théories. Pourquoi faut-il toujours revenir à la réalité ? Pourquoi ne serait-ce pas à la réalité de se conformer aux rêves ? J'aimais bien cette histoire de Marcelline tombant amoureuse à la fontaine de Tevelune. C'était un joli conte de fées tout de même. C'est près de cette fontaine, à Tevelune, que j'aurais aimé rencontrer Aurélie, que j'aurais aimé tomber follement amoureux. Et nous aurions pu vivre près d'ici, non loin de Tevelune et de ses mystères. Elle aurait été ma Korrandine, j'aurais été son Korrandon.

Bien sûr, Vorinde a ses charmes aussi, mais ils n'ont rien à voir avec Tevelune. Finalement, je n'ai découvert réellement Vorinde que pour Noël. J'y étais allé déjà plusieurs fois, mais seulement en week-end. D'ailleurs, nous passions plus de temps à être ensemble qu'à vraiment vivre à Vorinde. Nous attendions donc le congé de Noël, comme l'appellent les Belges, avec impatience. Deux semaines pour être ensemble. J'étais arrivé un soir dans un brouillard à couper au couteau. La maison d'Aurélie est une de ces grandes maisons en briques rouges, très modernes, comme on en voit des centaines sur le bord des routes de Wallonie. Le hameau de Grands-Vents est accroché au sommet d'une colline au-dessus de la vallée où se love le bourg de Vorinde. De la route qui vient de Tomblaine à la sortie d'autoroute, il y a deux moyens d'aller jusqu'à Grands-Vents. La voie la plus simple est de plonger dans Vorinde, de traverser par la rue principale puis de remonter vers la colline. Mais il existe un chemin plus court. Il suffit de continuer sur sa lancée en ignorant le bourg de Vorinde, de contourner le lac des Mille-Feux et de remonter sur Grands-Vents par une petite route de campagne. C'est ce deuxième chemin que j'avais pris ce soir-là puisque Aurélie me l'avait fait découvrir lors de mon dernier passage. Mais ce soir-là, il me semblait que plus rien n'était pareil. À mesure que j'approchais du lac, le brouillard s'est fait encore plus intense. Je n'y voyais plus rien. J'avançais lentement dans la nuit, le nez collé au pare-brise tandis que la route en pente semblait plonger dans cette mer de givre et de cheveux d'ange. Soudain, entre deux nappes de brouillard, j'ai aperçu des reflets argentés qui ondulaient. Le lac était juste devant moi et j'allais plonger tout droit dans les eaux glacées. J'ai écrasé la pédale de frein et le moteur a calé. J'ai fait redémarrer le moteur et j'ai allumé les phares aussi fort que je le pouvais pour comprendre où je pouvais bien être. En observant précisément par la fenêtre de la portière, il n'y avait pas d'erreur possible : j'étais bien sur la route. J'ai recommencé à avancer pas à pas, scrutant autant que je le pouvais pour me guider à l'aide des fossés. Quelques mètres plus loin, la route tournait sur la gauche et longeait le lac. Intérieurement, je riais de ma couardise et de mon coup de frein réflexe. Lentement, j'ai continué à suivre la route le long du lac. Je me souvenais qu'il me fallait repérer un carrefour et tourner à gauche. Las ! Au bout de quelques kilomètres, j'ai enfin réussi à trouver une route qui semblait être la bonne. J'avais le sentiment d'avoir fait beaucoup plus de chemin qu'avec Aurélie, mais à cette vitesse-là, il est difficile de se faire une idée précise de la distance parcourue. J'ai tourné à gauche et je me suis engagé dans la campagne. Et dire que Brel parlait de plat pays pour chanter la Belgique ! Ici, le plat pays grimpait sec et le brouillard ne semblait pas vouloir s'éclaircir. J'ai roulé un petit moment, mais plus rien ne ressemblait à ce que j'avais vu avec Aurélie. Les nappes de brouillard masquent les points de repère, brisent les perspectives et vous égarent aussi sûrement que les tempêtes en mer. J'avais dû aller trop loin sur la route longeant le lac. Il me fallait revenir sur mes pas et tenter une autre route dès que je le pourrais. Le nez tendu pour mieux percer le brouillard, j'avançais presque à l'aveugle. Quelques virages entre les arbres, quelques maisons isolées et j'avais définitivement perdu toute idée de la direction dans laquelle je me dirigeais. Puis je suis entré dans un hameau. J'ai continué à avancer lentement, dans l'espoir de reconnaître une maison, de deviner où j'avais pu atterrir, mais en vain. Je n'avais plus le choix. J'ai saisi le téléphone sur le siège du passager :

— Bonsoir ma puce ! Comment va la Belgique ?

— Salut Vincent. La Belgique est toute triste ce soir. Fais attention en arrivant, il y a un brouillard fou ce soir.

— Ah ! C'est donc ça. Je me disais bien qu'il y avait un truc étrange. J'ai bien peur de m'être perdu.

— Tu en es où ?

— Eh bien, j'ai passé le lac des Mille-Feux, j'ai tourné à gauche et là je me suis complètement perdu.

— Mais tu es presque arrivé alors ? Tu es parti en avance ?

— Oui et j'ai plutôt bien roulé jusqu'à la sortie de Tomblaine. Mais depuis, c'est atroce, je ne vois rien. Tu ne pourrais pas me dire où je suis ?

— Décris-moi où tu es.

— Eh bien, je suis devant une maison avec des briques rouges, un toit en ardoises, un garage en sous-sol...

— Mais tu es devant chez moi ! me dit Aurélie en riant. Non, sans plaisanter, tu n'as pas quelque chose de plus précis ?

— Bon alors je suis sérieux. Je suis dans la rue du Gaucher.

— Alors là, cela ne me dit absolument rien. Il y a des panneaux indicateurs ?

— Je vois indiqué vers la droite le Centre Culturel de la Communauté Française.

— D'accord ! Alors je vois où tu es. Tu ne vas pas y croire. Avance encore sur deux cents mètres et tu tournes à droite. Ça y est ?

— J'y suis !

— Donc tu tournes à droite, et tu prends aussitôt encore à droite.

— D'accord, c'est fait ! Et ensuite ?

— Idiot. Tu te gares !

Aurélie était là, son téléphone à la main, dans l'encadrement de la porte d'entrée.

Un instant après, j'étais dans ses bras et nous nous embrassions comme des fous. J'ai transporté quelques paquets du coffre de la voiture vers le garage puis je suis monté à l'étage. Noémie était réveillée.

— Elle ne voulait pas aller se coucher tant que tu n'étais pas arrivé, m'a dit Aurélie en souriant. J'ai même dû me fâcher pour qu'elle accepte de comprendre que tu risquais d'arriver en retard.

— Eh bien alors ! Qu'est-ce que c'est que cette comédie ? ai-je dit à Noémie en faisant ma grosse voix. Je vais être là pendant deux semaines, tu n'étais quand même pas à quelques heures près.

Loin de l'impressionner, ma grosse voix faisait presque toujours rire Noémie aux éclats.

— Allez, maintenant, il faut dormir. Demain, tu auras tout le temps que tu voudras pour le voir, a alors dit Aurélie en refermant la porte, bien consciente que son ordre risquait fort de n'être qu'un vœu pieux.

Nous nous sommes retrouvés au salon, devant un café. Sourires, câlins, dernières nouvelles et petits potins. Nous n'étions en somme séparés que depuis notre dernière connexion Internet, la nuit précédente. Nous aimions nous retrouver ainsi, confortablement installés sur le sofa, à boire un café ou une bière belge, à profiter de ces moments ensemble pour parler de tout et de rien, de ce que nous ressentions l'un pour l'autre, de nos projets, nos envies. Parfois, elle s'allongeait et posait sa tête sur mes genoux. Je pouvais alors à loisir plonger mes yeux dans les siens, sentir son parfum, lui parler en la caressant. Puis soudain, elle protestait. Machinalement, je m'étais mis à lui caresser la tête, à passer mes doigts dans ses cheveux :

— Arrête ! Bon sang, tu sais que je déteste ça. J'ai l'impression d'être un petit chien que tu caresses lorsque tu fais ça. Grrrr !

Alors j'enlevais ma main, mi-riant, mi-penaud, selon le ton plus ou moins grognon ou agacé qu'elle avait employé. Ce soir-là, nous avions mille choses à prévoir. Aurélie avait invité sa famille au réveillon de Noël. Les filles devaient passer la journée avec leur père et revenir à la maison en fin d'après-midi. Nicolas refusait catégoriquement de venir jusqu'à Vorinde lorsque j'y étais. Aussi pour ne pas l'offusquer, il était prévu qu'Aurélie ferait le chemin pour aller chercher Noémie et Aglaé chez leur père. Nous devions donc organiser le réveillon. Rapidement, Aurélie décréta que la cuisine était une spécialité française et que par conséquent, cette partie-là serait de mon ressort. J'adore cuisiner. Elle s'occuperait donc de la décoration de la table et du salon. D'ici là, je devais réfléchir à un menu et nous devions aller en quête d'un sapin de Noël que nous pourrions décorer en famille. Mais il se faisait tard, et nous avions encore tant de choses à nous dire dans le silence de la nuit, entre chuchotements et rires, bruissements de draps et symphonie des sens.

Dès le lendemain, le brouillard avait laissé la place à un ciel lourd et bas. C'est Noémie qui l'a remarqué la première.

— Maman, viens voir ! Il neige.

Et elle avait raison. Peu à peu, le jardin laissé à l'abandon depuis le départ de Nicolas était recouvert d'une fine couche blanche.

— Je veux sortir, je veux faire un bonhomme de neige ! a tranché Noémie.

Il était encore bien trop tôt pour pouvoir faire ne serait-ce que des boules en vue d'une bataille rangée. Manteaux, moufles et bonnets ont tout de même été vite attrapés et Noémie de courir dehors tandis qu'Aglaé était dans les bras de sa mère, à goûter les flocons qui venaient fondre sur son visage.

— Baribal adore la neige, m'a alors dit Aurélie. S'il était là, il courrait comme les enfants en ce moment, à essayer d'attraper les flocons pour les mordre. Il est tordant dans ces moments-là.

Baribal, c'est son chien. Au départ de Nicolas, le chien est parti dans ses bagages. C'est Aurélie qui avait trouvé ce nom. Baribal est un gros chien, un peu nounours, adorable avec son pelage noir. Sa principale activité consiste à manger et à dormir, mais il peut parfois sortir de sa léthargie et courir comme un beau diable. Du coup, Aurélie a pensé lui donner le nom de cet ours américain qui fuit les conflits et dont la préoccupation majeure est de trouver de la nourriture sans trop d'efforts, de boire et de dormir. « Baribal adore la neige ! » Par ces quelques mots, je percevais combien Aurélie regrettait encore le passé, avec Nicolas, avant qu'il ne brise toute leur vie pour courir un nouveau lièvre, une nouvelle histoire. C'est à ce moment-là, je crois, que m'est revenue une phrase que répétait souvent ma grand-mère : « Changement d'herbage réjouit les veaux ! ». Quel idiot il était d'avoir ainsi abandonné sa famille, cette femme si douce et belle, ces enfants pleins de vie, une famille comme on en rêve. Mais je ne pouvais pas l'en blâmer. Grâce à lui, j'avais pu rencontrer Aurélie et là, sous cette neige qui tombait autour des rires de ses enfants, je pouvais rêver à cette vie que nous allions construire, main dans la main, cœur contre cœur. J'ai regardé Aurélie, elle m'a souri. Aglaé m'a tendu sa main qui flottait dans une moufle trop grande pour elle. Je me suis penché vers elles et je les ai embrassées toutes les deux. « Je t'aime ! » ai-je glissé à l'oreille d'Aurélie qui me souriait, surprise par cet accès de tendresse impromptu.

La neige s'est installée pour plusieurs jours. Le bonhomme de neige de Noémie avait piètre allure, mais elle l'avait fait elle-même, sans notre aide. Il était donc forcément le plus beau. Un autre grand chantier l'attendait. Aurélie et moi étions allés chez le pépiniériste sur la route de Tomblaine. Nous avons traversé la pépinière au rythme d'une promenade romantique, à la recherche d'un sapin qui puisse être notre sapin, celui de notre premier Noël ensemble. Après de longues hésitations, nous avons jeté notre dévolu sur un épicéa assez garni, aux aiguilles non piquantes pour Aglaé, et de bonne taille pour qu'il ait fière allure dans le grand salon de la maison. Après l'avoir glissé dans la voiture, nous sommes allés dans un magasin du petit centre commercial, de l'autre côté de Vorinde, pour y acheter de nouvelles décorations. Aurélie voulait que notre sapin ne ressemble à aucun de ceux qu'elle avait faits les années précédentes.

Noémie était folle de joie. Elle voulait absolument accrocher elle-même les boules et les petits personnages. Aurélie avait décidé que toutes les décorations devaient être blanches, un sapin couleur de neige, cette neige qui semblait devoir être le signe de notre Noël. Elle n'acceptait qu'une seule petite entorse : les boules en chocolat que j'avais ramenées de France et que chacun pourrait cueillir au passage. Tout le monde mettait la main à la pâte, sous la direction inspirée d'Aurélie. Noémie s'occupait des boules à accrocher sauf les plus hautes pour lesquelles Aurélie lui apportait son aide. Aglaé, à quatre pattes au pied du sapin, se contentait d'arracher celles qui passaient à sa portée et ce faisant, de secouer les branches qui commençaient déjà à perdre leurs premières aiguilles. Pendant ce temps, j'étais chargé des acrobaties et j'installais tout ce qui était trop haut pour les enfants. Une branche passée à la bombe de neige carbonique devait recevoir une guirlande blanche accrochée au plafond du salon. Je devais également installer une guirlande blanche autour de chaque fenêtre de la baie vitrée. La lumière traversant les vitres donnerait également un air de fête au jardin désormais recouvert d'une épaisse couche de neige. Enfin, Aurélie préparait des petits fagots argentés et des porte-serviettes en pâte à sel pour décorer la table du réveillon.

Le grand jour est arrivé. Dès le début de l'après-midi, je me suis mis aux fourneaux. Nous avions convenu que je ferais une salade périgourdine en entrée, avec des gésiers de canards confits et des copeaux de foie gras arrosés d'une vinaigrette à la framboise. Je devais ensuite farcir un chapon avec des raisins secs et l'accompagner de pommes gaufrées et de haricots verts. La maman d'Aurélie devait amener le dessert et son papa était chargé d'apporter le vin. Mais avant tout cela, il fallait préparer un pain-surprise. Nous avions donc commandé un énorme pain dont la mie avait été retirée et tranchée. Un peu de beurre de ceci, un soupçon de crème de cela, une mini-tranche de saumon fumé et chaque petit toast retrouvait sa place dans le pain. Lorsque tout a été terminé, nous avons planté une bougie au sommet de notre pain. Il était en effet bien difficile de satisfaire à un délicat problème. Aglaé fêtait son premier anniversaire le jour de Noël, et elle passait la journée avec son père. Il avait donc naturellement organisé un goûter avec sa famille. À cet âge, il n'était pas question de la faire veiller jusqu'à la fin du réveillon pour souffler sa bougie. Quant à lui prévoir un gâteau d'anniversaire avant le repas, au retour de chez son père, cela paraissait pour le moins incongru. Nous avions donc trouvé le subterfuge du pain-surprise pour donner à cet anniversaire un air de fête auquel elle pourrait participer.

Je n'avais pas terminé lorsque Aurélie est partie chercher les filles. Peu à peu, je sentais monter l'angoisse. Cette soirée était la seconde à laquelle j'étais convié avec toute la famille. Certes, la première s'était bien passée, mais j'avais senti que la sœur d'Aurélie n'appréciait guère ma présence. Je ne pouvais pas m'empêcher de craindre sa réaction durant le réveillon. Oh ! Elle ne portait guère Nicolas dans son cœur et son comportement vis-à-vis d'Aurélie l'avait choquée. Mais il était son époux et le père des filles. Ma présence aux côtés d'Aurélie lui paraissait prématurée, voire déplacée. Aurélie a mis longtemps avant de revenir. En arrivant à la maison, elle est allée directement à l'étage. Je suis allé vers elle. Je voulais lui dire mes craintes. J'avais besoin d'être rassuré. Un mot, un sourire, un baiser, une simple attention auraient suffi pour que je me sente un peu mieux. À ma grande surprise, Aurélie s'est énervée. Elle ne comprenait pas que je puisse penser cela, alors qu'elle-même avait souligné combien sa sœur était réticente quant à ma présence. Vexé, je suis redescendu à la cuisine. Comment pouvait-elle ne pas comprendre que je sois inquiet ? Elle semblait ne pas accorder d'intérêt à ce que je pouvais penser. Quelques minutes plus tard, elle est venue me rejoindre. En voyant que je faisais ma tête des mauvais jours, elle s'est approchée de moi pour me demander ce qui se passait. J'ai essayé de le lui expliquer, mais visiblement, elle ne comprenait pas. En quelques minutes, un étrange sentiment de solitude m'avait envahi. J'étais loin de chez moi, dans une famille qui n'était pas la mienne, à laquelle j'allais être confronté et elle ne comprenait pas que je puisse en éprouver une certaine appréhension. Mieux, elle paraissait être loin, très loin. Je n'étais pas dans ses préoccupations. Puis, agacée, elle m'a dit sèchement que je n'allais tout de même pas gâcher le jour de Noël, son jour de Noël. Elle avait déjà un mal fou à vivre cette fête dans cette configuration-là. Elle allait fêter Noël et le premier anniversaire de sa fille sans son mari, sans le père de sa fille et elle n'avait pas choisi cela. Certes, nous avions ensemble reconstruit une belle famille, au sein de laquelle elle était heureuse, mais je n'étais pas le père de ses filles. Ce Noël éclaté la rendait malheureuse. Elle ne cessait de répéter : « J'ai difficile avec tout ça, tu sais ? ». Je savais bien sûr, mais ce n'était pas simple non plus pour moi. Elle devait aussi comprendre ma situation comme j'essayais de comprendre la sienne. Je ne voulais pas grand-chose, juste un mot de réconfort, l'assurance qu'elle serait là, à mes côtés si sa sœur me battait un peu froid. Soudain, elle a éclaté en sanglots. Ce que je lui faisais, le jour de Noël, juste avant l'arrivée des invités, lui paraissait démesuré. Nous nous disputions et nous ne nous comprenions pas. J'ignorais trop de choses de ce qu'elle avait en tête et elle pensait à trop de choses. Doucement, je me suis agenouillé devant sa chaise, et je lui ai baisé les mains. Je lui ai dit combien j'étais désolé, que j'étais mal aussi dans cette situation, que nous devions nous serrer les coudes, nous entraider. Elle a séché ses larmes. L'orage était passé. Mais il y avait quelque chose de cassé, quelque chose que je n'avais pas senti venir, qui venait de trop loin pour que je puisse lutter. Et je n'avais pas toutes les clés pour comprendre, pour agir, pour sauver le bateau du naufrage.

Nos invités sont arrivés et tout était rentré dans l'ordre. La sœur d'Aurélie a été absolument adorable. Toute la réserve qu'elle s'évertuait à montrer lors de notre première rencontre semblait s'être envolée. Mes craintes n'étaient pas justifiées et je me sentais un peu coupable d'avoir eu peur pour rien. La soirée s'est déroulée à merveille. Les plaisanteries ont fusé et il était évident, aux yeux de tous comme aux miens, que je faisais désormais pleinement partie de la famille. Les sujets de conversation ont été fort nombreux, tantôt sérieux, tantôt badins. Peu à peu, je me suis découvert de réelles affinités avec les parents d'Aurélie. Nous partagions de nombreux centres d'intérêt. Un détail nous faisait diverger, que nous prenions avec le sourire. En bon Français, j'étais le seul à défendre mordicus la République tandis que mes interlocuteurs, tous Belges, défendaient ardemment la stabilité des monarchies constitutionnelles. Ils sont restés monarchistes et je suis fermement resté républicain. Mais un réel sentiment d'amitié et de respect réciproque est né entre nous ce soir-là. Tout le monde est parti très tard, presque au petit matin, et j'ai retrouvé une Aurélie amoureuse et heureuse, blottie dans mes bras pour s'endormir.

Et voilà, c'est bien moi ça ! Toutes mes pistes sur le mystère de la Korrandine se sont effondrées et je suis là à me replonger dans mes souvenirs. Pourquoi me morfondre, pourquoi me faire souffrir en repensant à tous ces moments-là ? De toute façon, je sais que cela ne durera pas. Je sais que c'est un mauvais passage. Elle reviendra, ma petite puce belge, ma Korrandine de Vorinde. C'est certain.

- 22 -

« Stepan : Je n'aime pas la vie, mais la justice qui est au-dessus de la vie.
Kaliayev, *avec un effort visible* : Chacun sert la justice comme il peut. Il
faut accepter que nous soyons différents. Il faut nous aimer, si nous le
pouvons.
Stepan : Nous ne le pouvons pas. »

Albert Camus
Les Justes

Je n'ai rien de particulier à faire cet après-midi. Mon père
m'inquiète un peu. Il semble souffrir beaucoup plus que
d'habitude. Depuis qu'il a été opéré du dos, il est très fragile de ce
côté-là. Il a la démarche d'une personne âgée et ne devrait plus fournir
d'efforts physiques. Mais il n'est absolument pas raisonnable. J'imagine
qu'il a trop forcé.

Que pourrais-je bien faire ? J'ai une très forte envie d'écrire un e-
mail à Aurélie, de lui raconter ce que je fais, comment je vis. Je suis sûr
que cette histoire de la Korrandine l'intéresserait. Je pourrais lui
raconter les hypothèses que j'ai échafaudées et lui dire comment je suis
aujourd'hui dans une impasse. Je lui demanderais ce qu'elle en pense et
ainsi j'aurais une excuse pour avoir de ses nouvelles, lui faire
comprendre que je pense à elle, qu'elle me manque terriblement. Non !
Je me suis promis de ne pas le faire et je le lui ai même écrit dans mon
dernier message. Je pense déjà bien trop à elle, sans cesse. Tout ce que
je gagnerais serait de passer mon temps à attendre une réponse, à
guetter un signe, à me morfondre encore plus. Je ne dois pas lui écrire.

C'est à elle de renouer le contact, c'est elle qui le fera la première.

Mon père est allé s'allonger pendant que ma mère allait faire des courses. J'ai bien envie d'en profiter pour aller faire un tour, prendre l'air. Le temps est très froid, mais sec. Un bon pull et un manteau me suffiront. Je pourrais aller faire un saut au Moulin Brûlé, revoir l'endroit où nous allions nous baigner ou pêcher le goujon autrefois. Oui, c'est une idée qui me tente.

Je n'ai pas traversé le bourg de Sourcarol. Je suis passé par le petit sentier derrière le village, celui qui rejoint le chemin de la cure, face à l'église. L'été, nous venions ici avec mon frère et ma sœur pour cueillir des mûres. Ma mère en faisait des confitures ou des tartes et nous nous régalions. Le seul ennui, c'est que les orties pullulent aux pieds des buissons. Il faut être courageux pour assouvir sa gourmandise. Nous écartions avec des bâtons l'essentiel des orties, mais il en restait toujours quelques tiges qui se redressaient et venaient nous mordre les mollets. Le chemin débouche exactement en face du château de Brodie. Il ne reste plus alors qu'à suivre la route étroite qui serpente sur les coteaux de la vallée et plonge jusqu'au Moulin Brûlé. C'est un ancien moulin dont il ne reste presque rien. Il a brûlé il y a si longtemps que plus personne ne se souvient l'avoir connu en activité. D'ailleurs, a-t-il vraiment brûlé ? À vrai dire, je n'en sais rien. Toujours est-il qu'il n'en reste qu'une digue qui barre l'Argent et provoque une retenue d'eau. Il n'y a plus de pelle, ce qui n'empêche pas la rivière de passer par-dessus à l'extrémité de la digue lorsque le débit est plus fort. Je ne sais pas si les enfants du village continuent à venir, mais c'était à mon époque un lieu de rendez-vous en été. La retenue d'eau était un très bon coin pour la baignade et il suffisait d'aller quelques mètres plus loin sur la berge pour grimper sur un arbre penché au-dessus de l'eau qui faisait office de plongeoir. La plupart des enfants du village se retrouvaient ici pour s'ébrouer dans d'immenses gerbes d'eau provoquées par les plus téméraires qui se jetaient du haut d'un autre arbre beaucoup plus grand sur l'autre rive. Les plus calmes s'allongeaient sur des bouées énormes confectionnées avec des chambres à air de tracteur. Le jeu consistait alors à essayer de grimper à plusieurs sur la bouée des plus timides et de former une pyramide humaine en équilibre si précaire qu'elle finissait immanquablement à l'eau, éclaboussant les autres baigneurs dans d'immenses éclats de rire. Parfois, un couple naissant partait discrètement un peu plus loin pour aller s'allonger derrière des ajoncs ou en quête d'un endroit plus calme pour se baigner tranquille. Un accord tacite leur laissait généralement le temps de goûter l'intimité recherchée, avant que les autres baigneurs, considérant qu'ils avaient pu en profiter tout leur saoul, ne surgissent soudain pour les arroser de foin sec, d'eau et de rires. L'arbre est toujours là, mais son pied est envahi d'herbes hautes et d'arbustes, si bien qu'il est peu probable que notre vieux plongeoir soit toujours en activité. C'est en amont de cette retenue, sur plusieurs centaines de mètres, qu'a lieu chaque année le concours de pêche. J'y participais chaque année. Un été, je devais alors avoir onze ou douze ans, je me suis même classé premier des moins de quinze ans et septième au classement général avec un beau gardon, un soleil et une très belle carpe. La chance devait y être pour beaucoup, car je n'ai jamais renouvelé l'exploit. Je préférais ce type de pêche à celui des bêtes à concours suréquipées qui pêchaient par dizaines de minuscules petits poissons ne demandant qu'à grandir. Ce n'était plus de la pêche, c'était un carnage. En dehors des concours où nous ne choisissions pas notre emplacement, je préférais aller pêcher plus en aval. Le niveau d'eau y est beaucoup plus faible, mais dans certains endroits calmes, il suffisait d'entrer dans l'eau jusqu'aux cuisses et avec une ligne assez courte, nous pouvions pêcher des goujons juste au-dessous des branches qui plongent dans l'eau calme.

Je m'assieds sur la digue à un endroit sec pour regarder couler cette eau mi-verte, mi-brune. L'été, à cet endroit, il y a plein de libellules qui virevoltent au-dessus des nénuphars. J'ai toujours beaucoup aimé les libellules. Elles paraissent si légères, si libres, et en même temps si fragiles, si éphémères. Il y en avait aussi au-dessus de la fontaine de Tevelune, si je me souviens bien. Peut-être la Korrandine les aimait-elle aussi. Il y a tant de poésie dans le vol de la libellule. La Korrandine ! Qui était-elle donc alors ? 1940-1945. Il s'est passé tant de choses dans cette région pendant cette période. Je sais très peu de choses de ce qui s'est passé à la Libération, mais la Résistance était très active. Elle s'est beaucoup structurée avant 1943, autour de la ligne de démarcation. Mais pour être franc, je ne suis pas un spécialiste de la question. J'ai étudié tout cela lorsque je participais au Concours National de la Résistance, mais c'était il y a si longtemps. Je dois essayer de raisonner avec plus de méthode.

Que sais-je exactement qui ne soit pas le fruit de mon imagination ? Tout d'abord, il y a un squelette de femme et celui d'un enfant, retrouvés dans la grotte derrière la fontaine de Tevelune. La femme et l'enfant, selon Éric, seraient morts entre 1940 et 1945. Les deux squelettes n'avaient aucune trace de fracture. Ce sont objectivement les seuls éléments concrets dont je dispose. Autour d'eux, il y a la ferme de Tevelune, une ancienne abbaye qui appartenait à la famille Maselier au début du siècle. En quelle année l'ont-ils vendue ? Y a-t-il eu un autre propriétaire entre les Maselier et mon grand-père ? Qui possédait la ferme pendant la guerre ? Et qui exploitait la ferme ? Ce sont des éléments que je devrais pouvoir retrouver à la mairie de Saint-Marcel. Que sais-je d'autre ? Il y a le poème de Matthias, un bien étrange poème, mais cela ne colle pas, car il était écrit sur un des livres de Marcelline, donc ce ne doit pas être la bonne époque.

Finalement, je n'ai presque aucun élément. Il aura suffi qu'Éric me donne cette fameuse date pour que je me rende compte que je ne sais presque rien sur le compte de la Korrandine. Dans cette période, n'importe qui a pu profiter du trouble ambiant pour se débarrasser d'une personne gênante. La Korrandine n'a pas été tuée d'un coup sur la tête. On peut donc imaginer que sa mort a été provoquée par un coup de couteau ou une arme à feu. Ou, plus simplement, elle a pu être étranglée. Ça me rappelle un film dont le titre m'échappe, avec Lino Ventura et Simone Signoret je crois. *L'armée des ombres*, peut-être. Cela se passait pendant la guerre. Ils appartenaient à un réseau de résistants et plusieurs d'entre eux avaient été arrêtés. Tout semblait indiquer qu'ils avaient été trahis par l'un des leurs. Je ne sais plus dans quelles circonstances cela s'est passé, mais ils ont fini par découvrir le responsable. Ils l'ont fait venir dans une maison isolée, au motif de lui transmettre des instructions, et l'ont étranglé avec un tourniquet fait d'un torchon noué et d'un bâton. La Korrandine a pu être tuée comme ça. Il ne faut pas oublier l'ambiance qui régnait ici alors. La ligne de démarcation attirait de nombreux candidats au passage en zone libre. Les réseaux de résistants étaient organisés à la fois pour mettre les Allemands en difficulté et pour aider les fuyards à recouvrer la liberté et la sécurité. Tout ceci devait être particulièrement bien huilé, et totalement secret pour ne pas mettre en péril la vie des combattants. La Korrandine, une jeune femme enceinte, paraissait très inoffensive. On l'utilisait parfois pour transmettre des messages entre différents responsables locaux. Elle était appréciée de tous pour son efficacité et sa discrétion. Elle venait recevoir ses ordres en divers points par des moyens chaque fois plus ingénieux. Elle avait toujours eu l'habitude d'aller se promener à la fontaine de Tevelune pour y prendre l'air et apprécier le calme de l'endroit. Peut-être même aimait-elle s'y arrêter pour lire, comme Marcelline. En arrivant, elle s'assurait de ne pas avoir été suivie, et s'asseyait pour lire. Elle restait un moment ainsi. Puis, lorsqu'elle était sûre de ne pas être surveillée, elle déplaçait un peu la grosse pierre sur laquelle elle était assise et qui devenait inconfortable. Oh, pas de beaucoup, juste de quelques centimètres pour modifier son assise. Ce faisant, son livre lui échappait et tombait au pied de la pierre. Elle se penchait alors pour le ramasser, et glissait dedans un petit bout de papier bien plié qui était là, sous un autre caillou, glissé sous cette cachette à son intention par un correspondant qui avait dû lui aussi multiplier les précautions pour transmettre son message. Elle reprenait alors place et poursuivait sa lecture. Puis, un moment plus tard, elle dépliait le morceau de papier et le plaçait à l'intérieur du livre, comme si elle continuait à lire l'ouvrage. Mais c'était le message de son réseau qu'elle lisait alors. Ce n'était pas simple, car il lui fallait l'apprendre par cœur et il n'est pas toujours facile de retenir un message codé. Au bout d'un moment, elle se levait, détruisait le message en l'avalant, et reprenait son chemin tranquillement.

Ce n'est que plus tard qu'elle allait innocemment rendre visite au docteur Machin pour le consulter à propos de petites douleurs qu'elle ressentait dans le ventre et lui faisait craindre un problème pour son enfant. Elle venait si souvent pour trois fois rien que n'importe quel médecin l'aurait soupçonnée d'être hypocondriaque. Mais le docteur Machin n'était pas de ceux-là, et il prenait très au sérieux les symptômes de sa patiente. Une grossesse difficile sans doute, pensait la secrétaire. Et pendant qu'il l'auscultait avec le plus grand sérieux, la Korrandine lui glissait à l'oreille la teneur du message qu'elle avait appris par cœur. Puis elle quittait le cabinet du médecin, rassurée par les conseils qu'il lui avait prodigués. « Pauvre fille ! pensait alors la secrétaire. Elle ferait mieux de rester davantage en place. On n'a pas idée de faire du vélo comme ça quand on est enceinte jusqu'au cou. »

D'autres fois, elle allait à la ferme du père Truc. Elle adorait le lait qu'il produisait, un lait beaucoup plus crémeux que celui de son voisin. Pour son enfant, elle devait boire un lait très crémeux. Le moment qu'elle préférait était l'heure de la traite, pour boire un peu de ce lait encore chaud et fumant, tout juste sorti du pis de la vache. Elle avait ses petites habitudes. Elle allait au pot de lait et se servait un verre. Puis elle prenait un petit tabouret de bois et s'asseyait aux côtés du fermier pour l'observer. Elle l'aimait bien le père Truc. Elle le connaissait depuis toute petite. Il aurait pu être son père et il était si gentil avec elle depuis que son mari l'avait mystérieusement quittée alors qu'elle attendait cet enfant. Tant de rumeurs avaient couru sur lui après son départ. Il serait parti à Paris avec une fille qu'on avait vue traîner dans la région juste avant son départ, une fille avec un très mauvais genre. On n'aurait jamais cru qu'il ferait une chose pareille. C'était pourtant un bon petit gars. Cette fille avait dû sacrément lui tourner la tête pour qu'il abandonne tout comme ça sans prévenir. En tout cas, sa pauvre jeune femme était restée bien seule avec son bébé.

Elle était très courageuse et on la plaignait beaucoup. Heureusement qu'il y avait des gens gentils comme le père Truc pour la soutenir. Il lui donnait aussi souvent quelques légumes du jardin, et des œufs. Et puis les jours où il y avait de la viande à manger à la ferme, elle était invitée à partager la table. Elle aimait donc beaucoup venir là, s'asseoir et le regarder faire. Parfois, il la laissait essayer de traire elle-même, mais il faut un sacré doigté pour traire une vache à la main. Lorsqu'ils se retrouvaient tous les deux seuls dans l'étable, elle se penchait vers lui et lui glissait à l'oreille quelques mots qu'elle ne comprenait pas, mais que lui savait déchiffrer. Il hochait la tête en souriant, pour lui montrer qu'il avait bien tout compris. Puis elle le regardait d'un air triste :

— Vous avez de ses nouvelles ?

Il la regardait d'un air grave.

— Il va bien. Il s'inquiète pour toi et pour le petit. Je lui ai dit que je prenais soin de toi. Il t'embrasse !

— Dites-lui bien qu'il me manque, que j'espère qu'il reviendra bientôt. Dites-lui que je vais bien, que nous allons bien ! concluait-elle en posant la main à plat sur son ventre.

Puis la discussion continuait sur un ton plus léger et il était question de météo, de l'herbe pas assez grasse, de la qualité du lait qui s'en faisait sentir, du savoir-faire pour traire les vaches et de la santé du petit dernier de la fille Truc.

Puis un jour, elle commit une erreur. Un barrage, à l'entrée de Sourcarol. La Korrandine était à vélo. L'officier allemand la salua et lui demanda ses papiers. La Korrandine devint pâle. Pour une fois, elle avait eu des nausées à la fontaine. Elle n'avait pas pu avaler le message. Il était encore là, coincé entre deux pages de son livre. Elle tendit ses papiers. Tout semblait en ordre, mais elle n'avait pas su cacher son trouble assez vite. L'officier allait la laisser repartir :

— Tout est en ordre ! Bonne journée, Mademoiselle.

Mais un autre officier un peu en retrait l'avait observée pendant que le premier contrôlait les papiers.

— Halt !

Il dit quelque chose en allemand à son collègue, puis se retourna vers la Korrandine. Il la regarda de la tête aux pieds. Certes, elle était très jolie et sa grossesse lui donnait un teint plus séduisant encore, mais ce n'était pas cela que le soldat regardait. Il se pencha sur le panier accroché à l'arrière du vélo. Il souleva le bouquet de fleurs des champs qu'elle avait cueilli et prit le livre en main.

— Oh ! Vous aimez la lecture, Mademoiselle.

La Korrandine ne savait plus quoi répondre. Elle se sentait perdue. Il ouvrit le livre et le feuilleta. Il allait le refermer lorsqu'il tomba sur le morceau de papier.

— Très intéressant ! Pouvez-vous nous dire ce que c'est que ça ?

— Ce sont quelques mots que j'ai notés en lisant…

— Je ne vous crois pas ! hurla-t-il. Vous allez venir avec nous !

Elle se retrouva dans un des bureaux de la kommandantur de Montdunon. Elle avait en face d'elle un homme en civil qui souriait d'un air dur :

— Ce papier est un message des terroristes, Mademoiselle, il est inutile de nier. Alors vous allez nous dire qui sont vos contacts.

La Korrandine était morte de peur. Non, elle ne pouvait, elle ne voulait rien dire.

— Mademoiselle, vous avez le choix. Vous n'êtes qu'un petit maillon qui ne nous intéresse pas. Mais ceux qui vous donnent ces messages et ceux à qui vous les donnez nous intéressent. Nous les trouverons, quoi qu'il arrive. Quant à vous, vous pouvez nous dire tout ce que vous savez, et nous vous laisserons repartir libre. Sinon, nous vous ferons parler. Dans votre état, il serait malheureux que vous receviez un coup malencontreux dans le ventre, vous ne croyez pas ?

La Korrandine fut prise de panique. Non, ils ne pouvaient pas faire ça, pas à son enfant. Elle, elle pouvait souffrir, ou même mourir, mais pas son enfant, le seul lien qui lui restait avec son mari. Il devait vivre, et donc elle devait le sauver. Après tout, elle pouvait donner un ou deux noms, pas plus. Oh que c'était cruel de lui demander ça. Comme c'était cruel.

La Korrandine était ressortie quelques heures plus tard. Elle avait couru s'enfermer chez elle, et elle avait pleuré longuement. Qu'allait-il arriver maintenant ? Elle n'avait donné que deux noms, seulement deux, ceux qui lui semblaient les moins importants, qui savaient le moins de choses. Mais elle ne savait pas non plus qui ils étaient réellement. Elle ne savait que peu de choses de l'organisation. Elle n'avait pas donné le nom du père Truc. Ça aurait été au-dessus de ses forces. Le soir même, la Gestapo se présenta chez le docteur Machin et en même temps chez monsieur Chose, un ouvrier paysan à qui elle avait porté un message une fois. Dans tout Sourcarol, la nouvelle avait fait l'effet d'une bombe. Le docteur Machin, un homme si transparent, si calme, un homme que l'on soupçonnait d'être très bien avec les Allemands. On n'aurait jamais pensé ça !

Le lendemain, la Korrandine reçut le signal habituel qui lui indiquait qu'un message était à récupérer à la fontaine de Tevelune. Elle hésita beaucoup. Devait-elle ou non continuer ? Désormais, elle était repérée, et il était dangereux pour elle et pour les autres qu'elle continue son activité. Elle ne savait que faire. Aller au rendez-vous ou non ? Elle pouvait également aller voir le père Truc et lui en parler. Mais elle avait trahi. C'était de sa faute si le docteur Machin et monsieur Chose avaient été arrêtés. Elle le savait et les autres comprendraient bien vite. De toute façon, elle ne pouvait pas continuer. Les Allemands avaient un moyen de pression sur elle et elle devait partir vite. Elle pourrait peut-être rejoindre son mari, ou quitter la région. Mais elle ne pouvait pas partir seule. Ils devaient l'aider. Elle prit une décision. Elle allait rédiger un message à son tour qu'elle glisserait sous la pierre. Elle découpa un petit bout de papier sur lequel elle écrivit soigneusement : « Je suis découverte. Je dois partir. Aidez-moi ! » La Korrandine enfourcha son vélo et partit pour Tevelune. Elle s'assura qu'elle n'était pas suivie, et descendit à la fontaine. Toutes ces émotions l'avaient bouleversée, et elle sentait maintenant que son enfant allait naître plus tôt que prévu. Elle devait partir vite ou bien il serait trop tard.

Elle s'assit sur la pierre, et regarda autour d'elle. Elle tremblait.

Soudain, elle vit apparaître un jeune homme devant elle, au milieu des eaux de la fontaine, comme s'il sortait de nulle part. Elle était certaine de ne pas le connaître. Il lui fit signe de faire silence et l'entraîna avec lui dans l'eau. Elle n'avait jamais remarqué que l'on pouvait se glisser ainsi dans le souterrain derrière la fontaine. Il la guida dans le noir et ils arrivèrent au niveau de la grotte creusée au-dessus du niveau de l'eau. Un homme qui attendait là-haut lui tendit la main pour l'aider à monter. Lorsqu'ils furent assis tous les trois, le deuxième homme, plus âgé que le premier, croisa les bras.

— Bien, maintenant, nous pouvons parler, dit le jeune homme.

— Qui êtes-vous ?

— Je suis votre nouveau contact, mais mon nom n'a pas d'importance. Venons-en aux faits. Vous avez été arrêtée hier ?

Il semblait savoir parfaitement de quoi il retournait. Elle ne put lui répondre et hocha simplement la tête en signe de confirmation.

— Pourquoi vous ont-ils laissé partir ?

Les larmes lui montèrent aux yeux. Elle ne pouvait plus dire un mot.

— Le docteur Machin et monsieur Chose ont été arrêtés, continua-t-il d'un ton dur. Avez-vous donné d'autres noms ?

Elle secoua la tête pour faire signe que non. Elle avala sa salive et put enfin parler.

— Ils voulaient tuer mon bébé !

Le jeune homme la regarda dans les yeux, puis baissa la tête. Il semblait réfléchir. Elle continua.

— Je dois partir. Je ne peux pas rester là. Ils vont me surveiller. Je ne veux pas être obligée de parler encore. J'ai réussi à leur faire croire que je ne connaissais pas d'autres noms, mais ils vont me surveiller. C'est pour cela que je n'ai pas voulu aller chez le père Truc.

Il la regarda sans rien dire.

— Nous n'avons pas le choix, dit-il enfin. Vous êtes devenue trop dangereuse et votre enfant vous rend vulnérable. Les Allemands vous tiennent et ne vous lâcheront plus. Vous connaissez encore trop de choses. Pour la sécurité de tous nos camarades, vous devez mourir. Je suis désolé.

Il avait parlé tout doucement. Il était encore très jeune, et elle avait senti une grande émotion dans sa voix. Visiblement, cette mission était difficile pour lui. La Korrandine pleurait de plus belle. Bien sûr, elle savait qu'il avait raison, qu'elle ne pouvait plus servir à rien désormais et qu'elle faisait courir des risques énormes aux autres. Même son mari qu'elle aimait tant pouvait maintenant être en danger à cause d'elle. Pourtant, elle ne voulait pas mourir.

— Je pourrais peut-être partir loin. Je ne voulais pas trahir. C'est mon bébé, il a le droit de vivre, dit-elle en pleurant.

Le deuxième homme qui n'avait encore rien dit fit entendre une voix grave et ferme.

— Il faut en finir !

Le jeune homme sembla retrouver le courage qui l'avait abandonné un instant. Il hocha la tête et répéta.

— Je suis désolé !

Il s'appliqua à la tenir fermement pendant que derrière elle, le deuxième homme serrait les mains autour du cou de la Korrandine. Elle ferma les yeux. Elle avait mal. Sa gorge brûlait tandis qu'elle essayait désespérément de respirer. C'était la fin, elle le savait. Elle essaya bien de se débattre, mais le jeune homme était fort, bien trop fort. Elle eut le sentiment que les larmes perlaient aux yeux de son bourreau. Elle se sentait partir. Sa tête se fit lourde et elle perdit connaissance. Doucement, les deux hommes l'allongèrent sur le dos et placèrent ses mains à plat sur le ventre rebondi.

— Sale boulot ! fit le plus âgé des deux hommes.

Le plus jeune ne répondit pas, il ne pouvait plus rien dire. Jamais il n'oublierait cet instant. Lui qui s'était engagé dans la Résistance pour lutter contre les Allemands, il venait de tuer une jeune femme, enceinte, et qui était l'une des leurs. Décidément, il haïssait cette guerre atroce.

Quelle horreur ! J'en ai des frissons.

Je me relève, nerveux, et je marche le long de la digue. J'attrape un caillou plat que je lance rageusement sur la rivière. Le projectile heurte l'eau et rebondit plusieurs fois, en sauts de plus en plus courts avant de plonger définitivement. C'est atroce, mais ce scénario est plausible. C'est peut-être bien le plus odieux de tout cela d'ailleurs, qu'il puisse être à la fois si atroce et si plausible. Je ne vois qu'un cas comme celui-là, où la vie de nombreuses personnes est en danger, pour que quelqu'un puisse ainsi tuer une femme enceinte. Et pourtant, n'auraient-ils pas pu sauver l'une des leurs ? Après tout, elle avait aussi risqué sa peau, elle avait trahi le moins possible, juste ce qu'elle ne pouvait pas éviter. Je n'en sais rien. J'imagine tout ça à partir de rien, sans élément concret encore une fois. J'accumule les clichés vus et revus dans les films sur cette époque que je n'ai pas vécue. Peut-être était-elle un véritable agent double qui avait causé la perte de nombreux résistants et qu'il fallait faire taire avant qu'elle ne devienne encore plus dangereuse. Ou peut-être la réalité est-elle très loin de tout cela.

Il ne sert à rien de continuer à divaguer tout seul. Je devrais d'abord essayer de trouver une femme qui a disparu dans ces années-là. Mais où vais-je pouvoir trouver cela ? Il faudrait que je fasse un saut à la mairie de Sourcarol pour demander à Micheline s'il existe des documents recensant les personnes disparues à cette époque. La mairie de Sourcarol est ouverte lundi après-midi. Quel dommage que nous soyons vendredi. Je vais remonter à la maison. Peut-être aurai-je une autre idée en marchant.

- 23 -

« Les femmes sont habituées, par je ne sais quelle pente de leur esprit, à ne voir dans un homme de talent que ses défauts, et dans un sot que ses qualités ; elles éprouvent de grandes sympathies pour les qualités du sot qui sont une flatterie perpétuelle de leurs propres défauts, tandis que l'homme supérieur ne leur offre pas assez de jouissances pour compenser ses imperfections. Le talent est une fièvre intermittente, nulle femme n'est jalouse d'en partager seulement les malaises ; toutes elles veulent trouver dans leurs amants des motifs de satisfaire leur vanité. C'est elles encore qu'elles aiment en nous ! »

Honoré de Balzac
La Peau de chagrin

« *Vincent !*
Papa ne va pas bien du tout. Nous allons chez le médecin pour voir s'il peut le soulager. Nous ne rentrerons pas trop tard.
Maman. »

Le petit mot est là, bien en évidence sur la table de la cuisine. Je me doutais bien qu'il y avait quelque chose tout à l'heure. Papa n'est pas du genre à se plaindre. Au contraire, il faut souvent le pousser pour qu'il aille consulter un médecin. Il devait sacrément souffrir pour accepter d'y aller comme ça. Mais combien de temps ai-je passé au Moulin Brûlé ? Je regarde ma montre. Plus de deux heures. Je ne l'aurais jamais cru. Je ne peux pas faire grand-chose, à part préparer le dîner. Papa n'aura probablement pas très faim. Je jette un œil dans le frigo. Il y a suffisamment de restes en tout genre pour manger sur le pouce. Il y a même du bouillon de pot-au-feu si Papa en veut.

Finalement, il est inutile de préparer, je sortirai tout ça lorsqu'ils arriveront et chacun prendra ce qui lui plaît. C'est dommage ! Si Papa était en forme, il y a là tout le nécessaire pour qu'il nous invente une nouvelle omelette aux cochonneries. En revanche, il n'y a presque plus de pain. Je vais faire un saut chez le p'tit Bouton.

Il n'y a pas grand monde dans la rue. Sourcarol n'est jamais un bourg très vivant, mais à cette heure-ci, c'est la traite des vaches. Tous les agriculteurs sont à l'étable. Et puis la nuit est déjà tombée et il fait froid. Tout cela ne donne pas très envie de sortir de chez soi. La boulangerie est à cent mètres à peine de chez mes parents. Je pousse la porte vitrée et une clochette sonne comme dans l'ancien temps.

— Un instant j'arrive ! dit au loin la voix de Marie, l'épouse du p'tit Bouton.

Je regarde autour de moi. La boutique a bien changé. La boulangerie a au moins doublé de surface. Du coup, les boulangers ont élargi leur offre. Il y a toujours les différentes sortes de pain et une vitrine emplie de gâteaux. Mais une nouvelle vitrine a été installée avec une multitude de friandises et une petite pancarte : « Chocolats faits maison. N'hésitez pas à nous demander pour vos commandes particulières. » Et pour donner plus de crédit à cette promesse, un père Noël et un traîneau en chocolat glissent sur un lit de neige en chocolat blanc. Le P'tit Bouton n'aura pas eu le temps de faire un autre chef-d'œuvre depuis les fêtes. Derrière cette nouvelle vitrine, plusieurs étagères ont été ajoutées avec des dizaines de produits en tout genre. Puisqu'il n'y a plus d'épicerie à Sourcarol, le p'tit Bouton propose désormais des produits de première nécessité pour dépanner. Il y a là de l'huile, du sucre, des pâtes, de la farine, des œufs de ferme qui proviennent sans doute de chez madame Texon, et bien d'autres choses. Désormais, la boulangerie de Sourcarol remplit le même rôle que nos épiceries de quartier en région parisienne, les fameuses épiceries arabes. Il n'y a que les horaires qui diffèrent. Mais chacun sait que même si la boutique est fermée, en cas d'urgence, il suffit de passer par-derrière et le p'tit Bouton ne nous laissera pas dans la peine.

— Oh Vincent ! Ta maman m'a dit l'autre jour que tu étais là, mais je ne t'avais pas encore croisé. Dis-moi, ça fait des siècles qu'on ne te voit plus, me dit-elle en m'embrassant.

— Bonjour, Marie. Je suis là depuis lundi, mais je me promène, je me repose.

— Tu as bien raison d'en profiter. Moi je prendrais bien des vacances aussi, tiens, mais Ptitbou repousse toujours. Je vais finir par croire qu'il est marié avec le four bien plus qu'avec moi.

Je souris d'un air compréhensif. C'est la première fois, je crois, que je l'entends appeler son mari Ptitbou. Il me semblait qu'avant, elle l'appelait par son prénom, René. Mais ma mémoire me joue peut-être des tours.

— Tu es là pour longtemps ?

— Je ne sais pas trop en fait. Je suis en congé encore une semaine, mais on verra si j'attends la fin pour remonter.

Marie est adorable, mais elle est bavarde comme une pie. C'est souvent le point commun entre les boulangères et les coiffeuses. Il suffit de leur dire une chose à voix basse en leur précisant que l'on compte sur leur discrétion pour s'assurer que la nouvelle fera bien le tour du village le plus rapidement possible. Je me suis même dit un jour en riant, du temps où Spada faisait les annonces au tambour, qu'il suffirait au maire de venir à la boulangerie et de confier en secret les heures d'ouverture du bureau de vote pour que toute la population de Sourcarol en soit informée de façon beaucoup plus efficace. Cela ferait de la communication institutionnelle à moindre coût. Du coup, j'ai intérêt à couper court sinon je suis bon pour un interrogatoire en règle.

— Peux-tu me donner une miche, s'il te plaît ?

— Bien sûr ! Et comment va ton Papa ? Je ne l'ai pas vu depuis quelques jours.

— Ça va ! Il a un peu mal au dos, mais j'imagine que c'est normal. Cela lui arrive parfois.

Je ne veux pas lui parler du médecin sinon dans quelques heures, mon père sera déclaré mourant dans tout Sourcarol.

La clochette vient de retentir derrière moi.

— Bonsoir, tout le monde ! dit joyeusement Micheline, la secrétaire de mairie.

Elle tombe bien. Je vais en profiter pour lui demander ce que je voulais sur les disparitions pendant la guerre. Mais je vais me débrouiller pour lui parler dehors. Si jamais je lui pose la question devant Marie, je suis bon pour le tambour. Et si d'aventure elle comprend qu'il y a un lien avec la Korrandine, je vais même avoir droit à toute la fanfare.

Je paye mon pain et je sors en lançant « Bonne soirée, à bientôt ! » tandis que Micheline demande une petite couronne.

Finalement, Micheline m'a aussi permis d'éviter les potins sur l'actualité sourcaroloise. Je fais quelques pas, m'arrête pour allumer une cigarette tout en gardant un œil sur la porte de la boulangerie. Micheline n'est pas bavarde. Elle est adorable, mais en tant que secrétaire, elle s'estime soumise à un secret professionnel qu'elle observe scrupuleusement. Tout le monde sait cela et Marie ne devrait pas trop la retenir. Je suis assez étonné tout de même que personne ou presque ne parle de la Korrandine de Tevelune. Il ne devait pas y avoir assez de renseignements pour alimenter la chronique, mais d'habitude, ce détail n'empêche pas les rumeurs les plus invraisemblables de circuler.

— Au fait Micheline, lui dis-je au moment où elle sort, je ne voudrais pas te déranger, mais j'ai une petite question à te poser.

— Je t'en prie Vincent, de quoi s'agit-il ?

— C'est un peu incongru. Pourrais-tu me dire où je peux retrouver la trace des personnes disparues pendant la dernière guerre ?

— Hum ! Délicat. En général, la disparition est notée en marge de l'acte de naissance lorsque le tribunal a décidé qu'il y avait suffisamment d'éléments permettant de penser qu'elle était décédée. La plupart du temps, on a retrouvé des traces d'arrestation et de déportation. Pour les militaires, c'est l'armée qui a confirmé qu'ils participaient à une opération et qu'ils ont été portés disparus.

— Ah, d'accord ! Mais il s'agit là de disparitions pour lesquelles on a réussi à trouver une explication. Je cherche plutôt des disparus pour lesquels on n'aurait aucune idée des motifs de disparition. Des personnes disparues dans cette période sans que l'on sache pourquoi.

— Alors là ! Difficile à dire, je t'avoue. Je ne crois pas qu'il y ait de fichier des personnes disparues. Tu cherches quelque chose de particulier ?

— Oui ! Mais je préférerais que cela reste entre nous. Tu as dû entendre parler des squelettes qui ont été découverts à Tevelune. Je cherche à découvrir l'identité de cette femme.

— Tiens donc ! Mais pourquoi t'intéresses-tu à cela ? La gendarmerie doit s'en occuper, non ?

— C'est moi qui ai trouvé les squelettes. Et comme ils sont trop vieux, le parquet a classé l'affaire. Il n'y a pas d'enquête. Je compte sur toi pour ne rien dire. Je n'ai pas envie qu'on vienne me poser des questions ou se moquer de moi. Les Sourcarolais aiment un peu trop les ragots à mon goût.

Micheline me sourit d'un air compréhensif.

— Écoute, je vais regarder au cas où. A priori, il a dû y avoir des recherches si quelqu'un a donné l'alerte sur une disparition. Normalement, il y a plus de chances pour que tu puisses trouver quelque chose avec les gendarmes, mais il faut qu'ils veuillent bien te donner accès à leurs archives. Je vais quand même voir si nous avons quelque chose à la mairie. Il arrive que les gendarmes nous envoient des demandes de renseignements sur des personnes disparues. Mais n'y compte quand même pas trop. À l'époque, un disparu était plutôt soupçonné d'avoir rejoint le maquis.

— C'est bien ce que j'ai pensé, mais je ne vois pas trop comment m'y prendre autrement.

— C'est vrai que ce n'est pas simple. Écoute, je regarderai lundi. Si je trouve quelque chose, je t'appellerai.

— Merci, Micheline, c'est très sympa de ta part. Bonne soirée.

Micheline me salue d'un sourire et remonte dans sa 205.

Mes parents sont déjà rentrés. Ils n'ont pas été aussi longs que je le craignais. D'habitude, il faut passer des heures dans la salle d'attente avant de voir le médecin. Mon père est assis sur une chaise derrière la table de la cuisine. Il est blanc comme un linge. Je pose mon pain sur le plan de travail de la cuisine où ma mère épluche quelques pommes de terre.

— Vous êtes déjà là ? Comment ça va ? dis-je en regardant mon père.

— Ça va ! grommelle-t-il en faisant une grimace qui dément immédiatement. C'est ta mère qui a voulu qu'on aille voir le toubib sinon ça serait passé tout seul.

— Tu parles, intervient ma mère. Il n'arrivait plus à tenir assis. Je l'ai trouvé debout à se cramponner à la cheminée, comme si ça pouvait y faire quelque chose. Il s'était bourré de médicaments et il avait toujours aussi mal. Là, ça va mieux parce que le médecin lui a fait une piqûre.

Mon père marmonne quelque chose entre ses dents pour bien montrer son désaccord, mais il n'a pas d'argument à opposer. Il sait très bien que ma mère a raison, mais il n'a pas envie de le reconnaître. On dirait un enfant pris en faute et qui grogne contre une injustice flagrante. Je souris intérieurement. Je crois que je les ai toujours connus ainsi, se disputant sur des sujets similaires, comme un chien et un chat qui passent leur temps à se quereller et qui sont tellement attachés l'un à l'autre qu'on les retrouve parfois allongés en boule sur le canapé, dormant l'un contre l'autre. On dirait une pièce de théâtre, dans laquelle chacun joue un rôle bien défini tant qu'il y a un public. Aujourd'hui que je suis adulte, je perçois le côté enfantin de leurs disputes et l'évidente complicité qu'elles recèlent. Elles font partie d'un rite immuable et me rappellent celles qui opposaient autrefois mes grands-parents, le patois en moins.

— Ce qu'il n'ose pas te dire, reprend ma mère, c'est qu'il lui est passé par la tête d'aller bricoler dans le jardin ce matin et qu'il a eu la bonne idée de vouloir ranger la remise. Tu penses que manier le motoculteur, ça ne peut que lui faire du bien. Comme s'il ne pouvait pas profiter de ce que tu étais là pour te demander !

— Je ne suis quand même pas handicapé, et puis ça n'a rien à voir ! répond sèchement mon père.

Je mets fin à leur petit numéro.

— Qu'est-ce que tu prépares, maman ? J'avais pensé qu'on pourrait manger les restes qui sont dans le frigo.

— Ton père a fait dessaler de la morue pour faire une morue boulangère alors j'épluche les patates. Ton père veut garder les restes pour faire un truc.

Papa confirme son projet en émettant un grognement. Je me joins à ma mère pour éplucher les pommes de terre et couper quelques oignons. Le four est déjà en préchauffage et la morue cuit doucement dans un court-bouillon frémissant. Dans vingt minutes, il ne restera plus qu'à enfourner le plat avec les tranches de pommes de terre et la morue arrosées de sauce béchamel, puis recouvertes d'une fine couche de gruyère pour gratiner le tout. J'adore ce plat. C'est, je crois, le seul que mon grand-père n'a jamais voulu manger. La guerre lui avait laissé un souvenir très amer de la morue et depuis la Libération, il refusait d'en avaler la moindre bouchée, car elle lui rappelait les camps de prisonniers, lorsqu'il était envoyé de force pour travailler dans une ferme allemande. L'ennui, c'est que la morue boulangère doit cuire près de deux heures au four pour être bonne et que la visite chez le médecin nous a mis en retard. Bah ! Nous mangerons un peu plus tard, voilà tout. Cela n'empêche pas papa de grogner que si maman n'avait pas eu l'idée saugrenue de l'emmener chez le toubib, on n'en serait pas là. Sacré papa ! Il souffrait assez pour accepter sans trop de difficulté d'aller consulter, mais il ne reconnaîtra jamais qu'il n'y est pas allé contre son gré. Comme si on pouvait forcer mon père à faire ce dont il n'a pas envie.

Papa a allumé la télé pour regarder une de ces séries auxquelles je ne comprends jamais rien. Il y est question d'une sorte d'extraterrestres qui entrent dans le cerveau des humains pour prendre le contrôle de leur corps. Au début, j'ai cru qu'il s'agissait de MacGyver, car c'est le même acteur. Mais ici, point de super bricolage avec des bouts de ferraille, une bougie, trois fils électriques et un peu de salpêtre pour sauver l'humanité. Non, cela ressemble plutôt aux envahisseurs, version futuriste, où l'ennemi est parmi nous, dans le cerveau d'un proche qui peut se retourner contre ses propres amis à tout moment. Je ne suis même pas certain de ne pas avoir tout compris de travers. Puisque je ne suis plus utile à rien dans la cuisine, je vais plutôt aller me plonger dans un bouquin en attendant de manger. J'ai commencé à lire *Les Champs d'honneur* de Jean Rouaud. J'aime bien cette façon qu'il a de parler des gens qui ont compté pour lui. Il y a de l'amour dans ses paroles, même lorsqu'il peint les travers de ses proches. Il a l'art de souligner les détails anodins qui font la vie, rendant insignifiants les grands desseins et les exploits. J'ai l'impression qu'il sait nous donner à voir la vie avec les yeux d'un enfant, même si les mots sont bien ceux d'un adulte.

Le téléphone sonne. C'est sûrement mon frère ou ma sœur qui viennent prendre des nouvelles. À cette heure-ci, le téléphone sonne rarement depuis que papa a cessé son activité.

— Vincent, c'est pour toi ! crie ma mère du bas de l'escalier.

Pour moi ? Cela m'étonne un peu. Je n'ai prévenu personne que je venais ici. Même Aurélie n'en sait rien. Il n'y a que le bureau, mais à cette heure-ci, il est fermé depuis longtemps.

— J'arrive ! dis-je en sortant de ma chambre.

Je descends tranquillement les escaliers, un tantinet perplexe. C'est peut-être simplement mon frère ou ma sœur qui aura appris ma présence par ma mère. Ils savent tous les deux ce qui s'est passé avec Aurélie. Si ça tombe, comme disent les Belges, ma mère leur aura dit qu'elle me trouvait bizarre, à courir derrière la Korrandine, et leur aura demandé de me parler pour me remettre les idées en place. Alors, je parie sur qui ? Christelle ou Stéphane ? Je dirais plutôt Christelle parce que Stéphane aurait répondu à ma mère que je ne l'écouterais pas, simplement pour ne pas avoir à se mêler de ma vie.

— Qui est-ce ? demandé-je à voix basse à ma mère pendant qu'elle me tend le téléphone.

— Une dame ! répond ma mère avec un sourire malicieux signifiant clairement qu'elle n'a pas l'intention de me répondre.

— Allô ?

— Vincent ? dit une voix de femme qui n'a rien en commun avec celle de ma sœur. C'est Micheline.

— Bonsoir Micheline. Je n'aurais pas reconnu ta voix.

— J'ai pensé à notre discussion de tout à l'heure en rentrant et j'ai eu une idée. J'ai pensé qu'il serait peut-être plus utile d'en parler avec quelqu'un qui a connu cette époque. Ma mère était encore jeune, mais je lui ai posé la question. Elle se souvient de plusieurs choses. Tu pourrais peut-être lui parler. Tu saurais mieux que moi s'il y a des renseignements qui t'intéressent dans ses souvenirs.

— C'est une bonne idée. Pourquoi pas ? Cela ne la dérangerait pas de m'en parler ?

— Non, il n'y a aucun problème. Si tu veux, elle vient manger à la maison demain midi. Tu pourrais venir prendre le café, comme ça vous pourrez parler.

— C'est très gentil à toi. Je viendrai avec joie. Vers quatorze heures, ça irait ?

— Très bien. Alors à demain.

— À demain Micheline. Merci encore.

Je raccroche, plongé dans mes pensées. Bien sûr que le plus simple était de demander aux gens de l'époque. Si une femme a disparu, cela a dû se savoir, on a dû jaser. Et si on n'en a pas parlé, c'était parce qu'on savait qu'elle avait été éliminée par la Résistance. Les résistants ne m'en parleront certainement pas, mais quelqu'un d'autre, qui n'avait rien à voir avec tout cela parce qu'il était trop jeune pour être impliqué, pourrait parler plus facilement. C'était il y a si longtemps. Si je suis assez diplomate pour rassurer sur ma discrétion, des langues peuvent se délier. Quelqu'un qui avait une dizaine d'années au début de la guerre a aujourd'hui environ soixante-dix ans. C'est jouable. Je me sens tout joyeux à présent. L'horizon est moins bouché. J'ai encore des pistes à explorer.

— Ben dis donc, tu ne perds pas ton temps, me dit ma mère dans un clin d'œil. Remarque, tu as bon goût, Micheline est une belle femme. Mais elle est mariée.

Je lève les yeux au ciel. Micheline doit avoir vingt ans de plus que moi. Décidément, ma mère ne changera jamais.

24

« Li rois se coucha en sa tente touz seus fors de ses chambrelens. Quant il fu endormiz, il li fu avis que une dame venoit devant lui, la plus bele qu'il eüst onques mes veüe el monde, qui le levoit de terre et l'enportoit en la plus haute montaigne qu'il onques veïst ; illuec l'asseoit seur une roe. En cele roe avoit sieges dont li un montoient et li autre avaloient ; li rois regardoit en quel leu de la roe il estoit assis et voit que ses sieges estoit li plus haut. La dame li demandoit : "Artus, ou ies tu ?– Dame, fet il, ge sui en une haute roe, mes ge nei seile ele est. – C'est fet ele, la roe de fortune." Lors li demandoit : "Artus, que voiz tu ? – Dame, il me semble que ge voie tout le monde. – Voire, fet ele, tu le voiz, n'il n'i a granment chose dont tu n'aies esté sires jusques ci, et de toute la circuitude que tu voiz as tu esté li plus puissanz rois qui i fust. Mes tel sont li orgueil terrien qu'il n'i a nul si haut assiz qu'il ne le coviegne cheoir de la poesté del monde." Et lors le prenoit et le trebuschoit a terre si felenessement que au cheoir estoit avis au roi Artu qu'il estoit touz debrisiez et qu'il perdoit tout le pooir del cors et des menbres. »[5]

La Mort le roi Artu
Roman du XIIIe siècle

---

[5] « Le roi coucha dans sa tente sans autre compagnie que ses chambellans. Quand il fut endormi, il eut l'impression qu'une dame se présentait à lui, la plus belle qu'il eut jamais rencontrée ; elle l'élevait de terre et l'emportait sur la plus haute montagne qu'il eût jamais vue ; là elle le faisait asseoir sur une roue. Cette roue comportait des sièges dont les uns montaient et les autres descendaient ; le roi regardait en quel point de la roue il était assis et il constatait que son siège était le plus haut de tous. La dame lui demandait : « Arthur, où es-tu ? – Dame, disait-il, je suis au sommet d'une roue, mais je ne sais ce qu'elle représente. – C'est, disait-elle, la roue de fortune. Elle lui demandait ensuite : « Arthur, que vois-tu ? – Dame, disait-il, il me semble que je vois le monde entier. – C'est bien vrai, disait-elle, tu le vois, et il n'y a pas grand-chose dont tu n'aies été le maître jusqu'ici : de tout l'espace circulaire que tu as sous les yeux, tu as été le roi le plus puissant qui s'y soit jamais trouvé. Mais tels sont les honneurs terrestres :

Mon père semble aller mieux aujourd'hui. Visiblement, ma mère avait fait la bonne analyse en affirmant qu'il avait forcé. C'est étrange de voir le roc indestructible qu'il était jadis aujourd'hui si fragile, si humain. Je me sens plus proche de lui maintenant. Je ne sais pas si l'on peut aimer quelqu'un qui est solide, sûr de lui. Avec ses faiblesses physiques et les moments de découragement qu'il a tant de mal à dissimuler, il me ressemble tellement plus. Cela doit faire partie du cycle normal de la vie. J'imagine que mes enfants me verront toujours comme un père résolument solide, sur lequel ils pourront s'appuyer, mais dont ils craindront les colères. Peu à peu, ils rejetteront mon autorité pour se forger leur propre caractère, leur propre vie. Puis un jour, ils percevront que moi aussi, j'ai mes points faibles, que je peux douter, souffrir, que je suis humain et que je leur ressemble. Et ils ne m'en aimeront que mieux, car ils se sentiront libres. Nos relations évolueront. Ils deviendront adultes et je m'avancerai vers la fin de ma vie. J'imagine que les enfants de mes enfants auront du mal à imaginer que j'aie pu être un père sévère et parfois autoritaire. Je crois que je viens de comprendre le sens profond de l'image éculée de la roue de la vie qui tourne inexorablement. Je vois la roue d'une de ces splendides voitures qui brillent au soleil et dans les rêves. Pourtant là, elle semble tourner lentement, si lentement. Chacun de nous est là, quelque part sur la gomme. Au début, nous jaillissons du sol comme si nous venions de rien. Nous nous accrochons aux crampons de gomme pour ne pas tomber. C'est une situation inconfortable. Suspendus par les mains à ces crampons qui montent doucement, nous avons les pieds dans le vide. Nous sommes insouciants bien sûr parce que la présence de nos parents nous sécurise, mais il suffirait de presque rien pour que nous tombions. Puis vient l'adolescence. Le premier quart de la roue a tourné. Nous pouvons nous mettre debout et la vie est devant nous,

---

personne n'est si haut placé qu'il ne lui faille déchoir de son pouvoir sur le monde. Elle le prenait alors et le précipitait à terre, si brutalement que le roi Arthur avait l'impression d'être brisé de sa chute, et qu'il perdait toute la force de son corps et de ses membres. »

La Mort du Roi Arthur ; Traduction de Marie-Louise Ollier

vers le sommet de la roue où nous allons dominer le monde. Tout semble possible. Certes, nous pouvons toujours glisser et tomber. Chacun de nous a vu un jour un de ses amis perdre pied et disparaître, une vie anéantie avant d'éclore. Et la roue tourne. À quarante ans, nous sommes au sommet, tout en haut de cette roue. Ou bien est-ce à cinquante ? Nous avons la sérénité de ceux qui sont arrivés, et l'envie de continuer. En nous retournant, nous voyons là-bas, au-dessus du premier quart, la nouvelle génération qui se dresse fièrement sur ses nouveaux pieds. Elle nous regarde, un brin méprisante, critiquant le monde que nous allons leur laisser, dressant l'inventaire de tout ce que nous n'avons pas fait pour l'améliorer. Ils n'ont pas tort ces jeunes. Autrefois, nous nourrissions les mêmes rêves. Mais rien n'est jamais aussi facile qu'ils se l'imaginent. Nous avons encore tant de choses à faire, à notre manière, à notre rythme, au rythme de cette roue qui tourne lentement, si lentement, si vite aussi parfois. Et nous continuons notre chemin. Bientôt le troisième quart, cet instant que nous redoutons depuis si longtemps. Un faux pas, une faiblesse, et l'un d'entre nous peut glisser, irrémédiablement. Quoi que nous fassions, nous savons que la pente a changé de côté, que tôt ou tard, c'est en bas, là, juste devant, que l'aventure prendra fin. Certains, plus prudents ou plus chanceux, réussiront à s'accrocher à la gomme et continueront ainsi, plus ou moins longtemps, tenant à la vie par le bout des doigts comme un fil de moins en moins sûr, tellement fragile. Souvent, nous nous demandons ce qu'il advient de nous, lorsque nos doigts lâchent la gomme et que nous touchons le sol sur lequel passe cette roue, invariablement. La roue avance, nous écrase, nous broie. Certains pensent que nous disparaissons, simplement. Pour d'autres, nous formons le terreau d'où jaillira de l'autre côté de la roue, tout en bas, une nouvelle génération qui s'accrochera à son tour à la gomme. Et puis il y a les philosophes qui préfèrent regarder l'histoire de la roue sur laquelle nous vivons. D'où vient-elle ? Où va-t-elle ? Roule-t-elle si lentement que nous le pensons ? Jamais de réponse, toujours des questions.

Il y a des jours comme ça où mes réflexions m'amènent à ce genre de philosophie à la gomme.

Je ne suis donc qu'un homme, quelque part vers le haut du deuxième quart de la roue, vers onze heures peut-être. Et tout à l'heure, je vais rencontrer une femme qui est à l'opposé, dans le dernier quart, cette partie de la vie où l'on se détache des choses matérielles, où l'on aime la vie pour ce qu'elle est et non telle qu'on la rêve. Je ne connais pas bien la mère de Micheline. Je l'ai vue parfois dans le bourg de Sourcarol, mais elle n'y vient plus beaucoup. Elle habite à La Ribourg, un hameau composé de deux ou trois vieilles maisons sur la route qui mène à Tevelune si l'on passe du côté de la mare de Quatsous. Je suis allé pêcher une ou deux fois là-bas il y a longtemps, mais il n'y a pas grand-chose d'intéressant à y prendre. Il y a bien quelques carpes miroirs, des tanches et des gardons, comme dans toutes les grandes mares, mais celle-ci est envahie par les soleils. C'est un joli poisson que le soleil, plein de reflets dorés, argentés et rouge feu. Mais ce n'est pas un poisson à manger tellement il est truffé de petites arêtes. Généralement, on les rejette à l'eau. Cela ne sert pourtant à rien, car ils ont l'habitude d'avaler l'hameçon si profondément qu'il faut un dégorgeoir pour les détacher et ils sont bien souvent mortellement blessés. La mare de Quatsous doit son nom à un ancien propriétaire que je n'ai pas connu. Il avait pas mal d'argent et achetait souvent des terres. Et lorsqu'on lui faisait remarquer qu'il n'était pas forcément bien placé pour se plaindre de la dure vie à la campagne parce qu'il avait les moyens de s'acheter des terres, il répondait invariablement : « Fi de garce ! Va donc voir la terre que c'est. C'est tout de la glaise et de la pierraille. Y'a rin à en faire. C'te parcelle-là, elle vaut pas quat'sous. Sinon j'l'aurions point acheté, pardi, j'aurions pas pu ! » Il a fini par avoir tellement de parcelles qui ne valaient pas leurs quatre sous qu'il en a conservé le surnom.

Micheline habite à l'autre bout de Sourcarol, à Chez Grimaud, à côté de Terre Sainte, le domaine du p'tit Jars. Parfois, le p'tit Jars a même droit à un autre surnom. Le temps d'une partie de rigolade, il devient le Seigneur de Terre Sainte, car il doit exploiter la plus grosse ferme du hameau. Oh, rien de comparable avec la propriété du Prince et de la Princesse qui pour l'essentiel est à Logres, à l'autre bout de Sourcarol, mais une propriété en Terre Sainte, ça a une autre allure. Avec Logres, Terre Sainte est l'autre gros hameau de la commune. Je me suis toujours demandé pourquoi on lui avait donné ce nom, mais personne n'a jamais pu m'en donner une explication. On pourrait se perdre en conjectures, mais il n'y a rien de concret. L'histoire a disparu en même temps que nos grands-pères. Il faudrait peut-être la réinventer. Une apparition de la Vierge, ou quelque présage sur des terres fertiles pour qui prendrait la peine de les défricher. Le village est planté au sommet d'une colline et les côtes sont si pentues que la course cycliste de Pâques passait par là autrefois. Lorsque les coureurs avaient passé Terre Sainte, ils savaient qu'ils avaient fait le plus dur et ils entamaient une longue descente le long du bois de Chez Bosquet. S'ils en avaient eu le temps, ils auraient bu à la source des Bosquets qui coule au milieu du bois. Puis, s'étant désaltérés et reposés, ils auraient pu monter une centaine de mètres plus haut, en s'enfonçant dans le bois pour trouver l'accès de la grotte aux fées. Ils auraient cherché un moment bien sûr parce que l'entrée est complètement cachée par la végétation du sous-bois et le propriétaire a placé une grille en fer forgé pour éviter les accidents. La grotte est en effet très dangereuse. Elle plonge immédiatement en boyaux abrupts vers la rivière souterraine qui l'a creusée, probablement un affluent de l'Argent. Seuls des spéléologues chevronnés peuvent s'y glisser, à condition d'être sûrs qu'il n'y a aucun risque de crue. Il y a bien eu quelques tentatives, mais le danger est si important que les clubs de spéléologie ont renoncé à y venir.

Chez Grimaud est encore un peu plus haut, derrière le bois de Chez Bosquet, mais on y accède par un chemin goudronné de si longue date qu'il est clairsemé de touffes d'herbes et de pissenlits. Il part de Terre Sainte, contourne la station de pompage qui alimente le village en eau, serpente entre les parcelles de betteraves fourragères et les bosquets de châtaigniers, puis débouche en cul-de-sac devant chez Micheline. Je me gare devant un tas de bois, venant sans doute des bois de Chez Bosquet, trois ou quatre cordes soigneusement rangées qui constituent probablement la réserve de bois de chauffage pour l'hiver. Micheline m'a entendu arriver et elle m'accueille sur le pas de la porte :

— Entre Vincent. Nous avons fini de manger et nous t'attendions.

— Je ne suis pas en retard, j'espère.

— Non, rassure-toi. C'est très bien.

Micheline me conduit dans sa salle à manger, au milieu de laquelle trône une table en chêne massif taillée de façon rustique et qui semble fort ancienne. De chaque côté, elle a disposé des bancs tout aussi solides et qui doivent être aussi vieux. Le buffet et la commode paraissent de la même facture. L'ensemble vous plonge dans un autre temps, derrière les murs épais d'une maison du siècle dernier où la température est égale, quelle que soit la saison. La très grande cheminée au large foyer pourrait aisément accueillir les morceaux de bois d'un mètre qui sont entassés dehors sans qu'il soit besoin de les recouper. Mais Micheline préfère sans doute les petites *fouées* plus vives. La réserve soigneusement rangée à côté de l'âtre est constituée de morceaux n'excédant pas les cinquante centimètres.

— Elle est belle, n'est-ce pas ? me dit Micheline en voyant que mon regard s'attardait sur ses meubles. C'était la salle à manger de ma grand-mère.

— C'est superbe ! dis-je, sincèrement séduit. Et ce tableau-là, c'est toi qui l'as peint ?

Juste au-dessus de la commode, Micheline a accroché une toile représentant le Moulin Brûlé. L'eau coule tranquillement en passant par-dessus la digue, tandis qu'un héron planté sur le bord au milieu des ajoncs fait un festin avec un poisson qui dépasse encore de son bec. Le tableau fait cliché, mais il est assez bien peint. Pour un peu, on imaginerait que dans un instant, une horde de petits Sourcarolais va débarquer pour une baignade estivale et perturber le repas de l'oiseau qui fuira alors à tire d'ailes.

— Oh, j'ai fait ça il y a très longtemps, me dit Micheline en souriant.

— C'est très joli. Tu peins toujours ?

— Non, j'ai arrêté. C'est le seul tableau que j'aie à peu près réussi. Ah ! Voilà maman.

La mère de Micheline entre dans la salle à manger. Elle est petite et voûtée. Je ne l'aurais pas reconnue.

— Bonjour Vincent ! Ça me fait bien plaisir de te revoir. Cela faisait bien longtemps. Lorsque tu étais petit, je te voyais souvent passer à vélo devant la maison. J'avais même dit à mon pauvre Raymond : « Le petit Beaufils, ils vont en faire un coureur cycliste ». Mais c'était il y a bien longtemps tout ça. Mon pauvre Raymond est parti et toi, te voilà devenu un homme. Ah ça oui, ça me fait bien plaisir de te revoir.

— Bonjour, Madame. C'est très gentil à vous d'accepter de me parler de vos souvenirs.

Je dois avouer que je ne me souviens absolument pas du pauvre Raymond.

— Je vais chercher le café ! annonce Micheline.

Sa mère s'assied dans un fauteuil au bout de la table et je prends place sur un des bancs.

— Oh, ça ne me dérange pas, mon petit. À mon âge, on ne sert plus qu'à raconter nos souvenirs. Et c'est si rare que les jeunes s'y intéressent. D'habitude, on a l'impression de les barber avec nos vieilles histoires. L'autre jour, mon propre petit-fils, le David. Tu vois qui c'est, hein ?

— Je dois avouer que non, dis-je, un peu gêné.

— Mais si, David, le fils aîné de Bernard. Remarque, c'est possible que tu ne les connaisses pas, ils habitent à Toulouse. Enfin, ils sont venus passer Noël ici. J'ai voulu raconter à David comment on fêtait Noël quand j'avais son âge. Ça n'avait rien à voir avec tout ce qu'on fait aujourd'hui. Le plus important de la fête, c'était la messe de minuit. On faisait une belle crèche, et on chantait des cantiques qu'on ne chantait pas les dimanches ordinaires. Et puis il n'y avait pas tous ces cadeaux. On avait une orange et un sucre d'orge qui étaient vendus à la foire de Sourcarol une seule fois par an, mais on était heureux comme tout. Maintenant, les enfants sont tellement gâtés que si on leur offrait la même chose, ils seraient sacrément déçus. Enfin, bref, qu'est-ce que je disais ? Oui, le David. Et bien quand j'ai voulu lui raconter ça, eh bien il m'a dit « Mémé, tu radotes. Tu nous la racontes à chaque fois. » Tu te rends compte, Vincent. Me dire ça à moi, sa grand-mère. Si c'est pas malheureux. Les jeunes, ils ne respectent plus les vieux comme moi. De mon temps, on n'aurait pas osé dire ça, et si on l'avait fait, on se serait ramassé une de ces dérouillées. Eh bien là, rien ! Son père lui a juste dit qu'il pourrait être un peu plus poli.

Je souris. Apparemment, la mère de Micheline est bavarde. Je vais probablement avoir droit à beaucoup plus que ce que je suis venu chercher. Mais elle n'a peut-être plus autant l'occasion de parler qu'elle le voudrait.

— Voilà le café ! dit Micheline en coupant court à la tirade de sa mère.

Elle dépose le plateau sur la table et dit joyeusement :

— Ces petites histoires de famille n'intéressent pas Vincent, Maman.

Micheline sert à chacun une tasse de café, et je profite de ce répit pour diriger la conversation vers le sujet qui m'a conduit ici.

— Micheline vous a dit ce que je cherchais ?

Je reste prudent, car je m'aperçois que je ne sais absolument pas comment Micheline a présenté les choses à sa mère. Si elle est aussi bavarde qu'elle en a l'air, Micheline a probablement évité soigneusement de parler de Tevelune.

— J'ai dit à maman que tu faisais des recherches sur les gens qui ont disparu dans la région pendant la guerre, dit Micheline, venant ainsi à mon secours.

— Il y en a eu pas mal, dit la mère. Mais c'est si loin. Je n'ai plus une très bonne mémoire. Tu sais ce que c'est, à mon âge. Enfin, je ne perds pas la tête, c'est déjà ça.

— Ça non, tu ne perds pas la tête ! dit Micheline en riant.

— Vous souvenez-vous de personnes qui ont disparu à cette époque ? demandé-je pour éluder les considérations sur sa vitalité mentale à propos de laquelle je n'ai aucun doute.

— Ce n'est pas facile, mon petit. C'était il y a si longtemps. Je ne suis pas très sûre.

— Voyons maman, dit Micheline. Hier soir au téléphone, tu m'as parlé de gens qui ont disparu. Je suis sûre qu'il y en a qui peuvent intéresser Vincent.

— Hum ! Oui, il y en a eu plusieurs. Il y avait ce jeune. Comment s'appelait-il déjà ? Ah, c'est trop bête. C'était le jeune des fils du meunier au moulin de la planche. Lucien, ou bien Roger, je ne sais plus. Ah si ! C'était Louis. Il était un peu bizarre, il parlait à personne. On disait qu'il n'aimait pas les femmes. Enfin, tu vois ce que je veux dire. Et puis il avait des manières qu'on a point l'habitude à la campagne, toujours à faire attention à rester propre sur lui. On aurait dit un seigneur qui voulait pas se salir en s'approchant trop des autres. Du coup, ça jasait bougrement sur son compte, et il y en avait pas mal pour le moquer que c'était pas vraiment un homme. Un jour il a disparu. Dans Sourcarol, ça a jasé parce qu'il devait partir au STO. Tu connais le STO, Vincent ? C'était le Service du Travail Obligatoire. Les jeunes devaient aller travailler en Allemagne pour les Schleus. Eh bien le Louis, il n'y est pas parti et on ne l'a plus revu. Alors les gens du pays, ils disaient tous qu'il était parti dans la Résistance, même qu'on se demandait bien comment il pourrait rester toujours aussi bien mis dans le maquis. À l'époque, ça faisait vilain. Ils n'arrêtaient pas de faire sauter la voie ferrée. Alors le train marchait mal. Les Schleus ils hurlaient que c'étaient des terroristes et que nous devions les dénoncer. Mais nous, on savait pas qui c'était. Et puis même si on avait su, tu penses bien qu'on leur aurait rien dit à ces malfaisants. Enfin, ce qui est bizarre, c'est qu'à la Libération, on en a vu revenir qui étaient partis pendant la guerre. Mais le Louis, on n'en a jamais eu de nouvelles. Et ceux qui revenaient du maquis, ils disaient qu'ils ne l'avaient jamais vu.

Fallait voir le père du Louis à courir partout dès qu'il voyait un résistant, il demandait où était son fils et à chaque fois que le gars secouait la tête ou haussait les épaules, on aurait dit qu'une masse à enfoncer les piquets de clôture lui était tombée sur la tête. On n'a jamais su ce qu'il était devenu.

Je prends poliment des notes.

C'est une histoire très intéressante, mais si le Louis était homosexuel comme la mère de Micheline le laisse entendre, il est plus probablement allé se fondre dans l'anonymat d'une grande ville pour fuir les quolibets d'un village aux mœurs encore très strictes. Quoi qu'il en soit, le Louis était un homme. Il n'y a donc aucune chance qu'il soit ma Korrandine.

— Et y a-t-il des femmes qui ont disparu à cette période ? demandé-je.

— Mon pauvre petit. C'est si loin tout ça. Y'a bien eu la Bertrande, la femme du maréchal-ferrant. Mais elle n'a pas vraiment disparu.

— Comment ça ?

— Ben un beau jour, on ne l'a plus vue du tout. Le pauvre Jeannot, il était tout malheureux. Il demandait à tout le monde si on savait quelque chose. Mais personne ne lui disait rien forcément. À force, il n'a plus posé de questions. Heureusement, parce que petit à petit, le bruit a couru qu'on l'avait vue à Chabanais. Elle était partie là-bas avec un marchand de vaches.

Je souris. Ces histoires sont finalement toujours les mêmes. Elles n'ont pas d'époque. Et elles font toujours autant jaser. C'est encore une histoire du même genre qui a éclipsé la découverte de la Korrandine dans les ragots du village.

— Y a-t-il eu d'autres femmes ? Plutôt des jeunes femmes ?

— Je ne vois pas trop.

— Voyons Maman. Hier soir, tu m'as parlé d'une jeune femme très maquillée.

— Ah ! Mais elle, ce n'est pas pareil. Elle n'était pas de la région. On savait même pas d'où elle venait, alors.

— Cela peut tout de même m'intéresser, dis-je, en redoublant d'attention.

— Je ne sais plus très bien comment elle s'appelait. Marie quelque chose. Entre nous, on l'appelait Marie-couche-toi-là. C'était peut-être bien Marie-Louise. Enfin peu importe. Elle est arrivée un jour à Sourcarol. Elle a dit qu'elle venait de Paris et que ce n'était plus vivable là-bas. Mais on n'a jamais su si c'était bien vrai. Elle s'est installée dans la petite maison à côté du docteur. C'était une fille qui avait mauvais genre. Elle était toujours fardée alors que tout le monde avait du mal à trouver du tabac ou du pain. Et puis elle passait son temps à aller faire des ronds de jambe avec les gars. Fallait voir comme elle leur tournait autour. Et elle était toujours en train de leur faire des minauderies, à leur tirer les vers du nez. Et ces imbéciles heureux, ils étaient tous avec la truffe au vent parce qu'elle était jolie. En tout cas, personne ne l'aimait dans le village. À part les gars, mais ils étaient nigauds comme des chiens en chasse.

Visiblement, cette fameuse Marie-Louise a éveillé des jalousies et la mère de Micheline était du lot de celles qui n'aimaient pas cette « étrangère ». Me regardant, elle avance un peu la tête et, comme pour me faire une confidence, elle baisse un peu la voix.

— Si tu veux mon avis, cette fille-là, elle n'était pas très claire.

— Comment ça, pas très claire ?

— Parfois, on la voyait rigoler avec des Schleus, comme si c'était normal. D'ailleurs, beaucoup de gens pensaient comme moi.

— Et que pensiez-vous ?

— Qu'elle était de mèche avec les Schleus, pardi ! C'était sans doute une espionne qui venait là pour faire causer les gars et dénoncer les résistants, enfin donner des renseignements secrets aux Allemands.

Je suis de plus en plus intéressé par son histoire. Cette Marie-Louise a pas mal de points communs avec ma Korrandine et elle a tout de quelqu'un dont on pourrait vouloir se débarrasser discrètement.

— Veux-tu un autre café, Vincent ? demande Micheline.

— Volontiers. Je te remercie.

Je me retourne vers sa mère.

— Cette Marie-Louise, comment a-t-elle disparu ?

— Je ne sais pas trop. Du jour au lendemain, on ne l'a plus vue et on n'en a plus jamais entendu parler. Ça a jasé un moment. Certains ont dit qu'elle avait dû recevoir un cercueil et prendre peur. Forcément, elle n'a pas demandé son reste.

— Comment ça, un cercueil ?

— Il paraît que les résistants, ils envoyaient parfois un petit cercueil aux traîtres pour leur dire de disparaître sinon, ils risquaient bien d'en connaître un bien plus grand, de cercueil. Avec ses petits trafics avec les gars de Sourcarol et les Schleus, elle devait avoir pas mal de choses à se reprocher. Elle a eu la frousse et elle est partie sans demander son reste.

— Vous êtes sûre qu'elle avait reçu ce petit cercueil ?

— C'est ce qu'on a dit, mais je ne sais pas. Moi je ne l'ai pas vu.

— Savez-vous si elle était enceinte quand elle a disparu ?

— Ma foi, j'en sais rien. Mais c'est bien possible. À force de courir après les gars comme ça, ça arrive plus vite qu'on voudrait ces choses-là. Et comme elle avait pas beaucoup de moralité. En tout cas, quand elle est partie, y'a pas eu grand monde pour pleurer. On était plutôt soulagé.

Je suis sur la bonne voie. J'en ai le pressentiment. Mais il vaut mieux ne rien négliger.

— À part Marie-Louise, y'a-t-il eu d'autres disparitions de jeunes dans cette période ?

— Non, je ne crois pas. J'ai entendu parler d'une fille Maselier, mais je ne la connaissais pas. Les Maselier, à l'époque, ils fréquentaient pas trop les gens du village. C'était pas comme le François. Lui, il est pas fier, mais avant, ils se prenaient pas pour des moins que rien.

Apparemment, la santé mentale de la mère de Micheline n'est pas aussi bonne que je le croyais. Elle a dû entendre parler de l'histoire de Marcelline et elle a tout mélangé. Enfin, j'ai déjà une belle piste à approfondir.

Et ma Korrandine a de nouveau un prénom : Marie-Louise. C'est plutôt joli, même si je m'étais bien habitué à Marcelline.

— Bien, je ne veux pas abuser de votre gentillesse. Merci pour le café, Micheline.

— J'espère que maman aura pu t'aider un peu. Je regarderai dans les archives, comme promis.

— Merci, Micheline, et merci à vous, Madame. C'était très intéressant.

— De rien mon petit Vincent. Moi ça m'a fait plaisir de parler de tous ces souvenirs.

— Au revoir.

Marie-Louise. Plus ça va, et plus je trouve que c'est un joli prénom pour une Korrandine. Ça me rappelle une voisine de mes parents. Cette Marie-Louise-là, c'est plutôt une grand-mère. Quand j'étais gamin, je me sauvais souvent en disant que j'allais dire bonjour à mes mémés d'en bas. Alors je partais faire un tour dans la rue derrière la maison, et j'allais embrasser les vieilles dames qui ne manquaient jamais de m'offrir un bonbon. « Le fâche pas, disaient-elles à ma mère, ton petit, il est mignon comme un petit lapin, et il dit toujours merci qu'il en est adorable ! ».

C'est une autre Marie-Louise dont je dois maintenant trouver la trace. Cela ne va pas être facile. Elle n'était pas d'ici donc il n'y a pas de famille. Et vu sa réputation, il doit y avoir peu de monde pour se vanter de l'avoir bien connue.

Si elle a été ainsi soupçonnée d'être une traîtresse, je devrais peut-être en parler avec un résistant. François Maselier ! Voilà une bonne idée. Et j'ai une bonne raison d'y aller. J'ai toujours le carton de Tevelune dans mon coffre. Je vais passer voir s'il est chez lui. Tant que le fer est chaud…

25

« Comprenne qui voudra
Moi mon remords ce fut
La malheureuse qui resta
Sur le pavé
La victime raisonnable
À la robe déchirée
Au regard d'enfant perdue
Découronnée défigurée
Celle qui ressemble aux morts
Qui sont morts pour être aimés
Une fille faite pour un bouquet
Et couverte
Du noir crachat des ténèbres »

Paul Éluard
Comprenne qui voudra – *Au rendez-vous allemand*

Sourcarol n'est pas si grand. En voiture, il faut à peine dix minutes pour traverser la commune de long en large si l'on veut faire vite. Bien sûr, il y a toujours un chemin des écoliers en longeant l'Argent par de petites routes sinueuses. La vallée est si belle par endroits. J'adorais flâner sur ces routes communales, des chemins à peine goudronnés, lorsque je faisais du vélo. En été, la balade est des plus agréables. Mais en coupant par le bourg, je suis arrivé à Logres si rapidement que Francis Cabrel a eu tout juste le temps de finir de chanter *De l'autre côté de toi* sur mon autoradio, « Je sais que tu vis là-bas au bout de l'autoroute… ».

En un instant, j'ai revu l'autoroute, la frontière, les maisons de briques rouges là-bas, au bout de l'autoroute, du côté de Vorinde. Elle ne me quitte pas, quoi que je fasse. Je secoue la tête pour chasser mes idées noires et je me frotte un peu les yeux. Je me gare devant chez François Maselier et je descends de la voiture.

Non loin de là, j'aperçois l'ancienne gare de Sourcarol, ou plutôt l'endroit où elle était encore il n'y a pas si longtemps. C'était un tout petit bâtiment, pas plus grand qu'une cabane de jardin qui marquait l'entrée dans Logres. Comme il ne passait plus de trains et qu'il ne servait plus à rien, Eugène s'y était installé un jour. La gare était de fait devenue sa maison, et Eugène notre chef de gare. Eugène était un brave type qui ne courait jamais plus que nécessaire après le travail, et qui vivait en donnant quelques coups de main ici et là dans les jardins. Dès qu'il avait une pièce en poche, il allait tout droit chez Étiennette pour y acheter une bouteille de Château Picrate, mélange de vins des différents pays de la communauté européenne soigneusement emballé dans une bouteille de plastique carrée, et un camembert premier prix que l'on apparenterait plus volontiers à la farine qu'au fromage. Puis il avançait chez le p'tit Bouton chercher une miche de pain. Alors, il rentrait à pied jusqu'à la gare où il disparaissait jusqu'à ce que ses provisions soient épuisées. Il n'était pas très efficace, non, mais il y avait toujours quelque chose à lui faire faire, ici ou là ; personne ne l'employait non plus vraiment pour ses talents. Eugène faisait partie du patrimoine et chacun faisait comme s'il remplissait un office très utile ; car notre chef de gare s'était peu à peu imposé comme clochard officiel du village. De temps à autre, un employeur le gardait à manger, pas seulement pour qu'il ait un vrai repas complet et chaud, mais surtout pour être sûr de pouvoir compter sur lui l'après-midi. Eugène n'aimait pas trop parce que ces jours-là, comme par hasard, il n'y avait jamais de vin sur la table. Alors il grognait, en vain : chacun savait que s'il y avait du vin à table, le double effet du grand air et de l'alcool allait ralentir encore son activité. Pour peu qu'on le laisse un peu trop longtemps sans surveillance, il était alors à craindre de retrouver la bêche plantée seule au milieu du jardin tandis qu'Eugène serait profondément endormi sur un tas d'herbes molles, à l'abri des regards indiscrets.

Si d'aventure il se passait une journée sans qu'on voie Eugène, il devenait vite un des principaux sujets de conversation dans le bourg. Quelqu'un l'avait-il vu ? Savions-nous s'il était allé travailler dans un jardin un peu plus loin que d'habitude ? Le soir n'arrivait pas sans que quelqu'un ne se décide à aller voir s'il était bien chez lui, s'il n'était pas souffrant. C'est qu'il n'était plus très jeune, notre chef de gare. Puis un jour, il n'est pas apparu. Les questions ont fusé, quelqu'un est allé voir. Eugène était allongé sur sa paillasse, dans les nouveaux vêtements qu'on lui avait donnés récemment. La mairie lui a arrangé une petite tombe toute simple, dans un coin du cimetière. Quant à la gare, elle a été rasée, elle tombait en ruines depuis qu'elle n'était plus occupée. Nous n'avions déjà plus de trains, désormais nous n'avons plus ni gare ni de chef de gare à Sourcarol.

François Maselier a dû entendre la voiture. Il est sorti sur le pas de sa porte.

— Bonjour, Monsieur Maselier. J'espère que je ne vous dérange pas.

— Non, tu es le bienvenu. Je tuais l'ennui en lisant. Cela me fait plaisir de te voir. Tu viens chercher des précisions sur les ponnes ?

— Pas précisément. Je suis allé chez ma tante, à Tevelune, et elle m'a montré un carton d'affaires appartenant à votre famille. Alors je me suis permis de vous le rapporter.

— C'est très gentil à toi. Elle m'en a parlé il y a quelque temps. Mais je ne suis pas sûr que cela en vaille la peine. Ce doit être quelques vieilleries sans importance. Nous n'avons jamais vécu à Tevelune. Tiens, veux-tu le poser là s'il te plaît. Je regarderai tout ça plus tard.

— Bien sûr.

Je brûle de lui poser mille questions sur Marcelline, sur Amélie et sur ce fameux Matthias. Mais toutes ces pistes sont tombées à l'eau et je ne voudrais pas paraître trop indiscret, surtout si je veux qu'il me parle de la Résistance et de Marie-Louise.

— J'allais boire un café. Veux-tu en prendre un avec moi ?

— Avec grand plaisir. C'est très gentil à vous.

— C'est plutôt à moi de te remercier. Ce n'est pas tous les jours que des jeunes viennent passer un peu de temps avec un vieux trognon comme moi.

— Comme vous y allez ! Ce n'est pas non plus tous les jours que l'on a l'occasion de parler avec quelqu'un qui a vécu autant de choses que vous.

— Ne me flatte pas trop comme ça, je vais finir par te prendre au sérieux. Tiens, entre au salon, je vais chercher le café.

François Maselier s'en va vers la cuisine et je regarde autour de moi. Le salon est assez grand, avec deux fauteuils et un canapé en cuir autour d'une table basse. Un des volumes d'une biographie reliée de De Gaulle est ouvert sur la table. À première vue, François Maselier était plongé dans l'histoire du gouvernement provisoire d'Alger.

— Un grand homme ! dit-il derrière moi en entrant dans la pièce.

— C'est indéniable. Je m'intéresse assez à la période de la Résistance en ce moment. Plus particulièrement dans la région.

— Tu touches à tout. Les ponnes, la Résistance. C'est bien d'être curieux. Si je peux t'éclairer, c'est une période que je connais assez.

— C'est très gentil. Je sais que vous avez eu pas mal de responsabilités à l'époque.

— C'est beaucoup dire. Je me suis occupé des liaisons entre les maquis de la région et vers la fin de la guerre, j'étais en charge de certains messages du Conseil National de la Résistance.

— C'est très intéressant. On m'a rapporté une anecdote assez imprécise sur une personne qui a vécu à Sourcarol pendant la guerre, une certaine Marie-Louise. Elle aurait été soupçonnée d'être un agent de renseignements pour les Allemands.

— Tiens donc !

À ma grande surprise, François Maselier éclate de rire.

— Et qui t'a raconté cela ?

Je résume ce que m'a dit la mère de Micheline et François Maselier ouvre de grands yeux ronds.

— Cette vieille chouette dit n'importe quoi ! me dit-il. À l'époque, Marie-Louise a suscité beaucoup de jalousies, surtout chez les femmes. C'est sans doute pour cela que les choses ont failli mal tourner.

— Comment ça, mal tourner ?

— Il faut que je te raconte ça depuis le début pour que tu comprennes.

Bien calé au fond de son fauteuil, François Maselier boit une gorgée de café et reste silencieux quelques instants, comme si l'instant était très solennel. Puis il se lance dans un récit assez différent de celui de la mère de Micheline.

Après la défaite de juin 1940, quelques très petits groupes de résistants se sont improvisés. Ils n'avaient pas de but très précis et agissaient parfois très dangereusement. Il était important de bien coordonner leurs actions. François Maselier avait fait partie de ceux qui s'étaient chargés de cette tâche. Mais comme dans tous les réseaux mal préparés à la situation, certaines informations confidentielles avaient un peu trop circulé. Un jour, la Gestapo a débarqué dans une grange à Saint-Marcel où se tenait une réunion. Heureusement, l'alerte a été donnée à temps et tout le monde a pu se disperser dans les bois alentour. Les Allemands ont traqué les fuyards avec des chiens, et huit personnes ont été rattrapées. Sept hommes ont ainsi été abattus en divers endroits, non loin de la route de Vieux-Priex. Aujourd'hui encore, on peut voir des croix qui ont été érigées au bord de la route et que l'on fleurit le huit mai. Le huitième a été fait prisonnier, mais n'a pas parlé. Il est mort plus tard en déportation.

En entendant ce récit de François Maselier, mon esprit se fixe sur cette petite croix sur le chemin de l'étang de Fontblanche, là où est tombé le grand-père de Simon. Peu à peu, les choses se relient, mon histoire et celle de François Maselier. Cette croix me rappelle Simon et les petites fleurs que nous avions cueillies au bord du chemin. Sans doute François Maselier en la voyant penserait-il à cette réunion qui a tourné au drame.

Mais il continue son récit.

À la suite de cette soirée, il a semblé évident que quelqu'un avait donné l'information. Peu à peu, les différents réseaux ont organisé des services de renseignement, pour obtenir des informations sur les Allemands et rechercher les éventuels bavards dans la population. C'est ainsi que Marie-Louise Pinot est arrivée à Sourcarol. Elle était très belle, et jouait beaucoup de ses charmes pour faire parler les gens. C'était bien sûr un faux nom. François Maselier n'a jamais connu sa véritable identité. Elle avait pour mission de vivre au milieu des habitants, de parler beaucoup de tout, de rien, des Allemands, des résistants, et d'ouvrir les oreilles. Une belle femme attire les confidences des jeunes hommes qui veulent impressionner. Rapidement, elle a eu la réputation d'être assez proche des Allemands. C'était une position idéale pour recueillir des confidences de ceux qui pouvaient être tentés par la collaboration. Elle a ainsi obtenu des choses intéressantes. Par exemple, elle a établi que la Gestapo avait été renseignée par hasard sur la fameuse réunion de Saint-Marcel, grâce à une des jeunes recrues de la résistance qui s'était vantée devant un de ses amis.

Tout allait très bien jusqu'à ce que l'on apprenne qu'elle avait été dénoncée par une lettre anonyme à la Kommandantur de Montdunon. Il fallait sauver Marie-Louise, et son départ a été précipité en pleine nuit. Les rumeurs les plus folles ont circulé. Puis tout le monde a oublié Marie-Louise.

— Ce qui est amusant, ajoute François Maselier, c'est que soixante ans plus tard, on puisse continuer à penser ce qu'elle avait essayé de faire croire. Elle était réellement très forte.

— Et vous l'avez revue depuis ?

— Non, malheureusement. C'est dommage, car c'était une très belle femme, et sacrément intelligente. Je ne sais même pas si elle est encore vivante.

— Lorsqu'elle est partie, vous savez où elle est allée ?

— Je crois qu'elle devait aller à Bordeaux pour prendre des ordres. Mais je n'en sais pas plus.

— Bien. Je ne vais pas vous déranger plus longtemps. Je vous remercie infiniment.

— Oh, ce n'est rien. C'est à moi que cela fait plaisir.

Il y a quelque chose de bizarre dans sa voix. Je jurerais qu'il ne m'a pas tout dit. Il me raccompagne à la porte et je continue à réfléchir. Il y a quelque chose qui ne colle pas dans cette histoire, un élément qui me manque pour comprendre. J'ai l'impression d'avoir quelque chose là, au bout de mon nez, ou sur le bout de la langue. Je remercie encore François Maselier qui me sourit. Pourquoi ai-je l'impression qu'il me cache quelque chose ? J'ai envie d'y aller au culot.

— Au fait, j'ai une dernière petite question. Arrivait-il comme on a pu le voir dans certains films, que les résistants exécutent un civil ou l'un des leurs ? Pour se préserver, ou pour punir une trahison en dissuadant quiconque d'en faire autant ?

Il reste un moment silencieux et me regarde gravement. Doucement, il lâche :

— Oui bien sûr, c'est arrivé. Pour ma part, je n'ai fort heureusement jamais été confronté à cela.

Je souris.

— Au revoir et merci encore, Monsieur Maselier.

J'en suis sûr à présent. Je ne sais pas pourquoi, et je n'ai pas d'élément concret, mais je suis sûr qu'il ne m'a pas dit toute la vérité. Le ton de sa voix, sa façon d'hésiter, je suis persuadé qu'il a déjà assisté ou ordonné de telles exécutions. Mais on ne dit pas ces choses-là. Et s'il ne m'avait pas dit la vérité sur Marie-Louise ? Je crois que tout ce qu'il m'a dit sur son rôle dans la Résistance est vrai. Elle devait effectivement être un agent de renseignements. En général, ils répugnent plutôt à reconnaître le rôle de certains résistants de la dernière heure. Aussi, je crois que si Marie-Louise avait été étrangère à ces activités, il ne me l'aurait pas présentée ainsi.

Mais le cercueil ? Ça, ce doit être pur commérage. En revanche, il est possible qu'elle ait commis une erreur, qu'elle ait donné des renseignements, ou joué double jeu. Enfin, elle a pu se mettre dans une situation qui a décidé la Résistance à la tuer pour la réduire au silence. Et si tel est le cas, il est certain que François Maselier ne me le dirait pas. Je l'ai trouvé très vague sur ce qu'elle est devenue après son départ. Il était un des responsables dans la région, comment aurait-il pu ignorer où elle est allée ? Après tant d'années, il n'y a plus aucun caractère secret. Je ne comprends pas, ou plutôt je ne vois qu'une seule explication. Il m'a caché tout cela parce qu'elle a bien été exécutée par la Résistance. Mais comment puis-je le savoir ? Même si je trouve un autre résistant qui n'avait pas les responsabilités de François Maselier, il ne sera peut-être au courant de rien. Et si d'aventure il savait, il ne m'en dirait sans doute pas plus.

Je jette encore un œil sur la maison : François Maselier est là, derrière sa fenêtre, il regarde vers moi. Il a le visage fermé, soucieux. À quoi pense-t-il ? À Marie-Louise ? Savait-il qu'il y avait un squelette dans la grotte de Tevelune ? Marie-Louise est-elle cette femme-là, la Korrandine ? Je voudrais pouvoir me glisser dans ses pensées, comprendre, savoir.

- 26 -

« Et même si tu me laisses
Au creux d'un mauvais détour
En ces moments où l'on teste
La force de nos amours,
Je garderai la blessure
Au fond de moi, tout au fond,
Mais au-dessus je te jure
Que j'effacerai ton nom.
J'irai au bout de mes rêves,
Tout au bout de mes rêves
Où la raison s'achève,
Tout au bout de mes rêves. »

Jean-Jacques Goldman
Au bout de mes rêves

Je n'ai plus rien de particulier à faire pour aujourd'hui. Je rentre chez mes parents. Je pourrai peut-être me rendre utile à quelque chose. Je me gare derrière la porte du garage. Si mes parents doivent sortir, il sera toujours temps de déplacer la voiture. De toute façon, je n'ai guère le choix puisque quelqu'un a rangé sa voiture là où je me mets d'habitude. Ce doit être une visite pour mes parents. Je suis toujours un peu gêné dans ces cas-là. Il est assez délicat de s'imposer dans une conversation sans savoir si l'on gêne. Bah ! Je verrai bien. J'ai toujours la possibilité de m'effacer et de me retirer dans ma chambre.

C'est bien chez mes parents. J'aperçois par la vitre de la porte-fenêtre quelqu'un qui est assis à la table de la cuisine. Je pousse la porte.

— Tiens, voilà Vincent ! Il va être content de vous voir, dit ma mère au visiteur.

Monsieur Gramont tourne la tête et m'adresse un sourire. Comme il a changé ! Il était près de la retraite lorsque j'étais son élève. Les quelques cheveux qui s'accrochent encore à son crâne sont totalement blancs, mais son visage n'a pas énormément souffert des années passées.

— Bonjour, Monsieur Gramont ! lui dis-je en lui tendant la main.

C'est étrange, mon premier réflexe aurait presque été de l'embrasser, comme on embrasse son grand-père. Bien sûr, monsieur Gramont était rudement sévère, mais il était juste, et je lui ai conservé beaucoup de respect et d'affection.

— Bonjour, Vincent ! C'est un grand plaisir de te voir. Ta maman me parle souvent de toi, et j'ai suivi ton parcours grâce à elle. Mais cela fait si longtemps que je ne t'ai pas vu.

— C'est un plaisir partagé, croyez-le. Ces derniers jours, j'ai pas mal creusé dans mes souvenirs d'enfant et vous étiez souvent là.

— Eh tiens, c'est que ça marque une vie, un instituteur. C'est aussi pour cela que c'est un beau métier.

— Je veux bien le croire. Maintenant, vous regardez vos anciens élèves suivre leur chemin et vous savourez le plaisir de savoir que vous êtes pour beaucoup dans leur réussite.

— C'est vrai que c'est agréable.

— Et un instituteur comme vous, de la vieille école, on n'en fait plus beaucoup, ajoute ma mère. Je vous laisse, j'ai promis à monsieur le curé de préparer l'église pour la messe de demain. Il faut que j'y aille avant que la nuit ne tombe. À bientôt, Monsieur Gramont, je vous laisse entre de bonnes mains.

Je vais me servir un café et je m'assieds en face de monsieur Gramont.

— Tu as bien réussi Vincent. Je savais que tu étais capable de faire de grandes choses si tu voulais bien te mettre à travailler.

— Sans doute. Mais j'ai toujours été un fervent partisan du moindre effort. Quand on est fainéant comme moi, on ne veut pas apprendre. Alors pour compenser, il faut comprendre. C'est un handicap par moments, mais on finit par être beaucoup plus fort, je crois. Oui, je crois que ma force, en quelque sorte, c'était ma fainéantise.

— J'espère que tu ne donneras pas ce genre de conseil à tes enfants ! dit monsieur Gramont en souriant. Je souris également.

— Et comment va madame Gramont ?

— Elle va bien. Elle apprécie beaucoup la retraite. Elle veut écrire un livre sur son métier, avec plein d'anecdotes assez amusantes qu'elle a vécues au cours de sa carrière. Toute une vie d'institutrice à la campagne en somme.

— J'imagine qu'il doit y avoir de quoi dire, en effet.

— Et toi donc, toujours sur Paris ? Tu n'as pas envie de revenir dans la région ?

— Je ne sais pas trop. En fait, ce n'est pas très facile. Je vais sans doute changer de poste, mais je ne sais absolument pas si je vais changer de région, et où je vais atterrir. Je privilégie plutôt l'intérêt de la fonction.

— Et tu es en vacances ces jours-ci, alors.

— Oui, c'est bien ça. Je vais gratter dans l'histoire de la région. En ce moment, je cherche des informations sur la période de la Résistance. Cela m'a aussi fait penser à vous. Je me souviens que vous nous aviez fait participer au Concours National de la Résistance.

— C'est quelque chose qui m'a toujours tenu à cœur. D'ailleurs, si je me souviens bien, tu ne t'en étais pas mal tiré.

— J'étais assez content, en effet. Et cela faisait tellement plaisir à mon grand-père.

— Et que cherches-tu en ce moment ?

— Je m'intéresse plutôt à des anecdotes, à des destins individuels. Mais il est très difficile de retrouver des témoignages sur cette période. Il n'y a plus guère de témoins.

— Que veux-tu, nous vieillissons.

Je regarde monsieur Gramont, un peu étonné. Nous… Mais que je suis idiot. Bien sûr que c'est sa génération. Il devait avoir une vingtaine d'années pendant la guerre.

— Vous étiez dans la région à cette époque-là ?

— Oui ! À mon époque, on ne bougeait pas autant que maintenant. Je suis né à Rouvres et j'ai commencé ma carrière à Roffiac. Et puis plus tard, j'ai obtenu ma mutation pour Sourcarol.

— Alors vous connaissez peut-être des choses intéressantes sur la Résistance à Sourcarol et dans la région.

— Un peu, dit monsieur Gramont en souriant.

— J'ai pas mal discuté avec François Maselier sur cette période. Mais il ne se souvient pas de tout.

Je préfère le dire ainsi pour ne pas heurter. On ne sait jamais.

— Tu me surprends. François a une mémoire d'éléphant. Nous étions dans le même groupe, et il était mon chef.

— Ça, c'est une coïncidence ! Mais je ne savais pas que vous étiez résistant. Vous ne nous en avez jamais parlé.

— L'école n'est pas faite pour que l'instituteur raconte sa petite histoire. Et pour ce qui est d'une coïncidence, en fait, presque tous les Sourcarolais dépendaient du même groupe, rattaché à Montdunon. Sur quel point François a-t-il des trous de mémoire ?

— Oh rien de bien important. Nous avons parlé d'une femme qui a disparu à cette époque-là. Elle s'appelait Marie-Louise Pinot. François Maselier m'a rapporté qu'elle était un agent de son réseau et qu'elle avait été dénoncée, ce qui l'avait obligée à fuir en catastrophe. Mais il ne se souvient plus où elle est allée, et ce qu'elle est devenue.

Monsieur Gramont me regarde en silence. Visiblement, j'ai touché là à un sujet sensible. Il me donne l'impression de ne pas trop savoir s'il doit me répondre ou pas. Il porte sa tasse vide à ses lèvres pour se donner une contenance. Je me précipite pour le resservir.

— Je comprends mieux son trou de mémoire, me dit-il d'un air très gêné. C'est un peu délicat.

— Même après tout ce temps ? J'ai bien compris qu'il y avait un secret autour de cette Marie-Louise. Il en allait de la sécurité de tous.

Mais maintenant, c'est très loin. Aurait-elle... comment dire ? Aurait-elle été réduite au silence par le groupe ? Je veux dire... Elle avait peut-être mis en danger la vie des autres ou quelque chose comme ça !

— Oh non, certainement pas !

Les mots ont jailli de la bouche de monsieur Gramont comme si cette idée était très choquante.

— Marie-Louise était parfaite. Jamais elle n'aurait dit un mot, même si elle avait été arrêtée.

— Alors pourquoi est-ce délicat ? Je ne comprends pas trop.

— Disons que Marie-Louise était bien plus qu'un de nos agents. François l'avait repérée vers Bressuire, dans les Deux-Sèvres. Il était là-bas pour rencontrer un des responsables locaux qui devait participer à une opération très importante. Il est revenu avec elle en nous disant qu'il avait trouvé la personne idéale pour nous renseigner. Mais il était évident que pour lui, Marie-Louise était bien plus qu'un agent.

— Vous voulez dire qu'ils étaient liés de façon plus personnelle ?

— Oui ! Je crois que c'est la seule erreur que François ait commise pendant tout le temps où je l'ai connu comme responsable de groupe. Normalement, il ne devait pas y avoir de rapports personnels, pour ne pas mettre le groupe en danger au cas où quelqu'un serait pris. Mais comment l'éviter ?

— Je comprends. Mais alors, je suis encore plus étonné qu'il ne sache pas ce qu'elle est devenue.

— Un jour, nous avons eu vent d'une dénonciation. C'était très léger et nous n'avions qu'une information très partielle. Par la suite, nous avons su qu'il n'y avait aucun danger. Nous étions plusieurs à penser qu'il n'y avait pas de raison de changer nos plans, mais François ne voulait pas prendre le moindre risque de perdre Marie-Louise. Il l'a fait partir pour Bordeaux. Marie-Louise a obéi, mais son départ précipité a mis pas mal de monde en danger, notamment ses contacts qui n'ont pas pu être prévenus.

— Il y a eu des conséquences ?

— Heureusement non, mais cela aurait pu. Une fuite comme cela, c'est presque un aveu et cela fait peser des soupçons sur les personnes qui fréquentent celui qui part. On ne fait pas cela dans la précipitation, sauf si le danger est très fort. Là, ce n'était pas le cas.

— C'est pour cela que vous parlez d'erreur de la part de François Maselier. Il était très amoureux.

— Ils devaient se marier.

— Qu'est devenue Marie-Louise ?

— Elle a rejoint Bordeaux à contrecœur. Par la suite, François y était allé à son tour. Il nous avait dit qu'il allait prendre contact avec un spécialiste du chiffrage qui parlait allemand. Mais j'ai appris plus tard qu'il était surtout allé la revoir. Ils se sont disputés sur ce départ hâtif, dangereux pour tout le monde. Marie-Louise a rompu. Je ne crois pas qu'il l'ait revue par la suite. François est revenu et nous a annoncé que Matthias Ovisky, le chiffreur, allait arriver bientôt. À partir de ce moment-là, François ne m'a presque plus parlé de sa vie sentimentale.

— Je comprends mieux qu'il n'ait pas eu envie de rentrer dans les détails avec moi. Et savez-vous ce que Marie-Louise est devenue ?

— Je l'ai revue bien plus tard, après la guerre. Un de ces coups du destin. Je suis allé à une formation pour instituteurs à Limoges et elle était là. Elle enseignait dans un village de la Creuse je crois. Et elle était mariée. Je n'en ai pas parlé à François. Je crois qu'il ne l'a jamais oubliée. C'est peut-être pour cela qu'il ne s'est jamais marié.

Je reste songeur. Si Marie-Louise est partie pour Bordeaux, si elle était toujours bien vivante après la guerre, alors qui est la Korrandine ? Depuis bientôt une semaine, je ne cesse de trouver des pistes qui ne mènent nulle part. Mais bon sang, il y a bien une femme qui est morte là-bas, dans cette grotte derrière la fontaine de Tevelune au beau milieu de la dernière guerre. Je n'ai tout de même pas rêvé. Alors qui est-ce ? Je suis complètement perdu.

Monsieur Gramont doit avoir perçu mon trouble.

— Ça ne va pas Vincent ?

— Si ça va. Je réfléchissais seulement. Ce que vous m'avez raconté est très intéressant. Je comprends bien mieux beaucoup de choses.

Il se lève et me sourit.

— Tant mieux si j'ai pu t'éclairer un peu. Je dois y aller. Content de t'avoir revu.

— Cela m'a fait très plaisir. Bonjour à madame Gramont.

— Je n'y manquerai pas. Tu peux toujours passer prendre un café un de ces jours, je suis sûr qu'elle sera heureuse de te revoir.

— Promis, j'essaierai. À bientôt.

Monsieur Gramont est parti et je reste seul avec mes questions. J'ai l'impression que tout se mélange. L'abbaye de Tevelune et sa fontaine, Marcelline et son poète de Matthias, Marie-Louise et François Maselier, Matthias Ovisky, monsieur Gramont, la mère de Micheline, Amélie... Je ne comprends plus rien. Plus j'avance et plus je suis dans le flou. Si seulement Aurélie était là. Au moins, je pourrais lui parler, elle me donnerait son avis, elle me prendrait dans ses bras. Je suis sûr que j'y verrais plus clair si je pouvais la serrer contre moi. Où est-elle aujourd'hui ? Je n'ai plus aucune nouvelle d'elle depuis si longtemps. J'ai envie de partir, de rouler vers elle, d'aller là-bas, au bout de l'autoroute, de lui dire que ce n'est pas fini. J'ai besoin de la voir, de lui parler. Peut-être a-t-elle compris maintenant. Elle attend sans doute mon appel, par fierté. Il faudrait que je fasse le premier pas, que je lui parle, que je lui dise combien je l'aime, combien j'ai besoin d'elle. J'ai tant de choses à lui raconter. Et si je l'appelais...

Je me lève et je m'approche du téléphone. Je décroche et je regarde le clavier. La tonalité se fait entendre dans l'écouteur, une tonalité sourde, qui résonne, qui me dit qu'elle est là, au bout du fil. Il me suffit d'appuyer sur les touches. Zéro, zéro, pour l'étranger. Une nouvelle tonalité, plus grave. Je sens mes veines cogner contre mes tempes. Je vais l'entendre, je vais entendre sa voix. Elle va entrer en moi, me posséder entièrement. Là-bas, elle ne se doute encore de rien. Elle doit s'occuper de Noémie, pendant qu'Aglaé dort. Et lui, où est-il ? Et s'il était là, s'il décrochait ? Non, il ne peut pas être là. Il n'existe pas. C'est elle qui va entendre la sonnerie. Elle va tendre l'oreille et va monter vers le bureau. Elle se demandera qui peut bien l'appeler. Elle espérera que ce soit moi. Des milliers d'images vont se précipiter dans sa tête. Elle va nous revoir dans tous ces moments où nous avons été heureux. Son cœur va se mettre à battre fort, si fort. Elle va s'asseoir devant l'appareil avant de décrocher, comme pour goûter le plaisir de ce téléphone qui sonne avec ma voix. Elle regardera l'ordinateur, là, devant elle, et elle y reverra notre rencontre, nos discussions. Doucement, elle avancera la main sur l'appareil. Ne traîne pas trop, Aurélie mon amour, le répondeur risquerait de décrocher. Je ne sais pas si j'aurai le courage de recomposer le numéro. Composer le numéro. J'ai toujours la tonalité de l'international qui ronfle contre mon oreille. Trois puis deux. L'indicatif de la Belgique. Le silence s'est fait dans l'écouteur. Le téléphone attend la suite. Je vais en Belgique, mais où, à quel numéro. Il ne peut pas le deviner. Je dois le lui dire. Sept puis un. Soixante et onze. Que dis-je ? Je vais en Belgique, je vais chez Aurélie. Sept puis un font septante-et-un. Encore un sept...

— Monsieur Gramont est parti ?

C'est la voix de maman. Elle a ouvert la porte de la cour et est entrée dans le couloir. Je raccroche précipitamment, comme un enfant pris en faute et qui cherche à cacher sa bêtise. Ma mère me regarde de façon étrange. Je dois être rouge de honte. Mon cœur bat comme un fou. J'étouffe.

— Oui, il est parti. Je vais faire un tour ! dis-je d'un ton sans réplique.

Pauvre maman, pour quoi lui parler si durement ? Elle n'y est pour rien. Je passe la porte de la cour. Je marche vite. Je voudrais courir vers Aurélie. Oh si elle savait comme elle me manque. Je file sur la route de Boiget, en marchant sur l'herbe humide et glissante. Qu'il doit être bon de marcher tranquillement ici, le long de cette route, bras dessus bras dessous avec la femme que l'on aime. Je bifurque dans un petit chemin creux où je venais jadis faire un peu de vélocross. Je m'assieds sur une souche. Aurélie. Je n'ai même pas pu te parler. C'est sans doute mieux comme ça. Qu'aurais-je pu te dire de nouveau ? Je t'aurais suppliée, en vain. Tu aurais été émue, touchée, mais cela n'aurait rien changé. Je me serais couvert de ridicule. Tu aurais eu pitié et je ne veux pas de ta pitié, je ne veux que ton amour.

Tout ce que j'avais pu refouler au plus profond de moi depuis quelques jours revient plus fort encore. Cette boule, cette énorme boule qui m'oppressait est revenue. Les yeux me brûlent. Je pleure, comme un gamin. Je plonge ma tête entre mes mains, les doigts emmêlés dans mes cheveux. Et je pleure plus que jamais, je laisse sortir toutes ces larmes qui ne venaient plus. Je ne pense plus à rien. Il n'y a plus que ce visage partout autour de moi, ce sourire qui me possède, sans doute à jamais.

- 27 -

« Ma mère voici le temps venu
D'aller prier pour mon salut
Mathilde est revenue
Bougnat tu peux garder ton vin
Ce soir je boirai mon chagrin
Mathilde est revenue
Toi la servante toi la Maria
Vaudrait peut-être mieux changer nos draps
Mathilde est revenue
Mes amis ne me laissez pas
Ce soir je repars au combat
Maudite Mathilde puisque te voilà »

Jacques Brel
Mathilde

Je relève un peu la tête. Je n'avais pas pleuré ainsi depuis plusieurs jours. Aurélie est là, bien réelle, auprès de moi. Oh, comme je voudrais que ça soit vrai ! Je la revois encore, ce jour-là, dans la cuisine de Vorinde. Elle était si songeuse. Nous avions passé quelques jours à Sourcarol.

— Papa, Maman, je vous présente Aurélie.

J'étais si heureux de présenter celle que j'aimais à mes parents. Aurélie était un peu intimidée.

C'était une belle occasion. Aurélie n'était jamais venue dans la région.

Nous avons fait le tour des lieux qui pouvaient lui plaire.

— Fourras est-il loin d'ici ? avait-elle demandé à mes parents.

Ce n'était pas juste à côté, mais il était possible d'y aller passer une journée.

— Michel et Colette sont des amoureux de Fourras, avait-elle ajouté en me souriant.

C'était vrai. Nous avions passé un bon moment chez ses plus proches amis, et nous avions longuement parlé de la côte de Charente-Maritime. Dans l'entrée de leur maison non loin de Vorinde, ils avaient accroché une toile représentant un carrelet au-dessus de la mer. C'était un beau tableau. On aurait juré que le filet carré était sur le point de plonger dans l'eau. Michel avait un rêve. Encore quelques années de travail et dès qu'il serait pensionné, il allait partir s'installer près de Fourras. Puis nous avions parlé de Bruxelles et de la gare qui serait la plus pratique pour que je me rende quotidiennement au bureau, lorsque j'habiterais en Belgique. C'était quelques jours seulement avant notre séjour à Sourcarol.

Fourras ! C'était une bonne idée. Nous nous étions mis en route un matin jusqu'à la Pointe de la Fumée avec mes parents. J'aime la mer en hiver, lorsqu'elle est sauvage, et que ses côtes ne sont pas envahies par les touristes. Fourras avait des airs d'Ostende. Les vagues venaient cogner la jetée. Aurélie était emmitouflée dans son gros manteau et venait régulièrement se réchauffer contre moi. Nous avions pris le bateau qui partait pour l'île d'Aix en fin de matinée. Le vent était assez fort, et mes parents s'étaient réfugiés à l'intérieur. Aurélie et moi étions restés sur le pont, à l'arrière. Elle semblait si loin.

— À quoi penses-tu ?

Elle m'avait regardé avec un air triste.

— À Noémie et à Aglaé. Elles me manquent.

— La prochaine fois, nous viendrons avec elles.

Je me forçais à sourire. Il n'était pas besoin d'être grand clerc pour deviner qu'elle ne pensait pas seulement à ses filles. Y aurait-il seulement une prochaine fois ?

Nous étions arrivés sur l'île. Le temps s'était fait plus clément. Il fait toujours beau sur l'île d'Aix. Nous avions marché longtemps dans les petites rues de l'île, le long des plages, des fortifications, de la maison de Napoléon. Aurélie était absente, penchée sur son téléphone portable, à lire les messages qu'elle recevait de Belgique, à y répondre. Tous étaient signés de ses filles, forcément. J'avais mal de la voir si malheureuse, déchirée entre moi, présent à ses côtés, et la Belgique.

— Ne t'inquiète pas. Je t'aime ! Ça va passer, j'ai juste un peu le cafard, m'avait-elle dit en voyant mon air inquiet.

Mes parents étaient restés un peu en retrait. Ils sentaient bien que quelque chose ne tournait pas rond.

— Ses enfants lui manquent ? m'avait glissé ma mère.

— Oui ! avais-je répondu pour couper court.

Mais je savais bien, moi, qu'il y avait autre chose. Puis il y avait eu ce moment magique, au retour sur le bateau. Aurélie souriait. De nouveau, je voyais ses yeux briller dans le soleil couchant. Comme elle était belle, comme j'aurais voulu arrêter le temps, m'accrocher à cet instant.

— Tiens, mets-toi là, contre le bastingage, m'avait-elle dit, je veux une photo de toi ici, avec le soleil rouge derrière toi. Ça va être superbe. J'ai trop peu de photos de toi. Il faudrait qu'on se fasse un album pour tous ces moments à nous, pour nous rappeler tous ces souvenirs quand nous serons vieux.

Elle avait alors éclaté de rire à cette idée. Nous avions tant de choses à vivre ensemble avant d'en arriver là.

Elle repensait peut-être à tout cela ce jour-là, dans la cuisine de Vorinde, au retour de Sourcarol. Elle était allée chercher les filles et nous étions de nouveau tous les quatre. D'où venait cet air si profondément triste ? Où étaient passés ses sourires sur le bateau de l'île d'Aix ?

— Je ne sais plus où j'en suis Vincent. Je veux être franche avec toi. Tout à l'heure, en allant chercher les filles, Nicolas m'a prise dans ses bras. Il a voulu m'embrasser. Je n'ai pas eu le courage de le repousser.

Le monde s'effondrait. Je le savais naturellement, j'avais deviné qu'elle doutait. Elle doutait le jour de Noël, ce jour où déjà il l'avait prise dans ses bras, pendant que je préparais le repas du réveillon. Et moi, pauvre idiot, qui pensais que j'étais le seul responsable de notre altercation à son retour. C'était tellement évident. Son mari, celui qui l'avait plaquée, insultée, puis qui avait voulu revenir, son mari !

Ça avait duré deux jours. Deux jours pendant lesquels nous avions parlé longuement.

— J'ai besoin de savoir. Je l'ai épousé, je l'ai aimé. Il a peut-être vraiment changé. Il paraît si différent maintenant. Je crois qu'il a compris la leçon.

Parfois, elle me parlait de ses enfants.

— C'est le père de mes filles. Je n'ai pas le droit de ne pas tenter.

Lorsque j'avançais qu'il avait été cruel, elle me répondait :

— Tu ne le connais pas comme je le connais. C'est quelqu'un de bien, tu sais. Il a fait une connerie, mais après tout, tout le monde a le droit à l'erreur. Je suis sa femme. Je dois lui pardonner.

Je ne savais plus quoi dire, quoi faire, quoi penser. Tous mes rêves, mes projets, tout s'effondrait. Et moi, moi avec qui elle avait tant partagé, moi qui avais été là quand il l'avait abandonnée, moi qui l'avais aimée ? Devais-je disparaître comme ça ? Je ne comptais plus ? Je n'avais été qu'un intérimaire, tout juste bon à le remplacer pendant qu'il allait s'amuser ? Je n'avais servi qu'à le rendre jaloux, à le faire revenir ventre à terre ?

Il pleuvait sur Vorinde. Aurélie était allée travailler. Il n'y avait plus grand-chose à manger. J'avais fermé la porte de la maison et m'étais dirigé vers le petit supermarché typiquement belge, sur la route de Namur. Je regardais autour de moi.

La pharmacie où nous étions allés lorsque Aglaé était malade. Elle m'avait semblé si différente de nos pharmacies françaises. Là, il n'y avait pas de vitrine, mais un simple comptoir de bois derrière lequel étaient alignés des tiroirs innombrables. Pas de présentoir, pas d'affiches aguichantes pour vous vanter les mérites de telle crème antirides révolutionnaire ou de telle genouillère qui vous maintient parfaitement tout en vous laissant libre de vos mouvements.

— Toutes les pharmacies belges ne sont pas aussi austères, m'avait dit Aurélie en souriant devant mon étonnement.

Le marchand de gaz où nous étions allés changer la bouteille un jour où il neigeait très fortement était toujours là. Je pouvais l'apercevoir derrière son comptoir.

— Vous n'êtes pas d'ici, m'avait-il dit en me rendant la monnaie. J'aime beaucoup la France. Et votre fiancée est belge ?

— Oui ! avais-je répondu, heureux que l'on me parle d'Aurélie en ces termes.

Et j'avais embrassé celle qui venait d'être ainsi intronisée comme ma fiancée. La résidence pour personnes âgées où vit la grand-mère d'Aurélie était un peu plus loin. Je ne la connaîtrais donc jamais. Elles avaient parlé de moi lors de cette dernière visite et je devais accompagner Aurélie pour lui souhaiter une bonne année. Une sorte de présentation officielle.

Que de lieux, que de souvenirs qui étaient en train de mourir. Cet endroit où j'avais tellement cru faire ma vie, allais-je le revoir un jour ?

Puis j'étais entré dans le supermarché Delaize. J'avais flâné longtemps entre les rayons pour retrouver tous ces petits instants ordinaires que nous avions passés ici. Le rayon poissonnerie où j'avais fait rire Aurélie en demandant de la morue devant une serveuse qui écarquillait les yeux. Le rayon boulangerie qui m'avait laissé rêveur et m'avait fait dire à Aurélie que si je devais regretter quelque chose lorsque je vivrais avec elle, ce serait probablement le pain français. Le rayon des bières aussi, dix fois plus important que celui des vins, et qui regorgeait de centaines de variétés différentes et d'autant de saveurs, blondes ou brunes, d'abbayes ou de brasseries. En arrivant à la caisse, j'avais sorti mes euros tout neufs. C'était la première fois que je payais en Belgique avec le même argent qu'en France. J'avais attendu cela avec impatience. Tout allait être tellement plus simple avec cette nouvelle monnaie.

— Oh, vous avez vu ? m'avait demandé la caissière. On vous a donné des pièces françaises !

C'était une jolie jeune femme d'à peine vingt ans. Elle me souriait tant que j'en avais chaud au cœur.

— C'est normal, je suis français !

— Oh ! Eh bien, merci. Ce sont mes premiers euros français ! C'est vraiment bien l'Europe.

J'en avais les larmes aux yeux. C'était ma dernière visite dans ce magasin.

Aurélie était rentrée de bonne heure. J'avais préparé mes affaires, mon sac était à côté de la porte, prêt pour le départ. En le voyant, Aurélie s'était mise à pleurer.

— Je ne sais plus où j'en suis. J'ai besoin de temps. Je dois réfléchir. Je te jure que je ne vais pas tout effacer comme ça. C'est horrible. J'ai l'impression d'aimer deux hommes en même temps. C'est atroce à vivre.

Elle pleurait dans mes bras.

J'étais parti, pleurant autant qu'il était possible, espérant que ce cauchemar allait cesser, qu'elle allait me rappeler.

J'avais roulé longtemps jusqu'à Paris. De temps à autre, je recevais un message sur mon portable. « Je t'aime Vincent. Je ne sais plus quoi faire, mais je sais que je t'aime ! » Alors mes yeux se brouillaient. J'avais l'impression de rouler vers le néant. J'aurais voulu faire demi-tour, la prendre dans mes bras pour nous enfuir à l'autre bout du monde, loin de tout cela, pour tout recommencer. J'avalais les kilomètres comme un automate, je ne voyais même plus la route.

En arrivant chez moi, j'étais allé directement allumer mon ordinateur. Elle m'avait envoyé un e-mail. « Vincent ! Je préfère y voir clair rapidement. J'ai demandé à Nicolas de venir ce soir. Je veux lui parler, rien de plus. Je te le promets. Je veux savoir s'il a changé. » Immédiatement, je l'avais appelée. Il était déjà arrivé. C'était juré, elle me rappellerait dès qu'il serait parti, pour me dire comment ça s'était passé, où elle en était de sa réflexion. Mais elle voulait du temps pour savoir quoi faire, pour choisir sa vie.

Jamais soirée n'a été aussi longue. Vers trois heures du matin, je m'étais couché. Elle ne m'avait pas rappelé. Il m'avait fallu attendre le petit matin pour savoir. C'était lui, Nicolas, qui m'envoyait un message sur mon portable : « Nous nous aimons ! » C'était comme un coup de poignard. Il voulait me blesser, me faire souffrir, me faire payer l'affront que je lui avais fait en étant aimé d'Aurélie. Fou de rage et de jalousie, je lui avais répondu « Nous aussi, nous nous aimons ! ». Sa réponse n'avait pas traîné, claquant comme un coup de fusil, m'anéantissant aussi sûrement que si j'avais reçu la décharge de plomb en pleine tête : « Je viens de la quitter ! » C'était fini. Finies les promesses de réflexion longue et douloureuse, finis les serments d'amour, finis nos rêves. Je venais d'être rayé d'un trait de plume d'oreiller.

« Comprends-moi, j'avais besoin de savoir » fut la seule réponse d'Aurélie par la suite. J'étais certes quelqu'un de bien, je ne méritais pas ça, mais elle me l'infligeait tout de même. C'était même un peu grâce à moi qu'elle avait su retrouver l'espoir, l'envie de vivre qui lui permettait de croire de nouveau en son mariage. Pour un peu, j'aurais presque dû être heureux d'avoir permis qu'elle soit de nouveau heureuse avec son mari.

Pendant quelques jours, j'avais erré au bureau, n'étant plus que l'ombre de moi-même. Jusqu'à cette nuit où j'avais fait ce cauchemar affreux, cette montagne si difficile à escalader. La boucle se refermait. Je sais maintenant qu'elle ne reviendra plus. Je n'ai été qu'un pion. Naïf ! Aurélie, ma vie, mon rêve, tout s'est envolé en même temps. Plus jamais, je crois, je ne pourrai aimer aussi sincèrement.

Les larmes n'en finissent plus de couler. Cela me fait du bien. La nuit est en train de tomber et j'ai froid. Je devrais peut-être rentrer.

- 28 -

« En matière sentimentale, petite princesse, avait coutume de dire César, il ne faut jamais offrir ni conseils, ni solutions… Seulement un mouchoir propre au moment opportun. »

Arturo Perez-Reverte
Le Tableau du Maître flamand

J'ai passé mon dimanche à dormir ou presque. C'est maman qui m'a réveillé vers midi et demi. Elle est allée à la messe comme tous les dimanches et cela ne lui a plu qu'à moitié de voir que je n'étais toujours pas levé lorsqu'elle est rentrée. Je crois qu'elle ne se fera jamais à mon rythme de sommeil. Enfin, j'avoue avoir un peu trop tiré sur la corde ces derniers temps. Le manque de sommeil et la fatigue nerveuse m'ont complètement mis à plat. Il ne faut pas être en forme pour craquer comme je l'ai fait samedi soir, dans ce petit chemin sur la route de Boiget.

Après le déjeuner, j'ai accompagné papa au jardin et j'ai gratté, bêché, sarclé, fauché partout où il me le demandait. Nous sommes rentrés vers dix-huit heures et j'étais totalement vanné. J'ai avalé une soupe et je suis allé tout droit me coucher. Du coup, ce matin, je me suis réveillé aux aurores, frais comme un gardon. Ça va beaucoup mieux. Maintenant, je sais qu'Aurélie ne reviendra pas. Je sais aussi que je suis passé trop près du bonheur pour espérer le rencontrer de nouveau. Certes, je continue à penser que le bonheur se décide, mais il faut aussi accepter de faire confiance, de se donner. Je crois que désormais, j'en serai incapable.

Je vais rentrer à Paris. Je ne vois pas ce que je pourrais faire d'autre ici. Je dois me remettre à vivre normalement, sans elle. Et puis la Korrandine m'a encore échappé. Je n'y vois plus rien. La fontaine de Tevelune gardera donc son mystère. Après tout, c'est peut-être mieux ainsi. Je n'aurais pas aimé découvrir je ne sais quelle histoire sordide qui aurait sali la fontaine et sa Korrandine. Je partirai demain. Je vais prévenir mes parents, pour ne pas les prendre au dépourvu.

Maman est dans la cour, occupée à étendre du linge. L'annonce de mon départ ne semble pas la troubler outre mesure. Il est rare que je reste aussi longtemps. Tout juste me fait-elle remarquer que je ne dois pas oublier le linge qu'elle est justement en train de mettre à sécher.

— Quelle heure est-il ? me demande-t-elle. J'ai un rendez-vous à Rouvres à neuf heures et demie.

Ma montre est restée là-haut. Je me dirige vers la cuisine pour regarder la pendule. Déjà neuf heures ! J'ai donc passé tant de temps à gamberger dans ma chambre. Je vais boire un café, et je proposerai mon aide à mon père. S'il veut que je lui donne un coup de main pour quelque chose, il faut qu'il en profite aujourd'hui. Je retourne dans la cour pour donner l'heure à ma mère et je me sers un bol de café. Tiens, pour une fois, je vais manger un peu de pain. Je ne mange jamais au petit-déjeuner. Je sais que c'est une erreur, mais j'ai tellement de mal à me réveiller que je suis toujours en retard. Du coup, j'ai pris l'habitude de partir le ventre vide et de me contenter d'un café au bureau.

Le téléphone sonne.

— Tu veux répondre, Vincent, s'il te plaît. Je suis occupée ! me crie ma mère du fond de la cour.

— Allô !

— Bonjour, c'est Micheline. C'est toi, Vincent ?

— Oui, bonjour, Micheline.

— J'ai pensé à toi, comme promis. Et j'ai peut-être trouvé quelque chose qui peut t'intéresser. Tu veux passer voir dans la matinée ?

— D'accord ! Je te remercie. À tout à l'heure.

Je suis un peu désappointé. Je ne pouvais pas dire à Micheline que finalement, j'avais renoncé à découvrir la Korrandine. Elle a quand même cherché à ma demande. Je ne vais pas passer ma vie à courir après un fantôme. Bah ! Je vais aller jeter un œil à ce qu'elle a trouvé, je la remercierai et puis je tournerai la page. Je vais même y aller tout de suite. Comme ça, si mon père a besoin de moi, je serai disponible pour l'aider.

J'avale mon café sans manger et j'enfile mon manteau.

— Maman, je fais un saut à la mairie et je reviens.

— D'accord, mais je serai sans doute partie à mon rendez-vous !

— OK ! À plus tard alors.

Je descends vers la voiture. Oh, après tout, la mairie n'est pas loin. Je vais y aller à pied.

Au bruit que fait la porte lorsque j'entre dans son bureau, Micheline relève la tête.

— Je t'attendais. Viens, j'ai laissé le registre ouvert dans la salle du Conseil.

Je la suis. Sur la table au milieu de la salle, Micheline a sorti plusieurs registres poussiéreux. L'un d'entre eux est ouvert, et Micheline a collé un Post-it pour ne pas perdre la page.

— Tu cherchais quelqu'un qui avait disparu. J'ai retrouvé ça. Ma mère a parlé d'elle, je crois, samedi. C'est pour ça que j'ai eu l'idée de regarder directement. Regarde, Amélie Maselier est née le 30 août 1919 et il n'y a pas de date de décès. C'est peut-être une piste.

Je me penche sur le registre.

— Bon sang ! Mais alors… Je peux regarder les autres registres ?

— Bien sûr. Je te laisse continuer. Si tu as besoin, je suis à côté. Fais tout de même attention, ils ne sont plus tout jeunes et ils sont fragiles.

— Je te remercie.

Je vais rechercher sa famille. D'abord, je remonte à ses parents, c'est le plus simple, car j'aurai les frères et sœurs. Pourvu que tout le monde soit né à Sourcarol. Raymond, le père est né en 1878. Bingo, à Sourcarol. Et le grand-père ? Jean, né en 1855. C'est génial. Tout le monde est né ici. Ça, c'est un coup de chance. Les enfants du grand-père maintenant. Raymond, l'aîné est donc né en 1878 et il a eu trois enfants. J'ai été idiot. Le 12 mai 1880, naissance de Pierre qui est mort le 25 février 1916 à Douaumont. C'est Verdun ça, si ma mémoire est bonne. Puis Marcelline, née le 27 septembre 1881, mariée à Ladislas Ovisky et un enfant, Matthias, né le 17 juin 1899. Alors ça, si je m'attendais à ça ! Mais c'est ici que j'aurais dû venir voir depuis le début. Je suis un âne.

— Micheline, je peux faire quelques photocopies ?

— Tu as trouvé ce que tu voulais ?

— Et comment ! Je suis très content. Je crois que je sais qui est la Korrandine !

— La quoi ? demande Micheline, interloquée.

— Mon fameux cadavre de Tevelune. Je l'ai retrouvée, enfin je crois. Je n'ai plus qu'à vérifier un détail et si ça colle, c'est que j'ai trouvé.

— C'est génial, ça. Je suis contente pour toi.

Je fais mes photocopies, et je reviens en courant à la maison. J'aurais mieux fait de prendre la voiture. Moi qui ne marche jamais, il fallait que j'aie cette idée-là justement ce matin. J'arrive tout essoufflé à ma voiture. Il faudra que j'arrête de fumer. Je tourne la clé de contact et je démarre. Direction : chez monsieur Gramont.

Je ne suis jamais allé chez lui depuis qu'il a quitté le logement de fonction de l'école. C'est une belle maison, modeste, qui baigne au milieu des fleurs. Déjà à l'école, madame Gramont plantait des fleurs partout. Pour les jeux de ballon, nous devions aller plus loin, sur le terrain d'évolution, pour ne pas risquer de casser un pot. Madame Gramont est dehors, occupée à gratter dans un massif. Une boule de poils roux se précipite vers moi en entendant la portière claquer.

— Gipsy, au pied ! dit sa maîtresse de cette petite voix qui m'était jadis si familière.

Ça, c'est amusant. À l'école, il y avait aussi un Gipsy qui ressemblait à s'y méprendre à ce jeune chien. C'était un peu notre mascotte, notre chien à tous. J'étais dans la classe des petits lorsqu'il est arrivé, tout bébé encore. Il semblait avoir du mal à garder les yeux ouverts. « Comment allons-nous l'appeler ? » nous a demandé notre institutrice. Nous venions d'apprendre une chanson pour la fête de l'école. « L'araignée Gipsy monte à la gouttière. Tiens voilà la pluie, Gipsy tombe par terre. Mais le soleil a chassé la pluie… » La réponse a fusé, presque unanime, et le chien a pris le nom de l'araignée. C'est presque émouvant de revoir, tant d'années après, que les Gramont ont gardé ce nom que nous avions choisi.

— Vincent ! Quel plaisir ! Monsieur Gramont m'a dit que tu passerais peut-être, mais j'avoue que je ne pensais pas te voir si vite.

Elle n'a pas beaucoup changé. Elle a même conservé cette habitude d'appeler son mari monsieur Gramont devant les élèves. Cela m'a toujours étonné d'autant plus que lui appelait son épouse par son prénom. Naturellement, elle s'approche de moi et m'embrasse. Je crois bien que c'est la première fois qu'elle me fait la bise depuis que j'ai été en âge de passer dans la classe des grands.

— Entre ! Monsieur Gramont est en train de bricoler à l'intérieur. On va boire un café.

Elle pousse la porte et appelle :

— Jacques ! Vincent est là. Tu viens prendre un café ?

J'ai beau connaître le prénom de mon ancien instituteur depuis des années, j'ai toujours du mal à concevoir qu'il puisse en avoir un. Pour moi, il est toujours Monsieur Gramont, avec un « M » majuscule, un homme qui m'inspire aujourd'hui moins de crainte, mais autant de respect qu'autrefois. Nous nous installons au salon tandis que madame Gramont me pose mille questions sur ce que nous devenons, ma sœur, mon frère et moi. Naturellement, nous en venons aux souvenirs et aux anecdotes. À eux deux, ils ont représenté six années de ma vie, et ils se souviennent de petits détails que j'avais pour ma part totalement oubliés. Je meurs d'envie d'en venir immédiatement au sujet de ma visite. C'est monsieur Gramont qui m'en donne l'occasion.

— Alors où en es-tu de tes recherches ?

— Eh bien justement, je voulais vous poser quelques questions suite à notre discussion de samedi.

— Je t'en prie.

— Vous m'avez parlé de Matthias Ovisky, le chiffreur qui parlait l'allemand. Vous savez ce qu'il est devenu ?

— Oui. Il est mort dans une embuscade sur la voie ferrée de Logres, peu avant la Libération. Tu t'intéresses à lui ?

— Assez. Savez-vous pourquoi François Maselier l'a fait venir ?

— A priori, c'était parce qu'il cherchait un chiffreur. Je ne sais pas trop comment il l'a rencontré, mais il nous avait dit qu'il allait à Bordeaux pour le chercher. Ce n'est qu'après que nous avons su qu'il allait aussi voir Marie-Louise.

— Vous avez connu le grand-père Maselier ?

— Oui. Il est mort juste après la guerre, en 46. C'était un sacré bonhomme, avec un caractère pas facile. On a raconté qu'il avait chassé sa propre fille parce qu'elle voulait épouser quelqu'un qui ne lui plaisait pas. En tout cas, dans la famille Maselier, personne ne mouftait lorsque le grand-père décidait quelque chose. Il n'y avait que le père qui avait voix au chapitre. Mais faut dire qu'il était fait dans le même moule.

— Quelles étaient les relations entre Matthias Ovisky et la famille Maselier ?

— Oh alors là, ce n'était pas tout rose. Au début, cela se passait plutôt bien. Mais quand il a commencé à bien s'entendre avec la fille, ça a été une autre histoire. Il n'était plus question qu'il mette les pieds à la maison. Chaque fois qu'un homme s'intéressait à sa fille, c'était la même chose. Je crois bien que c'est pour ça qu'elle est partie. Elle et François ne supportaient plus les deux vieux, comme ils les appelaient.

— Comment Matthias a-t-il réagi lorsqu'elle est partie ?

Monsieur Gramont paraît un peu gêné. Il me regarde fixement, comme s'il réfléchissait à ce qu'il va dire.

— Après tout, c'était il y a si longtemps. Cela n'a plus guère d'importance. Je vais te montrer quelque chose.

Monsieur Gramont se lève et sort de la pièce. Madame Gramont, qui était restée silencieuse jusque-là, se penche un peu vers moi, l'air perplexe.

— C'est étrange que tu t'intéresses à ces vieilles histoires. Il y a une raison particulière ?

Je ne sais pas trop quoi répondre. Je suis presque sûr de moi, mais il y a encore des zones d'ombre. Et puis ai-je le droit de dire ainsi, même à mon ancienne institutrice, ce que j'ai découvert ?

— Eh bien, je ne sais pas. Il y a des choses très intéressantes. Et puis…

Elle paraît encore plus intriguée par mes paroles. Je ne sais pas quoi dire. Fort heureusement, monsieur Gramont revient.

— Tiens, regarde ça !

C'est une feuille de papier jauni protégée par une pochette de plastique. Je reconnaîtrais l'écriture entre mille.

FONS ADAE
Moi l'orphelin qui ne rêvais
que terres vierges aux noms latins
hic sunt terrae ignotae
hic est fons adae
– ô portolans jaunis ô vieilles mappemondes
je vous ai explorés de mes mains frénétiques
j'ai usé sur vos cuirs mes doigts anachroniques
au tracé sans fin de routes vagues et longues –
ayant trouvé ma terre promise
j'ai quitté ses rives et ses nues
qu'est devenue ma terre conquise
que sont mes amours devenues
Moi le pérégrin au long bourdon
moi le compaing de Marco de Colomb
j'ai perdu mon nord et ma terre
j'erre étranger en terre étrangère
je cherche le chemin de la Terre Amélie

je cherche l'arbre du Savoir et de la Vie
je veux encore mordre au fruit que j'ai mordu
et sur la marque de tes dents imprimer encore mes dents
– malheur à celui qui meurt trop loin de sa terre
ses os refuseront de mêler leur poussière
à la glaise hostile. Poussière lointaine et stérile
il retombera en pluie sur des sols infertiles –

Matthias Ovisky[6]

Je regarde monsieur Gramont. D'un air grave, il répond à mon interrogation.

— C'était dans ses affaires. Il l'a écrit à son retour. Je l'ai conservé, en souvenir.

Je relis le poème en silence. Que cet homme a dû souffrir ! Chaque vers, chaque strophe est un cri. J'ai perdu mon nord et ma terre ; j'erre étranger en terre étrangère. Tout finalement est résumé ici, dans ces deux vers. Finalement, Matthias ne souhaitait-il pas un peu la fin qu'il a connue là-bas, le long de la ligne de chemin de fer, à deux pas de Logres, si près de Tevelune ? Malheur à celui qui meurt trop loin de sa terre. Elle était bel et bien ici sa terre Amélie près de laquelle il voulait mourir, mais il n'en savait rien. Alors il a choisi l'endroit où il l'a connue, où il l'a aimée. C'est curieux comme tout devient limpide à présent. Je ne veux plus rien cacher à monsieur Gramont. Sans doute peut-il m'aider à soulever les derniers coins du voile. En quelques mots, je lui explique ce que je pense et le pourquoi de ces questions. Je lui dis tout, mes découvertes à Tevelune, à la bibliothèque, mes discussions avec François Maselier, avec la mère de Micheline, et enfin ce que j'ai découvert ce matin, à la mairie de Sourcarol.

— Je crois que tu as raison. Maintenant, je comprends mieux certaines choses.

Monsieur Gramont m'expose des petits détails que j'ignore encore. À côté de lui, madame Gramont ouvre de grands yeux, ponctuant les

---

[6] Ce poème est l'œuvre de Mathilde Morel.

propos de son époux par des clignements de paupières.

C'est certain maintenant. Je connais pratiquement toute l'histoire de la Korrandine.

— Je ne crois pas qu'il soit bon que je raconte tout ça à François Maselier, dis-je en interrogeant monsieur Gramont.

— Je ne pense pas, non. Je lui en parlerai peut-être moi-même. Je vais y réfléchir.

Je salue mes anciens instituteurs et je remonte dans ma voiture. Et dire que ce matin, j'étais prêt à tout abandonner. Pour un peu, je ne serais même pas allé à la mairie. Je me sens à la fois triste et heureux. J'avais sans doute trop peur que ce soit une histoire trop moche, qui casserait l'image que je me suis faite de la Korrandine. Je me sens triste pour Matthias et Amélie, pour ce qu'ils auraient pu vivre sans ce drame. Mais je suis heureux parce que maintenant, la Korrandine est là, à côté de moi. En lui redonnant son histoire, je lui ai rendu la liberté, un peu comme les Égyptiens qui devaient avoir un tombeau pour obtenir le repos de l'âme. Oui c'est ça. La Korrandine repose en paix, et la fontaine de Tevelune a retrouvé son charme mystérieux.

J'arrive chez mes parents. Je vais préparer mon sac pour demain. Ah ! Après le déjeuner, il faudra que j'appelle Éric à la gendarmerie pour lui raconter. Il m'a déçu. J'aurais aimé qu'il s'intéresse un peu plus à la Korrandine. Mais je lui ai promis de le tenir informé. Je tiendrai parole. Mais il m'a déçu.

- 29 -

« Je chante un baiser
Je chante un baiser osé
Sur mes lèvres déposé
Par une inconnue que j'ai croisée (…)
La Belgique locale
Envoyait son ambiance musicale
De flonflons à la française
De fancy-fair à la fraise
(…)
Elle est repartie
Un air lassé de reine alanguie
Sur la digue un petit point parti
Dans l'Audi de son mari
Ah ! Son mari »

Alain Souchon
Le Baiser

Tout est prêt. Le sac est dans la voiture et j'ai pris une bouteille d'eau. Papa et maman sont allés explorer la cave. Comme d'habitude, ils sont remontés avec toute une ribambelle de conserves et une glacière pleine des derniers exploits du cuisinier maison. Surtout, quand on n'a pas le moral, il faut manger, ne pas se laisser aller. Je dois donc promettre de prendre soin de moi, et de ne pas sauter de repas. Avec tout ce que j'emmène, je ne risque pas d'être pris au dépourvu avant un bon bout de temps.

Quelques embrassades d'usage, peut-être un peu plus appuyées qu'à l'accoutumée, et je me lance sur la route, direction Rouvres pour remonter vers Paris. Je sors du bourg de Sourcarol. C'est une sensation agréable que partir. Quelque chose s'ouvre devant nous, incertain, inattendu, la vie en somme. Je dépasse le stade de football et ses courts de tennis toujours aussi déserts et je file vers Logres. La maison de François Maselier. Instinctivement, je ralentis. J'aurais peut-être dû lui parler, ça l'aurait peut-être soulagé de savoir tout ça. Parfois, l'ignorance est plus dure à vivre que la plus désagréable des vérités. Moi-même, j'ai voulu savoir. Allez, j'ai dit à monsieur Gramont que je le laissais juge de ce qui était le mieux.

Un peu plus loin, sur la droite, un petit panneau indicateur sans âge perce à peine derrière les branches d'un buisson qui n'a pas été taillé depuis longtemps. Tevelune. Je pars donc sans revoir la fontaine. Quand j'y pense, le destin est capricieux. Pendant des années, je ne suis pas descendu à la fontaine de Tevelune. C'est à peine si j'y pensais de temps à autre. Et puis un hasard, un souvenir qui remonte à la surface, une idée qui vous traverse et vous n'y tenez plus. Vous avez rendez-vous avec vous-même. Et ce moi-même était tout au fond de la grotte, couché là depuis cinquante ans, comme si la Korrandine n'avait existé que pour qu'un jour, rongé par des rêves qui s'effondrent, j'aille la découvrir, et me lance dans cette quête improbable. Peut-être pour me rappeler que la vie ne s'arrête pas à un événement, aussi malheureux soit-il.

J'ai envie d'y repasser avant de partir, clore cette histoire-là où elle a commencé. Une pensée revient, forte. Quand était-ce ? Bien sûr, c'était là-bas, dans la grotte, en voyant les os de la Korrandine. De nouveau, cette sentence divine s'impose à mon esprit, la terrible condamnation du péché originel, dans la Genèse : « À la sueur de ton visage tu mangeras du pain, jusqu'à ce que tu retournes au sol, car c'est de lui que tu as été pris ; car tu es poussière et tu retourneras à la poussière. » Je veux redescendre à la fontaine. Elle est la vie. Toute la vie y est concentrée, la rencontre, l'amour, la naissance et la mort. Cette grotte est un peu comme le ventre d'une mère.

Voilà un chemin de terre. Je fais demi-tour, direction Tevelune.

Ma tante sort du poulailler, un panier d'osier à la main.

— Salut Tata. Ça va ?

— Bonjour Vincent. Décidément, ça fait plaisir de voir que t'as retrouvé le chemin de Tevelune. Toujours en vacances ?

— C'est la fin. Je repassais juste pour vous dire au revoir et je file sur Paris.

— Je me demande comment tu fais. Moi, je supporterais pas.

— On s'adapte à tout. Tonton est là ?

— Il est dans la grange. C'est l'heure du café. T'en prends un avec nous. Ça peut pas te faire de mal pour la route.

— D'accord !

Au moment où nous passons devant la grange, mon oncle sort par la vieille porte vermoulue.

— Ah j'savais bien qu'j'avais entendu une voiture.

Nous buvons tranquillement un café chicorée pendant que mon oncle m'explique les ennuis qu'il rencontre avec le vieux Sam, le petit tracteur rouge, qui est encore en panne. Puis il se lance dans une critique acerbe sur le prix du gazole qui n'arrête pas de monter. Y'a des jours où il mettrait bien du rouge dans la vieille 504. Mais bon, il ne faut pas jouer avec ces choses-là. Ça coûte bien trop cher si on se fait prendre. Le rouge, c'est le fuel domestique qu'on utilise pour les engins agricoles. Il est moins taxé donc moins cher. Le problème, c'est qu'on n'a pas le droit de l'utiliser pour les voitures. Et il suffit d'en mettre une fois pour que ça laisse des traces indélébiles dans le moteur. Et si on se fait prendre, la sanction est très dissuasive.

Mon café avalé, j'annonce mon intention d'aller faire un petit tour à la fontaine avant de partir. Je traverse le champ et je descends le petit chemin qui plonge au cœur du gouffre. Le vieil arbre est là, immuable. Rien de tout cela n'a changé quoi que ce soit pour lui. Quoiqu'il arrive, il sera là, penché sur la fontaine, à veiller sur les souvenirs de la Korrandine. Je m'approche de l'eau et je m'assieds sur la grosse pierre qui n'a pas bougé elle non plus. Comment est-elle venue là ? Était-elle déjà à sa place lorsque la Korrandine venait ici pour lire en paix. Je regarde autour de moi. Au fond de la grotte, il ne doit plus rien y avoir. Tout a été enlevé par la gendarmerie. La Korrandine repose quelque part dans un laboratoire à Angoulême. J'espère qu'on lui donnera tout de même une sépulture.

Tout s'est passé ici, hier, il y a si longtemps. C'est peut-être bien ici aussi que tout a commencé, comme je l'avais imaginé. Comme j'ai été idiot. J'avais tous les éléments du puzzle et à vouloir l'assembler trop vite, je n'ai pas vu les petits détails qui ne collaient pas entre eux. Finalement, tout a dû commencer avec Marcelline. Avec les renseignements portés sur son acte de naissance, je peux presque dater les événements. Mais Marcelline est-elle venue ici, à Tevelune ? J'ai envie de l'imaginer. Ici ou ailleurs, cela ne change rien à l'histoire. C'était en 1899. Elle devait aimer son roulier, le plus sincèrement du monde. J'ai été idiot d'imaginer qu'elle ait pu en aimer un autre. Pour elle, il n'était pas question d'épouser le fils du ponnier. On ne choisit pas d'aimer quelqu'un. Et puis elle s'est aperçue du drame. Elle attendait un enfant, un fils de roulier. Son père est entré dans une rage folle. Puisqu'elle jetait le déshonneur sur la famille, elle devait partir. Et il l'a chassée sans ménagement. Qu'est-elle devenue ? Le roulier ne devait pas tenir à elle autant qu'elle le pensait. Je n'ai trouvé aucune trace de lui dans la vie de Marcelline. Mais les actes de naissance racontent beaucoup de choses. Pour le reste, il suffit d'imaginer un peu.

L'enfant est né le 17 septembre 1899. Elle est partie dans une grande ville pour s'établir là où on ne lui poserait pas de questions. Elle est arrivée à Bordeaux. Elle a trouvé une petite chambre dans une ruelle derrière la rue Sainte-Catherine. Toute la journée, elle suait sang et eau à la blanchisserie qui lui permettait de gagner quelques sous, à peine de quoi survivre. La petite vie de Sourcarol était bien loin. À la fabrique de ponnes, on travaillait très dur, certes, mais on ne manquait jamais de rien. À Bordeaux, on était loin des rêves qu'elle avait entrevus dans les livres qu'elle dévorait à la fontaine de Tevelune. Dès cinq heures du matin, elle confiait son enfant à la garde de sa voisine, une mère de six enfants qui l'avait prise en pitié. Puis elle s'en allait à la blanchisserie se briser le dos sur les draps qu'il fallait mouiller, savonner, presser, tordre, rincer jusqu'à ce qu'ils resplendissent. Le soir, fatiguée, elle prenait tout de même le temps de s'arrêter quelques minutes dans la petite librairie qui faisait l'angle entre la rue de la blanchisserie et la rue Sainte-Catherine. Sa passion des livres était toujours aussi forte, mais elle n'avait plus les moyens de l'assouvir. Le libraire était des plus adorables. Il appréciait sa façon d'aimer les livres et lui permettait de lire un peu, là, entre les étagères. Il s'appelait Ladislas. C'était un érudit, passionné par les lettres et la poésie. Il écrivait parfois, mais n'était guère reconnu. Au fond, il n'était qu'un immigré polonais qui avait pu, à force de travail, ouvrir sa boutique dans une petite rue de Bordeaux. Souvent, ils parlaient de leurs lectures, et Ladislas lui conseillait de découvrir tel ou tel auteur. Et il lui glissait un ouvrage entre les mains avec un clin d'œil complice. Oh, le père de Marcelline n'aurait pas apprécié s'il ne l'avait pas déjà chassée. Pensez donc ! Un Juif, polonais de surcroît. C'était impensable. Les sentiments ont dû naître peu à peu, au travers des lectures, des livres qu'il lui a prêtés. Elle passait presque tout son temps libre dans la boutique, assise avec un livre sur les genoux.

Marcelline. Tu n'étais pas ce que je croyais, tu n'étais pas la Korrandine. Mais que tu sois venue ici ou non, à mes yeux, tu appartiens à l'histoire de la fontaine de Tevelune.

Comme on pouvait s'y attendre, le 6 juin 1903, Marcelline Maselier, fille de ponniers de Sourcarol, est devenue madame Ovisky et le petit Matthias s'est trouvé un papa aimant. L'enfant a grandi au milieu des livres et la maman a pu quitter la blanchisserie pour assouvir sa passion. Pendant ce temps-là, Raymond, le frère aîné de Marcelline, travaillait avec son père à la fabrique de ponnes. La famille n'a pas été épargnée par le destin. Pierre et Jean, ses deux autres frères, sont morts à la guerre, l'un à Verdun, l'autre à la bataille de la Marne. Quant à Suzanne, la petite dernière, elle s'est mariée avec un des clients de son père à Poitiers. Elle n'a pas survécu à la naissance de Rémi en 1919, le même Rémi qui devait mourir au Struthof en 1941. En 1920, il n'y avait plus que deux enfants Maselier qui ne se connaissaient déjà plus depuis bien longtemps, Marcelline à Bordeaux et Raymond à Sourcarol.

Ironie du sort, Raymond s'est marié aussi en 1903, mais avec Madeleine, la fille d'un ponnier, la sœur de celui qui devait épouser Marcelline. Les deux familles ont ainsi pu s'unir et prolonger quelque temps encore l'industrie familiale qui sentait venir sa fin. La vie a continué son cours, à Bordeaux comme à Sourcarol. Marcelline n'a pas eu d'autre enfant. Raymond quant à lui a mis du temps avant d'être papa. François, l'aîné, est né en 1908 et Jean a suivi en 1912, peu de temps avant la fermeture de la fabrique. La petite dernière, celle que tout le monde aimait tant elle était belle et douce, a vu le jour au retour de la guerre, en 1919. C'est à ce moment-là qu'Amélie Maselier est entrée dans l'histoire.

C'est sans doute sur ton compte, chère Amélie, que j'ai été le plus idiot, le plus aveugle. Il aura suffi de presque rien, la volonté de voir en Marcelline, cette tante que tu n'as jamais connue, la véritable Korrandine, pour que je fasse de toi sa petite sœur. Si j'avais eu l'idée de vérifier au lieu de me perdre en conjectures, j'aurais pu tout comprendre bien plus vite. Je ne serai jamais un bon détective, j'en ai peur.

Amélie a grandi heureuse dans cette famille pas tout à fait comme les autres malgré la sévérité congénitale des parents. Le secret, l'histoire du départ de Marcelline, pesait à tout moment sur les esprits. Tout le monde pensait qu'elle ne savait rien de cet épisode tragique de l'histoire familiale. Mais les enfants comprennent vite, ils écoutent, ils entendent parfois par accident. Amélie a sans doute toujours su que quelque part, elle avait une tante qu'elle ne connaissait pas et dont elle savait peu de choses. Elle aimait bien son grand-père, le patriarche de la maison, mais elle le craignait. Il avait des colères terribles et même son père, ce Raymond si fort et si autoritaire, semblait redevenir un enfant lorsque son père lui parlait. Jamais personne n'aurait osé contredire les décisions du véritable chef de la famille. Au fond de lui, Jean regardait cette enfant avec les yeux d'un grand-père attendri. Il l'aimait cette gosse, mais il avait peur. Elle ressemblait tant à Marcelline. Comme elle, la petite passait des heures à lire sans parler, sans chercher à jouer. Pendant que ses frères se battaient, chassaient, pêchaient, comme des vrais fils de la campagne, elle s'évadait souvent pour rester au calme. Elle se faufilait au grenier, se glissait derrière le tas de blé entreposé là pour l'hiver, et elle lisait les livres qu'elle avait trouvés dans la maison, ceux que cette tante maudite avait laissés. Parfois, elle s'évadait dans les champs et allait s'asseoir au bord de l'Argent ou à l'orée d'un bois. Oui, décidément, cette petite ressemblait à Marcelline.

Quand a-t-elle commencé à aller à Tevelune ? Déjà enfant, elle a dû y accompagner son père qui allait rendre visite aux fermiers. C'est peut-être là qu'elle a appris à aimer les rêves. Ce devait être le lieu où tous ses jeux prenaient corps. Peut-être a-t-elle imaginé aussi que des Korrandons vivaient là, au creux de la fontaine, et qu'à la nuit tombée, ils sortaient pour danser à la pleine lune. C'est ici que tous les héros de ses livres venaient à sa rencontre. Autour de la source de Tevelune, il n'y avait plus de mythe. Ses rêves devenaient réalité, ils la côtoyaient. Pour un peu, elle aurait presque pu les toucher. Elle vivait avec eux, elle leur parlait, elle les regardait vivre. Pour les habitants du village, Amélie était une petite fille sage et douce, presque effacée, sans cesse plongée dans ses pensées. Personne n'aurait pensé un seul instant quelle tempête de personnages enchantés ou héroïques prenait corps sous ces longs cheveux bruns et dociles. Tout juste la surprenait-on de temps à autre à parler seule à quelque chimère comme le font les enfants timides qui n'ont pas appris à partager leurs jeux. On souriait en voyant cette brave petite sermonner sans doute un fantôme ou un ange, et on s'effaçait pour ne pas la déranger.

Je regarde autour de moi. L'eau coule lentement, chantant comme si de rien n'était. Non, il n'y a plus une seule trace visible des destins qui se sont noués ici. Tout est dans l'air. Il faut respirer l'atmosphère particulière du lieu, en renifler toute la poésie pour comprendre que la fontaine de Tevelune n'est pas un endroit ordinaire. Moi-même, je n'ai jamais emmené Aurélie ici et pourtant, elle est plus présente que jamais. Tevelune est le lieu où se concentrent les rêves d'enfants que les adultes ont si peur de concevoir.

Lorsqu'elle a été assez grande, on a laissé Amélie venir à vélo jusqu'à la ferme. Elle y laissait ses livres et ses cahiers. Elle était plus jeune que ses deux frères. Elle savait bien qu'ils allaient et venaient pour bien d'autres raisons que le travail. Avec la fermeture de la fabrique bien avant la naissance d'Amélie, chacun avait dû apprendre un autre métier éloigné du savoir-faire ancestral. François était devenu marchand de bestiaux. Il devait souvent se déplacer pour les affaires, mais ses voyages étaient devenus plus fréquents avec le temps, surtout depuis 41 alors que le commerce s'était raréfié avec cette guerre. Quant à Jean, il était ouvrier chez le charpentier de Sourcarol, mais il rentrait souvent très tard. Dans la charpente, on ne travaille pas après la nuit tombée. À la maison, tout le monde faisait comme si c'était normal. Au début, Amélie avait cru en l'existence de quelque fiancée encore secrète. Mais rapidement, elle avait compris que ses frères devaient être résistants. Amélie allait sur ses vingt-trois ans. Plusieurs fois, elle avait essayé de parler à ses frères. Elle voulait participer, faire quelque chose. Mais systématiquement, ils faisaient mine de ne pas comprendre. Ils ne lui faisaient pas confiance.

Un jour, alors qu'elle allait se promener près des bois de Chez Baret, Amélie aperçut François qui pénétrait sous les arbres. Il n'était pas seul. Une femme qu'elle n'arrivait pas à voir clairement l'accompagnait. Elle s'approcha discrètement. Peut-être allait-elle enfin découvrir les secrets de ses frères. Elle contourna le bosquet où elle avait vu son frère disparaître et courut vers les anciennes carrières d'argile. Elle était en sueur et sa robe paraissait avoir été roulée dans la terre rouge striée de vert et de noir qui servait autrefois à façonner les ponnes. Elle se faufila entre les arbres et put enfin apercevoir son frère. Il paraissait toujours aussi grand et fort, adossé ainsi à un châtaignier, mais son visage était très différent. Il avait ce visage lumineux qu'elle avait si souvent imaginé chez les personnages des romans qu'elle lisait à Tevelune. Ses yeux brillaient comme s'ils puisaient leur force au plus profond du cœur de la femme qu'il serrait dans ses bras. Elle était fine dans sa robe claire à fleurs qui dépassait du long manteau brun qu'elle avait jeté sur ses épaules. D'où elle s'était cachée, Amélie ne voyait pas son visage, mais les cheveux bruns attachés en chignon dénotaient une force, une confiance en soi qui la mettait mal à l'aise. François se pencha vers ce visage qu'Amélie ne distinguait toujours pas. Ils s'embrassaient. Amélie tremblait de tout son corps. D'aussi loin qu'elle fouillait dans sa mémoire, c'était la première fois qu'elle voyait ce frère si grand, si fort, si fier aussi, embrasser une femme. Tout en lui montrait combien il était amoureux. Amélie tendait le cou. Elle aurait donné beaucoup de ses livres pour voir ce visage. Là-bas, François se détachait et prenait la main de sa belle. Ils allaient venir vers elle, ils allaient la surprendre alors qu'elle les espionnait. Amélie se sentit rougir. Elle percevait combien sa présence n'était pas désirée. Si François l'apercevait, il en serait blessé et sans doute il entrerait dans une grande colère. Oh, elle savait bien qu'il n'était pas d'une nature méchante, mais tout de même, elle était en faute. D'un bond, Amélie battit en retraite et se précipita vers la carrière. Elle sauta par-dessus un arbre mort et chuta lourdement. Son genou était tout râpé et quelques gouttes de sang perlaient sur sa peau blanche. Elle se releva et se retourna. François n'avait rien vu. Il avançait tranquillement, main dans la main avec cette femme dont enfin Amélie devinait le visage souriant au travers des feuillages jaunis. Marie-Louise ! Il n'y avait pas de doute possible, c'était bien la Marie-Louise, celle qui habitait à côté de chez le docteur dans le bourg de Sourcarol. Marie-Louise ! Mais qu'est-ce qui était donc passé par la tête de son frère pour aller ainsi fréquenter cette fille ? Tout le monde savait qu'elle courait après tous les gars pour leur tourner la tête et qu'elle fréquentait aussi les Allemands. Non, François ne pouvait pas faire ça, pas son François, pas ce grand frère qu'elle admirait tant, pas celui dont elle était pourtant sûre qu'il était résistant. Ou alors elle s'était trompée du tout au tout. Toutes ces absences qu'Amélie attribuait à des activités patriotiques et clandestines, ce n'était peut-être que pour elle, pour cette fille de rien qui avait tourné la tête de son frère. Quelle déception ! François et Marie-Louise continuaient à avancer main dans la main. Il fallait partir. Réprimant un sanglot, Amélie reprit sa course folle entre les arbres. Ses yeux étaient embués de larmes. Elle tombait, se relevait et courait encore, le plus vite qu'elle pouvait, glissant plus durement encore dans la carrière de glaise. Elle allait prendre une sacrée dérouillée en rentrant pour s'être ainsi salie, elle qui d'habitude était si sage et si propre, mais quelle importance après ce qu'elle venait de découvrir ? Plus jamais elle ne pourrait regarder son frère comme avant.

À l'automne 42, il y a eu un grand changement. Marie-Louise est partie sans un mot. Dans tout Sourcarol, on en parlait à mots couverts. Il avait dû se passer quelque chose. Sans doute les résistants l'avaient menacée, ou bien ils l'avaient tuée. Amélie se mit à craindre qu'elle n'arrivât la même chose à son frère. François était si différent. On le voyait souvent la mine triste, perdu dans ses pensées. Malgré son amertume depuis qu'elle avait découvert le secret de son frère, Amélie avait pitié de le voir si malheureux. Elle aurait voulu pouvoir le serrer dans ses bras, lui dire « Je suis au courant, je te comprends, pleure sur mon épaule, ça va passer ». Mais François n'était pas de ceux à qui on peut parler ainsi. Pour Amélie, il y avait deux François. Le François de tous les jours, l'aîné sûr de son rôle dans la famille, grand et fort, celui qui avait hérité du caractère trempé de son père. Et puis il y avait le François du bois de Chez Baret, le sentimental, l'amoureux, beaucoup plus proche des personnages de roman. Bien sûr, elle n'aimait pas Marie-Louise, mais elle aimait bien ce François-là, fragile, émouvant, malheureux aujourd'hui. Un soir, il est venu la voir dans sa chambre. Amélie n'a rien dit tout d'abord. Il paraissait si désemparé. Pour la première fois, Amélie avait l'impression que son grand frère ne la regardait plus comme une enfant. Elle se sentait fière de ce nouveau regard. Petit à petit, il lui a tout raconté de ses activités. Oui, il agissait avec pas mal d'amis pour chasser les Allemands et Marie-Louise était avec eux. Amélie le regardait d'un air étonné. Marie-Louise, résistante ? Elle n'en croyait pas ses oreilles. Alors encore une fois, elle se serait totalement trompée ? Elle n'osait pas lui avouer qu'elle savait, qu'elle les avait vus dans le bois de Chez Baret. François continuait. Amélie ne devait rien dire. Lui-même ne pouvait pas tout dire. Si elle voulait toujours les aider, il pourrait peut-être avoir besoin d'elle pour une mission. Elle allait porter un message à Rouvres. Amélie était heureuse. Il n'y avait plus seulement le regard de son frère sur elle qui avait changé. Enfin, son frère la considérait, il lui faisait confiance. Bien sûr, elle avait compris que c'était un message peu important et que François la testerait sur cette mission. Mais il n'y avait pas de message sans importance. Le simple fait de connaître le destinataire était dangereux pour tous. Elle allait pouvoir montrer qu'on pouvait compter sur elle. Le lendemain, elle a pris sa bicyclette et est partie vers Rouvres, comme si de rien n'était. Il y avait un peu de vent, et le poids de sa mission semblait rendre les côtes plus difficiles à grimper. Arrivée à destination, elle a fait exactement ce que son frère lui avait expliqué. Tout s'est si bien passé qu'elle en était presque frustrée. Pour un peu, elle aurait été déçue. Il n'y avait pas grand-chose de trépidant dans ces missions. Il lui fallait simplement ouvrir l'œil et se conformer aux consignes. Le seul danger était dans son esprit, dans ce qu'elle imaginait si par malheur elle se faisait repérer. Elle ne devait faire confiance à personne, même pas aux gens qu'elle connaissait et appréciait depuis sa plus tendre enfance. François était très satisfait. Elle avait été à la hauteur et désormais, il lui confierait régulièrement des ordres à transmettre aux résistants de la région.

De temps à autre, il fallait coder des messages ou traduire des informations de l'allemand. Pour cela, Amélie devait retrouver un certain Matthias, mais ils devaient trouver un endroit non dangereux, car il lui faudrait un peu de temps pour transcrire les messages. Amélie avait proposé la fontaine de Tevelune. Ce serait un lieu discret puisqu'elle avait l'habitude de s'y rendre pour y lire au calme. Quant à lui, officiellement, il faisait des recherches sur l'histoire de Tevelune. Sa présence n'éveillerait pas les soupçons. Ils auraient pu se rencontrer là-bas par hasard, lier connaissance et discuter de temps à autre au bord de la fontaine. L'idée avait semblé bonne à François et sa proposition avait été acceptée. Régulièrement, elle rencontrait donc Matthias et ils échangeaient les messages comme convenu. Elle lisait pendant qu'il transcrivait les messages. C'était un bel homme, plus âgé qu'elle, mais il dégageait un charme profond. Ses yeux tristes s'animaient lorsqu'il évoquait l'histoire et la littérature. Il avait grandi dans une librairie, lui avait-il dit. Amélie aurait adoré ça. Matthias avait beaucoup lu. Il connaissait par cœur l'histoire de Tevelune. Elle l'aurait écouté pendant des heures s'il n'y avait pas eu ces messages. Chaque rencontre était prétexte à s'attarder pour se parler de ce qu'ils aimaient. Amélie racontait ses lectures, ses rêves. Matthias lui en conseillait d'autres, parfois lui apportait un livre. Parfois Matthias écrivait des poèmes pour elle. C'est de cette façon qu'il lui avait déclaré ses sentiments. Il lui avait un jour fait un poème sur Tevelune dans un des vieux livres de sa tante Marcelline. Au début, il l'avait fait marcher en lui disant que c'était un vrai poème du Moyen Âge. Mais il avait fini par lui avouer la supercherie, et l'amour qu'il concevait pour elle, en lui remettant la plus belle lettre d'amour qu'elle ait pu imaginer. Depuis, elle conservait précieusement cette missive secrète dans la couverture d'un de ses vieux cahiers, avec des dessins de l'abbaye de Tevelune qu'il n'avait fait que pour elle. Ils s'aimaient d'une passion folle. La guerre ne permet pas les passions douces. Tout doit brûler très fort, très vite. Demain peut-être ils ne seraient plus là pour vivre, et ils avaient tant d'amour à se donner.

Ils étaient fous l'un de l'autre. Parfois, ils faisaient des projets d'avenir. Dès la fin de la guerre, ils allaient se marier et ils auraient des enfants qui grandiraient au milieu des livres, du plaisir des mots, de la poésie.

Amélie en aurait presque oublié la guerre, les horreurs que l'on racontait dans Sourcarol, les explosions sur la ligne de chemin de fer de Lorgues, les fusillades aux coins des bois, les chiens qui aboient la nuit en se confondant avec les cris des officiers allemands à côté de la gare, les arrestations de résistants, les expéditions punitives. Ensemble, ils avaient rêvé d'enfants au creux d'une vie douce et tendre, au milieu des livres et des trésors qu'ils avaient à partager. Mais déjà, elle sentait la vie grandir et bouger en elle, un peu trop tôt. Et cette maudite guerre qui n'en finissait pas. Les semaines ont passé et Matthias lui a proposé d'aller parler à son père. Amélie a alors eu peur. Il y avait cette vieille histoire, une tante qui avait été chassée dans les mêmes conditions. Jamais le grand-père n'allait accepter. Il fallait qu'ils partent ensemble, loin, pourquoi pas à Bordeaux. Matthias n'était pas de cet avis. Si son père et son grand-père refusaient, alors ils aviseraient. Mais ils devaient d'abord leur en parler, être responsables. Avec le temps, les gens peuvent changer, comprendre. Mais Amélie n'y croyait pas. Non, son grand-père n'avait pas changé, ne changerait jamais.

Matthias est parti un jour. Il a laissé un simple message à François pour Amélie. Sa mère était très malade, et il se rendait à son chevet. Marcelline était veuve depuis plusieurs années et elle n'avait plus que son fils au monde. Que s'est-il passé alors ? Sans aucun doute, Matthias a parlé à sa mère. Il aimait une jeune femme, il allait l'épouser. Déjà, elle attendait un enfant de lui. Elle l'attendait là-bas, à Sourcarol. Elle s'appelait Amélie, Amélie Maselier, comme sa mère. Marcelline a cru défaillir. Elle a été horrifiée. Immédiatement, elle a compris de quelle femme son fils lui parlait. Amélie était la fille de Raymond, son propre frère. Matthias, son enfant qui déjà avait provoqué l'ire du vieux Jean Maselier en venant au monde jadis, était amoureux de sa cousine. Et il allait avoir un enfant avec elle. Tant que le grand-père serait de ce monde, jamais il ne le tolérerait, et Raymond n'aurait pas le courage de s'opposer à lui. Mais Matthias continuait à y croire. Il a écrit une fois à Amélie, pour lui raconter ce qu'il avait appris. Pour lui, cela ne changeait rien. Il l'aimait et il allait revenir dès que sa mère irait mieux. Ils affronteraient le père et le grand-père et, si nécessaire, ils feraient comme Marcelline, ils iraient ailleurs pour y vivre heureux, tous les deux.

C'est drôle, j'ai l'impression que l'atmosphère a changé soudain à la fontaine. Il fait plus froid. On dirait que la fontaine revit avec moi ces événements.

L'état de santé de Marcelline s'est aggravé. Il n'y avait plus guère d'espoir. Matthias a reçu une lettre d'Amélie. Elle lui demandait de venir vite, parce que l'enfant allait naître, qu'elle ne savait pas quoi faire. Elle avait réussi par miracle à cacher son état à la famille. La chance était de leur côté. Elle avait bien grossi un peu, mais tout le monde avait pris cela pour de l'embonpoint. L'enfant ne devait pas être bien gros, heureusement. Mais elle ne pourrait pas continuer ainsi très longtemps. D'un jour à l'autre, ils pouvaient avoir des doutes. Que dirait-elle alors ? Et si l'enfant naissait, que faire ? Son grand-père semblait devenir de plus en plus irascible avec l'âge. Et son père vivait très mal d'être ainsi malmené. Pour donner le change, il paraissait vouloir montrer son autorité en étant plus sévère que jamais. François et Jean préféraient s'éclipser autant que possible, mais elle ne pouvait pas échapper aux fureurs de son père. Elle devait partir de Sourcarol, elle voulait le rejoindre à Bordeaux, qu'ils puissent être heureux tous les deux comme Marcelline avait pu le faire avant eux. Au diable la guerre et les vieux principes de ses parents ! Cette lettre a été la dernière nouvelle que Matthias ait reçue d'Amélie.

Marcelline est décédée quelques semaines plus tard. Matthias a réglé le nécessaire le plus rapidement possible et il s'est précipité à Sourcarol. Amélie avait déjà disparu. La famille Maselier était dans tous ses états. Matthias a tout raconté à François, mais celui-ci n'a pas pu l'aider. Personne ne savait où elle était, ce qu'elle était devenue.

Difficile de savoir ce qui s'est réellement passé ensuite, dans cette fontaine de Tevelune. Je ne peux qu'imaginer.

Les premières douleurs sont apparues, violentes, difficilement supportables. À Sourcarol, Amélie savait qu'elle ne pouvait compter sur personne. Elle est sortie en cachette de la maison et est montée sur son vélo. La route n'avait jamais été aussi longue. Les contractions étaient si fortes qu'elle en pleurait, serrant rageusement les dents. Dès que la douleur s'estompait un peu, elle appuyait de nouveau plus fortement sur les pédales. Dieu sait par quel miracle sa force et sa volonté ont pu la conduire jusqu'à Tevelune. Elle est descendue à la fontaine en se tenant le ventre et en pleurant. Cette fontaine, c'était son paradis à elle. Ici, elle se sentait en sécurité. Et puis c'était leur endroit à tous les deux, le lieu où ils s'étaient si souvent rencontrés, l'endroit où ils s'étaient aimés. C'était ici qu'ils avaient conçu cet enfant, leur enfant qui allait maintenant naître. Personne ne pouvait l'aider, ni partager son terrible secret. Elle n'avait plus qu'une seule solution. Elle allait donner la vie à son enfant, seule, dans cet endroit où, elle en était sûre, il ne pouvait rien lui arriver de mal. Ensuite elle partirait. C'est ce qu'elle aurait dû faire plus tôt, s'en aller, aller rejoindre Matthias à Bordeaux. Elle avait voulu l'attendre, mais il n'était pas venu. L'avait-il abandonnée ? Avait-il eu peur de l'avenir ? Pourquoi tardait-il tant ? Il savait qu'elle était seule, qu'elle était perdue ici. Non, il ne pouvait pas l'avoir laissée ainsi sans une bonne raison. C'était parce qu'il lui faisait confiance. Il savait qu'elle saurait comment faire en l'attendant. Seulement elle n'était plus sûre de rien. Elle aurait voulu qu'il soit là, à ses côtés, qu'il lui tienne la main. Elle avait peur. Bien sûr, elle avait déjà entendu parler de naissances, et elle pensait savoir quoi faire si elle devait aider quelqu'un à enfanter. Mais là, il ne s'agissait pas d'aider, c'était elle qui allait donner la vie, qui allait souffrir. Les contractions se faisaient de plus en plus fortes, de plus en plus rapprochées. Elle aurait voulu crier tellement elle avait mal. Mais il fallait serrer les dents. Personne ne devait l'entendre, même pas à la ferme. Personne ne devait savoir. Elle se mordait les lèvres pour ne pas hurler et il en sortait un bruit sourd tandis que de grosses larmes roulaient le long de ses joues avant de tomber sur le sol. Elle regarda l'eau de la fontaine. Bientôt, elle aurait le goût du sel que ses larmes lui apportaient en quantité. Elle s'approcha du bord et s'aspergea le visage. L'eau était fraîche. Comment devait-elle s'y prendre ? Lorsque tout serait fini, elle partirait avec son enfant dans les bras. Elle descendrait vers le sud en quête d'un refuge. Elle trouverait bien une abbaye où des sœurs accepteraient de la loger en attendant. Puis elle écrirait à Matthias pour lui dire où elle était, pour qu'il la rejoigne, qu'il vienne la chercher.

Lentement, elle mit les pieds dans l'eau et commença à avancer. Elle savait qu'il y avait ce refuge là-bas. Elle voulait se glisser là où on ne pourrait pas la surprendre, où elle pourrait souffrir sans être entendue, au fond de la grotte de Tevelune. C'était plus difficile qu'elle ne l'avait imaginé. Deux ou trois fois, elle trébucha et se cogna la tête contre la paroi. Mais sa volonté était plus forte que jamais. Elle irait au bout et donnerait la vie à son enfant. Elle s'approcha de la salle du fond et se hissa péniblement sur le sol sec. Il faisait froid, terriblement froid. Elle se mit à craindre pour son enfant. Tous ses vêtements étaient mouillés, et elle n'avait plus rien pour le maintenir au chaud quand il serait né. Une violente contraction la secoua. Elle s'effondra de tout son long et laissa échapper un long râle. Ici, elle pouvait se laisser aller. Plus personne ne pouvait l'entendre. Elle s'allongea sur le dos et serra les dents. L'enfant s'approchait, elle le sentait, mais il n'était pas encore temps.

Elle posa son manteau humide sur le sol pour que l'enfant ne risque pas de heurter la roche et attendit. Elle essaya de se détendre, fermant les yeux entre chaque contraction qui venait régulièrement, de plus en plus fortes, de plus en plus vite. « Tu enfanteras dans la douleur ! » Elle se prit à maudire les Saintes Écritures et cette malédiction dont elle percevait à présent toute la cruauté. Faut-il que les prêtres soient des hommes pour ne pas eux aussi condamner un Dieu capable d'une telle perversion. Décidément, le Dieu des humains ne peut être qu'un homme lui aussi s'il existe. Sa respiration se fit haletante, et malgré le froid, de lourdes perles de sueur se mirent à rouler sur son front. La douleur était maintenant permanente, terrible. Elle sentait ses chairs se déchirer pendant que l'enfant descendait vers le bas-ventre. Elle se souvenait de ce qu'elle avait entendu dire par le docteur à la Simone lorsqu'elle était venue s'occuper de Jean-Paul et de Lucien pendant que leur mère donnait naissance à la petite Marie. « Poussez, poussez, respirez ! » C'était son tour, c'était maintenant. Elle aussi devait pousser, pousser puis respirer, et encore, et plus fort jusqu'à ce qu'elle entende ce cri de délivrance.

Elle se mordit les lèvres jusqu'au sang, serra rageusement les poings, ferma les yeux, bloqua sa respiration et se mit à pousser du plus fort qu'elle pouvait. Elle ne put réprimer un hurlement. Quelque chose venait de nouveau de se déchirer, comme si on lui avait arraché un morceau de chair dans le ventre. Elle éclata en sanglots et frappa le sol de son point avec rage. Son corps n'était plus que douleur. Elle sentait le sang cogner contre ses tempes, et son cœur semblait vouloir bondir hors de sa poitrine. Oh Matthias ! Où était-il en ce moment, lui dont la place aurait été ici, à l'aider, à la soulager ? Elle sentait monter en elle une haine farouche contre cet homme qui lui avait fait cet enfant et n'était pas là au moment où elle avait besoin de lui. Il ne souffrait pas lui, il n'avait aucune idée de ce qu'elle était en train d'endurer par sa faute. Plus jamais elle n'aurait d'enfant, plus jamais il ne la toucherait. Comment peut-on accepter de vivre cela ? Elle préférerait mourir maintenant si cela pouvait faire enfin taire cette douleur atroce. Elle ne sentait plus ses membres, elle ne sentait plus sa tête. Il n'y avait plus que cette chair à vif qui n'en finissait pas de se déchirer. Elle comprenait mieux maintenant pourquoi on parlait de travail pour l'accouchement, pourquoi le mot travail puisait ses racines dans les méthodes de torture qu'on utilisait chez les Romains. Elle sentit l'enfant bouger, cet enfant qu'elle adorait plus que tout et qu'elle détestait en cet instant de la faire tant souffrir. Il devait naître, il fallait qu'il naisse. « Poussez, poussez, respirez ! » disait le docteur. Il fallait respirer, se calmer. Elle inspira à fond et essaya en vain de clamer sa respiration. Elle sentait son cœur cogner comme s'il cherchait à sortir de sa poitrine. De nouveau, elle serra les poings, se mordit les lèvres, bloqua sa respiration et poussa de toutes ses forces. De nouveau, un hurlement de douleur jaillit de sa bouche grande ouverte.

Elle n'avait plus de force. L'enfant ne bougeait plus, ne descendait plus. Depuis combien de temps était-elle allongée là, étendue en essayant de faire sortir cet enfant ? Elle sentait ses dernières forces l'abandonner. Le bébé devait être mal placé, il n'avançait pas. Peut-être était-il bloqué, de travers ? Elle avait déjà entendu parler d'enfants qui se présentent par le siège. Que fallait-il faire ? Elle essaya d'appuyer sur son ventre, de sentir ce qui se passait, de le déplacer. Mais ses muscles épuisés ne répondaient plus, et elle sentait à peine la faible pression que ses poings exerçaient sur le bébé. Soudain, elle prit conscience qu'elle ne réussirait pas seule. Il lui fallait de l'aide. Mais comment faire ? Elle était si loin. Elle tenta de crier, mais même ses hurlements mouraient maintenant dans un râle inaudible. Elle n'avait plus la force de pousser, ni de bouger. Elle ne pouvait plus qu'attendre, reprendre des forces pour recommencer, pousser encore, pousser plus fort. Son bébé ne bougeait plus. Elle ne sentait plus rien, pas même le sang qui coulait régulièrement entre ses jambes et dans son ventre. Elle reposa la tête. Maintenant, elle respirait un peu plus calmement. Mais son esprit s'embrumait. Matthias, où était Matthias ? Et sa mère ? Peut-être sa mère pourrait-elle l'aider ? Elle avait déjà mis au monde cinq enfants. Oh si seulement sa mère était là ! Elle pleurait longuement, les mains reposées sur le sol de chaque côté de son corps meurtri. Elle revoyait la fontaine, cette fontaine qui coulait inexorablement à quelques mètres d'elle, les livres, les mots qui chantaient au printemps à l'ombre du grand chêne. Elle revoyait le sourire de François, la lumière dans ses yeux dans le bois de Chez Baret. Elle revoyait le regard sévère de son père qui la rabrouait sèchement pour une peccadille. Et Jean, toujours absent, parti par monts et par vaux parfois à la chasse, parfois à la pêche, souvent on ne sait où pour faire on ne sait quoi. Et son sourire mystérieux à son retour lorsqu'il essuyait les colères de son père avec un calme incroyable, comme si les coups et les insultes glissaient sur lui comme un col-vert sur la mare de Quatsous. Puis peu à peu ses pensées s'envolèrent avec ses dernières forces, laissant de nouveau la place à la nuit profonde de la grotte de

Tevelune, que plus rien ne viendrait perturber avant des années, un jour d'hiver…

J'ai comme un goût amer dans la bouche. Que de gâchis ! Tout ça à cause de l'honneur d'une famille, cette mentalité détestable encore trop souvent répandue ici, cette culture où le bonheur et l'amour passent bien après les grands préceptes moraux.

J'allume une cigarette en regardant l'eau couler. La fontaine paraît normale. Elle a digéré cette histoire. L'ai-je digérée aussi, et ai-je digéré la mienne ? Matthias est mort le 12 mars 1944 quelque part le long de la voie de chemin de fer de Sourcarol dans une embuscade qui a mal tourné. À ses côtés, il y avait Jean, le frère, le charpentier. Tous deux sont tombés côte à côte, comme pour sceller le destin d'une famille.

Je me lève et je plonge ma main dans la fontaine pour recueillir un peu de l'eau glacée et la boire. Je bois un peu de vous, Korrandines de toutes les époques. Je remonte vers la ferme. Ma tante a profité de ma visite à la fontaine pour préparer un grand sac.

— Tiens Vincent ! Je t'ai mis quelques œufs et du lait. Si tu as une glacière, j'ai sorti aussi des boudins et un petit rôti de veau.

J'embrasse mon oncle et ma tante. Rien n'a changé, la vie continue. Je prends la route de la mare de Quatsous, plus pratique pour rejoindre Rouvres. Il fait froid, mais le ciel est bien dégagé. Me voici sur la même route qu'il y a une semaine, dans l'autre sens. Suis-je le même ? Je n'en sais rien. Je suis le même et je suis un autre. Je roule vers Paris. Physiquement, je me rapproche de la Belgique. Mais je sais qu'il n'en est rien. Je regarde dans le rétroviseur. Amélie, la Korrandine de Tevelune s'éloigne pour replonger dans l'oubli. Elle aura marqué un petit bout de ma vie. Il faut regarder devant pour bien conduire. Et là, devant moi, j'aperçois le visage d'Aurélie, la Korrandine de Vorinde. Je voudrais avancer vers elle, mais là encore, elle s'éloigne pour plonger dans l'oubli. Elle aussi aura marqué ma vie, beaucoup plus que je ne l'aurais espéré. Qu'est-ce qui a changé en moi ? Rien, ou peu de choses. Je ne l'attends plus. Il ne me reste plus qu'à réapprendre à vivre.

J'essuie une larme qui menaçait de couler. Un peu de musique. Je plonge la main sous le siège et je saisis ma pochette de CD. Je saisis un disque au hasard et je le glisse dans la fente de l'autoradio. Quelques notes de guitare inimitables s'élèvent. Un rythme doux s'impose et la voix chaude de Brassens se fait entendre.

« Si vous y tenez tant parlez-moi des affaires publiques
Encor que ce sujet me rende un peu mélancolique
Parlez-m'en toujours je n'vous en tiendrai pas rigueur
Parlez-moi d'amour et j'vous fous mon poing sur la gueule
Sauf le respect que je vous dois… »

Merci à Mathilde Morel pour les poèmes signés Mathias Ovisky, pour son œil critique, ses conseils avisés et pour son aide dans la plupart des citations en exergue.

« À l'austère devoir pieusement fidèle,
Elle dira, lisant ces vers tout remplis d'elle :
"Quelle est donc cette femme ?" et ne comprendra pas. »
Félix Arvers
Mes heures perdues

À propos de l'auteur

 À 45 ans, Sébastien Lepetit est un auteur de romans à suspense.

Il aime mêler le mystère et l'Histoire, la personnalité des lieux et celle de ses personnages, pour conduire ses lecteurs dans un univers si proche d'eux qu'ils ne le voient pas toujours. Il recherche le calme des sentiers de montagne ou de forêt où il cueille les pensées et les sensations qui deviendront l'âme de ses romans.

Son troisième roman, *Merde à Vauban*, a été primé du Coup de cœur des lecteurs du Prix VSD du polar 2013.

Il se décrit volontiers comme un écrivain baladeur, atrabilaire et sauvage.

Du même auteur

Barnabé (2012)

Retrouvez tous les titres et l'actualité des Éditions HJ :

Sur notre site Internet :
http://www.editionshelenejacob.com

Sur Facebook :
https://www.facebook.com/EditionsHJ

Sur Twitter :
https://twitter.com/EditionsHJ

www.ingramcontent.com/pod-product-compliance
Lightning Source LLC
Chambersburg PA
CBHW071158020726
47502CB00002B/465